Rebecca Zanetti est l'autrice de plus de cinquante ouvrages de suspense romantique et de romance paranormale, qui apparaissent régulièrement sur les listes de best-sellers. Elle vit dans un coin sauvage du Nord-Ouest Pacifique avec son propre héros Alpha, deux enfants, des chiens, un chat un peu fêlé et une famille innombrable. Ce qu'elle préfère dans le métier d'écrivain, c'est que, contrairement à lorsqu'elle était avocate, elle peut laisser sa fantaisie et son petit grain de folie s'exprimer.

De la même autrice :

Dark Protectors :

1. *Talen*
2. *Dage*
3. *Conn*
4. *Jordan*

Rebecca Zanetti

Conn

Dark Protectors – 3

Traduit de l'anglais (États-Unis) par Frédéric Grut

Milady

Milady est un label des éditions Bragelonne

Titre original : *Hunted*

ISBN : 978-2-8112-3647-2

Bragelonne – Milady
60-62, rue d'Hauteville – 75010 Paris

E-mail : info@milady.fr
Site Internet : www.milady.fr

À Tony Zanetti, qui fait plus que sa part avec les enfants, les chiens et la maison pour que j'aie le temps d'écrire. Les héros de mes histoires ne t'arrivent pas à la cheville. J'essaierai de m'en souvenir la prochaine fois que je me casserai un orteil en butant contre les chaussures que tu laisses traîner partout !

À Gabe Zanetti, qui affronte tous les défis avec détermination, et surtout avec le sourire.

À Karly Zanetti, dont la gentillesse et la grande intelligence lui seront très utiles le jour où elle conquerra le monde.

Je vous aime.

Chapitre premier

— Elle va te tuer, maugréa Kellach.

Conn Kayrs se tourna vers son vieil ami, installé en face de lui à la table. Cela faisait un siècle qu'il n'était pas entré dans la taverne de Shea, mais les tables, massives et crevassées, n'avaient pas changé d'un iota.

— Qu'elle essaie.

Conn ne rêvait que de cela, ne serait-ce que pour avoir une bonne raison de la toucher après tout ce temps.

Kell reposa sa chope de bière, les yeux toujours rivés sur la porte de la taverne.

— La voilà.

En effet, l'atmosphère s'épaissit, comme pour annoncer la foudre… ou la colère d'une sorcière. Conn se détendit, allongea les jambes et les croisa, râpant les semelles de ses bottes sur les irrégularités du vieux plancher.

— Tu ferais peut-être mieux de t'éclipser.

— Tu vas avoir besoin de soutien, répondit son ami en attachant ses longs cheveux. (Il regarda les clients accoudés au bar, juchés sur d'ancestraux tabourets en bois. Il y avait beaucoup de sorciers et de sorcières parmi eux, mais aussi quelques humains, autant d'Irlandais très heureux de vivre dans un univers presque inconnu du reste du monde.) Cela dit, on devrait quand même faire évacuer les lieux.

Conn faillit sourire. Son ami semblait presque… inquiet. Guerrier redoutable, l'exécuteur était aussi doué pour la magie que pour le combat. La tâche principale de Kellach était de protéger le cercle des Neuf, le conseil dirigeant des sorcières. Aucun homme ne lui faisait peur. Mais une femme, par contre… c'était une autre histoire.

— Ta cousine n'est pas si dangereuse que ça, Kell.

Mais qu'en savait-il, après tout ? Moira venait de passer un siècle à se perfectionner et était peut-être devenue presque invincible. Si c'était le cas, ils allaient avoir quelques points à régler.

Les clients du bar les regardaient avec méfiance. Même à cette époque, les vampires étaient rares aussi loin au nord et Conn préférait ne pas montrer ses crocs. Il ne voulait pas les effrayer, mais ses yeux aux teintes métalliques devaient probablement le trahir.

Il étudia la salle. L'un des clients allait-il le défier ? Il n'avait jamais combattu de sorcière. Elles étaient alliées au Royaume depuis plusieurs siècles, mais Conn avait toujours éprouvé une certaine méfiance à leur égard. Les sorcières refusaient de divulguer la véritable nature de leurs pouvoirs. Le roi lui-même ne savait pas exactement ce que leur permettait leur magie.

— Moira est la septième fille d'une septième fille, dit Kell, les lèvres serrées. Elle est la puissance incarnée. Tu n'as aucune idée de ce qui t'attend, mon pote. Tu aurais dû l'écouter quand elle t'a dit de ne pas venir en Irlande. Tu ne devrais pas…

Une rafale ouvrit la porte de l'établissement et l'air ambiant se chargea d'électricité statique. Moira entra, ses yeux verts rivés sur Conn. Le cœur du vampire s'arrêta. Comment avait-il pu oublier sa beauté ? Sa puissance ? Sa petite taille ? Il recula sa chaise dans un crissement et se leva.

— Bonjour, compagne.

— Tout le monde dehors, ordonna-t-elle sans le lâcher des yeux.

Les clients se levèrent en hâte et se précipitèrent vers la porte, que le dernier referma derrière lui. La scène fit sourire Conn. Même à cette distance, il sentait le parfum au lilas de la jeune femme, véritable provocation pour ses narines.

— Tu as le sens de la mise en scène, *Dailtín.*

— Je t'ai dit mille fois de ne pas me traiter de morveuse, dit-elle en s'engageant plus avant dans la pièce, à la fois gracieuse et déterminée. Kellach, sors, s'il te plaît.

— C'est ça, Kell, disparais, reprit joyeusement Conn.

Il ne parvenait pas à détourner les yeux d'elle. Tout en elle lui avait manqué : ses boucles rousses rebelles, sa peau translucide, mais aussi le feu de son regard et l'esprit indomptable abrité dans son corps menu. Sa voix chantante lui serrait la gorge.

— C'est ton problème, après tout, maugréa Kellach en quittant la pièce.

Après son départ, l'atmosphère se détendit. Seuls devant le bar, Moira et Conn se regardèrent en silence. La jeune femme finit par soupirer et se passa la main dans les cheveux.

— Rentre chez toi, Connlan.

Il l'observa de la tête aux pieds, charmé par son jeans délavé et son tee-shirt moulant, blanc décoré de nœuds celtiques. Cette jolie petite sorcière dans une tenue aussi moderne lui faisait un effet bœuf. Il mourait d'envie de se jeter sur elle et de la prendre à même le sol.

— Sinon quoi ?

— Sinon, je te détruis, répondit-elle, les yeux et la peau embrasés par une bouffée de puissance.

Bon sang! Cette voix, ce caractère… Son cœur et son entrejambe se mirent aussitôt en alerte.

— Tu crois ?

Elle inspira à fond, serra les poings, puis les détendit.

C'est ça, ma belle. Recentre-toi.

— Assieds-toi, je t'en prie, l'invita-t-il en lui désignant la place laissée vacante par Kell.

— Non. Il faut que tu partes, Conn. S'il te plaît.

Sa détermination se craquelait et il décela une note suppliante dans sa voix. Il inclina la tête sur le côté, mal à l'aise, tous ses instincts en éveil.

— Euh, tu viens bien de dire « s'il te plaît » ? Qu'est-ce qui ne va pas, Moira ?

Elle écarquilla subrepticement les yeux, juste assez pour que les doutes du vampire se renforcent.

— Il me faut plus de temps, Conn.

Pourquoi jouait-elle les innocentes ? Il n'était pas dupe.

— Je t'ai laissé cent ans. Et ça fait déjà huit mois que je t'ai prévenue de mon arrivée.

Il avait voulu partir le lendemain de cette annonce, mais la guerre l'en avait empêché. Son rôle de commandant des forces du Royaume lui prenait beaucoup de temps.

— Il m'en faut plus. Juste un peu plus, pour que je me prépare à, euh…

— À quoi ?

Le lendemain de la nuit au cours de laquelle il l'avait marquée, lorsque son père avait voulu planter sa tête au bout d'une pique, il avait tenté de faire la paix. En cette nuit de pleine lune, il lui avait pris sa virginité et elle avait conquis son cœur. Le destin s'en était mêlé sous la forme de la marque des Kayrs, qu'il avait appliquée sur sa hanche durant leurs ébats. Il n'en avait pas moins signé le traité par lequel il promettait de la laisser tranquille pendant un siècle, pour lui permettre de suivre sa formation de Septième. Mais les cent ans étaient désormais écoulés.

— On a passé une nuit ensemble et tu m'as marquée, mais c'est tout, soupira-t-elle. Tu veux consolider notre alliance, mais je ne suis pas prête à m'impliquer dans un, euh, couple. (Voyant qu'il ne répondait pas, elle joignit les mains.) Tout ce que je te demande, c'est un peu de temps supplémentaire.

— Pourquoi ?

— Tu as confiance en moi ?

— Non. (Pas le moins du monde, même.) Si tu essaies de me rouler, tu le regretteras, *céadsearc.*

Mon cœur. Il n'avait jamais oublié ces mots doux qu'elle lui avait murmurés à l'oreille, leurs corps enlacés, tandis que ses yeux verts lui volaient à tout jamais son cœur.

— Je te demande simplement de rentrer chez toi.

Elle avait pourtant l'air si innocente… il se leva et s'écarta de la table, pour qu'aucun obstacle ne les sépare plus dans l'air de plus en plus électrique. Grâce à son entraînement militaire extrêmement poussé, son instinct était très affûté et c'est sur lui qu'il fonda sa réponse.

— Non.

Moira se retint d'exploser et d'incendier, littéralement, l'abruti qui lui tenait tête. Elle avait essayé de se montrer raisonnable, mais en bon soldat, il ne comprenait que la manière forte. Très bien, si c'était ce qu'il voulait…

— Je t'ai demandé gentiment.

Un lent sourire de prédateur se dessina sur le visage du vampire.

— Oh, ne te méprends surtout pas à ce sujet, *Dailtín.* J'aime te voir douce et suppliante.

Sa voix grondante ne faisait qu'attiser le brasier qui couvait déjà en elle. Les souvenirs de leur nuit de passion, des gémissements qu'elle avait poussés pour qu'il la touche, ressurgirent malgré elle de la boîte où elle les tenait enfermés depuis un siècle. Une nuit. Une longue et délicieuse nuit avec lui, tant d'années plus tôt. Ses tétons durcirent au diapason de sa colère et elle le regarda attentivement. Un bon mètre quatre-vingt-dix, les yeux un tourbillon de noir et de vert, le regard un peu trop malicieux, les épaules larges, les cuisses puissantes, le visage d'une beauté poussant à croire que le Créateur était une femme… seule une déesse aurait pu peaufiner ce chef-d'œuvre, sculptant chaque creux et chaque saillie pour donner naissance à la perfection masculine.

Elle se retint de regarder ses grandes mains. Elle avait trop de souvenirs liés à ses doigts agiles et au plaisir qu'ils lui avaient donné. Son départ, par contre, avait été une déchirure. Il n'avait pas voulu la garder un siècle plus tôt. L'amertume qu'elle en ressentait encore calma aussitôt ses ardeurs. Il était hors de question qu'il prenne la politique du Royaume comme prétexte pour revenir comme si de rien n'était.

— Je ne souhaite pas te faire mal, Connlan, dit-elle d'une voix douce et sincère, mais je n'hésiterai pas.

Il sortit un élastique de sa poche et noua son épaisse chevelure, qu'il avait laissé pousser depuis leur dernière rencontre.

— Allons-y, alors, répondit-il en se plaçant en position de combat. Montre-moi ce que tu vaux, mon poussin.

Elle se concentra et ouvrit les mains.

— J'espérais que tu te montrerais raisonnable.

Tu parles… Ce qu'elle espérait depuis un siècle, c'était qu'il vienne la chercher avant d'y être obligé, parce qu'il la désirait. Elle inspira son parfum de poudre et de sauge mêlées. L'odeur de Connlan.

Il haussa un sourcil.

— Et si tu me disais ce qui se passe ? (Il présentait cela comme une question, mais c'était en fait un ordre.) Tu as peur… et je me rends compte que ça me déplaît. Fortement. (Elle frissonna sous l'intensité de son regard et de ses sourcils froncés.) Tu as peur de moi ?

— Pas le moins du monde, rétorqua-t-elle d'une voix plus stable qu'elle l'aurait cru.

Il se détendit.

— Il y a quelqu'un de plus dangereux que moi, alors ? continua-t-il avec un petit sourire arrogant qui fit apparaître sa fossette.

La fossette qui la faisait tant craquer.

— Non. (Moira n'avait aucune raison de lui mentir. Il n'existait aucun être plus dangereux que Connlan Kayrs. Il était vêtu en soldat, avec un treillis noir et un tee-shirt à manches longues, sous lesquelles il cachait probablement des armes.) Écoute, Conn, je suis débordée ces temps-ci. J'ai plein de choses à régler.

— Laisse-moi t'aider.

Moira ferma un instant les yeux. Elle était tentée d'accepter son offre, mais son bon sens l'en empêchait.

— J'aimerais que ce soit possible, répondit-elle avec un regret sincère. Nous nous sommes unis il y a un siècle. Dix ans de plus ou de moins ne changeront rien.

Malgré l'amertume évidente de sa voix, Conn s'assombrit.

— Il faut un siècle à une sorcière pour apprendre à maîtriser sa puissance. C'est le temps que je t'ai accordé. Parce que tu me l'avais demandé poliment, ajouta-t-il en faisant un pas vers elle. J'ai assez attendu.

La détermination teintée de menace qu'elle percevait dans son regard emplit Moira de tristesse. Pour lui, il n'était question que de devoir et de pouvoir, pas d'amour ou de passion.

— On a baisé une fois, Conn. Marque ou pas, mon destin ne va pas se jouer sur une seule nuit.

Jamais elle n'oublierait la brûlure au moment où il lui avait marqué la hanche gauche, pile au moment où elle avait connu l'orgasme, quelques secondes avant celui de Conn. Et le lendemain il l'avait abandonnée, la laissant seule face aux conséquences de leurs actes, à la colère de son peuple lorsqu'il avait appris que leur Septième s'était unie à jamais avec un vampire.

Il leva la paume droite, dans laquelle était incrusté le motif complexe, au centre duquel un K majuscule ressortait en relief.

— Tu n'es pas la seule à avoir une marque, ma belle. Moi aussi, je la porte sur moi.

La marque des Kayrs. Selon la légende, elle n'apparaissait que lorsqu'un Kayrs rencontrait sa moitié. Le transfert se produisait toujours pendant l'amour.

— J'ai lu des choses sur ta famille, Conn. Certaines unions sont arrangées.

— Et alors ? gronda-t-il plein de colère et menaçant.

Dehors, le vent s'intensifiait et venait battre contre les fenêtres. La tempête était proche. Moira leva la tête et le regarda droit dans les yeux.

— Est-ce que tu as fait exprès de me marquer ?

Conn fit un pas de plus vers elle, la mâchoire crispée.

— Ce que tu veux savoir, ce ne serait pas plutôt si j'ai forcé la marque à apparaître sur ma main pour te la transférer ?

Moira mourait d'envie de battre en retraite. La pression de son destin l'épuisait.

— Oui. Tu sais qui je suis. De quelle lignée je descends.

— Tout à fait. Tu as le potentiel pour devenir la dirigeante la plus puissante de l'histoire du cercle des Neuf.

Moira sentit le sang bouillir dans ses veines. La famille de Conn était à la tête des vampires, et donc du Royaume, une puissante coalition comprenant aussi des clans de métamorphes et de sorcières.

— Exactement. Notre union serait un énorme plus pour le Royaume.

— Mais en fait, elle n'a rien cimenté, n'est-ce pas ? répliqua-t-il dans une tension croissante. Parce que tu avais besoin de liberté… et parce que tu n'as jamais déclaré ouvertement que tu voulais être à moi.

Quelque chose dans sa voix disait à Moira que cela ne tarderait pas, selon lui, mais il ne la connaissait pas vraiment et ignorait ce dont elle était capable. Elle préférait disparaître plutôt que de le laisser l'utiliser comme un pion dans la guerre que le Royaume était en train de mener.

— Tu serais prêt à tout au nom du Royaume.

— Ah, Moira, soupira-t-il sur un ton toujours aussi menaçant, comme tu me connais mal.

La jeune femme contint un frisson.

— Comment ça ?

— Dès la seconde où je t'ai marquée, où tu es devenue mienne…

Un éclair passa dans ses yeux. Était-ce du regret ? De la colère ? Elle se doutait bien que ce siècle d'attente n'avait pas dû lui sembler interminable. Elle l'aurait souhaité, mais c'était ridicule de sa part. Un siècle plus tôt, il l'avait quittée sans la moindre hésitation et voilà qu'il revenait, le bec enfariné, juste au moment où le Royaume entrait en guerre contre les Kurjans. Le Royaume avait besoin que le cercle des Neuf renouvelle son alliance, surtout depuis que les démons lui avaient à leur tour déclaré la guerre.

— Ta famille et le Royaume sont toute ta vie. Cette union n'est motivée que par des raisons politiques.

C'était probablement vrai. Le sens du devoir se lisait sur son beau visage.

— C'est possible, répondit-il sans ciller.

— C'est bien ça, alors ? insista-t-elle en baissant la voix, le corps raidi pour encaisser le coup.

Un filet argenté apparut dans le vert de ses yeux, signe de colère chez les vampires.

— Non. Je ne t'ai pas marquée délibérément, Moira, mais quand c'est arrivé, j'ai senti que ce n'était pas une erreur. Tu m'étais destinée et je ne repartirai pas sans toi.

Il avait martelé cette réponse sur un ton de certitude très convaincant. Il lui avait déjà dit un jour qu'il ne mentait pas et ne proférait jamais de menaces. Un vampire tel que lui était au-dessus de tout cela. Elle sentait qu'il ne serait pas simple de le pousser à renoncer et soupira.

— Je ne vais nulle part. (Elle remua les doigts pour laisser les molécules lui donner une forme nouvelle d'énergie. C'était de la physique quantique de haut niveau.) Toi, par contre, tu t'en vas.

— On parie ? la défia-t-il avec un grand sourire.

Moira hocha la tête et se concentra sur les molécules invisibles de l'air, les bombardant de particules subatomiques pour transformer la matière en énergie brûlante. Elle fréquentait ce bar depuis des dizaines d'années. C'était même ici qu'elle avait bu son premier verre d'alcool. Elle n'avait aucune envie de causer des dégâts à la taverne, d'autant moins que cela mettrait le tenancier, Danny Shea, en rogne et qu'il n'hésiterait pas à en parler à ses parents. Et à lui faire payer les réparations. Elle devait donc faire de son mieux pour viser juste.

Un arc de plasma bleu apparut à côté d'elle et prit la forme d'un melon, qu'elle saisit pour lui lancer sur le torse. La masse fendit l'air et elle ressentit un regret furtif. L'énergie ne le tuerait pas, mais la douleur serait forte et il se retrouverait avec la peau brûlée, comme par un gros coup de soleil. La légende avait tout faux à ce sujet, d'ailleurs. Les vampires ne craignaient pas plus le soleil que les humains.

Moira s'attendait à ce qu'il s'écarte du projectile ou qu'il lui ordonne de le stopper avant qu'il l'atteigne, mais il se contenta de remuer à peine les lèvres et d'étendre la main. La boule de plasma se figea en plein vol, puis avança lentement jusqu'à sa paume, comme s'il l'avait capturée.

Moira recula d'un pas, hébétée.

— C'est impossible !

Elle avait concentré sa propre énergie dans la matière pour modeler cette force. Personne d'autre qu'elle ne pouvait contrôler sa création. Elle frissonna de peur. Conn haussa les épaules et, d'un geste puissant, lui lança à son tour la boule. Moira s'écarta d'un bond et le projectile s'écrasa contre un tabouret, qui s'envola avant de se briser sur le sol dans un effluve d'ozone. Vacillante, elle se rattrapa au bar et enfonça ses doigts dans le bois, les yeux écarquillés.

— Comment tu as fait ça ? balbutia-t-elle.

Elle se redressa et se tourna face à lui. Comment avait-il réussi non seulement à lui subtiliser son énergie, mais encore à la mobiliser contre elle ?

— Qu'est-ce que tu crois que j'ai fait pendant ces cent ans ?

L'adrénaline qui affluait dans son corps lui donnait le tournis.

— Tu formais les soldats du Royaume pour la guerre que nous voyions tous arriver.

La guerre contre les Kurjans, ces monstres pâles buveurs de sang qui, contrairement aux vampires, ne supportaient pas la lumière du soleil.

Conn se retint de sourire.

— Entre autres. Les métamorphes et les vampires sont prêts, mais je suis multitâches.

Le plus dangereux soldat de l'histoire des vampires lui disait qu'il était multitâches ? C'était une blague, ou quoi ? Une nouvelle fois, elle dut faire appel à toute sa force de volonté pour ne pas s'effondrer.

— C'est-à-dire ?

— Tu sais très bien ce que je veux dire. Selon la rumeur, tu t'es entraînée à toutes les formes de combat à l'arme blanche et à mains nues. (En deux grandes enjambées, il se colla à elle.) D'où te viennent ces capacités physiques, à ton avis ?

Elle inclina la tête en arrière pour le regarder dans les yeux.

— J'ai travaillé très dur pour les acquérir, Connlan.

Il lui prit le menton entre deux doigts, les yeux sombres.

— Je n'en doute pas, Moira, mais quand nous nous sommes unis, tu as acquis mes talents. (Il se pencha, lui effleura les lèvres puis se redressa aussitôt.) Et inversement.

Ce baiser furtif suffit à lui couper le souffle. À lui faire battre le cœur. À lui ramollir les cuisses. Elle se dégagea d'un bond.

— N'importe quoi. Tu es à la tête des soldats du Royaume. Tu n'es pas un intellectuel.

— Tu crois que la seule chose que je sais faire, c'est taper sur des trucs ? demanda-t-il, amusé.

Ben, en fait, oui.

— J'imagine que tu dois jouer de temps en temps aux échecs avec le roi, mais à part ça…

Il éclata d'un rire très masculin, la tête rejetée en arrière.

— En effet, nous aimons les jeux de stratégie, mais nous lisons aussi beaucoup.

Des ouvrages militaires, probablement.

— Tu es en train de me dire que tu viens de passer cent ans à étudier la physique quantique, la théorie des cordes et toutes les autres applications de la magie ?

Il regarda ses lèvres, qu'elle sentit palpiter sous son regard.

— Bien sûr. Je suis uni à une sorcière. Pour manipuler l'énergie et la matière, il faut des connaissances de base des grands principes scientifiques, en particulier de la physique quantique.

C'était en effet nécessaire pour faire de la véritable magie. Moira était abasourdie par la réponse de Conn.

— Donc tu peux manipuler mon énergie depuis que tu m'as marquée.

Bon sang ! dans ces conditions, comment allait-elle bien pouvoir l'empêcher de s'immiscer dans sa vie ?

— Bon, maintenant, dis-moi ce qui te fait si peur.

— Je suis assez grande pour me débrouiller seule, Conn.

Il retroussa les lèvres, irrité, dévoilant un caractère un peu trop colérique au goût de Moira.

— Tu pensais vraiment que je ne reviendrais pas, Moira ? Avec le virus 27 dans la nature ? Avec des gens qui utilisent la magie pour faire le mal ?

Elle ferma brièvement les yeux. Le virus créé par les Kurjans pour cibler les compagnes de vampires et les ramener à leur statut d'humaines, voire pire… tout cela en combinant la génétique, la physique quantique et la magie.

— Oui.

Le virus 27 était pour l'heure le cadet de ses soucis. Elle cherchait désespérément le moyen de le faire partir.

Conn soupira, puis fit à nouveau un pas vers elle, dans un parfum de sauge et de puissance très masculin.

— J'ai assez attendu, Moira.

Il leva la main, passa les doigts dans ses boucles et posa la paume sur sa nuque pour l'attirer contre lui. Moira, déséquilibrée, se rattrapa à sa chemise et ouvrit la bouche pour protester.

Conn ne lui en laissa pas le temps et l'embrassa. Aussitôt, un éclat de chaleur jaillit des lèvres de la jeune femme pour exploser dans son bas-ventre. Elle vacilla et ouvrit la bouche en grand pour l'accueillir. En bon soldat, il s'engouffra dans la brèche avec détermination, laissant sa langue prendre le contrôle des opérations. La marque sur la hanche de la sorcière se mit à palpiter, chauffée à blanc par le désir.

Conn poussa un grognement sourd et la plaqua contre lui. Sa bouche la dévorait, sa langue envahissait jusqu'aux derniers recoins de son palais, les doigts sur sa hanche se serraient avec une puissance contrôlée et Moira sentait son érection contre son ventre.

Le désir la privait de toutes ses forces. Elle le voulait. Là. Tout de suite.

Conn la lâcha et la força à lever la tête. Ses yeux verts éclataient de désir et un muscle battait sur sa mâchoire.

— Allons chez toi, Moira.

La jeune femme inspira à fond, les yeux écarquillés. Existait-il chose plus intrigante pour une femme qu'un homme puissant qui la désirait ? Le souvenir de ce dont ses mains et sa bouche étaient capables la submergea. Elle passa les mains sur son ventre plat et saisit sa ceinture. Ils avaient passé une seule et unique nuit ensemble lui et elle, et ce, un siècle plus tôt.

— Mauvaise idée, Conn.

— Pourquoi ?

Parce que je ne sais pas quoi faire !

— Je ne veux pas, dit-elle en baissant la tête.

Les yeux de Conn s'adoucirent et elle comprit qu'il n'était pas dupe.

— Menteuse.

Soudain, il fixa un point derrière elle et fronça les sourcils.

— Quoi ?

Elle le lâcha et sentit un étrange picotement le long du cou. L'air s'électrifia et elle sentit sa peau chauffer. La matière se modifia et l'énergie se mit à crépiter. Dans un grand bouillonnement d'oxygène, un passage s'ouvrit.

— Conn…

Des griffes invisibles s'enfoncèrent dans sa chair et l'arrachèrent aux bras du vampire.

Chapitre 2

Que se passait-il ? Conn bondit et saisit Moira par les bras, les pieds ancrés sur le vieux plancher de la taverne. Un gigantesque tourbillon s'était formé derrière la jeune femme et tentait de l'aspirer. Elle cria, terrorisée, les ongles enfoncés jusqu'au sang dans les avant-bras de Conn. Ses cheveux étaient déjà à moitié avalés par l'abysse.

Un hurlement suraigu sortit du vide, brisant les verres en des centaines d'éclats qui volèrent dans toute la pièce. Conn en reçut un dans le cou. L'air crépitait d'électricité et des étincelles apparaissaient un peu partout sur les surfaces polies.

La tête de Moira était à ce point tendue vers l'arrière que les tendons de son cou se gonflaient. Conn sentit qu'elle commençait à lâcher prise. Elle tomba à moitié dans la masse tourbillonnante, l'entraînant dans sa chute. La glace, le feu, mais aussi des éléments liquides et gélatineux se mélangeaient contre sa peau. S'agissait-il des sensations générées par les différentes dimensions ?

Il fallait faire quelque chose. Avec un grognement, Conn fit un pas en avant et passa le bras autour de la taille de Moira. Les sensations s'enchaînaient sur sa peau, si nombreuses qu'il ne parvenait plus à discerner le chaud du froid. Il l'écarta de l'axe, puis sortit son arme et ouvrit le feu. Le rayon laser vert explosa dans les diverses dimensions, qui répondirent par des étincelles de lumière blanche.

Un mugissement éclata, suivi d'un coup de tonnerre, et l'abysse les renvoya d'un seul coup. Le front de la jeune femme lui heurta le menton et le vent souleva un monceau de serviettes en papier qui recouvrirent toute la surface de la salle. Puis, enfin, le silence se fit et Kell entra en trombe.

— J'ai entendu une explosion, dit-il en découvrant la scène de destruction. C'est quoi ce bordel ?

Conn inspira à fond et s'allongea. Il avait mal partout, comme s'il venait de passer dans une bétonnière.

— Moira.

Il voulait s'assurer qu'elle était indemne. Elle tremblait contre lui, le souffle coupé. Cela le mit en rage. Sa compagne était terrifiée.

Elle releva alors la tête.

Il l'avait sous-estimée. Son visage était déformé par la fureur. Elle le repoussa et se leva d'un bond, puis se tourna vers son cousin en écartant ses mèches d'une main mal assurée.

— Putain. Une espèce d'aspiration sortie de nulle part. (Elle marcha jusqu'au bar puis revint, les yeux rivés sur les éclats de verre qui jonchaient le sol, pensive.) On sait enfin ce qui se passe, Kell.

Conn se releva à son tour.

— Mais de quoi tu parles ?

La fureur reprenait le dessus. En tant que soldat, il contrôlait généralement très bien ses émotions, mais les flammes qui lui traversaient le corps indiquaient qu'il ne parviendrait peut-être pas à maîtriser sa colère.

Moira se tourna vers lui.

— Oh, euh… de rien.

Conn vit rouge. En deux enjambées, il alla jusqu'à elle, la souleva par les bras et l'assit sans ménagement sur le bar.

Moira, abasourdie, se figea, et il se pencha contre elle sans rien faire pour cacher sa fureur.

— Explique.

Soudain, Moira sortit de son hébétude et des éclairs passèrent dans ses yeux verts.

— Touche-moi encore contre mon gré, Kayrs, et tu te retrouveras à quatre pattes en train de hurler à la lune.

Elle tenta de se dégager, mais il l'immobilisait avec ses hanches. Il avait commis une énorme erreur en lui accordant ce siècle de tranquillité.

— Va faire tes bagages, Moira. On rentre chez nous.

Il comptait la mettre en sécurité au cœur de leur QG, puis partir aussitôt en chasse de celui ou de celle qui cherchait à s'en prendre à elle. Moira inspira à fond, de toute évidence pour se retenir de hurler. Sa peau de porcelaine avait pris une teinte rose éclatante.

— Je suis chez moi, répondit-elle, les dents serrées.

— Non. Ta maison, désormais, c'est une forteresse souterraine dont toutes les issues sont gardées.

Kell se racla la gorge.

— Euh, désolé de vous interrompre dans vos préliminaires vampiresques, mais il faudrait qu'on y aille, là.

Conn posa les mains sur le bar, de chaque côté de Moira. Il était hors de question qu'elle aille où que ce soit. Il tourna la tête et adressa un regard menaçant à son ami.

— On dirait que tu m'as caché des choses sur ma compagne, Kell.

— Ça fait trente ans que je te dis de ramener ton cul en Irlande, répliqua vertement Kell.

Moira poussa un cri outragé auquel Conn n'accorda aucune attention.

— Ma compagne, expliqua-t-il en se tournant vers elle, vient de m'informer qu'elle avait besoin d'un peu plus de temps pour perfectionner son art et se préparer à prendre la place qui lui revient au cercle des Neuf.

Il avait la sensation que quelque chose lui échappait, mais quoi ? Septième fille d'une septième fille, Moira était destinée à siéger au conseil des sorcières, l'instance dirigeante des Wiccan. Son besoin de préparation était compréhensible, car les sorcières manipulaient des principes physiques suffisamment puissants pour faire sauter la planète. Les contrôler demandait un énorme entraînement. Et probablement une bonne dose de chance.

— Bon, je vais vous trouver un moyen de transport, céda Kell avec un gros soupir.

L'écho de ses bottes résonna dans la pièce jusqu'à ce qu'il referme la porte derrière lui dans un claquement sinistre. Conn regarda Moira, qui bougeait à peine. Il sentit alors le contact froid de l'acier contre sa jugulaire.

— Recule, Kayrs, ordonna-t-elle en le regardant droit dans les yeux.

Conn sourit. Ce petit démon était très rapide. Son érection repartit de plus belle et il s'appuya contre la lame, déterminé à ne pas se laisser faire.

— Tu penses vraiment avoir assez de cran pour faire ça, *Dailtín* ?

Moira fronça les sourcils.

— Tu veux parier ? répliqua-t-elle d'une voix enrouée digne d'une chanteuse de blues dans un bar enfumé. Je suis très occupée, Conn. Si tu me forces à te mettre hors de combat, tant pis pour toi.

Les canines de Conn s'allongèrent d'elles-mêmes. C'était la première fois que cela lui arrivait depuis la puberté, plusieurs siècles plus tôt. Elle le ferait. Le stratège qui était en lui calcula les risques et réfléchit au meilleur moyen de lui faire entendre raison.

Une lueur mystique illuminait les yeux de Moira, dont les boucles rousses étaient un appel à la passion. Son visage portait une expression de défi, mais il devinait autre chose dans son regard, une notion qui l'excita encore davantage. C'était de la confiance en soi comme on n'en trouvait que chez l'élite des guerriers, une confiance forgée dans le feu et le sang.

Moira était de cette trempe.

Le guerrier en lui prit instinctivement le dessus et il lui saisit le poignet pour écarter la lame de sa gorge.

— Lâche ce couteau, Moira.

Il sentait la peau douce de sa compagne sous ses doigts rugueux. Il pouvait toujours serrer assez fort pour la forcer à lâcher, mais cela aurait été une solution de facilité.

— Non.

Elle profita de son mouvement pour lui enfoncer le talon dans la cuisse avant de le gifler sur l'oreille. La douleur le mit hors de lui. Il la prit par les cheveux et tira violemment. Le cou blanc de Moira se tendit et elle poussa un cri aigu de protestation. Conn baissa la tête, les canines entièrement sorties, et referma les lèvres sur sa peau.

Lorsqu'il la mordit, le corps de Moira se rigidifia et elle lâcha le couteau.

Conn but son sang, dont le goût de miel et d'épices excitait ses sens. Il éprouvait une sensation de puissance qui lui faisait tourner la tête. Les flammes de l'excitation et du désir brûlaient en lui et l'envie de la pénétrer effaçait tout le reste. Il referma la plaie de quelques coups de langue, puis l'embrassa à pleine bouche.

Moira poussa un gémissement et l'attira contre lui. Tout son corps irradiait une chaleur intense. Il lui lâcha le bras, lui encercla la taille et la colla à son pénis rigide. Il la voulait nue. Il joua avec sa langue, se régalant des petits gémissements de plaisir que ses mouvements faisaient naître.

Soudain, un coup de feu le fit bondir et il se retourna, la protégeant de tout son corps. Kell se tenait dans l'entrée et rangeait calmement un Beretta dans sa ceinture. Du plâtre tombait du plafond, percé par sa balle. Conn poussa un grognement et Kell leva les mains. Pour ce colosse de deux mètres aux cheveux et aux yeux noirs comme du charbon, ce geste d'apaisement devait être une première.

— Je sais que c'est très risqué d'interrompre les ébats d'un vampire et de sa compagne, mais il faut vraiment qu'on y aille, dit-il en époussetant le plâtre tombé sur son épaule.

En effet, Conn entendit le vrombissement d'un hélicoptère, qu'il n'avait pas remarqué jusque-là.

— Où ça ?

— Nous sommes convoqués par le cercle. Venez.

Moira sauta du comptoir et atterrit à côté de Conn, puis se passa une main tremblante dans les cheveux.

— On est déjà en retard.

Le vampire la prit par le bras.

— Tu y vas avec moi ou pas du tout.

Il voulait des réponses. Si les deux têtes de mules face à lui refusaient de les lui donner, il irait les chercher au sommet de la hiérarchie.

— Il ne peut pas voir le cercle, argumenta Kell en regardant sa cousine, mais son aide nous sera peut-être utile. Jusqu'au retour de Daire et d'Adam, en tout cas.

Conn se figea.

— Daire et Adam ?

Kell et ses deux frères étaient à la tête du service de sécurité des Neuf. S'ils avaient tous été convoqués en même temps, cela devait vouloir dire qu'il se préparait quelque chose d'énorme. Tout cela était de plus en plus suspect.

— Quels sont tes rapports avec Moira, Kell ? demanda le vampire sur un ton de mauvais augure.

Il avait cru que Kell accompagnait sa cousine en qualité d'agent de sécurité et de liaison, mais, si sa compagne avait besoin de protection, c'était à lui de s'en charger.

— Je crois que c'est un sujet qui ne concerne que la Septième et toi, Kayrs.

— Ne m'appelle pas comme ça, le gourmanda Moira. Je ne vois pas ce qui te donne le droit d'être en colère, Kell.

Ce dernier fit un pas vers elle, le regard embrasé.

— Vraiment ? Tu ne vois pas ? C'est une blague ? Je vais probablement devoir me battre avec l'un de mes meilleurs amis, dit-il en désignant Conn, tout ça parce que tu n'as jamais accepté de mettre ta vie en ordre. Et maintenant, il est peut-être trop tard, pour toi comme pour tout notre monde.

Conn se plaça entre eux.

— Ne lui parle pas comme ça. (En effet, la bagarre semblait inévitable, mais le premier coup fut le fait de la satanée bonne femme qu'il essayait de protéger. Elle le frappa des deux poings au niveau des reins.) Bon, maintenant, ça suffit. (Conn se retourna, se baissa et la fit basculer sur son épaule. Moira poussa un cri outré, mais il se dirigea vers la sortie.) Vu que le roi m'a ordonné de ne rien faire qui pourrait mettre le conseil en rogne, nous allons les voir sur-le-champ. Tu m'expliqueras ce qui se passe pendant le vol. (Il sortit du bar sans se soucier si Kell le suivait ou pas. Moira se débattait de son mieux et lui martelait le dos de coups de poing.) Et ensuite, compagne, on rentre à la maison.

La colère lui brûlait l'estomac. La famille de Moira détenait un grand pouvoir et savait comme s'en servir.

S'il lui faisait quitter l'Irlande, ils déclareraient la guerre au Royaume.

Tant pis.

Chapitre 3

Moira se cala confortablement sur la banquette moelleuse de l'hélicoptère. Une fois n'était pas coutume, le luxe de l'appareil la laissait de marbre. Elle aurait voulu que le bruit du vent vienne rompre le silence agressif des deux hommes, qui ne lui prêtaient aucune attention. Kell se trouvait en face d'elle, les jambes allongées et les yeux fermés. Conn, collé contre elle, était en train d'allumer son ordinateur portable. Elle voulut aller dire bonjour aux pilotes, mais lorsqu'elle fit mine de se lever, Conn tourna la tête vers elle et l'immobilisa de son regard perçant.

— Rassieds-toi.

Elle aurait dû se sentir outrée par son ton cassant et autoritaire, mais elle n'avait pas l'énergie de se mettre en colère. Elle se sentait fatiguée. Épuisée, même. Elle se laissa retomber lourdement sur le cuir de la banquette.

Un visage buriné apparut sur l'écran de l'ordinateur. *Et merde, il a appelé le roi !*

— Je me suis fourré dans les emmerdes jusqu'au cou, annonça Conn sans préambule.

Kayrs haussa un sourcil. D'une carrure imposante, il était vêtu d'un jeans et d'une chemise de soie noire. Un écran était tendu derrière lui pour empêcher qu'on le localise.

— Ravi de te voir moi aussi, petit frère. Bonjour, Moira.

— Salut.

Elle était fière de la stabilité de sa voix. Posée. Elle garderait son calme.

— Désolé, s'excusa Conn. Comment va ta femme ?

— Elle se tue au travail pour trouver un antidote au virus, soupira Dage. Sa sœur doit accoucher dans un mois et Talen va finir par me rendre dingue.

Cara avait été infectée par le virus 27 pendant sa grossesse et personne ne savait l'effet que cette maladie, qui altérait l'ADN, aurait sur le bébé. Moira avait aidé Emma, la compagne du roi, à vaincre le catalyseur qui accélérait l'effet du virus. Ce dernier était conçu pour que les compagnes des vampires, dotées de vingt-sept chromosomes, en perdent quatre pour retrouver les vingt-trois paires de l'ADN humain. Mais il était encore impossible de dire si le virus s'arrêterait là ou s'il continuerait à éliminer les chromosomes jusqu'à ce que mort s'ensuive. Pour l'instant, ils étaient simplement parvenus à le ralentir.

— Cara est forte, Dage, le rassura Moira. Elle va s'en sortir.

Le roi hocha la tête.

— Je l'espère. Bon, continua-t-il en se tournant vers son frère, alors comme ça, tu as mis le cercle des Neuf en rogne ?

Conn haussa les épaules.

— Je sais pas encore, mais j'imagine que oui.

— Bien vu, maugréa Moira.

— Je ne pensais pas que ma demande était à ce point déraisonnable.

Décidément, l'arrogance des Kayrs n'avait pas d'égale.

— C'est la première fois de l'histoire du Royaume qu'un monarque exige d'entraîner lui-même nos soldats, répondit Moira.

De son point de vue, d'ailleurs, les vampires n'arrivaient pas à la cheville des troupes du cercle. Elle sourit et Dage en fit de même.

— Je constate que tu as appris quelques notions de diplomatie.

— Eh oui.

Dans un avenir proche, lorsqu'elle siégerait au conseil, la diplomatie serait l'un de ses principaux outils de travail. Malheureusement.

— Continue sur cette voie, lui dit Conn en se penchant vers l'écran. Si le cercle m'accorde une audience, j'expliquerai le danger que représente la nouvelle espèce de loup-garou, et aussi nos méthodes d'entraînement.

— Il est hors de question que vous nous contrôliez, répliqua Moira. Nous sommes vos alliés, pas vos subordonnés.

Tant pis pour la diplomatie...

— Non, assena Dage. Les enjeux sont trop élevés. Nous devons tous suivre le même entraînement. Qui rejette ma demande de manière aussi catégorique ?

Tout le cercle. Moira tourna la tête du côté de Kell. Il ne pouvait pas se réveiller et venir la seconder, ce fainéant ?

— Nous formons nous-mêmes nos soldats, Roi.

— C'est ce que nous verrons. (Il regarda son frère.) J'ai l'impression que je ne sais pas tout. Je me trompe ?

— Non, ton instinct a vu juste. À ce que j'ai compris, même si on ne m'a pas fait la grâce de me l'expliquer, quelqu'un a appris à enlever les gens à distance.

— Pardon ?

— Tout à l'heure, une espèce de portail s'est ouvert derrière Moira et a essayé de l'aspirer. C'est une sorte de téléportation, j'imagine.

Dage fronça les sourcils.

— Les personnes capables de se téléporter à travers les dimensions sont très, très rares, Conn.

— Je sais. Tu peux téléporter quelqu'un à distance, toi ?

— Non. (Il réfléchit un instant avant de reprendre la parole.) Moira, la branche de physique quantique dans laquelle les sorcières sont spécialisées est très semblable à ce principe. Est-ce que vous avez fait des expériences dans ce domaine ?

Conn se raidit et Moira garda les yeux rivés sur l'écran.

— Non. Nous manipulons l'énergie pour modifier l'état de la matière à l'échelle subatomique. C'est de la science pure, Dage. La manipulation du temps, c'est plus en rapport avec la théorie des cordes. Ce sont deux choses totalement différentes.

Mais… la science restait la science, après tout.

— Et si on utilisait les deux principes à la fois ? demanda Conn.

Moira haussa les épaules.

— Dans ce cas, cela générerait une puissance presque incommensurable, peut-être suffisante pour transporter une personne à distance à travers les dimensions.

La personne à l'origine de la télétransportation serait vidée de son énergie pendant plusieurs jours. Cette idée expliquait les écarts entre les disparitions de membres du cercle, une nouvelle qu'on lui avait ordonné de ne révéler à personne.

— Tu n'aurais pas un truc à nous dire, Moira ? demanda le roi.

Malgré la distance qui les séparait, Moira sentit un picotement à la base du crâne. Elle dressa ses boucliers et sourit.

— Je suis une sorcière à part entière, Roi. Ne t'avise pas d'entrer dans ma tête. (Elle considérait Dage comme un ami, voire comme un membre de sa famille, mais ses pensées étaient du domaine privé. Elle vit alors Dage tourner les yeux vers Conn.) Lui non plus ne peut pas entrer.

Comme il était son compagnon, il y avait de fortes chances qu'il y parvienne bientôt. Ils n'étaient ensemble que depuis deux heures et elle percevait déjà ce qu'il ressentait, notamment sa colère très masculine. Mais ce n'était rien comparé à la fureur qui l'étreindrait s'il parvenait à pénétrer dans sa tête et à voir ce qui s'y trouvait.

— Pas encore, répondit Conn sur un ton lourd de menace. Ce que je peux te dire, par contre, c'est que le cercle est sur la défensive et a mobilisé toute sa sécurité. Et je trouve d'ailleurs que Moira ne semble pas vraiment surprise qu'on ait tenté de l'enlever de cette manière. Je soupçonne même que ce n'était pas la première fois.

— S'agit-il des Kurjans, Moira ? demanda le roi.

Race de vampire à la peau pâle et aux cheveux rouges, les Kurjans craignaient le soleil et avaient créé ce virus pour subtiliser leurs compagnes aux vampires.

— Je n'en ai aucune idée, répondit-elle sincèrement. (Les Kurjans étaient plutôt du genre à sortir l'artillerie lourde. Manipuler le temps et l'espace semblait un peu trop subtil pour eux.) C'est la première fois que j'entends parler d'un pouvoir permettant d'ouvrir les dimensions de cette manière. Et pour information, c'est aussi la première fois qu'on essaie de me téléporter contre mon gré.

— Est-ce qu'il y a déjà eu d'autres victimes ? insista Conn.

Il avait visé droit au but. Il aurait fait un avocat redoutable.

— Pas que je sache, affirma-t-elle avec naturel.

— Tu mens très mal, *Dailtín*, la taquina-t-il avant de reporter son attention sur son frère. Et pour les démons, quelles sont les nouvelles ?

Dage soupira.

— C'est le calme plat. Ils nous ont déclaré la guerre il y a huit mois, mais ils n'ont toujours pas bougé le petit doigt… à moins que cette histoire de tourbillon spatio-temporel constitue leur première offensive, hasarda-t-il en se frottant le menton. Pour combattre, les démons utilisent les armes traditionnelles, mais ils savent aussi brouiller les images du cerveau. Je ne les imagine pas trop tripatouiller la physique, par contre.

Conn orienta mieux l'écran.

— Pour moi, ce sont soit des sorcières soit, comment dire… nous. Ça vient peut-être d'un vampire disposant de cette capacité. Mais on sait aussi que les Kurjans ont passé les trois cents dernières années à étudier la biologie pour mettre leur virus au point. Ils s'intéressent peut-être également à la physique quantique, suggéra-t-il, le visage fermé. Moira est convoquée par le conseil. Mais ensuite, ma compagne me dira la vérité sur les autres disparitions. J'aimerais que tu passes un coup de fil pour moi, Dage.

Dage resta impassible, mais un éclair bleu traversa ses yeux argentés.

— Tu es sûr ?

— Oui.

— C'est comme si c'était fait, dit le roi avant de raccrocher.

Moira se tourna vers Conn, intriguée.

— Tu peux m'expliquer ?

— Non, répondit-il avec une arrogance qui transparaissait sur son visage buriné tout en fermant l'ordinateur avant de se tourner vers la fenêtre. Dublin est magnifique aujourd'hui.

La capitale irlandaise, que certains considéraient comme la plus belle ville du monde, était un mélange harmonieux de bâtiments anciens et modernes, mais l'économie irlandaise était en plein marasme, ce qui était un souci de plus pour le cercle des Neuf.

— Oui, mais ça fait un siècle que tu n'y es pas venu, Conn, répondit Moira avec agacement.

Conn lui prit la main et la plaqua contre sa cuisse musclée. Aussitôt, Moira ressentit une bouffée de chaleur.

— Il fallait un océan entre nous pour me retenir de venir te chercher, Moira.

N'importe quoi! Il l'avait quittée sans se retourner. Si elle avait eu plus d'expérience, il serait peut-être resté, mais Conn avait été son premier et seul homme. Elle secoua la tête.

— On ne se connaît même pas.

Ils avaient passé une seule nuit ensemble et s'étaient retrouvés unis pour la vie. Il n'avait d'ailleurs repris contact avec elle que dix ans auparavant. Très formelles au départ, leurs conversations s'étaient peu à peu détendues.

— Tu étais si jeune, soupira-t-il. Je savais que tu avais besoin de temps pour devenir la sorcière dominante que tu es aujourd'hui. (Il serra les doigts sur sa main.) Mais c'est terminé.

Décidément, il ne comprenait rien du tout. Moira enfonça ses ongles dans sa cuisse.

— Rien ne te force à faire ça. Le destin ne peut pas nous contraindre.

Il devait cesser de la toucher. Elle n'avait pas fait l'amour depuis un siècle et son corps était en feu. En la marquant, il en avait fait sa chasse gardée. Les vampires étaient tous des mâles. Une fois liée à un vampire, une compagne devient littéralement intouchable pour les autres hommes, car ils développent une allergie s'ils posent la main sur elle.

— Je veux t'emmener chez moi.

— Bien sûr que non.

Ces mots étaient sortis de sa bouche avant qu'elle puisse les retenir. Elle rougit et regarda droit devant elle, mais Conn la saisit par le menton et la força à se tourner vers lui.

— Tu ne crois tout de même pas que je voulais qu'on passe un siècle loin l'un de l'autre ? demanda-t-il avec une grimace perplexe. (Moira cligna des yeux à deux reprises. Elle se sentait si vulnérable qu'elle en avait le ventre noué, mais ses épaules étaient raidies par la fierté et l'obstination. L'expression de Conn s'adoucit.) Tiens donc.

— Ne me dis pas que tu n'as pas été soulagé quand le cercle t'a forcé à repartir chez toi.

Il va peut-être le nier, dit une petite voix dans sa tête, suppliante et stupide.

Conn poussa un long soupir et détourna les yeux.

— Peut-être un peu. Au début, admit-il avant de replonger son regard dans celui de Moira. Je t'avoue que la marque m'a pris par surprise. Cette nuit que nous avons passée ensemble… généralement, je ne perds pas le contrôle. Jamais, en fait.

Elle comprenait ce qu'il voulait dire, mais au fond d'elle, Moira en éprouvait un tiraillement. L'effet de cette fameuse marque, probablement.

— Moi non plus, alors faisons comme si ce n'était jamais arrivé et envoyons promener le destin.

— Moira. (Il prononça son nom avec une douceur qui lui donna la chair de poule.) Oublie le destin. Tu es à moi et je te ramène à la maison.

— Tu ne le penses pas, rétorqua-t-elle, à la fois irritée et effrayée. Ma place est ici.

Il la lâcha et regarda sa montre.

— C'est faux. Les membres du cercle sont répartis aux quatre coins du globe. Tu peux t'installer où ça te chante.

Moira retint une réplique cinglante. Il voulait une chose qu'elle ne pouvait lui donner.

— Et selon toi, qu'est-ce qui va se passer, Conn ? On s'installe chez toi et je bosse en télétravail pendant que tu passes ta vie à crapahuter je ne sais où pour jouer au soldat ?

Il glissa l'ordinateur dans sa housse, qu'il posa par terre.

— Oui. Je sais que tu devras parfois faire des déplacements professionnels et je l'accepte. Mais je ne vois pas notre avenir sans enfants et, pour cela, tu dois vivre dans un environnement sécurisé, expliqua-t-il en se rasseyant confortablement, la bousculant au passage. Bien entendu, les enfants, c'est encore lointain. Une fois que la guerre aura été gagnée. Mais pour l'heure, je me disais que tu aurais envie de t'installer tranquillement.

Oh, si tu savais… Moira mourait d'envie de lui assener une claque derrière le crâne. Comment un être si intelligent pouvait-il se montrer aussi obtus ? Elle haussa les épaules contre les parois de l'hélico.

Ils survolaient toujours Dublin. Le soleil étincelait sur les eaux de la Liffey et l'appareil, après quelques manœuvres, se posa sur le toit d'un immeuble récent.

— On va chez Kell ? s'étonna Conn.

Le pilote coupa les turbines et Moira se tourna vers lui tout en détachant sa ceinture. La question était légitime, car Kell habitait effectivement ici.

— Euh, pas vraiment. Rassure-moi, tu n'es jamais allé chez lui ?

S'il avait mis les pieds en Irlande, elle l'aurait immédiatement perçu. Conn ouvrit la porte et sauta au sol.

— Non, mais je lui ai déjà envoyé des lettres à son adresse. Et aussi des armes pour les exécuteurs.

En effet, Moira avait pu en manipuler quelques-unes. Elle accepta la main qu'il lui tendait et descendit à son tour. La force du vampire la fit frissonner et elle eut un mouvement de recul, se retenant à grand-peine de frotter la paume sur son pantalon. L'odeur douceâtre du fleuve flottait dans la brise légère. Baissant la tête pour se protéger de la force des pales, elle courut jusqu'à la porte bleue en métal. Kell, qui l'avait devancée, lui ouvrit la porte. Dans le crissement des semelles en caoutchouc de ses baskets, Moira descendit les cinq marches menant à la porte intérieure, laquelle s'ouvrait sur un vaste vestibule donnant accès à trois appartements.

— Rendez-vous dans quinze minutes, Moira, lui dit Kell. On doit s'arrêter au Calmar sur le chemin.

Il pénétra dans l'appartement de droite et referma la lourde porte blindée dans un fracas qui résonna sur le sol en marbre. Moira ne savait que faire. Kayrs allait entrer dans son propre appartement, dans son domaine privé. Il se tenait derrière elle dans un silence pesant. Elle le connaissait suffisamment bien pour savoir que les réponses à ses questions muettes ne lui plairaient pas. Elle haussa les épaules et se dirigea vers la porte de gauche.

Il la suivit, introduisant son parfum masculin de poudre et de sauge dans son domaine, et poussa un sifflement en découvrant le soleil qui se couchait sur la Liffey.

— Magnifique.

Il claqua la porte derrière lui et Moira faillit sursauter. Une odeur citronnée régnait dans le salon. Les tables étaient toutes de la même teinte acajou et les coussins qu'elle avait passé des jours à choisir avec ses sœurs étaient éparpillés un peu partout. D'un geste de la main, elle les fit léviter et les déposa sur le canapé et les fauteuils en cuir.

— Euh, fais comme chez toi, Connlan. J'en ai pour une minute.

Moira se demandait comment elle allait bien pouvoir le persuader de ne pas l'accompagner à la réunion. Elle allait peut-être devoir l'assommer. Et pour cela, la physique quantique et la magie ne lui seraient d'aucun secours. Il lui faudrait une bonne vieille brique.

— Moira, dit-il d'une voix grave et douce comme une caresse.

Elle se tourna vers lui.

— Oui ?

Il encombrait de son corps massif la petite entrée de l'appartement. Ses bottes militaires offraient un contraste frappant avec le sol en marbre. Il inclina la tête et se tourna vers la magnifique cheminée en pierre, au-dessus de laquelle trônait une peinture marine réalisée par la sœur de Moira, Brenna.

— Tu vis ici ?

— Par périodes. C'est plus pratique quand je donne mes cours à l'université, expliqua-t-elle, même si ce n'était pas la raison pour laquelle elle avait acheté cet appartement en plein Dublin. Je me dépêche, Conn. Il y a des bières dans le frigo, si ça te tente.

Elle ne devait pas traîner. Conn était assez grand pour se passer d'elle pendant quelques minutes. Elle entra dans sa chambre et s'adossa contre la porte en soupirant. La couette moelleuse que ses sœurs lui avaient offerte comme cadeau d'installation lui donnait envie de se fourrer au lit et de ne plus en sortir, comme elle le faisait lorsqu'elle avait quatre ans. Son léger parfum de lilas, concocté spécialement pour elle par sa sœur Molly, emplissait la pièce et la rappela à la réalité. D'un pas rapide, elle s'approcha de son placard, d'où elle sortit la tenue appropriée pour le conseil.

Soudain, son ordinateur portable, posé dans un coin de la pièce sur un vieux bureau, sonna. Moira frissonna. Elle ajusta le haut qu'elle venait d'enfiler et ouvrit l'appareil pour répondre.

— Salut, Tata.

Vivienne Northcutt, dirigeante du cercle de Neuf, la salua d'un hochement de tête.

— Moira.

— Kell et moi arriverons bientôt.

Moira regarda l'horloge antique posée sur sa table de nuit. Elle l'avait dégotée dans un vide-grenier et se rappela qu'elle avait toujours cinq minutes de retard.

— Je te donne l'ordre formel d'emmener Connlan Kayrs à la réunion, déclara Vivienne.

C'était une nouvelle aussi inattendue qu'étonnante, mais elle avait assené cela avec une impassibilité sans faille. Moira, par contre, ne put retenir un mouvement de surprise. Le dispositif de sécurité entourant le cercle était infranchissable, même pour le meilleur soldat vampire de l'histoire.

— C'est impossible. Je ne comprends pas.

Elle comprenait parfaitement, au contraire, et les ramifications de cette décision la laissaient sans voix. Vivienne fit la moue et ses lèvres rouges ressortirent de son visage livide.

— Je suis sûre que si.

Moira fit de son mieux pour contenir sa colère.

— Pourquoi me demandes-tu cela, alors ?

Un éclair passa dans les yeux noirs de son interlocutrice.

— Le roi a exigé que son frère assiste à notre réunion. Je ne fais que lui obéir.

C'était donc cela, le coup de téléphone que Conn avait demandé à Dage de passer. Moira secoua la tête, paniquée.

— Mais il va mourir.

Conn avait beau être coriace, même pour un vampire, il y laisserait sa peau.

— Peut-être, soupira Vivienne. Je l'ai expliqué à Dage, mais selon lui, votre union devrait lui permettre de survivre. C'est tout à fait possible, d'ailleurs.

Moira se détendit. Les Neuf étaient-elles au courant des capacités de Conn ?

— Tu penses que nos liens lui ont donné des pouvoirs spéciaux ?

Vivienne lui répondit avec un calme impressionnant.

— Depuis votre union, nous avons réfléchi à cette possibilité et nous en avons conclu que c'était impossible, à moins qu'il ait passé les cent dernières années à étudier nos spécialités.

Ce qui était exactement ce que Conn avait fait.

— Je vois, répondit Moira, qui sentit un poids énorme lui tomber sur les épaules. Donc tu t'attends à ce qu'il meure. (C'était une possibilité qu'elle ne pouvait pas écarter. Conn était capable de mobiliser la même énergie qu'elle, mais cela ne voulait pas dire qu'il franchirait le voile.) Super, ta stratégie, Tata.

Plus encore qu'à l'habitude, elle redoutait le jour où elle prendrait sa place au cercle.

— Quelle stratégie ?

— Conn meurt et c'est de la faute du roi, expliqua Moira en enfilant un bracelet en pierre de lune. Les Neuf se retirent du Royaume… ou le Royaume nous fiche dehors et, dans un cas comme dans l'autre, tu en ressors blanche comme neige.

Pourtant, les sorcières ne pouvaient pas quitter le Royaume. Où le cercle avait-il donc la tête ?

— Oh, mais on dirait que notre Septième est une stratège accomplie.

Si tu savais, ma tante… Moira se força à baisser la voix pour ne pas bégayer.

— Nous ne voulons pas nous mettre les Kayrs à dos. Tu aurais dû lui dire « non ».

— Refuser une demande du roi équivaudrait à sortir du Royaume. C'est un pas que nous ne sommes pas encore prêts à franchir, expliqua Vivienne, dont le visage prenait des couleurs. Nous penserons aux conséquences plus tard.

— Les conséquences ? explosa Moira. Écoute, Tante Viv…

— Assez, l'interrompit Vivienne, dont la peau crépitait d'éclairs verts. Tu es la septième fille de la septième fille, Moira. Tu es née pour prendre la tête du cercle et tu as juré d'obéir à nos lois. (Elle inspira fort et son visage retrouva son calme.) C'est le genre de décision cornélienne que tu auras à prendre au quotidien.

Le poids de son destin l'écrasait et seule sa colère lui permettait d'y résister.

— Si Conn succombe en franchissant le voile, les vampires seront le cadet de vos soucis.

Sur cette menace vide de sens, elle coupa la communication. Devait-elle contacter Dage ? Elle écarta aussitôt cette idée. Le roi soutiendrait son frère. Une seule solution se présentait à elle. Il fallait qu'elle parle à Conn.

Chapitre 4

Conn but une nouvelle gorgée de Guinness et inspecta le contenu du frigo de Moira. Tout était soigneusement aligné et classé par couleur. La bière à gauche, le jus de citron vert à droite. Les sodas au deuxième étage et les condiments, rangés par taille, au premier. Pourquoi ne savait-il pas cela sur elle ? Ils étaient unis depuis un siècle. Il connaissait ses goûts alimentaires, parce qu'ils en avaient discuté récemment, mais il ignorait qu'elle était à ce point maniaque sur le rangement.

Maniaque et bien trop vulnérable à son goût. En se pliant aux exigences du cercle, un siècle plus tôt, il l'avait blessée. Comment avait-il pu ne pas s'en rendre compte ? Peut-être parce qu'il avait surtout été soulagé qu'on lui accorde cent ans pour apprendre à maîtriser les sentiments écrasants de possession et de désir qui l'assaillaient.

En quittant l'Irlande, il avait confié son cœur aux mains délicates de Moira. Il lui appartenait corps et âme. La distance l'avait aidé à trouver la paix, et le temps lui avait permis de mettre un plan au point. Il était plus âgé et plus sage… et il refusait de la laisser quitter à nouveau sa vie. Elle allait devoir se faire à cette idée, qu'elle le veuille ou non.

Il ferma le frigo et quitta la luxueuse cuisine. En quelques pas, il revint au salon, dont les tons chatoyants exsudaient la sensualité. L'appartement n'avait rien à voir avec le joli cottage rustique où ils avaient passé leur nuit fatale.

Le cottage était celui d'une jeune fille. L'appartement, en revanche, portait la marque d'une femme.

Il devina un mouvement dans l'entrée. Il se retourna et eut le souffle coupé.

Moira venait de sortir de la chambre. Elle portait une longue jupe noire et une veste écarlate, ainsi que de longues bottes en daim noires. Elle avait dompté ses boucles folles en les attachant sur la nuque. Quant à ses yeux verts, ils étaient magnifiés par son maquillage. En un mot, elle était époustouflante.

Conn n'avait plus de salive et sa langue lui semblait peser une tonne. Il avait déjà éprouvé de l'excitation, mais ce qu'il ressentait face à elle dépassait le simple désir charnel. Il la voulait tant que son sang bouillait dans ses veines. C'était un besoin primitif. Il la regardait fixement, les narines écartées, les lèvres entrouvertes. Moira, prudente, fit un pas en arrière et joignit les mains.

— Il faut que tu restes ici, Conn, dit-elle avec conviction, les yeux suppliants.

— Non.

Moira inspira à fond, ce qui ne fit que mettre sa poitrine en évidence.

— Tu ne comprends pas les risques qui t'attendent.

Vraiment?

— Si nous sommes alliés, Moira, ce dont je suis persuadé, le cercle ne me fera aucun mal.

Les rumeurs étaient donc fondées. Les Neuf avaient bien l'intention de faire sécession. Il allait devoir mettre Moira en sécurité avant qu'une autre faction déclare la guerre au Royaume. Comme si les Kurjans et les démons ne leurs causaient pas déjà assez de soucis...

— Nous sommes alliés, Connlan, lui assura-t-elle, le regard droit.

Impressionnant!

— Pour combien de temps?

Elle allait répondre lorsque la porte s'ouvrit à toute volée. Conn se mit en position défensive, puis se redressa pour rattraper la femme menue qui se précipitait dans ses bras.

— Connlan Kayrs! Tu en as mis, du temps, dis-moi, sourit Brenna Dunne en lui tapotant le dos avant de reculer d'un pas, les yeux pétillants de malice. Merci pour l'ordinateur trafiqué que tu m'as envoyé pour mon anniversaire, au fait. Je l'adore.

Conn sourit lui aussi à la huitième fille du docteur Patrick Dunne, qui était probablement l'homme le plus intelligent de la planète. Enfin, après Kane, le petit génie de la fratrie Kayrs. Brenna était un véritable miracle. Sa naissance avait pris tout le monde de court. Dans toute l'histoire des sorcières, jamais il n'y avait eu de huitième fille dans une famille, car sept était le chiffre d'or.

— Je me suis dit que ça t'amuserait de faire joujou avec des satellites.

Brenna hocha la tête et ses cheveux bruns volèrent dans tous les sens. Contrairement à ses sept sœurs aînées, elle n'avait hérité ni des yeux verts ni des cheveux roux de la famille, ce qui était aussi surprenant que sa naissance.

— Je m'éclate! Tiens, le mois dernier, j'ai piraté des bases de données gouvernementales et j'ai transféré des fonds militaires à des associations humanitaires du Moyen-Orient.

La toute jeune femme était née quatre-vingts ans après la nuit qu'il avait passée avec Moira et il la considérait comme un membre à part entière de sa famille.

— Toujours déterminée à sauver le monde, hein?

— Bien sûr, répondit-elle avant de se tourner vers sa sœur. Il faut qu'on aide l'économie irlandaise, Moira. J'ai un plan.

— Tu as toujours des plans, répondit Moira en se dirigeant vers la porte. (Elle tourna la poignée dorée et se retourna avec un sourire.) Et le plus impressionnant, c'est qu'ils fonctionnent à chaque fois, mais on en discutera plus tard, d'accord ? Pour l'instant, j'aimerais que tu tiennes compagnie à Conn.

Conn se sentait à la fois amusé et agacé. En deux enjambées, il la rejoignit à la porte.

— Je t'accompagne au conseil, *Dailtín*.

— Mais tu ne peux pas, Conn ! s'exclama Brenna derrière lui. Tu vas y rester !

Il pivota vers elle et lui adressa un clin d'œil.

— J'ai reçu une invitation, Bren. (Il poussa doucement sa compagne vers la sortie et referma la porte derrière eux.) En route !

Moira se retourna et le poussa contre le mur. Conn la laissa faire.

— Non. Notre protection, ce n'est pas juste une troupe de gardes armés jusqu'aux dents. Seules de vraies sorcières peuvent franchir le voile menant à la chambre. Tu vas mourir.

Il la prit par les coudes.

— Quel voile ?

— Le voile, quoi ! répéta-t-elle, exaspérée. Nous sommes des sorcières, Connlan. Tu pensais vraiment qu'on assurait l'inviolabilité de notre QG avec des éclairs de plasma ?

Euh, oui, en fait.

— Je n'y ai jamais réfléchi. (Un voile. Il en profiterait pour apprendre comment en créer un pour protéger les femmes dans leur propre QG. La sécurité de sa famille était un souci constant chez lui.) Mais vu que j'ai tes pouvoirs, ça devrait passer.

Rien n'était moins sûr. Ces satanées sorcières gardaient le secret sur tout ce qu'elles faisaient.

— Non. Les forces du voile t'arracheront la tête. (Elle le repoussa et se dirigea vers l'ascenseur.) Le voile est constitué de particules subatomiques sélectionnées pour leur capacité à reconnaître mon espèce. Mieux encore, elles évaluent le niveau de puissance des sorcières. Seules les plus fortes survivent.

Les portes s'ouvrirent et elle entra dans la cabine.

— Je suis puissant. Tu l'as vu par toi-même.

Mais l'était-il assez ? Il n'avait aucune envie de mourir, et encore moins maintenant qu'il avait retrouvé Moira.

— C'est ça, ironisa sa compagne en appuyant sur le bouton correspondant au garage. Tu peux manipuler le plasma. Mon neveu de deux ans y arrive aussi. Est-ce que tu as envisagé le fait que ta mort entraînerait la désintégration du Royaume ?

— Dans ce cas, j'ai intérêt à rester en vie. (Décidément, Moira le sous-estimait dans les grandes largeurs. Le cercle des Neuf semblait vouloir sa mort. Soit ses membres avaient découvert l'existence de ses nouvelles capacités, soit ils comptaient sur son décès pour claquer la porte du Royaume. D'une manière ou d'une autre, Conn se lassait de ce petit jeu.) Si les Neuf ont ordonné ma mort, est-ce que tu laisserais faire sans réagir, Moira ?

Cela faisait belle lurette qu'il ne craignait plus la mort. Lorsque son heure viendrait, il l'accepterait, même s'il comptait bien résister de son mieux.

— Les Neuf n'ont rien à ordonner, vu que tu fonces de plein gré vers la mort. Et pour ta gouverne, je n'aurais pas mon mot à dire. (Agacée de la lenteur de l'ascenseur, elle pressa à nouveau sur le bouton et fut soulagée de voir les portes se fermer enfin.) En plus, il s'agit d'un ordre direct du roi. Que veux-tu que je fasse contre cela ?

Sa colère, qu'il contrôlait de son mieux depuis plusieurs heures, menaçait d'exploser. Il la prit par le bras et la plaqua contre la paroi de la cabine.

— Si les rôles étaient inversés et que c'était toi qui étais en danger, je passerais outre tous les ordres, *Dailtín*. J'espère que tu en es consciente. (Des étincelles illuminèrent les beaux yeux de la sorcière. Elle ne semblait pas se rendre compte à quel point il était proche de l'emmener loin de l'Irlande.) Mais tu connais mon frère. Jamais Dage n'ordonnerait ta mort.

Les portes s'ouvrirent et elle se dégagea brutalement pour se diriger vers Kell, qui les attendait avec trois motos. Conn poussa un petit sifflement appréciateur. Deux Ducati et une Suzuki Hayabusa étincelaient sous la lumière froide des halogènes. Kell était collé à la Suzuki, comme si ce monstre rouge et noir était la prunelle de ses yeux.

— Sympa, ta moto.

— Sympa ? C'était déjà la routière la plus rapide du marché. Maintenant que je l'ai modifiée, elle est supersonique.

D'un signe de tête, Conn désigna la plus grosse des deux Ducati, une Superbike noire très profilée.

— C'est celle d'Adam ?

— Non, de Daire, répondit Moira en prenant le casque accroché au guidon de l'autre Ducati, qui était rouge. Je te conseille de ne pas lui faire la moindre égratignure si tu ne veux pas qu'il te massacre. (Elle s'assit sur la selle et lui adressa un sourire narquois.) D'un autre côté, ça me débarrasserait de toi.

En la voyant ainsi, à califourchon sur sa moto comme si c'était sa position naturelle, Conn sentit son cœur s'arrêter de battre. Jamais il ne l'avait vue aussi sexy. Elle se détacha les cheveux, secoua la tête pour libérer ses boucles et enfila le casque. Il avait envie de la prendre à bras le corps et de la convaincre que ce n'était pas la moto qu'elle devait chevaucher, mais lui.

Kell lui plaqua un casque sur le ventre.

— Merci.

Il le passa et fit démarrer sa moto, qui s'éveilla entre ses cuisses, tout en puissance et en grondements. Le moment était venu d'aller à la rencontre de ceux qui voulaient sa mort.

La lumière de la lune scintillait sur les devantures. Moira s'allongea sur le guidon, écoutant le vent siffler à ses oreilles. Elle zigzaguait entre les voitures dans le sillage de Kell. Conn, lui, protégeait ses arrières. Sa moto hyperpuissante était le symbole même de la liberté, mais il n'en avait pas moins l'impression d'être enfermé dans une cage, toute dorée soit-elle. Son avenir s'ouvrait sur plusieurs directions. Les Neuf se réclamaient du destin, Conn de la fatalité, mais rien de tout cela ne lui convenait.

Ils pénétrèrent dans un quartier plus touristique et Moira sentit la marque de sa hanche brûler. Le feu passa à l'orange, mais d'un mouvement du poignet, elle le ramena au vert. Ses fesses la picotaient, comme si le vampire qui la suivait la caressait du regard. Si c'était le cas, il en entendrait parler.

Ils entrèrent dans une ruelle, au milieu de poubelles impeccablement alignées, et se garèrent devant une porte métallique miteuse. Moira coupa le contact, ôta son casque et descendit.

Kell et Conn l'imitèrent. Ce dernier avait fière allure sur sa moto, un vrai Blouson noir hollywoodien des années cinquante. Il haussa un sourcil, comme pour lui poser une question à laquelle elle ne pouvait toujours pas répondre. À son air contrarié, Moira devina qu'il commençait à se lasser des secrets, mais c'était sa faute, après tout. Rien ne l'avait forcé à venir en Irlande.

Kell posa la main sur la poignée de la porte, mais le verrou se débloqua avant qu'il ait pu faire un geste. Dans son dos, Moira sourit, satisfaite du petit tour qu'elle lui avait joué. La porte s'ouvrit de l'intérieur et les basses obsédantes d'un morceau de hip-hop les agressèrent aussitôt. Kell entra, mais Conn la retint par le bras.

— Qu'est-ce qu'on fait là ?

Elle se doutait que Conn ne la croirait pas si elle lui disait que les sorcières se réunissaient dans une boîte de nuit.

— C'est juste un petit rendez-vous rapide avec une source. Rien d'important. Tu veux bien surveiller les motos ?

— Bien sûr.

Il la lâcha, la poussa doucement sur l'épaule pour qu'elle entre, et la suivit. Elle savait qu'il refuserait de rester dehors dans la ruelle. Elle ne l'aurait pas fait non plus à sa place. Un mélange de sueur, de fumée et de bière saturait l'air. Dans la lumière tamisée, elle suivit la progression de Kell sur le dancefloor bondé.

Une silhouette rose de calmar tracée sur le mur vibrait au rythme de la musique. Moira poussa un soupir et se glissa derrière un homme qui se frottait sans vergogne contre une petite brune. Deux danseurs tentèrent de l'arrêter en chemin, mais leurs sourires dragueurs s'effacèrent dès qu'ils regardèrent derrière elle. Moira n'avait pas besoin de se retourner pour savoir ce qui refroidissait leurs ardeurs. Il irradiait du corps de Conn une chaleur qu'elle sentait même dans l'air saturé de la boîte. Le second pâlit tellement qu'elle craignit de le voir s'évanouir.

— Sors-moi d'ici avant que je fasse mal à quelqu'un, grogna Conn.

Il lui posa la main sur les fesses et le désir qui la tenaillait depuis qu'ils étaient entrés atteint de nouveaux sommets. Par chance, sa colère était encore plus forte. Ce n'était pas une simple petite tape. C'était une invitation à l'extase… dès qu'ils en auraient le temps.

Jouant des coudes, elle traversa la nuée de danseurs jusqu'à atteindre une alcôve sombre au fond de la salle. Kell s'y trouvait déjà, adossé au mur pour surveiller la foule. En la voyant arriver, il se détendit et se tourna vers l'intérieur de l'alcôve. Moira suivit son regard.

— Professeur Pelandrone.

Ce dernier sourit et remonta ses épaisses lunettes le long de son nez. Ses fines boucles noires encadraient son visage rondouillard. La teinte rougeâtre de sa peau disait qu'il avait bu plus que de raison. Une fois de plus.

— Moira, content de te voir. Désolé de ne pas t'avoir appelée ces derniers temps.

Le sorcier était leur scientifique en chef, un véritable génie de la théorie des cordes. Malheureusement, il était aussi à moitié fée, ce qui expliquait son manque d'organisation, même si Moira était prête à parier que son goût immodéré pour l'alcool n'arrangeait rien. Les fées et la boisson ne faisaient pas bon ménage.

— J'imagine que vous êtes très occupés.

Moira n'avait jamais compris pour quelle raison il était propriétaire à cinquante pour cent de cette boîte de nuit déjantée. Il surveillait de près son investissement et c'était toujours ici qu'ils se rencontraient, mais peut-être venait-il aussi pour profiter de l'alcool qui coulait à flots.

Elle lui sourit et laissa Kell mener la discussion tandis qu'elle étudiait la foule chamarrée. Ce soir, la clientèle était majoritairement humaine, mais il y avait aussi des sorcières et des métamorphes.

Conn était adossé au mur et il semblait à Moira qu'il était protégé par une espèce de bulle, dans laquelle même le bruit n'osait pas s'immiscer pour le déranger. Mais elle remarqua aussi les regards féminins, du plus timide au plus appuyé. Jeunes minettes ou cougars en fin de course, toutes l'admiraient, mais jusqu'ici aucune n'avait encore trouvé le courage de l'aborder. Moira les comprenait. Même dans cette pose détendue, il émanait de lui un danger évident qui transparaissait dans son regard. Conn était sexy mais effrayant.

Elle se rendit compte qu'elle grimaçait de contrariété. Conn était à elle. Pour l'instant, tout du moins.

Le professeur fit glisser un dossier sur la table.

— J'ai procédé à une analyse rapide après ton appel. Le transport est possible, mais intraçable.

Conn se crispa et tourna ses yeux perçants vers lui.

— Vous essayez de suivre qui ?

Kell le fusilla du regard, puis reporta son attention sur le professeur.

— Pourquoi ?

— On parle de sauts entre dimensions, là. Il est possible de déchiffrer les signatures énergétiques au moment du saut, mais une fois que la personne a quitté la dimension d'origine, il ne reste plus rien. Même si elle revient tout de suite, il est impossible de savoir où elle est allée.

Moira inspira à fond, dérangée par l'odeur de sueur des danseurs.

— Est-il possible de transporter quelqu'un contre son gré ?

Elle connaissait déjà la réponse à cette question. Si Conn ne l'avait pas tirée dans l'abysse, elle ne serait plus là pour en parler.

Le professeur haussa les épaules.

— Théoriquement, oui, mais pour cela il faudrait combiner la théorie des cordes et les sauts dimensionnels à une puissance phénoménale qui n'existe que dans une forme très concentrée de physique quantique. Altérer suffisamment l'espace pour entraîner une autre personne dans un voyage dimensionnel, cela demanderait des capacités et une expérience extraordinaires.

— Et merde ! grogna Kell. Autre chose ?

— Ah, oui. Je viens de parler à ton père, Moira.

— Et moi, je lui ai parlé hier. Il donne un coup de main aux chercheurs. (Son père était généraliste, mais il s'intéressait à toutes les branches de la médecine, qu'il étudiait depuis des siècles. La neurologie était son domaine de prédilection.) Il n'y a rien de neuf.

— À propos de quoi ? intervint Conn.

Le professeur vida d'une gorgée son verre de scotch, qu'il avala avec une aisance déconcertante.

— Le virus 27.

Kell se tourna vers le vampire.

— Tu ne pensais quand même pas qu'on allait se tourner les pouces en attendant que vos chercheurs trouvent quelque chose ?

— Non, mais je supposais qu'une collaboration aurait été plus judicieuse. (Moira ne réagit pas. La collaboration ne serait envisageable que s'ils restaient alliés. Voyant qu'elle ne répondait pas, Conn prit un air aussi buté que le sien.) Je vois.

— Bon, allons voir le cercle, déclara Kell en se levant. Continuez à concentrer vos efforts sur le transport, professeur. Nous avons assez de chercheurs qui travaillent sur le virus.

Pelandrone se racla la gorge, regarda Conn, puis Kell.

— En fait, euh, ce n'est pas tout. Selon Google Maps, il y aurait d'importantes excavations en Russie depuis quelque temps.

— Vous en avez informé Daire ?

— Oui.

Conn fronça les sourcils.

— Les démons sont basés en Russie. Qu'est-ce qu'ils exploitent dans ces fouilles ?

Moira haussa les épaules. Avec un peu de chance, les démons n'exploitaient rien du tout.

— Des diamants, peut-être ? Tu sais qu'on surveille de près tout ce qui touche aux minéraux naturels, Conn.

C'était une coïncidence. Forcément. Il était impossible que qui que ce soit ait découvert le point faible des sorcières. Les mines russes avaient été détruites plusieurs siècles plus tôt, mais Moira n'était pas naïve. Les secrets, même les mieux enterrés, finissaient toujours par ressurgir.

— Daire s'en occupe, donc, reprit Kell. Merci, Professeur. Je vous appelle bientôt.

Ils traversèrent la salle en sens inverse. Moira était plus consciente que jamais des sourires qui suivaient son compagnon. La marque de sa hanche palpitait au rythme de la musique : vite, fort et à la limite de la perte de contrôle.

Une fois dehors, Conn la prit par le bras et se pencha pour lui parler à l'oreille, ce qui la fit frissonner jusqu'aux orteils.

— Tu vas me dire ce qui se passe, Moira.

Pour Conn, c'était un ordre. Pour Moira, une menace et un présage.

Chapitre 5

De retour en selle, Moira laissa le vent la calmer, zigzaguant pour doubler les voitures trop lentes à son goût. Elle invoqua une petite formule magique pour restructurer le carburant dans son réservoir et sa moto accéléra d'elle-même pour se porter au niveau de Kell.

Ce dernier grimaça en la voyant à côté de lui. Il n'avait jamais été capable de reconfigurer correctement le carburant. Il n'en était pas loin, mais elle avait toujours une longueur d'avance sur lui.

À mesure qu'ils quittaient les quartiers modernes, les lampadaires se faisaient plus rares et les rues plus étroites. Elle passa sans ralentir devant l'église, puis, cinq kilomètres plus loin, s'engagea dans une friche, bordée sur trois côtés par un mur en pierre de deux mètres cinquante de haut.

La magie lui hérissait les poils des bras. La zone était protégée par la physique quantique, c'est-à-dire par l'application d'énergie sur les éléments les plus infimes de la matière.

Des grillons chantaient au loin et la fragrance du jasmin embaumait la nuit. La lune était déjà haute dans le ciel, mais une sorte de grondement sourd troublait l'air. Moira frissonna en sentant le vent s'infiltrer dans ses cheveux.

Les deux hommes descendirent à leur tour et Kell avança jusqu'au mur nord, dont il réarrangea quelques pierres pour former un nœud celtique. Le mur s'ouvrit dans un silence de mort. Conn se plaça devant elle, les épaules si larges qu'il lui bouchait la vue.

— Tu ne vas pas plus loin, Conn, lui dit Kell sans se retourner.

— J'ai été invité par le cercle.

— Je préférerais que tu ne meures pas en ma présence.

Moira hocha la tête.

— Ce ne serait pas sympa pour ton vieux copain, renchérit-elle, heureuse que quelqu'un la soutienne enfin.

En avertissant Conn, Kell venait de désobéir aux ordres qu'on lui avait donnés. Si ses propres exécuteurs commençaient à mettre ses plans en doute, le cercle des Neuf avait du souci à se faire.

— Arrêtez votre cinéma, soupira Conn. Je peux mobiliser et utiliser l'énergie de Moira. J'ai même passé un siècle à apprivoiser cette capacité.

À cette phrase Moira sentit un frisson lui parcourir le dos.

— J'aurais préféré ne pas le savoir, maugréa Kell en franchissant la première barrière.

Conn voulut le suivre, mais Moira l'arrêta en posant la main sur son torse. La chaleur corporelle du vampire s'immisça jusqu'à son épaule.

— C'est ta dernière chance de renoncer, Conn. (Elle le regarda dans les yeux. Ses deux univers allaient entrer en collision et tout ce qu'elle aimait risquait d'être détruit. La perspective qu'il puisse mourir lui coupait le souffle. Elle fit de son mieux pour étouffer cette peur, mais elle ne put l'empêcher de résonner dans sa voix.) Réfléchis.

Les yeux de Conn s'adoucirent et il lui prit la main, entremêlant leurs doigts pour l'entraîner avec lui.

— Nous devons nous serrer les coudes, Moira. Plus vite tu l'admettras, mieux cela vaudra pour nous, dit-il d'une voix calme, mais déterminée. Quand on arrivera au voile, est-ce que j'aurai le temps de l'observer ?

— Oui.

Mais en quoi est-ce que le fait de regarder le voile invisible pourrait l'aider ? Le mur se referma derrière eux et des lumières s'allumèrent le long d'un grand escalier en pierre. Main dans la main, ils descendirent jusqu'à un petit vestibule carré, où Kell les attendait devant une nouvelle paroi. Il recommença la même manœuvre avec les pierres et se pencha en avant jusqu'à ce qu'une lumière verte apparaisse pour lui scanner les yeux.

— Kellach 24456 Daisy.

— Daisy ? ricana Conn.

Moira toussota, se demandant comment elle pouvait l'aider à survivre.

— Daire était furax quand il a découvert ce mot de passe.

Daisy était une fille dont ils avaient tous deux été amoureux à l'adolescence, plusieurs siècles plus tôt, mais Moira se doutait que Kell n'avait aucune envie que le vampire le sache.

Le mur s'écarta et Kell pénétra dans une pièce rectangulaire. Deux gardes à la carrure impressionnante barraient l'entrée d'une porte métallique. Kell sortit son arme et la posa dans un panier en osier, puis en fit de même avec ses couteaux. Moira l'imita après avoir vérifié que la sécurité de son pistolet était bien en place.

— Les armes sont interdites au-delà de cette porte, déclara-t-elle en espérant que cela convainque Conn de faire demi-tour.

Mais le vampire haussa les épaules et déposa une quantité impressionnante de pistolets, de couteaux et de shurikens dans le panier. Il laissa les gardes le fouiller de la tête aux pieds, mais poussa un grognement lorsqu'ils en firent de même avec Moira.

— Arrête ton char, soupira cette dernière en levant les yeux au ciel.

Il garda le regard rivé sur le garde, qui se contenta de lui lancer un sourire de défi. Une fois sa fouille terminée, toutefois, il recula prudemment de quelques pas. Moira secoua la tête. Leurs gardes étaient forts, mais Conn était le soldat ultime.

La porte s'ouvrit de l'intérieur. Des bougeoirs en marbre illuminaient les tableaux accrochés aux murs. Moira suivit Kell à pas légers sur le tapis rouge.

— Ne dévie pas du tapis, Conn, si tu tiens à ta tête.

En effet, il suffisait de mettre un orteil sur la pierre pour que des lames tranchantes sortent des murs.

— Je vois que vous avez décoré le couloir avec des œuvres de Vicente Voltolini, dit Conn en s'arrêtant devant une scène de bataille des temps anciens. Toute sa collection guerrière, même.

Il s'agissait d'un célèbre vampire qui avait immortalisé les scènes les plus mémorables de l'histoire du Royaume… avant d'être décapité par les Kurjans.

— Oui. Ma tante Vivienne et lui étaient… proches, expliqua Moira en le tirant par la main. Viens, on est en retard.

Le réseau de tunnels, véritable labyrinthe souterrain, s'étendait sous toute la ville. Certains aboutissaient à des entreprises ou à des demeures privées, et d'autres à la mort. Moira avait depuis longtemps mémorisé le chemin menant à la salle du conseil. Elle était l'une des rares personnes à le connaître. C'était une information capitale. Et dangereuse.

Kell réarrangea les pierres d'un troisième mur, qui s'ouvrit sur une pièce vide aux murs de pierre, puis se tourna vers Conn.

— Tu risques d'y rester.

— Et je te manquerais, c'est ça ? plaisanta le vampire.

Kell haussa les épaules.

— Aucun étranger n'a jamais survécu à la dernière étape.

— Est-ce qu'un compagnon a déjà essayé ? demanda Conn en étudiant la pièce, d'aspect inoffensif.

Moira le prit par le bras.

— La plupart des gens ont assez de jugeote pour ne pas prendre le risque.

Seuls les sorciers et sorcières étaient capables de franchir le voile. Même avec une puissance suffisante, cela se faisait parfois dans la douleur.

— Imagine une bulle régénératrice autour de toi, lui conseilla Kell. Place-toi derrière moi et devant Moira.

Sur ces mots, il pivota, entra dans la pièce et disparut instantanément.

— De sa part, je considère ça comme une déclaration d'amour, plaisanta Conn.

Cela ne fit pas rire Moira.

— Je t'en prie, ne fais pas ça.

Elle était prête à le supplier, à tout faire pour ne pas le perdre. Conn se retourna, lui prit le visage entre les mains et lui déposa un baiser furtif sur les lèvres.

— Fais-moi confiance.

Elle n'avait pas la force physique nécessaire pour l'en empêcher et il était immunisé contre ses pouvoirs magiques. Moira sentit le découragement lui nouer la gorge.

— Tiens-moi la main. Quand le voile t'aspirera, ne lutte pas. Essaie d'utiliser sa puissance comme protection.

Il était parvenu à maîtriser sa magie. Un minimum, tout du moins. Peut-être réussirait-il à vaincre le voile.

Conn fronça les sourcils.

— Kell m'a dit d'y aller seul.

— Oui, généralement, on passe seul, mais rien ne nous interdit d'y aller ensemble, mentit-elle avec aplomb.

Conn fit un pas vers la porte, les yeux rivés sur la pièce vide.

— Je sens une tension… un changement dans l'air.

— Et encore, ce n'est rien. Bon, dernière chance de renoncer.

Il serra la pression sur ses doigts, sa paume chaude et forte.

— Je suis désolé de ne pas être venu te chercher plus tôt, Moira.

Sur ces mots, il entra dans la pièce d'allure si inoffensive.

Un vent statique sifflait à lui fendre les tympans. Conn s'accrocha à la main de sa compagne pour ne pas se boucher les oreilles. L'air bouillonnait autour de lui, l'engouffrant dans des rafales de puissance. Il n'y avait ni oxygène ni hydrogène, rien que des blocs de puissance plus solides que du béton.

Ces blocs assaillaient Conn, lui râpant la peau, s'acharnant sur sa chair. Il tenta de tourner la tête vers Moira, mais l'air était trop épais. Seule sa petite main dans la sienne l'assurait encore de sa présence. Il reçut une brique invisible sur le sourcil gauche et il recula la tête, qui percuta un mur avec une force écrasante.

La douleur lui brouilla l'esprit, mais sa colère prit aussitôt le dessus. Il plongea en lui-même et se concentra sur les molécules qui l'attaquaient pour tenter de modifier leur formation. En réaction, le sifflement se fit encore plus aigu et les blocs devinrent plus coupants.

Bon sang! Il voulut pousser un cri de rage, mais n'émit aucun son.

Un rebord lui trancha la gorge et il sentit ses jambes se dérober sous lui, mais des blocs de néant le maintenaient à la verticale.

Soudain, un baume apaisant monta le long de son bras. Il provenait de la main de Moira. La sensation veloutée l'envahit, l'entoura. Il inspira à fond et l'air s'allégea.

Dans une bouffée d'énergie, il fit un pas en avant.

Dans le silence.

Sans même prendre le temps de respirer, il se tourna vers elle.

— Tu vas bien ?

Moira hocha la tête, le souffle court. Ses boucles rebelles volaient autour de son visage. Ses vêtements étaient déchirés et sa peau coupée par endroits.

— On dirait que tu es passée à la moulinette, lui dit-elle. (Il se regarda et constata qu'il était dans le même état qu'elle.) Eh ben ! C'était marrant.

Ils se trouvaient face à un nouveau mur. Moira posa la paume et le front contre la pierre, puis murmura une incantation. Le mur s'écarta pour révéler une vaste pièce. Le QG du cercle des Neuf.

La salle était dominée par un dais en pierre surélevé, sur lequel trônait une table et neuf fauteuils. D'autres tables étaient installées en contrebas et deux rangées de sièges étaient taillées dans la roche. L'ensemble avait l'aspect d'un tribunal moderne, mais en pierre brute et dans une ambiance de magie.

Moira prit place devant la table à côté de Kell. Quatre membres du conseil étaient présents. Conn lui lâcha la main et se plaça à côté d'elle.

Vivienne Northcutt présidait la séance. Elle était entourée de Brigid, la mère de Moira, et de Grace Sadler. Les trois femmes faisaient partie du conseil depuis près de mille ans. Le voisin de Grace, par contre, était inconnu de Conn.

La mère de Moira porta la main à sa bouche.

— Moira, qu'est-ce que tu as fait ?

Conn fronça les sourcils. Ils savaient pourtant qu'il devait venir.

— Ce que j'avais à faire, répondit sa compagne d'une voix forte.

Qu'entendait-elle par là ? Conn se tourna vers Kell. Ses vêtements n'avaient pas souffert et il ne semblait pas avoir la moindre égratignure. Surpris, Conn se figea, puis laissa libre cours à sa colère.

— J'ai deviné. On ne passe pas à deux à travers le voile, c'est bien ça ?

— Je t'avais dit d'y aller seul, maugréa Kell. Jamais je n'aurais cru Moira assez idiote pour mettre sa vie en danger.

— Ferme-la, Kell, lui intima Moira.

Conn regarda Vivienne, qui avait les yeux braqués sur lui.

— Conseillère Northcutt, ravi de vous voir.

— Moi de même, Prince. Je constate avec plaisir que vous avez survécu au voile, répondit-elle, les yeux plissés.

— Vraiment ?

Il avait déjà réfléchi à ce que feraient les Neuf en découvrant qu'il maîtrisait la magie. Si le cercle déclarait la guerre au Royaume, il serait leur première cible. Il en savait trop sur leur fonctionnement, sur leurs méthodes de combat, et désormais sur leurs protections. Le laisser en vie serait une erreur.

— Bien sûr. Le roi avait raison de croire en vos capacités, dit-elle avec un rictus menaçant.

Agacé par sa politesse de façade, il lui adressa son plus charmant sourire.

— Simple curiosité, que serait-il arrivé à ma compagne si le voile m'avait arraché la tête ?

Par ces mots, il disait clairement que Moira était désormais à lui.

Vivienne croisa les mains sur la table.

— La mort a son énergie propre, Prince Kayrs. Si elle vous avait fauché, Moira serait morte également.

Rien au monde n'aurait pu retenir le grognement sourd qui sortit de la poitrine de Conn.

Chapitre 6

Moira ne se soucia ni de l'inquiétude dans le regard de sa mère, ni de la condamnation dans celui de Vivienne. Par contre, elle ne pouvait ignorer le grondement menaçant de Conn. Son corps réagit aussitôt par une bouffée d'adrénaline. Devait-elle se dresser contre lui ou s'enfuir ? Malheureusement, le moment n'était propice à aucune de ces solutions.

— Euh, bon, on commence ? suggéra-t-elle.

— Très bien, mais le conseil souhaitera tout de même s'entretenir avec toi à propos de tes actions, Moira, répondit Vivienne d'une voix ne tolérant aucune contestation.

Moira hocha la tête, puis vit qui était la quatrième personne assise à la table et resta figée de surprise. Il s'agissait de Peter Gallagher, dont les yeux noisette illuminaient le beau visage. Le neurologue avait donc été nommé récemment au conseil ? Elle sourit à son vieil ami, qu'elle voyait pour la première fois de sa vie en costume trois-pièces gris.

— Nous essayons de joindre Simone et Trevan, expliqua Vivienne en regardant Grace, qui se démenait sur son ordinateur. Simone est à New York et Trevan en Grèce pour y surveiller l'activité des démons. Peter Gallagher a été nommé hier, dans le cadre d'un remplacement inopiné.

La tension était palpable, comme si l'oxygène venait à manquer. Un remplacement inopiné signifiait que l'un des membres venait de mourir, et tuer une sorcière était loin d'être facile.

— Félicitations, murmura Moira en se forçant à sourire.

Elle connaissait Peter depuis près d'un siècle. Ils enseignaient à la même université et Peter était le disciple de son père, le plus grand médecin du peuple des sorcières. Il ferait un excellent membre du conseil. Si seulement les circonstances avaient été plus favorables…

Une cloche sonna et tout le monde se tourna vers le mur, qui s'effaça pour révéler un écran géant, sur lequel apparut une pièce semblable à celle où ils se tenaient, mais plus petite.

L'image se fit plus nette et Moira vit deux soldats, traînant entre eux un homme chauve qui se débattait de son mieux. Son crâne, sa nuque et ses bras étaient rougis par un coup de soleil qui courait jusqu'à ses mains, qu'il avait grandes et velues. Son pantalon était déchiré, son nez était gonflé et cassé et des éclats de sang lui maculaient le torse. L'un des soldats lui décocha un coup de pied derrière la jambe et le prisonnier tomba à genoux face à la caméra. Conn se raidit à côté de Moira. La scène promettait d'être pénible.

— On ferait peut-être mieux d'attendre dans le vestibule, suggéra-t-elle en lui prenant le bras.

— Pas question, répondit-il d'une voix rauque qui la prit aux tripes. Ce type est humain.

Le prisonnier tenta de se relever, mais l'un des gardes appuya sur son épaule pour le maintenir en place.

— Vous n'avez pas le droit de faire ça ! rugit l'homme. Je sais pas qui vous êtes, mais…

— Silence ! (Vivienne se leva, le visage rouge de colère. Elle regarda Moira et Conn et retrouva petit à petit son calme.) Mademoiselle Dunne, auriez-vous l'amabilité d'escorter le Prince Kayrs jusqu'à l'antichambre ? Nous avons un problème inattendu à régler.

— Bien.

Moira voulut obéir, mais elle sentit avec angoisse Conn lui prendre le bras. Il lui sourit et lui tapota la main.

— Sauf votre respect, Conseillère, je préférerais rester.

La mère de Moira se retint de sourire, les yeux rivés sur l'écran et Vivienne se tourna vers lui à la manière d'un vautour se jetant sur une carcasse, avec un sourire terrifiant de sauvagerie.

— J'apprécie votre curiosité, Prince, mais il s'agit d'un problème interne pour lequel nous devons être seuls. Veuillez vous retirer, je vous prie.

Sur l'écran, le prisonnier leva les bras.

— Je peux me retirer aussi ? demanda-t-il d'une voix que le micro rendait aiguë et métallique.

Il tenta de se relever, mais l'un de ses gardes lui assena une claque derrière le crâne et il retomba à quatre pattes. Conn n'avait pas lâché Vivienne des yeux. Son visage exprimait le regret, mais son regard brillait d'intelligence.

— C'est un humain, se contenta-t-il de dire.

Moira libéra sa main et regarda le conseil.

— En effet, répondit Vivienne.

Ses yeux scintillèrent et elle se redressa de toute sa taille. Le silence se prolongea jusqu'à en devenir suffocant. Sans bouger un muscle, elle regarda Grace, qui hocha lentement la tête.

Moira avait beau fouiller dans sa mémoire, aucune de leurs lois n'interdisait d'assister aux séances qui avaient trait aux humains. Ils auraient pu invoquer une clause de secret de l'emplacement, mais Vivienne avait personnellement invité Conn, pour sa capacité d'agent de liaison du Royaume, au QG du cercle. C'était donc à lui de choisir s'il voulait rester ou sortir.

Le prisonnier cracha du sang.

— Bien sûr que je suis humain, vous êtes cons ou quoi ?

D'un mouvement de poignet, Vivienne le fit taire. L'homme se prit la gorge à deux mains, les yeux exorbités. Vivienne regarda longuement Conn, mais ce dernier ne céda pas.

— Très bien, Prince, finit-elle par dire d'une voix lourde de menace, les dents serrées. Comme il s'agit d'un humain, nous n'avons aucun moyen légal de vous forcer à sortir. Cependant, par simple courtoisie, je vous demande de nous laisser gérer nos problèmes privés.

C'était bien joué. Moira connaissait depuis longtemps le pouvoir de la diplomatie. Dans ce domaine, Vivienne était une véritable virtuose. Conn n'avait pas le choix.

— Je comprends… et regrette d'autant plus de devoir refuser, dit-il d'une voix sonore qui résonna sur la roche des parois. Sauf votre respect, je choisis de rester.

L'enfoiré ! Il sait qu'on envisage de sortir du Royaume ! se dit Moira. Pourtant, il avait pris le risque d'affronter le voile, révélant par là même ses pouvoirs. C'était une manœuvre tactique de la part des Kayrs. Elle tourna lentement la tête pour le regarder. S'il était venu en Irlande, c'était donc uniquement pour une question de stratégie et rien de plus. La douleur qui lui cisailla le cœur la surprit, mais ce n'était pas le moment d'y réfléchir.

Elle secoua la tête. Conn venait de dévoiler son jeu. Il comprenait peut-être une partie de leurs pouvoirs, mais il n'avait pas à en dire plus. Désormais, même si l'alliance entre leurs deux peuples ne se désagrégeait pas, il courait un véritable danger de mort s'il en apprenait davantage sur les sorcières.

— Conn, murmura-t-elle, il faut que tu sortes.

— Non, répondit-il fermement.

Le silence absolu se fit dans la pièce et Vivienne joignit les mains.

— Très bien. Connlan Kayrs a décidé d'assister aux délibérations du cercle des Neuf, déclara-t-elle d'une voix signifiant qu'il venait de signer son arrêt de mort, avant de se tourner vers le prisonnier. Thomas Willoby, confesse tes crimes.

— J'ai rien fait de mal ! protesta Willoby en écartant la main du garde sur son épaule. Mais vous êtes qui ? Des cinglés de satanistes ?

— Non, répondit Vivienne avec un sourire froid, mais bien essayé. (Elle ouvrit le gros dossier posé devant elle.) Mary Johnson. Betty Maloney. June Frank. Ces noms te disent quelque chose ?

— Euh, non. Je sais pas de quoi vous parlez.

Moira pouvait sentir la peur qui émanait de lui à travers l'écran.

— Oh, je suis sûre que si. (Vivienne frappa le dossier du poing et Willoby sursauta. Une énergie sombre flottait sur la peau de la sorcière et ses yeux avaient pris une teinte noir charbon.) Tu aimes t'en prendre aux femmes, n'est-ce pas, Thomas ?

— Non, je… Bon Dieu, mais qui êtes-vous ?

Sa voix tremblait et sa chemise était trempée de sueur.

— Dieu ne te sera d'aucun secours, rétorqua Vivienne avec un rictus digne d'une goule d'Halloween. Généralement, quand on attrape quelqu'un comme toi, on le livre aux autorités humaines, ou on fait en sorte de les mettre sur la piste, tout du moins. Mais ton cas personnel est… spécial.

— Non, pas du tout. Je suis désolé. Je ne voulais pas…

Il s'interrompit et reporta les mains à sa gorge. Cette fois, Vivienne n'avait même pas eu besoin d'agiter le poignet, car elle avait déchiffré sa fréquence. Moira était catastrophée que Conn assiste à ce spectacle. Il ne devait surtout pas savoir ce dont les sorcières, elle y comprise, étaient capables. Viv pouvait empêcher une personne de respirer sans le moindre effort, mais ce n'était que le début. Elle saisit le maillet posé sur la table.

— Tu es un violeur, Thomas, n'est-ce pas ?

— Non, je... (Willoby sanglotait, les épaules tremblantes. Enfin, il parvint à reprendre son souffle.) Oui. Je suis désolé. J'ai besoin d'aide.

— Je suis là pour ça.

— Merci, répondit-il en baissant la tête.

— June Frank est l'une des nôtres, Thomas. Elle est en couple avec un membre de notre peuple. Tu lui as fait du mal.

— Je suis désolé, balbutia-t-il, plus tremblant que jamais. Je vais me faire soigner et je ne ferai jamais plus de mal à personne. Je le promets.

— Je suis heureuse de te l'entendre dire, répondit Vivienne en levant les mains. Tu admets avoir violé les femmes que j'ai citées ?

— Oui.

— Nomme tes autres victimes pour que nous puissions leur venir en aide.

Avec moult sanglots et reniflements, il égrena une suite de noms. Moira se sentait faiblir à mesure que la liste s'allongeait.

— C'est tout, dit-il enfin.

— Merci pour ta confession. (Vivienne attendit qu'il relève la tête, puis tendit les mains vers lui.) Adieu.

Willoby se dressa à moitié sur les genoux, poussa un hurlement assourdissant et entra en convulsions. Du goudron se mit à sortir de ses oreilles et à couler le long de son cou.

Avec un grognement, Conn se plaça entre Vivienne et Moira. Willoby tomba en avant, puis roula sur le dos, s'agitant frénétiquement comme un poisson à l'air libre. Un liquide noir et épais lui sortait des narines, des yeux et de la bouche, tandis qu'une brume à l'aspect toxique commençait à l'envelopper.

Moira ravala la bile qui lui montait aux lèvres et lutta contre son envie de détourner les yeux. Conn se tourna vers elle et lui bloqua la vue du cadavre et de la table du conseil. Ses pupilles se contractèrent, passant du vert profond au noir. Moira y lut une question, presque un avertissement muet. Elle releva la tête et soutint son regard.

Sur l'écran, les gardes traînaient le corps de Willoby hors de la pièce dans une traînée de mousse noire. Conn se tourna alors vers le conseil, dans un mouvement rapide et gracieux, et Moira se plaça à côté de lui. Elle était bien la dernière personne à avoir besoin de protection. Elle jeta un coup d'œil oblique à son compagnon. Sa colère sombre avait disparu, cédant la place à un sourire poli, presque blasé.

Vivienne donna un coup de marteau sur la table.

— Toutes mes excuses pour ce triste spectacle, déclara-t-elle tandis que l'écran disparaissait. Je déclare le conseil des Neuf ouvert.

Grace tapota à nouveau sur son clavier et plusieurs petits écrans émergèrent du même mur. Simone apparut sur le premier, dans une lueur verdâtre qui mettait en valeur sa peau pâle et ses yeux noirs. Ses boucles brunes étaient écartées de son visage, laissant voir le pli soucieux de son front.

Un autre écran grésilla et une silhouette masculine apparut. Trevan hocha la tête, le regard inquiet.

— Parfait, vous voilà enfin, dit Vivienne. La réunion peut commencer. Premier sujet à l'ordre du jour : nos collègues disparus.

Simone s'approcha de la caméra.

— Le conseil a perdu quatre membres en douze mois, Mère. Les exécuteurs ont-ils découvert ce qui leur était arrivé ?

Elle était visiblement en colère, car sa peau immaculée avait une rougeur inhabituelle et ses lèvres étaient pincées.

Vivienne s'assit et se tourna vers l'assistance.

— Kell ? Moira ? Qu'avez-vous trouvé ?

Moira sentit la colère lui couper le souffle. Elle regarda Conn, dont le visage n'exprimait rien. Il semblait parfaitement détendu, ce qui ne fit que décupler la fureur de Moira. Elle aurait dû lui dire d'emblée qu'elle avait été temporairement embauchée comme exécutrice.

Kell joignit les mains derrière son dos.

— Celui ou celle qui enlève les membres du conseil a trouvé le moyen de les transporter on ne sait où. Tout à l'heure, ils ont essayé de s'en prendre à Moira.

Mme Dunne écarquilla ses grands yeux verts.

— Tu n'as rien ?

Moira lui sourit.

— Je vais bien, Mère, je t'assure.

— C'est incroyable, Brigid, intervint Vivienne en tapotant la main de sa sœur, avant de reprendre d'une voix pleine d'autorité. Comment est-ce possible ?

— On n'en sait rien, reprit Kell, mais s'ils prennent la Septième pour cible, nous devons redoubler d'efforts pour ne pas la perdre.

— Non, déclara Moira. (Elle haussa les épaules sans se soucier de la réaction défensive de Conn. Elle avait étudié la question sous tous les angles et n'avait trouvé qu'une seule solution.) La prochaine fois, on les laisse m'enlever. Comme ça, je trouverai les autres.

Ou ce qui leur était arrivé, tout du moins. En attendant, elle continuerait à mettre au point un sort d'identification de la signature énergétique de la personne qui créait cet abysse.

— C'est hors de question, protesta aussitôt Conn. Je refuse que ma compagne serve d'appât. Sauf votre respect.

Il avait ajouté ces mots à la hâte, mais son ton indiquait que son respect risquait d'être très temporaire.

— Vous êtes ici par notre bon-vouloir, Prince Kayrs, rétorqua Vivienne, les yeux brillants. Ne l'oubliez pas.

Conn lui répondit par un sourire arrogant et Moira, affolée, lui prit le bras. Il posa aussitôt la main sur la sienne.

— Ce qui nous amène à la raison de ma présence, conseillère Northcutt.

— C'est-à-dire ?

— Le cercle des Neuf envisage-t-il de quitter le Royaume ? demanda-t-il avec la politesse d'un cambrioleur s'adressant au guichetier qu'il est en train de braquer.

Le silence se fit dans la pièce. Moira tenta de lui reprendre la main, mais il l'en empêcha. *Il n'a pas posé cette question. Il n'aurait pas osé.* Ne venait-il pas d'assister à la mise à mort d'un homme dont les organes s'étaient transformés en goudron ?

— Euh, la diplomatie, tu connais ? lui murmura-t-elle du coin de la bouche.

— C'est très surfait.

Décidément, les frères Kayrs avaient la finesse d'un troupeau de rhinocéros lancé à pleine allure. Ils n'avaient qu'une seule tactique : foncer dans le tas sans se soucier des conséquences. Cette méthode n'avait pas que des mauvais côtés, soit, mais elle allait anéantir l'univers de Moira. Elle ne savait sur quel pied danser.

Vivienne, les mains croisées sur la table en pierre, lui répondit avec un calme glaçant.

— Oui.

Moira en resta bouche bée. *Bon, ben comme ça, au moins, les choses sont claires.*

— Puis-je savoir pour quelle raison ?

— Pour quelle raison ? répéta Vivienne en rougissant de colère. Le roi exige que vous encadriez la formation de notre armée. Nous sommes les *alliés* du Royaume. Pas ses *subordonnés.*

— Conseillère, nous affrontons une menace inédite, une nouvelle espèce de loup-garou créée par le virus 27. Un métamorphe mué en animal, avec toute la force, l'intelligence et la ruse de son ancienne espèce. Les loups-garous ne sont plus uniquement des humains transformés qui succombent au bout de quelques mois. Nous devons tous nous former pour la guerre qui nous attend. Ensemble.

Trevan se racla la gorge, bruit que l'écran retransmit de manière très étrange.

— Je m'élève avec force contre cet ordre du roi. Les statistiques sont claires : chaque fois que des troupes passent sous les ordres d'un nouveau leader, une grande partie d'entre elles lui offrent leur allégeance. Le roi le sait parfaitement.

Conn lui répondit avec un sourire froid.

— Conseiller, j'apprécie votre… analyse de la situation, mais je vous assure que notre but n'est pas de vous voler vos soldats. Le roi souhaite simplement qu'ils reçoivent une formation adéquate pour contrer cette nouvelle menace.

Moira regarda Trevan. La guerre était loin d'être son domaine d'expertise.

— Nous n'avons besoin de personne, Prince, répéta Vivienne. De plus, le roi a mis les humains au courant de notre existence, de notre monde, de notre science et de notre patrimoine génétique. Il a de la chance d'être encore en vie.

Elle frissonna, comme surprise d'avoir osé prononcer ces mots.

— À votre place, Conseillère, je réfléchirais à deux fois avant de dire n'importe quoi, répondit Conn d'une voix lourde de puissance contenue. Menacer mon roi est une erreur colossale.

Peter se dressa d'un bond.

— Et en menaçant un membre du conseil, tu risques la mort instantanée, Kayrs.

Moira leva les mains en signe d'apaisement.

— Hé ! tout le monde se calme, ok ? On a besoin les uns des autres. Les Kurjans sont en train de perfectionner le virus, les démons nous ont déclaré la guerre et une entité inconnue enlève des gens à travers les dimensions. On se détend, d'accord ?

— Le virus n'affecte pas les sorcières, Moira, répliqua Peter.

— Vous en êtes sûrs ? intervint Conn.

— Nous le saurons très vite, répondit Vivienne. Le virus attaque le vingt-septième chromosome des métamorphes et des compagnes de vampires. Et probablement aussi celui des compagnes de démons, même s'ils refusent de l'admettre. (Elle se pencha pour ramasser un dossier et l'ouvrit.) Avec leurs trente paires chromosomiales, les vampires semblent immunisés, tout comme les sorcières, qui en ont vingt-neuf.

— Rien ne permet de l'affirmer, objecta Conn d'une voix calme. Selon le consensus des plus grands spécialistes actuels, c'est justement ce trentième chromosome, qu'on ne trouve que chez les vampires, les Kurjans et les démons, qui nous protège du virus. Ni vous ni personne dans votre peuple n'a ce chromosome, Conseillère.

Moira déglutit. Le point soulevé par Conn était très valide. Elle était révoltée à l'idée qu'elle risquait de perdre ses capacités et de devenir une simple mortelle. Il fallait éradiquer les Kurjans une bonne fois pour toutes, mais, pour cela, elle devait préserver l'alliance avec le Royaume, quelle que soit sa situation personnelle.

— Autre chose : les humains n'ont aucune idée de notre existence ou de la vôtre. Nous utilisons simplement leurs spécialistes pour étudier les ramifications génétiques du virus. Ils n'ont pas la moindre idée de ce dont il s'agit en vérité.

Moira hocha la tête.

— J'ai parlé à Kane Kayrs la semaine dernière. Avec la compagne du roi, c'est lui qui dirige l'équipe de recherche travaillant sur le remède. En effet, ils se servent d'humains hautement qualifiés, mais ils sont confinés à un laboratoire spécial et chacun d'entre eux n'étudie qu'un minuscule aspect de la question. Ils ignorent qu'il existe d'autres races que la leur.

Kane lui avait expliqué tout cela rationnellement et elle lui faisait confiance.

— De plus, ajouta Conn, Dage n'a fait que *demander* que vos soldats s'entraînent avec nous. Il n'a rien *exigé.* Si vous avez peur que l'on découvre l'étendue réelle de vos pouvoirs, eh bien… il est déjà trop tard. J'ai moi-même ces capacités et le roi le sait.

Moira écarquilla les yeux. Il tenait donc vraiment à ce que les Neuf l'exécutent sur-le-champ ?

— Je suis sûre que ce secret est en sécurité avec le roi, se hâta-t-elle de dire.

— Tu es une amie de longue date, Moira, répondit Peter, et loin de moi l'idée de te manquer de respect, mais tu es la compagne d'un Kayrs. Les pouvoirs dont tu disposes dans ton rôle d'exécutrice font de toi une vraie menace. Nous devons savoir où va ton allégeance.

C'était bien la dernière question à laquelle elle avait envie de répondre.

— J'ai prêté serment comme exécutrice, Peter. (Elle l'avait appelé délibérément par son prénom, ce qui amena une moue sur les lèvres du conseiller.) Ce serment, j'en comprends très bien la portée, contrairement à toi.

En effet, elle était très puissante, et elle mourait d'envie de le lui prouver en le métamorphosant en crapaud. Ce n'était pas possible, mais le simple fait d'y penser la calma.

Peter se rassit, les mains posées sur la table.

— Je sais ce que le serment implique, Moira. Mais qu'en est-il de ton compagnon ?

— Je n'en connais pas la teneur exacte, vu que vous gardez le secret sur tout ce que vous faites, mais j'imagine qu'il est du même tonneau que celui que nous exigeons de nos soldats : tout sacrifier à la cause commune.

Vivienne tapota sur la table avec son crayon.

— C'est à peu près cela. Et si jamais il y avait la guerre ? Dans ce cas, Moira, tu n'auras pas le choix.

Conn poussa un grognement étouffé que seule Moira entendit.

— Si nous en arrivions là, Conseillère, je peux vous assurer que ma compagne tiendra parole. Elle est la personne la plus honorable que je connaisse.

Une douce chaleur envahit le cœur de Moira. De la part du prince, ce n'était pas un mince compliment.

— Merci, murmura-t-elle.

— Et toi, Connlan ? demanda Brigid. Resterais-tu dans le camp adverse à celui de ta compagne ?

Moira intervint, gênée.

— Mère…

— Non, répondit Conn d'une voix forte, avec un sourire froid. Jamais je ne ferais cela. Mais je l'éloignerais du danger. Et de vous tous.

Moira ne savait pas si elle devait se fâcher ou éclater de rire.

— Cette question n'est pas à l'ordre du jour. Pour l'instant, il s'agit de retrouver les membres disparus.

Soudain, la lumière vacilla et les écrans s'éteignirent.

— Allons bon, dit Vivienne, qu'est-ce qui se passe ?

Grace tapota sur son clavier.

— Le système s'est encore coupé, apprit-elle à sa voisine. Ce n'est pas grave, terminons la séance quand même. Je vais prendre des notes et je les enverrai à Trevan et Simone.

— Je ne suis toujours pas convaincu qu'il soit sage d'envoyer nos soldats suivre la formation des vampires, reprit Peter. D'ailleurs, aux dernières nouvelles, c'est avec le Royaume que les Kurjans et les démons sont en guerre. Si nous nous retirons de l'alliance, nous retrouverons notre neutralité.

— Vous ne seriez pas en contact avec les démons, par hasard ? grogna Conn.

— Bien sûr que non, rétorqua Moira en se tournant vers sa tante pour qu'elle confirme cela. Vivienne garda le silence et Moira écarquilla les yeux.

— Attendez, vous négociez en douce avec les démons ? Sérieusement ? Ils utilisent les tactiques les plus méprisables qui soient, vous n'envisagez tout de même pas de vous allier à eux !

— Les décisions des Neuf ne concernent que le conseil, Moira, répondit fermement Vivienne. Si tu veux enfin prendre la place qui te revient et arrêter de jouer à l'exécutrice, tu es la bienvenue.

— Arrête, Viv ! la gourmanda sa sœur. Ces trente dernières années, ma fille a été l'une des exécutrices les plus efficaces de notre histoire, alors n'essaie pas de minimiser son rôle.

Merci, maman ! pensa Moira en relevant la tête.

— S'allier aux démons, ce serait ridicule. (*Et aussi d'une bêtise incommensurable.*) Les démons s'immisçaient dans l'esprit de leurs ennemis pour les détruire, et l'alliance avec les sorcières ne durerait qu'un temps. À l'idée que ses capacités pourraient tomber entre les mains des démons, Moira frissonna d'effroi.) Ce serait déclarer la guerre au Royaume.

— J'en suis tout à fait consciente, répondit Vivienne en les regardant tour à tour. Le Royaume est faible. Les Kurjans se préparent à la guerre depuis des siècles et ils ont désormais le soutien des démons. Sans parler des clans de métamorphes qui se sont retournés contre vous depuis que le roi a accueilli Caleb Donovan à bras ouverts.

Moira avait envie de hurler. Elle comprenait pourquoi Dage avait demandé à son vieil ami, dont les alliés étaient nombreux, de revenir au sein du Royaume. Donovan avait été accusé à tort du meurtre d'un prophète, plusieurs siècles plus tôt. Ironie du sort, le destin l'avait désigné comme nouveau prophète l'an dernier. Selon les rumeurs, il refusait d'ailleurs toujours de l'admettre.

Conn se dressa de toute sa taille.

— Le Royaume n'est pas faible, Conseillère, loin de là. Soit, le ralliement de Caleb a contrarié les démons et quelques clans de métamorphes, mais les forces qu'il a apportées ont décuplé notre puissance.

Moira hocha la tête. Le frère de Caleb s'était uni à une métamorphe lion promise à un démon, ce qui avait déclenché la colère de plusieurs clans. Donovan était donc en guerre contre eux, ainsi que contre les démons, depuis un siècle, mais depuis peu, il avait le soutien du Royaume.

— Et n'oublions pas que Caleb est désormais un prophète du Royaume, ajouta-t-elle.

C'était un rang que personne ne pouvait nier. Vivienne inclina la tête.

— Nous savons tout cela. Les Neuf doivent envisager toutes les possibilités, mais pour l'heure nous devons fortifier notre position. Kell, va chercher Trevan en Grèce. Moira, tu vas à New York pour ramener ta cousine. (Elle se tourna vers Conn, le sourcil levé). J'imagine que vous allez l'accompagner ?

— C'est exact.

Génial…

— Tu veux que je quitte l'Irlande ? demanda Moira, les sourcils froncés.

Cela ne tenait pas debout. Elle regarda sa mère, qui gardait le visage fermé. Un doute la tenaillait. Elle n'avait aucune envie de partir. Viv saisit un dossier, qu'elle tapota à plusieurs reprises.

— Non. Je te demande simplement de remplir tes fonctions d'exécutrice et d'assurer la sécurité d'un membre du cercle des Neuf pendant son voyage.

Il n'y avait rien à redire à cela. Moira avait désormais Conn, sa peste de cousine et sa tante en colère sur les bras. Les jours à venir s'annonçaient charmants.

Chapitre 7

Le bureau de Moira à l'académie était spacieux. Il y flottait un parfum de lilas et de livres poussiéreux.

— Tu dois aussi rendre tes copies à l'université de Dublin avant de partir ?

La compagne de Conn enseignait à la fois à l'université humaine et au centre d'apprentissage avancé des sorcières. Il caressa une statuette de fée posée sur une étagère. C'était un cadeau hors de prix qu'il avait envoyé à Moira un an auparavant, pour fêter sa promotion au grade de professeur à l'académie quantique, réservée aux magiciens.

Elle sursauta, comme si elle s'était attendue à une autre question.

— Non, je les ai corrigées la semaine dernière. (Elle lécha une enveloppe pour la fermer et fronça les narines.) Mais qu'est-ce qu'ils mettent dans leur colle ?

Elle poussa sur son bureau et fit reculer son fauteuil. Les roulettes grinçaient horriblement et toutes les personnes présentes dans le couloir devaient savoir qu'elle était là. Conn se dit qu'il allait devoir lui apprendre les notions de base de la furtivité.

— Franchement, à l'âge informatique, le président de l'université pourrait nous dispenser de lui envoyer des copies physiques des notes, non ?

Conn ricana.

— Les magiciens font d'excellents pirates informatiques, c'est bien connu. Ton président ne veut pas prendre de risques.

Les étoiles se reflétaient sur la jolie figurine et Conn se tourna vers la fenêtre, qui dominait une belle cour illuminée par la lune. Il se rappelait ce soir, un siècle plus tôt, lorsqu'il lui avait tenu la main pour l'entraîner à l'écart de la fête… vers son destin.

— Ce n'est pas faux.

Elle passa entre deux chaises sur lesquelles elle avait empilé de gros livres à la reliure de cuir, ses bottes râpant le parquet ancien.

Il la voyait très bien en chercheuse. D'ici quelques années, elle mettrait peut-être des lunettes et nouerait ses cheveux en chignon pour se donner une allure de bibliothécaire sexy, aguichante comme un fruit mûr. Un fruit qu'il n'allait pas tarder à cueillir, car l'heure était venue de lui faire quitter l'Irlande.

— Le cercle des Neufs est en danger, déclara-t-il.

Pire encore, il était aux abois, incapable de défendre son peuple.

— Je le sais bien, soupira-t-elle sur un ton résigné. Je crois que je vais devoir devenir conseillère plus tôt que prévu.

C'était probablement vrai, mais par chance ce rôle pouvait être tenu à distance, loin de l'ennemi inconnu qui s'en prenait aux sorcières. Elle allait devoir apprendre à se défendre contre les loups-garous. Il n'avait aucune intention de la laisser s'exposer en première ligne, mais dans leurs mondes respectifs, il était impératif de savoir se protéger.

— Qu'est-ce que tu sais faire, au fait ? demanda-t-il.

Si elle était capable de transformer sa rate en gelée, il préférait être au courant.

— Ma spécialité, c'est la physique quantique, Conn. Je peux altérer la matière de tout ce qui est constitué de molécules ou d'ondes, expliqua-t-elle avec un sérieux qu'il trouvait irrésistible. Mais lorsque je la modifie, je dois choisir un état précis : solide, gazeux ou liquide. Je ne peux pas remettre en marche un cœur qui ne fonctionne plus, par exemple. Je peux juste le muer en quelque chose de solide, ce qui ne sert pas à grand-chose.

— Hélas !

— Comme tu dis. (Elle se mordilla la lèvre, ce qui lui donna une envie irrépressible d'y goûter lui aussi.) C'est beaucoup plus facile à faire sur les humains, bien entendu. Toi, tu n'as pas grand-chose à craindre, expliqua-t-elle avec une lueur assez inquiétante dans le regard. D'ailleurs, les vampires ont aussi plein de capacités qu'ils ne divulguent pas.

— Tu n'as pas répondu à ma question, répondit-il, car il sentait qu'elle cherchait à changer de sujet. (Soudain, il sentit ses cheveux se dresser sur sa nuque.) Attends.

Il la prit par le bras et la plaça derrière lui.

— À quoi tu joues ? protesta-t-elle.

Plus un bruit ne venait du couloir. Il inspira à plein nez. Rien. Le silence était pesant, comme une grosse couverture en laine un jour d'été. Quelque chose se trouvait derrière la porte.

— À terre, ordonna-t-il en tirant son arme.

La vitre éclata en mille morceaux, une petite grenade assourdissante glissa sur le sol. Conn se retourna, attira la tête de Moira contre son torse et la plaqua contre la bibliothèque. La grenade explosa dans un vacarme étourdissant et il entendit des bottes marteler le plancher.

— Fait chier !

Conn plia Moira en deux au niveau de la taille et la poussa sous le bureau, puis se retourna pour attaquer son premier adversaire. Il était fou de colère. Sa vision était floue à cause de l'explosion, mais cela n'entravait pas la précision de son couteau. Le sang du Kurjan lui gicla au visage, brûlant comme de la braise. Il sentit alors des bras musclés le saisir et le projeter contre la bibliothèque. Trois autres Kurjans entrèrent après avoir défoncé la porte d'un coup de pied.

Ils étaient vêtus de noir, avec des médailles rouges sur le torse. Des hauts gradés, un commando d'élite. Le chef pointa un gros pistolet vert sur le front de Conn. Ses yeux d'un violet éclatant contrastaient avec la pâleur de son visage, adapté à l'obscurité dans laquelle ils vivaient habituellement.

— Cinq contre un, Kayrs. Donne-nous la sorcière et nous te laisserons la vie sauve.

Un laser vert jaillit de dessous le bureau et les rayons se transformèrent en balle au contact du visage du leader, qui s'écroula. Moira se releva d'un bond.

— Cinq contre deux, connard.

Elle se jeta les pieds en avant, déséquilibra le Kurjan le plus proche et le décapita d'un coup de couteau. Impressionné, Conn sauta sur deux des trois autres. Il arracha le bras du premier et planta les crocs dans sa jugulaire, étouffant son bref hurlement de douleur. L'autre lui enfonça sa lame dans le ventre et il poussa un grognement, puis se tourna vers son assaillant. Il enchaîna un coup de pied circulaire dans l'entrejambe, un coup de poing au visage et termina le travail avec son couteau. Une seconde plus tard, la tête du Kurjan roulait au sol.

Moira était aux prises avec le dernier survivant. Il était plus grand et plus fort, mais la jeune femme avait la vitesse et l'agilité pour elle. Elle se baissa et l'entailla jusqu'au sang, mais le Kurjan riposta par un coup de poing magistral qui la renversa.

Conn vit rouge.

La fureur projeta une grosse dose d'adrénaline dans ses veines. Avec un rugissement, il se précipita en avant et renversa son adversaire. À l'idée qu'on ait pu *oser* s'en prendre à sa compagne, la bête qui était en lui se déchaîna. La génétique n'était pas le seul trait qui différenciait les humains et les vampires. Les chromosomes supplémentaires décuplaient la force physique et la férocité.

Ce côté primitif était le prix de l'immortalité.

Les tempes battantes, il enfonça les doigts dans le cou du Kurjan, si fort que le sang se mit à jaillir. Le besoin primaire de protéger sa compagne lui donnait une force surnaturelle.

Le Kurjan se débattait, les yeux noirs de sang. Avec un beuglement animal, Conn lui arracha la tête. Moira se précipita vers lui et lui prit le bras, un hématome violet sur la joue.

— Conn. Il faut qu'on y aille. En voilà d'autres.

Elle se précipita dans le couloir, mais il la rattrapa par la peau du cou.

— Reste derrière moi, Moira. (Il franchissait toujours les portes en premier, quelles qu'elles soient. Réfrénant l'envie de lui prendre la main, il s'accroupit et s'engagea dans le couloir, pointant son arme d'un côté, puis de l'autre. L'enfilade était silencieuse et la lumière de la lune filtrait à travers les vastes fenêtres pour se refléter sur le parquet poli.) Suis-moi.

Le dos contre le mur, il progressa lentement vers la sortie, tous les sens en alerte. Rien ne bougeait. Si les Kurjans étaient dans les parages, il percevrait leur présence. Sa compagne le suivait, la respiration régulière et l'arme à la main. Il se promettait d'avoir avec elle une discussion sérieuse quant à son emploi actuel, mais il était impressionné par ses compétences. Fier d'elle, même.

La porte extérieure était fermée. Il s'arrêta et écouta attentivement.

— Dès que j'aurai ouvert la porte, cours en direction des motos. *Derrière* moi, ajouta-t-il, car il voulait faire bouclier de son corps. Si je tombe, continue.

Elle émit un son qui ressemblait fortement à un ricanement.

Conn se promit de s'occuper de son cas dès qu'il en aurait le temps. Pour l'instant, il s'agissait de fuir. Il actionna la poignée, poussa la lourde porte en chêne et passa devant, l'arme au poing. Leurs motos les attendaient au bord du trottoir, scintillantes sous la pleine lune. Plusieurs autres véhicules étaient garés le long de la rue et de la musique sortait d'un bar, un pâté de maisons plus loin. Les sorcières avaient installé leur école en plein centre-ville.

— Fonce.

Il descendit les marches en courant, l'arme pointée sur les ombres, mais rien ne se passa. Il ne percevait aucune présence non plus derrière la rangée de buissons devant le bâtiment. En quelques enjambées, ils se retrouvèrent dans la rue et enfourchèrent leurs motos sans prendre le temps d'enfiler leurs casques.

— Conn !

Moira lui sauta dessus et le plaqua au sol juste avant qu'un missile fasse exploser sa moto. La machine vola et retomba dans la devanture d'une bijouterie, propulsant des montres, des bagues, des bracelets et des éclats de verre dans toute la rue.

Conn sentit une bouffée de chaleur sur son visage. Son autre joue était plaquée sur le béton et il laissa une colère froide l'envahir. D'un mouvement fluide, il se retourna, souleva Moira et sauta derrière elle sur la Ducati.

— Démarre, ordonna-t-il en se retournant pour tirer derrière eux, en direction du point de départ du missile.

Il allait avoir un sacré compte à régler avec les Kurjans, dès qu'il aurait mis sa compagne en sécurité. Un hurlement de douleur s'éleva dans la nuit.

Moira lança sa machine à pleine vitesse. Des balles ricochèrent sur le métallique et brisèrent le pare-brise. Conn riposta, puis sentit cinq impacts lui enflammer la cage thoracique. La moto filait sous les lampadaires. Moira tourna abruptement dans une ruelle et émergea de l'autre côté, manquant de peu de percuter un taxi.

Un minivan déboucha derrière eux, mais d'un geste de la main, Moira le fit caler.

Impressionnant !

Pour se protéger du vent qui lui fouettait le visage, Conn baissa la tête et se colla à la nuque de Moira. Malgré l'urgence de la situation, il ne put s'empêcher de renifler son parfum de lilas.

— Va à l'aérodrome privé.

Elle secoua la tête, envoyant ses boucles dans ses yeux.

— Je dois récupérer mes affaires ! hurla-t-elle.

Conn glissa son arme dans son pantalon et tendit les bras pour poser les mains sur le guidon tout en collant la bouche à l'oreille de la jeune femme, qu'il avait une envie irrépressible de mordre.

— Ils doivent déjà être chez toi. Va à l'aéroport ou c'est moi qui prends les commandes.

Moira abdiqua, car il ne lançait jamais de menaces en l'air. Soudain, elle se crispa et tourna la tête, faisant glisser sa peau douce sur la bouche du vampire.

— Je sens une odeur de sang.

Rien au monde n'aurait pu empêcher Conn de déposer un baiser furtif sur sa joue soyeuse, tout en gardant un œil sur la route.

— Ce n'est rien, juste une petite blessure, la rassura-t-il.

Elle haussa les épaules et il se détendit. Momentanément, rêvant déjà à la conversation qu'ils auraient une fois en sécurité dans l'avion.

Chapitre 8

L'avion privé venait d'atteindre son altitude de croisière pour le long vol qui devait les mener à New York. Moira regarda Conn de l'autre côté de la cabine spacieuse, en pleine conversation mouvementée avec le roi. De toute évidence, l'attaque inattendue des Kurjans l'avait quelque peu contrarié.

Elle se détendit dans le canapé. L'odeur du cuir neuf était apaisante. Conn était installé en face d'elle sur un autre sofa, devant un bar très bien rempli et une table de poker. Elle avait besoin d'un verre. Ou de plusieurs. Les pilotes étaient enfermés dans la cabine de pilotage et elle espérait qu'ils n'avaient pas fait un tour du côté du bar avant de décoller. Prendre l'avion ne la dérangeait pas outre mesure. S'écraser, par contre, beaucoup plus.

Conn raccrocha avec un grognement et se tourna vers elle pour l'observer de ses dangereux yeux verts.

— Tu es sûre que tu n'as rien ?

— Mais oui. (C'était faux. Le bourdonnement des réacteurs et la nuit noire à l'extérieur donnaient à la cabine une sensation d'intimité qu'elle aurait préféré éviter. Le parfum viril de Conn saturait l'air, lui faisant battre le cœur et flageoler les jambes. C'était la réaction inévitable de toute compagne de vampire.) Mais toi, on t'a tiré dessus.

Il arracha sa chemise noire et elle vit que les trous commençaient à se refermer.

— Les balles sont déjà ressorties, dit-il en essuyant le sang avec sa chemise.

Moira inhala à fond. Comment avait-elle pu oublier la largeur de son torse musclé ? La puissance qui s'en dégageait ?

— Euh, c'était ce que je me disais.

Il ne la lâchait pas des yeux, comme s'il attendait le moment idéal pour lui bondir dessus. La conversation ne devait surtout pas s'arrêter, mais Moira ne trouvait pas de mots. Elle fit néanmoins de son mieux.

— Pourquoi est-ce que tu t'es énervé comme ça en parlant au roi ?

— Ses éclaireurs et ses informateurs sont pitoyables, répondit-il en se passant la main dans les cheveux. On a une taupe parmi nous. Les Kurjans s'en sont pris à toi pile le jour où je viens en Irlande. Ça ne peut pas être une coïncidence. S'ils t'ont trouvée, c'est parce qu'ils me suivaient.

N'importe quoi, pensa Moira, de plus en plus mal à l'aise. Seule sa force de volonté lui permettait de ne pas gigoter sur son siège.

— Ce n'est probablement pas pour ça.

Conn leva la tête à la manière d'une panthère ayant repéré sa proie.

— Comment ça ?

Moira était une battante. En tant qu'exécutrice, elle luttait contre la peur au quotidien, ainsi que contre des adversaires plus expérimentés et mieux armés qu'elle. Alors pourquoi était-elle si affolée face à un seul vampire ?

— Ce n'était pas leur première tentative, répondit-elle d'une voix bien trop timide à son goût.

La tension monta d'un cran dans la petite cabine.

— Pardon ?

Il avait prononcé ce mot avec une douceur très inquiétante. Moira se força à garder les mains immobiles le long de ses flancs et regarda le vampire, le visage calme.

Étendu sur son canapé, qui paraissait plus petit que le sien, torse nu, désarmé, jamais il ne lui avait paru aussi dangereux. Cela n'avait d'ailleurs rien d'illogique. Les vrais prédateurs savaient se fondre dans l'environnement. Elle ne devait surtout pas oublier que ce beau visage viril était celui du guerrier le plus dangereux de toute l'histoire.

Un guerrier qu'elle allait devoir mettre en rogne.

— Ils ont déjà essayé deux fois, en fait.

Elle attendit l'explosion. En vain. Conn ne bougea pas d'un millimètre et resta les yeux braqués sur elle, les paupières mi-closes.

— Répète-moi ça ?

Pas question ! Cela avait déjà été assez difficile à dire la première fois. Elle se tourna vers l'arrière de l'appareil, où se trouvaient une salle de bains et une chambre à coucher. Ce n'était pas là qu'elle trouverait la sécurité.

— Je sais me battre, Conn.

Pourquoi était-elle à ce point sur la défensive ? Au contraire, c'était lui qui aurait dû avoir peur de ses capacités. Elle était capable de faire fondre les organes. Pour l'instant, cela ne fonctionnait que sur les humains, probablement à cause de leur structure génétique plus simple, mais c'était une information qu'elle préférait ne pas lui donner.

— Qu'est-ce que je suis censé faire de ce renseignement, Moira ? demanda-t-il sur un ton mordant.

Te le fourrer là où je pense ?

— Rien du tout, répliqua-t-elle, de plus en plus en colère.

Conn se redressa et se pencha vers elle.

— Tout le problème est là, *Dailtín*. Depuis combien de temps me connais-tu ?

La conversation s'engageait sur un terrain de plus en plus glissant.

— Un siècle.

Quel piège essayait-il de lui tendre ? Conn avait toujours été homme à laisser ses actions parler plus fort que ses mots.

— Comment pensais-tu que je réagirais en apprenant que tu avais rejoint les rangs des exécuteurs ? Que tu avais prêté serment de sacrifier ta vie pour eux ? Sans parler des attaques des Kurjans, que tu m'avais cachées ?

Il inclina la tête, par curiosité… ou peut-être pour trouver le meilleur angle pour attaquer sa jugulaire. La deuxième solution semblait la plus probable.

— Je n'ai pas pensé à toi une seule seconde, mentit-elle de son mieux, ce qui réveilla brutalement la marque de sa hanche. Tu es en guerre, Connlan. Tu diriges tous les soldats du Royaume et cela te donne déjà assez de responsabilités comme ça.

Conn haussa un sourcil.

— C'est donc ce que tu penses être pour moi, Moira ? Une responsabilité ? demanda-t-il d'une voix pleine de menace.

Moira se leva d'un bond, se disant que la porte de la chambre était probablement équipée d'un verrou.

— Oui.

Il se leva à son tour et lui bloqua le chemin de la retraite.

— J'en conclus que cela fait trop longtemps que je néglige mes responsabilités.

Il se tenait devant elle, l'écrasant de toute sa taille. Deux choix se présentaient à elle : soit elle le repoussait, soit elle reculait. Elle n'avait qu'une fraction de seconde pour décider. Sa raison lui disait de reculer et d'essayer d'argumenter.

Tant pis pour la raison.

Elle pivota, lui décocha un violent coup de pied dans le tibia et lui fonça dessus tout en se baissant pour le faire basculer par-dessus son épaule.

Le résultat s'avéra très différent de ce qu'elle avait prévu. Il la saisit par les bras et la jeta en l'air. Moira poussa un cri de surprise lorsqu'il la rattrapa, la soulevant comme si elle n'était qu'une poupée. Conn était rouge de colère et ses yeux luisaient de rage.

— Tu peux dire adieu à ta liberté, morveuse.

Il la reposa et l'embrassa. Un siècle plus tôt, il l'avait séduite. Aujourd'hui, il la prenait de force, lui ravageant les lèvres et la bouche avec violence, en un baiser qui avait un goût de péché et de possession. Le prince charmant et le compagnon raisonnable avaient cédé la place à un prédateur inflexible.

Un feu d'artifice éclata derrière les paupières de Moira. Une force, trop douloureuse pour avoir encore droit au nom de désir, même charnel, la submergea. Ce besoin impérieux ne pouvait être décrit par de simples mots. Elle gémit et lui rendit son baiser avec la même ardeur. Un rugissement lui emplissait les oreilles et sa hanche la lançait comme jamais. Trop, trop, trop. Elle posa les paumes sur son torse brûlant et lui arracha ses lèvres.

— Attends.

Elle n'en pouvait plus et la seule chose à même d'apaiser sa soif était le vampire qui la tenait dans ses bras.

— Attendre quoi ? demanda-t-il, le regard toujours aussi furieux.

De l'air. Elle avait besoin d'air. Elle inspira à fond et tenta de réguler sa respiration.

— Attends, répéta-t-elle, la main levée, à la fois paniquée et excitée par le désir qu'il faisait naître en elle. C'est, enfin, je veux dire, c'est…

Il lui adressa un sourire démoniaque.

— C'est inévitable.

— Non, ce que je veux dire, c'est que ça fait un siècle. Enfin, tu sais, depuis…

Depuis sa première fois. Sa première et unique fois. Elle frissonna dans l'air climatisé de la cabine.

Il lui caressa les bras, surpris, puis la regarda droit dans les yeux, et elle rougit encore plus, si c'était possible.

— Cette fameuse nuit a été la plus belle de toute ma vie, répondit-il. Oh…

Oh, comme tu dis! Moira recula d'un pas, mais, avec une grâce de félin, Conn s'assit et l'installa à califourchon sur ses cuisses.

— Ça ne fait mal que la première fois, ma puce.

C'était la vérité. Les deuxième, troisième et même quatrième fois, cette même nuit, avaient été incroyables. Les jambes du vampire lui chauffaient les cuisses et elle mourait d'envie de se frotter contre lui.

— Je sais, mais cette fois-ci, on pourrait peut-être prendre un peu plus le temps de faire connaissance, non ?

Le corps de Moira se raidit de protestation. Elle savait qu'ils finiraient par coucher à nouveau ensemble. Son désir et sa curiosité étaient trop forts pour qu'elle puisse s'éloigner de Conn sans au moins vérifier qu'il était aussi bon au lit que dans son souvenir.

— Ah ! répondit-il avec un sourire démoniaque. J'ai une mémoire eidétique, Moira. Je me rappelle ton corps dans ses moindres détails. (Il fit glisser sa paume dans son dos et lui tapota le haut de la fesse avec le doigt.) Tiens, là, par exemple, tu as une marque minuscule en forme de croissant de lune.

— Oui, mais…

Allez, concentre-toi, bon sang!

Il se pencha et laissa ses lèvres se promener sur son cou.

— Et si je te mordille ici, tu pousseras un petit cri charmant.

Il mit sa menace à exécution et Moira grogna, les tétons durcis, puis cligna des yeux, une fois, puis deux, puis trois. Ce qu'elle avait envie de lui ! Était-ce dû au destin, à la marque qu'il avait imprimée sur sa hanche ? Mais, au fond d'elle, Moira savait qu'elle aurait désiré Connlan de toute façon. Elle ouvrit la bouche pour dire quelque chose, n'importe quoi, et il reposa les lèvres sur les siennes.

Les vampires avaient une température corporelle plus élevée que les autres espèces, et Conn ne faisait pas exception à cette règle. Le désir lui consumait les lèvres et se répandait dans tout son corps comme de la lave en fusion. Elle frissonna, tous les nerfs en alerte. Les lèvres de Conn étaient fermes, sa langue implacable, ses mains fortes comme un étau.

Moira s'abandonna à son baiser et à l'ouragan que Conn déclenchait en elle. Elle glissa les doigts dans ses cheveux et se colla tout contre lui, des seins à l'entrejambe.

Elle sentit qu'il était dur comme l'acier, mais ses mains restaient d'une douceur incroyable. Ce contraste acheva de la faire basculer. L'univers s'écroula autour d'elle et sa peau s'embrasa. La réalité, l'imaginaire se mêlèrent jusqu'à ce qu'ils soient seuls au monde.

Elle tira sur ses cheveux pour qu'il recule la tête et lui dévora le visage du regard. Ses joues étaient cramoisies et ses yeux verts illuminés d'un éclat argenté. Il se passa la langue sur les lèvres et Moira la sentit sur sa peau.

Le désir qu'elle avait éprouvé un siècle plus tôt ne s'était pas adouci avec le temps. Au contraire, il s'était même amplifié.

— C'est toujours comme ça ?

— Oh que non ! Seulement avec toi, répondit-il en l'agrippant par les hanches avant de se relever. Je vais te montrer.

Moira enroula les jambes autour de sa taille et il prit le chemin de la chambre.

— Attends. Rien qu'une minute.

— Pourquoi ?

De toute évidence, il avait assez attendu à son goût. Il ouvrit la porte d'un coup de pied et lui mordilla le lobe de l'oreille. Moira pencha la tête pour lui faciliter la tâche.

— Négociation.

Ce mot était incongru, mais c'était le seul que son esprit embrumé avait trouvé.

— Pardon ?

— Nous sommes des adultes, pas des ados qui se lancent dans leur première fois. On s'engage les yeux ouverts.

— Oh, mais j'ai bien l'intention de garder les yeux ouverts, Moira.

Il murmura cela d'une voix si sexy que Moira sentit son entrejambe s'humidifier. D'un geste rapide, Conn la lâcha au-dessus le lit et elle rebondit sur le matelas. L'intensité de son regard la laissa sans voix. *Pense. Il faut que tu penses.*

— Non. Ce que je veux dire, c'est que ce n'est que du sexe. Le moyen de relâcher la tension qui s'accumulait en nous, pas un engagement pour la vie. Ça, il faut qu'on en parle sérieusement.

Conn ôta son jeans, qu'il laissa glisser jusqu'à ses pieds.

— J'en ai assez de parler. On ne fait que ça depuis le début, mais de toute évidence tu n'as rien écouté.

Nu. Connlan Kayrs se tenait devant elle, nu comme au premier jour. Mâle. Excité. Énorme. Elle refusait de regarder son sexe. Il n'en était pas question.

— La plupart des hommes se sentent vulnérables quand ils sont nus, Conn, dit-elle sans même prendre le temps de réfléchir.

Il haussa un sourcil.

— Est-ce que je te parais vulnérable, Moira ?

Elle avait oublié combien son pénis était gigantesque. Elle se mit à genoux et retira son tee-shirt.

— Non. Mais ce n'est qu'une partie de jambes en l'air, d'accord ?

Il leva les yeux au ciel. Même en tenue d'Adam, il osait le faire.

— Tu es gonflée de me sortir ce genre de connerie. Je pensais t'avoir laissé largement le temps de mûrir.

Énervée, elle jeta son pantalon et sa culotte contre le mur.

— J'ai mûri, crétin. On a une conversation d'adultes, là.

— Tiens ? Depuis quand tu t'épiles intégralement ? demanda-t-il, les yeux comme deux braises.

— C'est, euh, à la mode, balbutia-t-elle, gênée.

Il s'attarda sur son sexe, puis remonta les yeux jusqu'à sa poitrine.

— Vive la mode, alors. Sympa, ton soutien-gorge.

Moira s'étouffait presque de colère. Elle se sentait ridicule, à genoux sur ce lit, vêtue uniquement d'un soutien-gorge rose à paillettes. Par chance, elle sortait de chez l'esthéticienne.

— Merci.

Elle le détacha et le lui lança à la tête pour le déséquilibrer, mais il l'attrapa en plein vol et le fit tourner autour de son doigt.

— Mais j'aime encore mieux tes seins. (Elle s'en souvenait, en effet. Il avait passé des heures à s'en régaler, un siècle plus tôt. Soudain, elle vit ses canines s'allonger.) Bon. Passons aux choses sérieuses.

Chapitre 9

Le corps de Moira se crispa, non de peur, mais d'impatience.

— Tu ne m'écoutes pas.

Il fit un pas vers le lit et la domina de toute sa taille, le regard sombre.

— Mais si. Je ne suis pas d'accord, nuance. Avec moi, tu n'auras plus jamais rien à craindre. Mais n'oublie jamais que tu m'appartiens corps et âme.

Son ton possessif fit encore monter d'un cran la colère et l'excitation de Moira. La colère était la bienvenue. Quant à l'excitation, elle serait l'objet de la prochaine séance chez son psy.

— Tu rêves, répondit-elle, bien consciente que c'était là un défi qu'elle lui lançait.

Moira savait que Conn ne manquerait pas de le relever, mais il le fit avec une promptitude qui la prit de court. D'un geste fulgurant, il lui prit le bras et l'attira contre son torse, puis passa la main dans ses cheveux pour lui tirer la tête en arrière et exposer la jugulaire.

— Oh, ma puce, si tu savais comme j'aime ta combativité.

Il émanait de lui une chaleur qui la submergeait en vagues successives et qui l'empêchait de penser.

— Merci.

— De rien. (Il lui mordilla la lèvre vaginale, ce qui éveilla aussitôt son clitoris. De sa langue chaude, il apaisa aussitôt le picotement douloureux et Moira contint un gémissement. Il serra les doigts sur son crâne, ce qui était à la fois douloureux et érotique.) Tu es la femme de ma vie, Moira. Je te garde.

Raisonnables ou pas, c'était là les mots qu'elle voulait entendre. Dont elle avait besoin, même. Le ton assuré sur lequel il les avait prononcés lui promettait un avenir à deux et la sécurité. Mais ces choses, elle les aborderait plus tard.

— Montre-moi ça, Conn, l'incita-t-elle, le cœur battant à tout rompre.

Il se baissa pour un baiser brûlant, d'une brutalité qui la fit fondre. Sur son dos, un frisson naquit, la propulsant dans une dimension de désir inconnue. La peur la prit un instant, puis s'effaça lorsque Conn la saisit par les fesses pour la serrer encore plus contre lui. Le ventre de Moira était au contact de son érection et elle se laissa retomber en arrière en l'entraînant avec lui, les mains agrippées à ses épaules.

Sans rompre leur baiser, il s'écroula sur elle et frôla sa marque avec le pouce. Aussitôt, son clitoris prit feu. Elle se dégagea de sa bouche pour pousser un cri, mais aucun son ne sortit. Elle passa les pieds dans le bas de son dos et enroula les bras autour de son cou.

— Tu es sûr de toi, Kayrs ? demanda-t-elle avec un sourire provocant. C'est peut-être toi qui vas te faire piéger.

C'était à la fois un défi et un avertissement, avec un fond de vérité. Conn regarda la morsure qu'il avait imprimée sur la bouche de Moira, puis revint à ses yeux.

— Tu m'as pris au piège à la seconde où tu as prononcé mon nom pour la première fois, répondit-il avant de passer la langue sur la circonférence de son téton. Décidément, tu as un goût délicieux.

Des éclairs de plaisir lui traversèrent tout le corps et elle se frotta contre lui. Conn se tourna vers son autre sein, qu'il mordilla juste comme il le fallait.

— Mais bon sang… fais quelque chose !

S'il ne mettait pas fin à son supplice, Moira ne tarderait pas à exploser. Il ricana, passa les dents sur son menton, puis la saisit par les fesses et la pénétra d'un coup sec.

Moira poussa un cri de surprise. Crispée, le souffle coupé, elle se cambra contre lui en un mélange de plaisir et de douleur, serrant les cuisses sur ses hanches et lui labourant le dos de ses ongles. Un frisson naquit au plus profond d'elle et elle fronça les sourcils. Il ne bougeait pas. C'était impossible. Pourtant, le simple fait d'être ainsi jointe à lui mettait le feu à son corps.

— Conn ! hurla-t-elle, entraînée par les gigantesques rafales de plaisir qui naissaient sous sa peau dans un endroit indéfinissable, impossible à atteindre.

Un voile blanc descendit sur ses yeux et elle ferma les yeux pour ne pas en perdre une miette, les ongles enfoncés dans le dos de Conn. Lorsque les vagues se retirèrent, elle ressentit un grand vide.

Conn posa son front contre le sien.

— Bon sang !

Moira ouvrit les yeux et la bouche, stupéfaite. Sa vision mit plusieurs secondes à s'éclaircir. Il se retira, puis plongea à nouveau en elle.

— Accroche-toi, mon cœur.

Moira commençait à prendre peur. La force qui existait entre eux, qu'il s'agisse du destin ou de la détermination de Conn, risquait de la briser. Elle tenta de le repousser, mais il la pilonna avec violence et elle se cambra contre lui, reprise par le désir. Il s'arrêta, puis recommença. Moira, des étincelles dans les yeux, cessa de résister et s'agrippa à lui de toutes ses forces. Conn continua de plus belle, de plus en plus vite, de plus en plus fort.

Le vagin de Moira se contracta autour de Conn. Il grogna, lui comprima les fesses jusqu'à y imprimer la marque de ses doigts et augmenta encore la cadence. Leurs halètements et les claquements de leur chair emplissaient la pièce.

Moira lui prit les cheveux à pleines mains et l'attira contre sa bouche. Elle lui mordit la lèvre sans lui laisser le temps d'insérer sa langue en elle, bien déterminée à garder un semblant de contrôle avant de se laisser à nouveau entraîner. Conn reprit aussitôt le dessus et la plaqua contre le matelas, l'immobilisant avec un baiser passionné et désordonné, mais apportant toutefois à Moira le sentiment de sécurité dont elle avait tant besoin.

— Grâce à toi, la magie se concrétise, Moira, dit-il en levant la tête.

Cette parenthèse de douceur en plein milieu de leur passion débridée stoppa net le cœur de Moira. Elle ouvrit la bouche, abasourdie, et la referma dès qu'il reprit son pilonnage, toujours plus vigoureux. Le picotement qu'elle ressentait en elle se fit de plus en plus fort. Elle s'ouvrit à lui, fermant les yeux pour mieux accueillir ce désir exquis. Conn changea d'angle et se frotta à son clitoris. Avec un cri perçant, Moira bascula.

Conn jouit en même temps qu'elle, tous les muscles bandés. Il s'écroula sur elle, le cœur tambourinant, et Moira sentit les murailles qu'elle avait érigées autour de son propre cœur s'écrouler.

Elle se réveilla, collée à Conn sous la couette. Elle avait mal partout, mais elle ne regrettait pas ces courbatures.

Sa mémoire ne lui avait pas joué de tours. Le sexe avec Conn était aussi explosif et aussi épuisant que dans ses souvenirs.

Dans cet état de satisfaction semi-comateuse, elle repensa au passé, à leur première rencontre. Ce jour-là, il était torse nu et venait de balancer un sorcier à l'autre bout du terrain d'entraînement.

— Un vampire à moitié nu. Je t'avais dit que ça valait le déplacement, murmura-t-elle à sa sœur Darcy. (Elles étaient camouflées derrière les buissons après s'être éclipsées d'un nouveau round de négociations pour regarder le plus grand soldat du Royaume enseigner ses techniques. Moira observait en douce Connlan Kayrs depuis le début du colloque, qui avait démarré une semaine plus tôt.) Avec un peu de chance, il enlèvera aussi son pantalon.

Darcy ricana.

— Mère va nous tuer. (Elle se retourna pour regarder le cours d'eau puissant qui coulait derrière elles et souleva ses jupes pour les éloigner de l'herbe humide.) Il ne faut surtout pas qu'on se mouille.

— Je sais.

Connlan était en train de faire la démonstration d'une clé au cou sur le benjamin des McPatty. Moira sentait des papillons dans son ventre, comme la première fois où elle s'était aventurée sur la mer.

Le vampire était impressionnant. Les muscles de son torse étaient parfaitement dessinés. Même à cette distance, la couleur magnifique de ses yeux excitait sa curiosité. Selon la rumeur, les yeux des vampires pouvaient changer de couleur, mais elle ne verrait probablement jamais la seconde.

Il leva alors la tête… et regarda droit vers elle. Abasourdie par la puissance de ses yeux étranges, elle recula d'un pas, le souffle coupé. Son haut talon se prit dans une branche, entraînant l'inévitable. Dans un bruissement de soie et de feuilles mortes, elle tomba sur les fesses dans le ruisseau en poussant un juron digne des poivrots du samedi soir à la taverne de Shea.

L'eau était si froide que ses muscles se contractèrent. Le lit de la rivière était semé de galets qui allaient probablement lui valoir des bleus. Trempée, elle s'appuya sur les mains pour se relever mais glissa sur la mousse.

— Moira, moins de bruit ! l'admonesta Darcy en enjambant la branche fautive et en prenant bien soin de ne pas mouiller ses chaussures. Je vais me pencher… toi, tu m'attrapes la main.

Une brindille craqua près d'elle et un homme émergea des buissons.

— Laissez-moi faire.

En deux enjambées, Connlan Kayrs entra dans l'eau, la prit sous les aisselles, puis la souleva. Moira eut l'impression que ses molécules venaient de se recomposer. Il la reposa sur la rive avec un petit sourire amusé.

— Vous n'êtes pas vêtue pour la natation, mademoiselle Dunne.

Elle tituba un instant sur le sol inégal. Il connaissait son nom. Son nom de famille, en tout cas. Elle pencha la tête et vit que les hommes continuaient à s'entraîner. Dieu merci, ils ne s'étaient aperçus de rien.

— Comment m'avez-vous vue ?

Le sourire de Conn s'élargit.

— J'ai de bons yeux. De bonnes oreilles, aussi.

Allons bon, qu'avait-elle bien pu dire ? Soudain, elle rougit. Elle avait suggéré qu'il ôte son pantalon. À ce sujet, elle trouvait son torse nu fascinant. Quel goût pouvait-il avoir ? Elle secoua la tête. Encore heureux qu'il n'était pas télépathe !

— Vous en avez de la chance, balbutia-t-elle.

Elle avait l'impression que sa langue était trop grosse pour sa bouche et sentit l'irritation la gagner.

Conn sourit à Darcy.

— Mademoiselle Dunne.

— Prince Kayrs, minauda sa sœur.

L'irritation se mua en colère et Moira recula d'un pas, la tête haute.

— Merci pour votre aide. Je suis sûre que vous avez beaucoup de travail.

Elle voulut s'éloigner, mais ses jupes gorgées d'eau l'empêchaient de bouger. Les yeux de Conn scintillèrent d'un vert encore plus profond que celui du lierre de leur tante Viv.

— Je vais vous escorter jusqu'au bâtiment principal.

— Non! protesta-t-elle, paniquée. (Elle avait vraiment l'air d'un chat détrempé. Sa mère la tuerait si elle la voyait comme cela.) Merci. Nous allons vous regarder encore un peu.

— Je préfère vous prévenir que je n'ai pas l'intention d'enlever mon pantalon, répondit-il avec sérieux, les yeux scintillants de malice.

Darcy poussa une petite toux, mais Moira se raidit, indignée. Comment osait-il?

— Je l'espère bien. Mais j'ai envie d'observer l'entraînement et d'apprendre vos mouvements.

C'était la vérité. Darcy leva les yeux au ciel.

— Tu n'as pas besoin de t'entraîner, Moira. Tu es la Septième. Quand tu siégeras au conseil, tu auras des gardes du corps.

C'était un sujet de discorde entre elles. Moira se tourna vers le vampire.

— Je veux apprendre à me battre. Qu'est-ce que vous en pensez?

Peut-être accepterait-il de lui enseigner l'art de se battre. Kell et Adam refusaient toujours, mais Daire ne semblait pas totalement hostile à cette idée.

Conn l'inspecta de la tête aux pieds, de son visage toujours rouge à ses pieds trempés.

— Je pense que vous êtes trop jolie pour vous battre.

Son regard insistant fit naître un picotement sur la peau de la jeune sorcière. Le compliment la flattait, mais elle était irritée par ce refus.

— Ah, vraiment ?

Elle leva les paumes et forma une boule de plasma vibrante. Le destin la forcerait peut-être à devenir diplomate, mais il était hors de question que qui que ce soit la sous-estime.

Conn fronça les sourcils.

— Tout à fait.

Elle fit un geste de la main et souffla. La boule fonça en direction de Conn et le toucha en pleine poitrine. Il fit un bon en arrière et grimaça.

— Ça brûle !

— Tant mieux, répondit-elle avec un petit sourire satisfait. En tout cas, moi, je sais qu'il ne faut sous-estimer personne.

Vif comme l'éclair, il s'approcha d'elle et la souleva par les coudes pour que leurs yeux soient au même niveau.

— Mademoiselle Darcy, comment dit-on « morveuse » en gaélique ?

— Dailtín, répondit gaiement sa sœur, adossée à un arbre.

Conn fronça les sourcils et regarda Moira.

— Tu viens de gagner un surnom, Dailtín.

— Je ne suis pas une morveuse.

Il la soulevait avec une telle aisance qu'elle en avait des papillons dans l'estomac et les genoux tremblants.

— Oh que si ! (Le regard dur, il passa la main dans ses boucles mouillées.) Ne refais jamais ça, Moira. Ma réaction

ne te plairait pas. (Elle voulut répondre, mais l'air déterminé de Conn l'en empêcha. Il n'y avait pas la moindre trace de plaisanterie dans ses paroles. Une lueur de satisfaction passa dans les yeux assombris du vampire et il hocha la tête.) Je ne lance jamais de menaces en l'air, Moira. Ne l'oublie jamais. (Il l'embrassa alors, furtivement et sans la moindre douceur, et la reposa sur ses pieds.) À ce soir, au bal.

Sur ces mots, il lui tourna le dos et repartit au terrain d'entraînement. Moira posa la main sur ses lèvres palpitantes. Quelque chose s'était éveillé en elle. Elle voulait un vrai baiser de ce vampire. Et ce soir, elle l'obtiendrait.

Elle revint à la réalité, chatouillée par la main de Conn qui se promenait sur son bras et lui donnait la chair de poule. Elle voulut parler, mais s'en trouva incapable. Conn lui mordilla l'oreille.

— Tout va bien, *Dailtín* ?

Elle se pelotonna contre son corps chaud.

— Très bien. Je pensais au jour de notre rencontre.

— Quand tu es tombée dans le ruisseau ? demanda-t-il, amusé.

— Oui, et quand tu m'as embrassée.

— Oh, à peine. Pourtant, à ce moment-là, j'ai senti mon univers se figer. Et ce soir-là, quand tu es arrivée au bal dans cette robe, j'ai eu envie de te prendre sur le sol, devant tout le monde.

En effet, cette robe était magnifique.

— Je suis sûre que tu ne te souviens même pas de sa couleur.

— Elle était verte comme tes yeux.

— Si tu pouvais changer le passé, tu le ferais ?

Pourquoi posait-elle une question si périlleuse ? Bien sûr qu'il le ferait !

— Oh que non ! Par contre, j'aimerais bien régler deux ou trois soucis actuels.

En d'autres termes, la faire entrer dans le moule qu'il avait prévu pour elle.

— Qu'est-ce que tu attends de moi ? demanda-t-elle, agacée.

— Que tu te battes pour nous avec autant de vigueur que tu l'as fait pour me résister ces cent dernières années.

Il écarta les cheveux de la joue de Moira et l'embrassa sur la nuque, réveillant le désir de la jeune femme.

— Pourquoi est-ce que tu dis toujours « nous » ? On a juste passé une nuit ensemble il y a un siècle, mais ça ne fait pas de nous un couple.

Elle savait pourtant bien que, dans le monde des vampires, la marque qu'il lui avait imprimée sur la hanche ne laissait aucun doute à ce sujet.

— Nous sommes ensemble depuis cent ans.

— Mais non, Conn, ça n'a rien à voir.

Au cours de ces cent ans, ils n'avaient jamais rien fait ensemble.

— Tu regrettais qu'on ne soit pas un vrai couple ?

Nue et satisfaite dans ses bras, elle ne se sentait pas en droit de lui mentir.

— Parfois.

— Moi aussi, mais j'ai signé le traité et tu avais besoin de temps. C'était le moins que je pouvais faire.

Elle le sentait irrité, mais elle savait qu'il n'en voulait qu'à lui-même.

— Comment ça ?

— Tu étais encore un bébé, Moira. Une petite jeune de vingt ans, et je le savais. Pourtant, je t'ai prise, expliqua-t-il avec une pointe de regret.

Moira se raidit.

— Tu ne voulais pas.

Elle le savait depuis le début. S'il avait eu le choix, jamais Conn ne se serait lié à une sorcière destinée à siéger parmi les Neuf. La marque avait été un accident.

Il la fit rouler sur le dos et s'installa au-dessus d'elle.

— Je te désirais. Ça n'a pas changé, d'ailleurs, et ça ne changera jamais. Mais si j'avais su que j'allais te marquer, je t'aurais laissé le temps de découvrir la vie, de choisir ta propre voie au lieu de t'attirer de force sur la mienne. (Il l'embrassa avec vigueur, puis releva la tête.) Mais ne t'y trompe pas, je serais venu te chercher le moment venu. Tu es née pour porter ma marque.

— Il faut vraiment que tu entres dans le vingt et unième siècle, Conn.

Elle était agacée par son ton possessif, et encore plus par la réaction excitée de son propre corps. Il sourit et le cœur de Moira accéléra encore.

— Je ne peux pas être plus moderne que ça. Bon, et si tu m'expliquais ce qu'a voulu dire Peter ? En quoi est-ce que ton statut d'exécutrice te permet de gagner en puissance ?

Elle se doutait qu'il lui poserait cette question, mais le serment qu'elle avait prêté la forçait à garder le secret.

— Je ne peux pas te le dire. Désolée.

Elle était étonnée de l'envie qu'elle ressentait de partager son univers avec lui. Elle s'était résignée à prendre sa place parmi les Neuf dans un avenir plus ou moins proche, mais pour l'heure, elle aimait beaucoup ce qu'elle faisait. Elle aurait voulu lui en dire davantage, mais c'était impossible.

— Intéressant… je finirai par découvrir la vérité, tu sais.

Elle ouvrait la bouche pour répondre lorsqu'une voix sortit de l'intercom.

— Nous entamerons notre descente dans cinq minutes, Prince Kayrs.

Conn soupira et se leva.

— Bon, je crois qu'on va mettre un terme à cette conversation. Pour l'instant. Habille-toi, Moira. On passe chercher ta cousine et on rentre à la maison.

Moira s'assit sur le lit et attrapa son soutien-gorge.

— La maison, c'est l'Irlande, n'est-ce pas ?

— Non. La côte ouest des États-Unis. Ce n'est pas négociable.

Génial. Je sens que ça va être sportif…

Chapitre 10

Par moments, le fait d'être l'héritier présomptif du trône kurjan le lassait tellement qu'il avait envie de se trancher la gorge. Kalin attendait dans le bureau de Franco, vautré dans un canapé, regardant le spectacle sous-marin par la baie vitrée. À quelle profondeur se trouvaient-ils ? Un poisson argenté passait et repassait devant la vitre, attiré par la lumière, silencieux et mystérieux. Il cherchait probablement une proie, sans se rendre compte qu'un prédateur bien plus dangereux que lui était en train de le regarder.

Franco, le leader des Kurjans, raccrocha violemment son téléphone et balaya son bureau d'un revers de la main, envoyant les papiers voler sur le magnifique tapis persan.

— Et merde ! la sorcière leur a échappé. Une fois de plus. (Il balança ses cheveux rouges derrière son épaule et inspira à fond, puis s'appuya contre la baie vitrée. La pâleur morbide de son visage faisait ressortir ses étranges yeux violets.) L'un des frères Kayrs était là, mais ma source n'a pas réussi à l'identifier.

— Connlan, certainement, vu que c'est sa compagne.

Kalin étendit ses longues jambes. Il n'avait que quinze ans mais était déjà très attiré par le sexe opposé. Il rencontrait une femme différente chaque semaine. Puis la tuait.

— C'est plus que probable, répondit Franco, qui, calmé, se rassit. J'ai promis à mon frère de lui trouver une sorcière pour ses expériences et c'est celle-ci que je veux. Si nous parvenons à enlever une de leurs compagnes, ce sera un gros coup dur pour les Kayrs. Le Royaume perd ses alliés les uns après les autres.

Kalin se gratta la tête.

— Cette sorcière est une teigne. C'est la Septième. (Il appréciait la combativité chez une femme. Plus elle résistait et plus il prenait de plaisir à la briser.) Les démons doivent la vouloir encore plus que nous.

— Oui, mais elle les sentira venir. Contrairement à nous, ils ne peuvent pas bloquer leurs ondes cérébrales. Nous devrions réussir à l'approcher.

Pourquoi son oncle faisait-il une telle fixation sur cette sorcière ? Il en existait tant à travers le monde…

— Non. Désormais, elle est avec Kayrs, qui va la mettre à l'abri.

— Pas si c'est une exécutrice, répliqua Franco en ouvrant un dossier. Si je la veux, c'est pour plusieurs raisons, mais tu vois juste sur un point : n'importe quel sorcier ou sorcière ferait l'affaire. Il est temps qu'on reprenne les expérimentations animales du virus. (Il montra ses dents jaunes en une parodie de sourire.) Ton oncle Erik a peut-être identifié une faiblesse dans leur ADN.

Erik et Franco étaient en fait ses oncles au deuxième degré, mais Kalin les appelait « oncles » pour faciliter les choses.

— Laquelle ?

— Je ne sais pas encore, mais il ne tenait plus en place quand il m'a annoncé la nouvelle. Tu sais dans quel état le mettent les découvertes de ce genre. Il ne vit que pour la science.

— Tant mieux pour lui, mais moi, je préférerais être un guerrier. Et franchement, c'est quand même curieux qu'on n'ait pas encore réussi à capturer une sorcière pour ces tests.

— Elles se méfient toutes et on a concentré nos efforts sur les métamorphes pour créer cette nouvelle espèce de loups-garous combattants. Et aussi sur les compagnes de vampires pour nous les approprier.

— Je vois que tu t'amuses comme un petit fou. Tu as envisagé de t'allier avec les démons ou avec des clans de métamorphes renégats pour vaincre la famille Kayrs ?

Toute alliance serait temporaire, car les Kurjans finiraient par régner sur toute la planète.

— Non. On ne peut pas faire confiance aux démons et les métamorphes ne sont rien d'autre que des animaux. De la chair à canon. Nous n'avons pas besoin d'eux. (Il s'étira et fit craquer sa nuque.) Laissons les démons affaiblir le Royaume avant d'entrer dans la mêlée. Dès que nous contrôlerons à peu près nos loups-garous, nous commencerons.

— Je me sens prêt à diriger un ou deux raids, déclara Kalin. (Capturer un métamorphe pour les expériences serait une manière amusante d'occuper son samedi soir. Il passerait ensuite aux vampires et aux démons.) Et attraper une sorcière, ça me plairait bien aussi.

Son oncle le regarda attentivement.

— Très bien. Tu te joindras à nous lors de notre prochain raid, mais, à ta place, j'oublierais les sorcières tant que tu n'as pas terminé ta formation. Elles ont des armes que tu n'imagines même pas.

Cet avertissement ne fit qu'augmenter l'envie de Kalin. Il se leva, ferma son blouson et tapota son portefeuille, qui lui parut bien léger. Il allait devoir passer au coffre-fort avant de partir.

— Bon, il fait enfin nuit, je sors.

— Non, répliqua fermement Franco. L'avion est en maintenance et je ne peux pas te laisser te déchaîner dans la région. Je me plais bien ici et je ne veux pas que les habitants du coin se doutent de quelque chose. Nous avons déjà abordé ce sujet, il me semble.

— Tout à fait. (Kalin ne comprenait toujours pas pourquoi Franco se plaisait tellement sur les falaises arctiques de l'île de Baffin. Ce coin du Canada était un désert glacial.) Mais j'ai quand même besoin de sortir. Ne t'en fais pas, je ne chasserai pas ce soir.

Probablement pas.

— Très bien, soupira Franco. N'oublie pas que si tu me désobéis, tu peux dire adieu à l'avion.

— Ouais, ouais, grommela le jeune Kurjan en montrant les dents.

Et toi, c'est à la vie que tu vas dire adieu, vieux débris. Il sortit du bureau, traversa la forteresse souterraine, puis prit l'ascenseur pour monter à la surface, où l'attendait sa voiture, un vieux pick-up Ford qui lui permettait de passer inaperçu.

Sous un ciel d'orage, il roula jusqu'à la petite ville voisine et se gara devant la station-service. Il se coiffa d'une casquette de base-ball. Comme il avait les yeux verts, les lentilles de contact n'étaient pas nécessaires, mais il aurait dû prendre le temps de s'assombrir un peu la peau. Il allait devoir se contenter d'endroits peu éclairés. Il sortit de la voiture et baissa la casquette sur son visage.

Les trottoirs étaient déserts. La pluie commença à tomber et il se hâta d'entrer dans le cinéma. Il était venu dans le seul but de voir la dernière comédie en vogue, mais il aimait semer le doute dans l'esprit du vieux.

Il paya son ticket et sa boisson, puis entra dans la salle presque vide. Les bandes-annonces avaient déjà commencé.

Un couple était en train de s'embrasser dans la première rangée. Le type avait glissé sa main sous le tee-shirt de sa copine, pensant probablement que personne ne les verrait dans l'obscurité. Kalin se tourna pour choisir une place et reçut alors un coup de coude dans le ventre qui lui coupa le souffle.

Une odeur de pop-corn et de rose lui envahit alors les narines et deux beaux yeux bleus se tournèrent vers lui.

Une adolescente humaine.

— Désolée, je vois rien, s'excusa-t-elle en lui prenant le bras à tâtons. Je t'ai fait mal ?

Sa voix était très caressante et elle lui arrivait à peine à l'épaule. Comment pouvait-elle penser qu'elle lui avait fait mal ?

— Non, euh… et toi, ça va ?

— Oui. (Elle regarda autour d'eux et trébucha une nouvelle fois.) Mais je ne vois rien.

— Moi, si.

Sans même réfléchir, il lui prit la main. Elle était petite et fragile, sa peau douce comme du velours. Il la guida jusqu'aux sièges et ils s'installèrent au bord du couloir. La jeune fille poussa un soupir de soulagement.

— Merci, euh…

— Kalin. (Il se tourna vers la porte.) Tu attends quelqu'un ?

— Non. Je devais venir avec mon copain Joe, mais il a du boulot. Moi, c'est Peggy, se présenta-t-elle en lui tendant la boîte de pop-corn. Et toi, tu avais rendez-vous ?

— Non plus.

Kalin était impressionné. Il était rare qu'une adolescente ose aller seule au cinéma. Il secoua la tête pour refuser le pop-corn, puis se rappela qu'elle ne voyait rien dans le noir.

— Euh, non, merci, dit-il d'une voix hésitante. Je n'aime pas ça.

Elle sourit, le visage éclairé par le passage des images sur l'écran.

— C'est parce que tu sais pas comment ça se mange. (Elle sortit une boîte de caramels enrobés de chocolat de son sac et la vida dans le pop-corn.) Tiens, essaie.

Il obéit et savoura ce mélange sucré-salé, qui le réchauffait comme peu de choses avaient su le faire jusque-là.

— Ah oui, tu as raison !

L'image se mit à vaciller à l'écran, puis se coupa. Les lumières se rallumèrent et il cligna des yeux, aveuglé. Avant de tourner la tête, il eut le temps de bien voir le visage de l'humaine. Jolie. Très jolie, même. Cheveux bruns, yeux bleus, traits réguliers, tout cela formait un ensemble saisissant que rehaussait encore son caractère enjoué et volontaire.

— Salut.

Même son sourire était charmant.

— Salut. Tu habites dans le coin ?

— Oui.

Qu'avait-elle donc de si fascinant ? Il avait envie que le film reprenne. Pour qu'elle ne parte pas.

— Tu vas au lycée ? demanda-t-elle en le dévorant des yeux.

— Non, euh… je fais l'école à la maison.

Kalin se sentait de plus en plus mal à l'aise. Il savait qu'il devait sortir du cinéma, mais quelque chose le retenait. Plus jamais il ne pourrait sentir le parfum d'une rose sans penser à ce sourire stupéfiant, ou à l'éclair d'intelligence dans ces yeux.

Elle le regardait toujours, la tête inclinée. Se doutait-elle qu'il n'était pas humain ?

— T'as quel âge ? demanda-t-elle avec une petite moue adorable.

Il mourait d'envie de l'embrasser tendrement. Pour lui, c'était inédit.

— Quinze ans, et toi ?

— Dix-sept. (Elle se tourna vers l'écran blanc et au même instant une voix annonça dans le haut-parleur que la séance était annulée à cause d'un problème technique et qu'ils pouvaient se faire rembourser à la caisse.) Zut ! Bon, ben tant pis. (Elle se leva et lui tendit la main pour l'aider à sortir de son siège, sans la moindre trace de peur ou d'hésitation. Elle n'avait pas peur de lui, même s'il faisait deux fois sa taille.) Un bowling, ça te dirait ?

Il acquiesça d'un hochement de tête et ils sortirent, Peggy lui racontant ses malheurs avec son prof de maths. Kalin était abasourdi qu'une fille aussi fragile le traite comme une personne normale. Même les Kurjans l'évitaient et émettaient une odeur de peur quand ils le croisaient.

Voyant qu'elle frissonnait, il lui prêta sa veste, comme il l'avait vu faire à la télévision. Le sourire de remerciement qu'elle lui adressa lui donna l'impression d'être le roi du monde… ce qu'il serait un jour, d'ailleurs. La pluie se mit à tomber plus fort et elle le prit par la main pour l'entraîner derrière elle.

— Viens !

Au contact de sa main, Kalin sentit quelque chose se transformer en lui. Il relâcha la pression pour ne pas lui faire mal. Il ne sentait en elle rien qui indique qu'elle avait des capacités psychiques hors du commun la désignant comme une compagne potentielle. Pourtant, alors qu'elle entremêlait ses petits doigts aux siens, il se colla à elle pour la protéger de la pluie. Il était prêt à la suivre n'importe où.

Chapitre 11

L'appartement new-yorkais de Simone Brighston était d'une sensualité débordante, avec ses tons rouges et violets. En cela, il ressemblait à celui de Moira, sans la petite touche fantaisiste. Les lumières de la ville, loin en contrebas, entraient par les immenses baies vitrées. Il faisait nuit et Moira sentait que la pleine lune approchait. Elle changea de position sur le canapé en velours et grimaça. Des muscles intimes, dont elle n'avait jusque-là même pas soupçonné l'existence, ne s'étaient toujours pas remis de leurs ébats.

Le cercle aurait dû envoyer les trois exécuteurs récupérer Simone à New York, mais Moira, à son grand regret, se retrouvait seule face à son irritable cousine.

— Comment ça, tu hésites à nous suivre ?

Simone haussa délicatement son épaule dénudée, faisant descendre encore plus son vaste pull.

— Je dois partir au ski, mais je reste joignable par internet.

Sans prêter attention à la chaleur qui émanait de Conn, assis à côté d'elle, Moira garda les yeux fixés sur sa cousine.

— Les Neuf exigent ta présence physique et j'ai reçu l'ordre de te servir d'escorte.

Simone haussa un sourcil et repoussa sa lourde chevelure noire.

— Je fais partie des Neuf.

— Je le sais, Simone.

Moira avait l'impression que sa cousine lui cachait quelque chose. Un tableau, accroché derrière le canapé, attira son attention. C'était une aquarelle de Brenna datant de son adolescence. Simone suivit son regard et rougit.

— Les couleurs me plaisent, expliqua-t-elle, sur la défensive.

Les teintes douces contrastaient pourtant avec les couleurs agressives de la pièce. Ce tableau ne correspondait pas aux goûts de Simone, mais il avait pourtant une place de choix. *Intéressant...* Moira entendit alors de l'eau couler dans une pièce voisine.

— Tu n'es pas seule ?

— Non, répondit Simone sans montrer la moindre gêne. Je pars en vacances avec quelqu'un.

— Ta mère...

— ... n'a pas à se mêler de ça, l'interrompit Simone avec un éclair de colère dans ses yeux noirs. En tant que membre à part entière des Neuf, je prends mes propres décisions, Moira. Ce que tu comprendrais peut-être mieux si tu daignais accepter de prendre la place qui te revient.

Moira se crispa. Elle se doutait bien que Simone ne serait pas ravie de l'avoir pour voisine à la table du conseil.

— Contrairement à toi, je ne suis pas persuadée que les membres disparus sont morts. Il n'y a aucune place vacante au cercle.

— Je me suis toujours dit que tu finirais par me défier pour prendre ma place.

L'eau s'arrêta. Simone tourna la tête vers le couloir, puis reporta son attention sur Moira, comme si elle attendait une réponse.

Moira, de son côté, espérait que le nouveau fiancé de sa cousine ignorait qu'il sortait avec une sorcière. Cela aurait été le pompon !

— Non, Simone. Tu es ma cousine.

— Et alors ?

Un éléphant en peluche trônait sur un coussin devant l'âtre. Simone et elle l'avaient gagné dans un jeu lors d'une fête de famille, plusieurs dizaines d'années plus tôt. Le hasard les avait associées dans la même équipe et elles avaient fait preuve d'une efficacité étonnante.

— Et alors, je commence à croire que tu accordes plus d'importance à la famille que tu veux le laisser paraître.

En effet, connaissait-elle vraiment sa cousine ?

— Je ne comprends pas ce que tu veux dire, répondit Simone, le visage toujours aussi indifférent.

Bon, mettons les points sur les i, puisque tu y tiens.

— J'ai toujours cru que tu ne m'aimais pas. (Moira s'y était résignée depuis années, mais elle allait peut-être devoir revoir son opinion. Simone s'était toujours montrée très critique envers elle, voire franchement désagréable. Pourtant, cet appartement new-yorkais était rempli de souvenirs de famille.) Je ne sais pas trop pourquoi, d'ailleurs, mais même comme ça jamais je ne t'aurais défiée pour prendre ta place.

Lorsqu'un membre du conseil était défié, il pouvait soit céder son siège soit se battre pour le conserver. Malheureusement, le vaincu perdait à tout jamais ses capacités magiques.

Conn se tourna vers Moira.

— Vu que vos lois sont super secrètes, je ne comprends rien à votre protocole. Il faut qu'on la force à nous accompagner ?

Simone lui adressa un sourire effrayant.

— Tout doux, Kayrs, si tu ne veux pas que je te transforme en écureuil.

Moira se mordit la lèvre pour ne pas sourire.

— La situation est inédite. Quand le chef du cercle exige la présence d'un membre, ce dernier obéit sans discuter. Surtout quand le chef est la mère du membre en question.

Simone leva les yeux au ciel en entendant Moira appuyer sur le mot « mère ».

— Tu vas me dénoncer à ma mère ?

— Je suis sûr que tante Viv se rendra compte d'elle-même que tu n'es pas en Irlande, grosse maligne.

Simone croisa les jambes, mises en valeur par une jupe noire transparente.

— Entre nous, ton sale caractère risque de t'empêcher de siéger au cercle.

— C'est ça. Comme si les sorcières étaient connues pour leur calme.

Conn soupira.

— Bon, je vois. On y va, alors ?

— Non, Conn. On ne va nulle part.

Moira avait une mission à accomplir, mais elle ne pouvait pas forcer un membre du conseil à l'accompagner contre son gré. Le lourd parfum de patchouli de sa cousine l'irritait.

— Comment va ton frère ? demanda Simone à Conn.

Elle avait été la maîtresse du roi, plusieurs siècles auparavant, mais leur relation s'était très mal terminée.

— Euh, très bien, merci.

Il regarda Moira pour l'appeler à l'aide, mais sa compagne haussa les épaules. *Il n'a qu'à se sortir tout seul de ce merdier.*

— Tant mieux.

Moira fit l'effort d'une parole aimable.

— C'est bien que tu sois restée en bons termes avec Dage, Simone.

Ce n'était pas du tout le cas. Pire encore, le roi avait depuis peu pris une compagne qu'il semblait adorer.

— C'est ça, maugréa Simone avec un rictus crispé.

Des pas résonnèrent sur le sol en marbre du couloir et Moira tourna la tête. Seul son self-control l'empêcha de rester bouche bée en découvrant l'identité du nouveau venu, membre du conseil depuis cinq siècles.

— Trevan ! Tu sais que Kellach est en train de te chercher en Grèce ?

— Il aurait peut-être mieux fait de commencer par m'appeler, répondit Trevan avec un sourire sur son visage aristocratique. (Sa chemise en soie et son pantalon noirs mettaient en valeur son corps mince et élancé. Il caressa les cheveux de Simone, qui rougit de plaisir, et s'assit à côté d'elle dans des effluves d'eau de Cologne, de citron vert et de bois ancien.) J'imagine que Viv a donné cet ordre après la coupure des communications ?

— Oui.

Moira était de plus en plus mal à l'aise et Conn, crispé à côté d'elle, n'arrangeait rien. Trevan posa le menton sur sa main et sa chevalière en onyx étincela dans la lumière tamisée.

— À notre époque, j'ai du mal à comprendre comment on peut encore se satisfaire d'un matériel aussi défectueux.

Moira fronça les sourcils. Était-il en train d'impliquer que les membres du cercle présents en Irlande l'avaient volontairement empêché d'assister à la fin de la réunion ?

— Je trouve votre présence ici d'autant plus intéressante, Demidov, intervint Conn d'une voix à la fois aimable et menaçante, qu'hier, pendant la visioconférence, vous n'avez pas dit où vous étiez.

— Personne ne me l'a demandé, répliqua Trevan sur le même ton.

Conn avait raison. Trevan n'avait rien dit et, plus important encore, le conseil n'avait pas posé la question. Ou peut-être bien que si, après tout…

— J'ai jugé plus prudent de ne pas divulguer les détails de ma vie privée, Conn, expliqua Simone.

Moira se détendit. C'était là une explication parfaitement valable.

— Je comprends.

En effet, sa tante Viv ne serait certainement pas ravie d'apprendre que sa fille avait une aventure avec Trevan. Ce dernier, âgé de cinq cents ans, était un intellectuel, pas un guerrier. Un génie des sciences qui ne donnait sa pleine mesure qu'enfermé dans son labo et qui n'était pas du tout à l'aise en société. Bref, en un mot, il n'avait rien de viril.

— Je m'en doute, répondit Simone en regardant Conn avec l'air d'un chat se pourléchant devant un pot de crème. Personne n'est mieux placé que toi pour ça.

C'était tout à fait vrai. Moira lui adressa son sourire le plus sincère. Elle savait Simone capable de s'en sortir seule, mais toute femme amoureuse avait tendance à commettre des erreurs, même une sorcière aussi redoutable que Simone.

— Puisque Trevan est là, on va pouvoir faire d'une pierre deux coups. Le conseil a besoin de votre présence.

— J'ai lu tes rapports avec intérêts ces dernières années, dit Trevan en la regardant avec gourmandise. La Septième qui joue les exécutrices… décidément, tu as bien grandi, petite Moira.

Conn lui montra les dents.

— Je ne verrais aucun inconvénient à te foutre une raclée, Demidov. D'ailleurs, je crois que je tiens la solution. On se bat, je te botte le cul, on te ramène en Irlande par la peau des fesses et on rentre chez nous.

Moira se retint de sourire. Conn manquait de finesse, mais niveau menace il n'avait pas d'égal. Trevan le savait pertinemment, mais cela ne l'empêcha pas de provoquer le vampire avec une condescendance marquée.

— C'est quand tu veux, Kayrs, répondit-il en posant la main sur celle de Simone, qui frissonna d'aise. Mais seulement si tu me promets que le roi ne cherchera pas à te venger une fois que je t'aurai carbonisé la peau rien qu'en te regardant.

Moira était tentée de les laisser se battre pour voir Conn utiliser ses propres capacités magiques et donner une bonne leçon à ce petit coq, mais la raison prévalut.

— Ce n'est pas par la violence que nous allons résoudre cette situation, messieurs.

Quoique, si elle en prenait un pour taper sur l'autre…

— Je ne suis pas de ton avis, répondit Simone en faisant claquer son talon de huit centimètres sur le carrelage. J'aime voir deux hommes s'affronter.

Et deux femmes, ça te tente ? Moira inspira à fond pour se détendre.

— On a déjà assez de problèmes comme ça. Si on commence à s'agresser entre alliés, on ne s'en sortira jamais.

Depuis quand était-elle la voix de la raison ? C'était elle qui était censée avoir mauvais caractère, pas Conn ! Décidément, cette histoire de couple commençait à la fatiguer.

— Parce que tu penses vraiment que nous sommes encore les alliés du Royaume, Moira ? De mon point de vue, notre retrait semble imminent, déclara Trevan.

Conn se détendit et passa le bras autour des épaules de Moira.

— Ce ne serait pas très judicieux. Si vous quittez le Royaume, les démons viendront aussitôt frapper à votre porte.

— En tant qu'alliés, ronronna Simone.

Conn, qui jouait avec les boucles de Moira, ricana.

— Si vous le pensez sincèrement, c'est inquiétant. Les démons seraient prêts à tout pour s'approprier vos pouvoirs et les combiner aux leurs. Sans votre consentement, bien entendu.

C'était tout à fait exact. Les démons, grâce à leurs capacités psychiques, avaient un sérieux avantage et ne respectaient aucune règle.

— Conn a raison, renchérit Moira. Ce ne serait pas un partenariat, mais une véritable exploitation.

Les démons se tenaient tranquilles depuis quatre cents ans à cause du traité qui les liait au Royaume, mais dès que l'accord se désintégrerait, les sorcières seraient exposées à tous les dangers. Elles étaient capables de contrôler les ondes du cerveau ou du corps pour modifier la perception, mais les démons s'attaquaient directement à l'esprit de leurs adversaires, déconnectant les neurones et les abreuvant d'informations destructrices.

Simone croisa ses longues jambes.

— Ton postulat de départ est erroné. Nous sommes plus puissants que les démons. C'est nous qui nous servirions d'eux.

— Tu penses vraiment que ton peuple est assez fort pour affronter à la fois les démons et le Royaume, Simone ?

— Sans aucun doute.

Moira se remémora une autre réunion familiale, au cours de laquelle une compétition de tir à l'arc avait été organisée. Simone, ce jour-là, avait dominé tout le monde, même Daire et Kell, grâce à sa concentration absolue.

Trevan se pencha vers eux sans lâcher la main de Simone.

— Bien entendu, nous n'avons pas encore rompu les liens avec le Royaume et cette discussion est prématurée. Nous devrions peut-être en effet tous nous regrouper en Irlande, vu les menaces auxquelles nous faisons face.

Conn hocha la tête.

— Excellente idée. Et en parlant de menaces, une espèce d'abysse qui aspire les sorcières dans une autre dimension, ça ne vous dirait rien, par hasard ?

— Bien sûr que non. Je t'assure que s'il y a de la magie là-dedans, nous résoudrons ce problème.

— En attendant, fais gaffe à tes fesses, Demidov, répondit Conn avec un sourire teigneux. Ça me chagrinerait que tu disparaisses.

— De même pour toi, Kayrs.

On sonna à la porte et Simone grimaça.

— On ne peut jamais être tranquille ? Si c'est un représentant de commerce, je le transforme en âne.

Elle se leva dans un froufrou de tissus et se dirigea d'un pas martial vers l'entrée. Conn tourna la tête vers la porte, crispé, et Moira sentit les poils de sa nuque se dresser.

Simone ouvrit la porte, poussa un petit cri et recula en trébuchant, le visage exsangue. Conn bondit du canapé pour se placer entre elle et… un démon ?

Malgré la lumière déclinante, le blond presque blanc de ses cheveux brillait presque. Aussi grand et presque aussi large que Conn, le démon, détendu, avait les mains dans les poches.

— Ravi de te revoir, Simone, dit-il de la voix graveleuse typique des démons à sang pur.

Moira se leva d'un bond, mais Conn leva la main pour l'arrêter.

— Ne bouge pas.

Elle n'apercevait aucune arme, mais un démon n'en avait pas besoin. Elle ouvrit ses sens… rien. L'inconnu n'essayait pas de manipuler leurs esprits. Enfin, pas pour le moment.

Simone se dressa de toute sa taille, les yeux remplis d'éclairs.

— Qu'est-ce que tu veux ?

— Quel charmant accueil, *zaychik moy !*

Comment ça, « mon lapin » ? se demanda Moira, éberluée.

— C'est qui, ton ami ? demanda-t-elle.

Le démon lui adressa un sourire immaculé.

— Nikolaï Veis. Nick, pour les intimes.

— Quelle modernité, maugréa Simone. Je t'ai posé une question, il me semble.

— J'avais envie de te parler, mais je ne savais pas que tu avais fait l'acquisition d'un… vampire, dit-il en regardant Conn.

— Ah oui, c'est vrai, nous sommes en guerre, n'est-ce pas ? répondit Conn, les canines sorties.

— En effet. Il était temps, d'ailleurs. La paix, c'est très barbant, à la longue.

— Tout à fait d'accord.

Conn s'approcha du démon. L'air de la pièce crépitait d'énergie. Simone s'éclaircit la voix.

— De quoi voulais-tu parler ?

Nick soupira.

— Pas devant un vampire.

Trevan se leva avec grâce et vint prendre le bras de Simone.

— Et de notre côté, pas question de discuter seuls avec un démon. Cela concerne le cercle.

— Nous en faisons partie, Trevan. Écoutons au moins ce qu'il a à dire.

— Ce n'est pas une bonne idée, Simone, intervint Moira. On ne peut pas vous laisser seuls avec un démon.

En tant qu'exécutrice, elle se devait de rester et Conn refuserait de partir lui aussi.

— Tu me jures que tu ne nous attaqueras pas et que tu es juste là pour discuter ? demanda Simone à Nick.

— Bien sûr, répondit le démon en s'inclinant. Tu as ma parole.

— Je te fais confiance, dit Simone avant de se tourner vers Moira. Ton compagnon doit sortir.

Il est grand temps qu'on ait une petite discussion, toi et moi, pensa Moira en faisant un signe négatif de la tête.

Au même instant, le téléphone de Simone sonna. Elle décrocha et écouta un moment.

— C'est une blague ? Mais pourquoi… ? (Elle se posa la main sur le front.) Euh, Trevan est ici. Oui… Bon, Maman, on en parlera plus tard, d'accord ?

Furieuse, elle raccrocha et adressa un regard noir au démon.

— Tu as parlé à ma mère, cracha-t-elle, la colère lui faisant retrouver son accent irlandais.

Nick sourit.

— Ah, cette chère Viv, quel plaisir de discuter avec elle. Elle s'est adoucie avec le temps, tu ne trouves pas ?

Trevan, les sourcils froncés, les regardait l'un après l'autre.

— Elle veut organiser une réunion avec toi.

D'un geste brusque, elle prit une télécommande qu'elle pointa vers l'aquarelle de Brenna. Un écran descendit du plafond et la chambre du cercle des Neuf apparut. Viv se trouvait au centre du dais et parla d'une voix claire.

— Ah, bien, vous voilà. Je déclare ouverte cette réunion spéciale du cercle des Neuf. Nous devons aborder les problèmes russes. (Elle s'interrompit en voyant sa nièce.) Ah oui, j'avais oublié que Moira serait là. Bon, ça change un peu les choses. Moira, Conn, si vous voulez bien nous laisser ?

Moira était tiraillée entre la surprise et la gêne. Elle regarda sa mère, mais son visage n'exprimait rien.

— Je suis une exécutrice. Vous voulez vraiment que je laisse deux membres du cercle seuls avec un démon ?

— Je comprends, mais nous connaissons Nikolaï Veis depuis très longtemps. Nous avons confiance en sa promesse de non-agression.

— Mais vous allez parler de la Russie…

Les démons ne pouvaient être au courant des mines détruites par les sorcières, plusieurs siècles plus tôt, ou du minerai capable de détruire les siens. Pourtant, le visage fermé de Viv disait le contraire. Qui était donc ce démon qu'ils semblaient tous connaître aussi bien ?

— L'exécutrice devrait peut-être assister à la réunion, intervint Trevan. Enfin, la Septième, je veux dire.

Simone le foudroya du regard.

— Nous n'avons rien à craindre. (Elle inspira à fond et se tourna vers sa cousine.) Fais-moi confiance. Nous ne courons aucun danger. (Elle leva alors la tête au plafond, l'air surpris.) Oh non, ce n'est pas le moment. Tu le sens aussi ?

Moira, en effet, ressentait de forts picotements sous la peau. Quelque part dans les parages, une sorcière venait d'enfreindre les lois.

— Oui. Il faut qu'on y aille, dit-elle à Conn.

Ce n'était pas un ordre du conseil, mais en tant qu'exécutrice elle n'avait pas le choix, même si elle aurait préféré que Conn reste sur place pour veiller sur sa cousine.

— Tu as besoin de renfort, Moira ? demanda cette dernière.

Moira la regarda, bouche bée. Simone n'était pas exécutrice, mais au fil des siècles elle avait probablement acquis de bonnes bases de combat. La proposition n'en demeurait pas moins inattendue.

— Non, Conn devrait suffire, mais merci tout de même.

Son compagnon grogna, les yeux rivés sur le démon, et Moira poussa un soupir navré avant de le prendre par le bras. Ce faisant, elle s'approcha du démon et sentit un petit éclair lui traverser l'esprit, presque rien, mais suffisamment pour qu'elle détecte une puissance colossale, contenue tant bien que mal.

Nick fit un pas en arrière.

Moira, l'air dubitatif, entraîna Conn hors de l'appartement. Le démon entra et ferma la porte derrière lui.

— Ça ne me plaît pas, déclara Conn en se frottant le menton. Pourquoi est-ce que j'ai de tels picotements ?

Les mêmes qu'elle, probablement. Moira se dirigea vers l'ascenseur.

— Viens. On a un problème.

— Un de plus, tu veux dire ?

Chapitre 12

Un silence surnaturel régnait sur le port de New York, car le vent et la mer étaient inaudibles. Des containers rouillés s'alignaient à perte de vue sur les quais. Moira posa la main sur la paroi d'acier fissurée du container le plus proche.

— On est tout près.

Conn fit craquer ses cervicales.

— Je t'ai laissée te concentrer pendant tout le trajet, mais, maintenant, je veux que tu me dises ce qui se passe.

Ce qui se passait, c'était qu'elle avait besoin du soutien de Kell ou de Daire. C'était sa première mission solo en tant qu'exécutrice et, à en croire la magie qui crépitait autour d'eux, elle risquait de ne pas être de taille.

— Je te remercie de m'avoir laissée réfléchir en paix, répondit-elle, bien qu'elle aurait désiré encore plus de temps. En gros, une personne est en train d'utiliser la magie à tort tout près d'ici.

Et à grosses doses, pour ne rien arranger.

— Ça explique pourquoi les docks sont déserts. Pourquoi est-ce que j'ai la peau qui brûle ?

— Parce que tu partages mes pouvoirs. Quand on manipule les particules subatomiques avec assez de puissance, cela modifie l'atmosphère et ceux d'entre nous qui ont les bons gènes le ressentent comme s'ils étaient attirés par un aimant.

— Comment tu sais que cette personne est dans l'illégalité ?

— Parfois, ce n'est pas le cas. Mais avec une telle intensité, sur les docks de New York et sans le moindre signe avant-coureur ? C'est la preuve qu'on nous cache quelque chose.

— Mes renforts ne seront là que dans une heure. Daire a dit qu'il arriverait quand ?

— Dans un quart d'heure. On peut l'attendre.

Conn acquiesça, puis leva la tête à la manière d'un prédateur repérant une proie. Il grogna, tout doucement, puis plus fort.

— Il n'y a pas que des sorcières dans le coin.

En effet, un frisson parcourut la nuque de Moira.

— Des Kurjans.

Depuis quand une sorcière collaborait-elle avec les Kurjans ? Ils devaient agir sur-le-champ, sans même attendre l'arrivée de Daire.

— J'en sens au moins trois. Tu es prête à te battre ?

Oh que oui !

— Sans problème.

Conn sortit le pistolet rangé dans son dos.

— Qu'est-ce que cette sorcière fait sur les docks, Moira ?

— Euh, j'en sais rien, répondit-elle, mal à l'aise.

— Bon, abordons la chose de manière rationnelle, tu veux bien ?

— Je préfère pas.

Il la regarda, irrité.

— Les exécuteurs s'affolent à cause d'une histoire d'excavation en Russie et une sorcière fait de la magie interdite en plein cœur du port de New York. Je ne suis pas aussi futé que mon frère Kayne, mais une question me saute aux yeux : est-ce que cette sorcière ne serait pas en train d'attendre un bateau russe ?

Pour un homme d'action, il ne manquait pas de jugeote.

— C'est possible.

— De quoi s'agit-il ?

— Je n'en suis pas sûre, mentit-elle avec aplomb. Nous exploitons de nombreux minerais pour la pratique de la magie.

— N'importe quoi. (Il regarda derrière lui.) Les Kurjans seront bientôt en place.

— Tu crois qu'ils perçoivent eux aussi ta présence ?

— C'est probable, répondit-il en étudiant la haute pile de containers. Ils se dirigent vers le dock. C'est là qu'exerce ta sorcière ?

Je n'aurais pas dit ça comme ça…, pensa Moira en levant les mains vers le ciel.

— Oui. Il y a un voile sur toute cette partie du port. Je vais l'attaquer pour détourner son attention.

Elle réarrangea les molécules d'oxygène pour générer un arc électrique qu'elle projeta sur le bouclier. Il y eut comme un claquement, puis le bruit de la mer redevint audible. Un éclair zébra le ciel et la pluie se mit à tomber en trombes. Leur adversaire inconnue était donc assez puissante pour protéger la zone d'un gros orage. Moira avait vraiment besoin d'aide.

Conn posa les deux mains sur le container du bas.

— Saute sur mon dos. On va se cacher au-dessus pour surprendre les Kurjans.

Moira obéit, rentrant la tête dans les épaules et enroulant les jambes autour de ses hanches. Elle sentit un souffle d'air dans les cheveux et lorsqu'elle rouvrit les yeux, ils se trouvaient sur le sommet des trois containers.

— C'est sympa de pouvoir bouger aussi vite.

— Ils arrivent du nord.

Son compagnon avait disparu, cédant la place au guerrier focalisé sur son objectif. Son visage viril était fermé, ses yeux d'un vert émeraude. Il lui prit la main et approcha du rebord opposé.

— La voilà, ta sorcière.

Moira avait le visage trempé par l'eau de mer. Elle pencha la tête et vit une femme aux longs cheveux roux, à côté d'un homme d'une vingtaine d'années portant un bouc. Il était lui aussi sorcier, mais sa compagne était bien plus puissante que lui. Ils attendaient à la porte d'un entrepôt, à côté d'une semi-remorque dont le moteur tournait. Moira plissa les yeux pour scruter l'océan noir et aperçut une lueur vacillante.

— Le cargo arrive. (Sur le quai, la sorcière scrutait les alentours pour tenter de repérer la menace et Moira se félicita d'avoir attaqué le voile.) Elle sait qu'on est là.

Conn se crispa, puis désigna du doigt trois ombres se déplaçant rapidement.

— Les Kurjans approchent de la sorcière. Soit ils sont trop concentrés sur elle pour sentir ma présence, soit ils pensent qu'on est avec elle. On devrait peut-être attendre de voir ce qui va se passer avant d'agir.

La sorcière allait payer le prix de son méfait, mais Moira ne pouvait laisser les Kurjans l'enlever. Au même instant, la sorcière se retourna et leva la tête vers eux. Avec un rictus, elle fit apparaître une boule de plasma vert.

— Baisse-toi ! chuchota Moira en le plaquant contre le métal.

La boule toucha le coin du container dans un éclat d'étincelles et un crissement métallique. La gigantesque masse glissa jusqu'au bord du container sur lequel elle se trouvait et s'arrêta en équilibre précaire. La chute était imminente.

— Et merde!

Conn attrapa Moira et bondit en arrière, effectuant plusieurs flips avant de retomber sur ses pieds à quelques mètres de la sorcière. Derrière eux, le container s'écrasa au sol dans un vacarme assourdissant. Conn plaça Moira derrière lui juste au moment où leur adversaire leur lançait une nouvelle boule de plasma.

Moira écarta violemment Conn et la boule s'écrasa contre le container, le faisant glisser de plusieurs mètres sur le sol détrempé dans un crissement aigu insupportable. Elle généra sa propre boule pour contrer la troisième, qu'elle captura dans un crépitement d'étincelles et un nuage de fumée, semblable à celui d'un seau d'eau versé pour éteindre un feu.

Les Kurjans arrivèrent devant eux et se figèrent. Personne ne bougea pendant quelques secondes. Le temps semblait s'être arrêté. Moira en profita pour essuyer les gouttes qui l'aveuglaient. Les trois groupes, placés en triangle, s'observaient. Le tonnerre gronda au large et un éclair zébra le ciel.

— Je m'occupe de la sorcière, dit Moira.

Elle n'avait pas très envie que Conn la voie en action. Il ne pourrait pas s'empêcher de lui venir en aide. Elle était assez grande pour s'en tirer toute seule. D'ailleurs, si les hommes qui l'entouraient n'arrêtaient pas de vouloir la protéger, jamais elle n'aurait d'autorité ni au sein du conseil ni en tant qu'exécutrice.

— Par le pouvoir que me confère le cercle des Neuf, déclama-t-elle, les pieds bien campés dans le sol, je te déclare coupable d'avoir violé la règle 34a et je te condamne en conséquence.

La sorcière lui sourit et une aura électrique verte apparut sur ses bras.

— Je m'appelle Gena McMurphy.

— Et alors ?

Moira remarqua qu'à côté d'elle le jeune sorcier, au visage maculé de taches de rousseur, avait pâli et regardait tour à tour les deux femmes.

— Et alors, je me suis dit que tu aimerais savoir le nom de la sorcière qui va te subtiliser tes pouvoirs, Septième. Et si on laissait le vampire et les Kurjans se débrouiller entre eux ?

— Volontiers.

Gena la connaissait. C'était logique, d'ailleurs, car son statut de Septième faisait d'elle une célébrité.

Un nouvel éclair illumina le quai et le Kurjan le plus gradé intervint.

— On est venus pour la sorcière, dit-il avec un sourire macabre, mais on va en récupérer deux pour le prix d'une.

Conn se vida lentement les poumons. Tous ces bavardages l'agaçaient au plus haut point. En un geste fulgurant, il tira son arme et abattit le Kurjan le plus proche.

Le deuxième lui sauta dessus avant qu'il ait le temps de tirer une seconde fois. Ils heurtèrent le sol dans un fracas aussi bruyant que celui du tonnerre, creusant un trou dans l'asphalte. Conn, le souffle coupé, lâcha son arme, qui glissa à plusieurs mètres de lui. Il enroula ses jambes autour du Kurjan et inversa leurs positions, puis sortit le couteau qu'il portait à la cheville et lui trancha la gorge d'un coup sec.

Le dernier Kurjan lui sauta sur le dos, le poignard pointé sur sa jugulaire. Conn avait l'impression qu'il pesait une tonne. Furieux, il lui saisit le poignet pour l'empêcher de lui percer la peau. Du coin de l'œil, il aperçut Moira et Gena engagées dans un corps-à-corps. Gena avait une technique intéressante, mais Moira avait pour elle la vitesse et l'agilité.

Quant au sorcier, il cherchait un angle d'attaque dans le dos de sa compagne.

Conn balança le coude en arrière. Il entendit un craquement de cartilage et sentit le sang brûlant du Kurjan sur sa joue. Ce dernier poussa un grognement, planta ses crocs dans le lobe de son oreille et tira. Une douleur vive vrilla la tête de Conn. Ce connard venait de lui arracher l'oreille. Avec un grognement, il le repoussa et se releva sans prêter attention au sang qui coulait à flots le long de son cou.

— Enfoiré !

Le monstre sourit, dévoilant ses incisives rougies.

— J'étais venu pour une sorcière et je vais repartir avec la tête d'un Kayrs. Bonne journée, non ?

Les Kurjans diffusaient-ils donc des photos de la famille Kayrs à tous leurs soldats ? Comment parvenaient-ils à l'identifier à chaque fois ?

— J'en doute. Des types comme toi, j'en tue dix par jours. La routine, quoi.

Le Kurjan chargea. Conn le saisit par les côtes et se laissa emporter par l'élan jusqu'à l'endroit où son pistolet était tombé. Ils tombèrent lourdement sur le sol et Conn attrapa son arme avant de tirer une balle en plein dans l'oreille de son adversaire, qui ne put qu'écarquiller les yeux.

— Eh ouais. Une oreille partout.

Il repoussa le corps inconscient et se releva d'un bond. Le sorcier venait d'attraper Moira par-derrière. Son alliée en profita pour plaquer la paume sur la poitrine de sa compagne. Conn poussa un cri de rage en la voyant se figer. Ivre de colère, il les rejoignit en deux enjambées et saisit le sorcier par la tête. Le jeune homme résista un peu, mais finit par s'immobiliser lorsqu'il accentua la pression.

— Merci, murmura Moira en repoussant la main de Gena.

— Tu t'en sors ?

— Ouais.

Il entendit alors un grognement derrière lui. Le Kurjan sur lequel il venait de tirer reprenait connaissance.

— Ah, on dirait que je n'ai pas fini le boulot.

Traînant le sorcier derrière lui, il décapita les deux Kurjans, puis reporta son attention sur sa compagne. Moira était vive comme le vent. Elle fit tomber son adversaire, qui poussa un cri outré.

Gena résistait de son mieux. Moira évita ses coups de poing, puis crispa la mâchoire et posa la main sur son torse. Conn avait déjà arraché des cœurs de cette manière, mais Moira n'avait probablement pas la force nécessaire pour traverser la cage thoracique. Contre lui, le sorcier tremblait comme une feuille et ne résistait même plus.

Gena cria et attrapa le bras de son adversaire des deux mains, paniquée, mais Moira tenait bon. Elle rejeta la tête en arrière et ferma les yeux. Tout autour d'eux, les molécules d'oxygène se mirent à exploser comme des ballons. Une lueur verte se forma sur Gena, puis remonta le long des bras de Moira jusqu'à son torse, avant de disparaître en elle.

Le vent balayait le quai en faisant voleter les cailloux dans des effluves de câbles brûlés. Une brume verte maladive flottait sur la peau de Gena. Son corps entra en convulsion, puis s'immobilisa. Sa tête retomba par terre et elle ne bougea plus.

Moira se releva. L'énergie verte qui l'entourait se muait petit à petit en bleu électrique. Elle se tourna vers Conn, le regard indéchiffrable, puis s'approcha d'eux et posa la main sur le torse du sorcier transi de peur. Il cria, puis perdit connaissance. Conn le laissa s'écrouler sur le sol.

— Tu leur as subtilisé leurs pouvoirs.

Moira hocha la tête, puis écarta ses boucles folles de son visage, à bout de souffle, la nuque douloureuse.

— Oui. Je les ai absorbés.

Pour une sorcière, perdre son pouvoir était pire que la mort.

— Est-ce qu'elle aurait pu te prendre le tien ?

Moira lui adressa un sourire las. Tout son corps menu vibrait encore de l'effort consenti.

— Peut-être. (Elle regarda le jeune homme inconscient à ses pieds.) Il va avoir au moins un siècle devant lui pour méditer son erreur. J'espère qu'il ne la reproduira plus.

— Leurs pouvoirs vont se régénérer ?

— Oui.

Il lui prit la main, désireux de la toucher, et sentit l'électricité statique lui envahir le bras.

— Tu vas bien ?

Détrousser quelqu'un de ses pouvoirs magiques ne devait pas se faire sans mal. C'était là une autre capacité que les sorcières n'avaient jamais divulguée. En tout cas, Conn ne cessait d'être épaté par les dons physiques et tactiques de sa compagne.

— Oui, répondit-elle en se collant à lui, haletante. Mais parfois, je dois dépenser le surplus d'énergie. Elle brûle.

Ses cils papillonnèrent, puis elle perdit connaissance. Conn attrapa sa petite compagne avant qu'elle tombe. Quelles autres surprises avait-elle en réserve ?

Chapitre 13

Moira reprit connaissance dans l'avion, réveillée par le bruit d'un clavier. Une énergie bouillonnante coulait dans ses veines. Elle avait pris beaucoup de puissance à Gena. Son compagnon se trouvait face à elle, penché sur son ordinateur. Ses doigts volaient avec une agilité de virtuose sur le clavier. Très concentré, il alternait grimaces et hochements de tête. Elle aimait ce trait de caractère chez Conn : il ne camouflait jamais ses émotions. Était-ce de l'arrogance ou de la confiance en soi ? En tout cas, elle avait l'impression qu'il détestait perdre son temps… et pour lui se cacher était une perte de temps.

— Tu as dit au roi ce qui est arrivé tout à l'heure ?

— Oui, répondit-il sans lever les yeux de l'écran.

Elle aurait pu lui demander de conserver le secret, mais elle refusait de se servir de lui de cette manière et de le forcer à endosser un rôle si contraire à sa nature. La loyauté envers le Royaume faisait partie des gènes de Conn.

Soudain, la mémoire lui revint et elle se redressa.

— Zut, on devait attendre la cargaison !

— Daire est arrivé juste après que tu tombes dans les pommes. En retard, comme toujours.

Moira se sentait perdue.

— Il a placé Gena en garde à vue ?

En effet, elle allait devoir être interrogée.

— Oui.

Moira se sentit soulagée. Daire obtiendrait la vérité.

— Et à part ça, quelles sont les nouvelles ?

— Daire dit que le cargo n'est pas arrivé et que Gena n'a toujours pas repris connaissance.

Où pouvait bien être ce navire ?

— N'importe quoi. Ce qui m'étonne, c'est que Daire t'ait laissé m'emmener.

— Ça m'a surpris moi aussi. (C'était même très louche. Qu'est-ce que le cercle des Neuf pouvait bien avoir derrière la tête ? Conn changea de sujet sans quitter l'écran des yeux.) Alors comme ça, tu génères des boules de plasma, tu aspires les pouvoirs des autres sorcières et tu transformes les organes internes en bouillie ? C'est seulement sur les humains ou aussi avec les autres espèces ?

Moira se frotta le nez. Que pouvait-elle dire ?

— Seulement les humains, pour l'instant, mais la puissance augmente avec le temps. Les humains, c'est facile. (Elle n'aurait peut-être pas dû lui dire que sa rate était à l'abri pour l'instant, mais il était trop tard pour revenir en arrière.) Les exécuteurs sont les gardes du corps du conseil des Neuf et leur relais en première ligne, comme tu le sais. Prendre le pouvoir des autres sorcières, c'est notre arme principale. (Ils assuraient aussi la formation des soldats, mais c'était là une mission secondaire.) On nous envoie sur le terrain quand quelqu'un fait n'importe quoi avec la physique quantique… euh, avec la magie. On est là pour empêcher les abus.

Conn haussa un sourcil et se pencha sur son écran.

— Quels sont les autres moyens d'abuser de la magie ?

Moira sentit la menace voilée de son ton et se crispa aussitôt.

— Quand l'homme a appris à fissionner l'atome, il a créé l'énergie atomique et les bombes qui vont avec.

Imagine un chercheur qui ferait n'importe quoi avec des particules subatomiques.

— Je comprends ce que cela implique, mais qui serait assez stupide pour essayer ? Et je pensais aussi que votre service d'ordre avait une meilleure emprise sur votre population. Bon sang, ils pourraient faire sauter la planète !

— La galaxie, même, le corrigea-t-elle. Quand des crétins manipulent des forces qu'ils ne comprennent pas, ça peut générer une catastrophe. On intervient aussi en cas de manipulation financière.

— Je vois, répondit-il en fermant son ordinateur.

Il se tourna enfin vers elle et Moira en resta bouche bée.

Son torse large et sa taille fine étaient moulés dans une chemise noire. La sorcière avait l'impression qu'un volcan venait d'entrer en éruption en elle. Elle étudia chaque contour de son visage rugueux avec une attention décuplée par son désir. Conn, dont les yeux s'assombrissaient, la laissait faire sans bouger.

Elle se rendit alors compte que la patience était chez lui une arme redoutable. Il exerçait un contrôle inflexible sur lui-même et sur tout ce qui l'entourait.

Il ne bougeait pas d'un millimètre, mais Moira ressentait un désir physique irrépressible. Elle voulait être la seule femme au monde capable de lui faire perdre ce contrôle. L'excitation du combat contre Gena n'était pas totalement redescendue et l'aida à se décider.

Avec une grâce féline, elle se mit à genoux entre ses jambes. Conn cessa un instant de respirer et elle se retint de sourire. Lentement, comme pour lui prouver ce qu'était la véritable maîtrise de soi, elle posa les mains sur sa ceinture, les doigts contre ses abdominaux en béton. La boucle se défit facilement et elle fit glisser sans hâte la bande de cuir de ses passants.

Conn déglutit bruyamment.

Elle fit descendre son jeans et son sexe jaillit, tendu, palpitant, prêt pour elle. Elle émit un petit murmure satisfait. Comme c'était attentionné de sa part de ne pas porter de sous-vêtements ! Elle se pencha et passa la langue sur son gland, qui avait un goût très salé, très masculin. Il lui prit le crâne entre les mains avec force.

— Moira, gémit-il en essayant de la faire reculer.

— Non. J'en ai besoin, Conn.

Elle comprit alors la vérité. Plusieurs pouvoirs luttaient en elle, mais elle était sûre que ses capacités naturelles prendraient le dessus et assimileraient les autres. Mais pour l'heure… elle avait besoin de se détendre. Mieux encore, elle avait besoin de Conn. La marque sur sa hanche la brûlait, envoyant des éclairs de désir jusqu'à son clitoris.

Conn poussa un grognement et détendit ses doigts, sans toutefois lui lâcher la tête.

— Prends tout ce que tu veux.

Ravie, elle le sentit durcir dans sa bouche, l'emplissant de sa puissance. Décidément, tout ce qu'elle avait pu lire sur le sujet était bien en dessous de la vérité. Elle avança les lèvres pour engloutir le premier tiers de sa verge. Conn respirait fort, tendu de la tête aux pieds.

Conn se mordit la lèvre jusqu'au sang. Le manque d'expérience de Moira et sa détermination lui faisaient perdre tout contrôle. Les petits coups de langue et les mordillements timides de sa compagne lui faisaient battre le cœur si fort qu'il avait l'impression que sa cage thoracique allait éclater. Il s'en fichait, d'ailleurs. Elle pouvait lui briser tous les os du corps, tant qu'elle n'arrêtait pas.

Le parfum musqué de son excitation, mêlé à sa senteur naturelle de lilas, lui faisait perdre la tête. L'animal qui était en lui exigeait de la prendre. Moira accentua la pression et il s'enfonça dans sa bouche, l'étouffant.

— Désolé.

Il lui lâcha les cheveux et enfonça les ongles dans les bras de son fauteuil. Si sa compagne voulait continuer son exploration, il n'était pas question de l'en empêcher. Moira détendit la mâchoire et reprit son mouvement chaud et humide. Elle l'avala en entier et Conn sentit son sexe durcir plus qu'il l'aurait cru possible. Un rugissement emplit ses oreilles et il crispa les doigts sur le fauteuil.

— Moira, ma puce, arrête, dit-il, pourtant tiraillé par l'envie qu'elle continue.

Elle rit, son sexe toujours entre ses lèvres, et Conn perdit le contrôle. Il la repoussa jusqu'à ce qu'elle se retrouve sur les fesses et attrapa son jeans à pleines mains pour le lui ôter, le déchirant à moitié avant de faire subir le même sort à sa petite culotte. Il la retourna et se plaça au-dessus d'elle, la main sur son entrejambe. Elle était brûlante, humide, prête à l'accueillir. Elle eut un petit rire, mi-encouragement, mi-défi, et Conn la saisit aux hanches et la pénétra si fort qu'elle glissa vers l'avant, se rattrapant avec les avant-bras sur la moquette rêche.

— Conn !

Il s'immobilisa, les testicules vibrants de désir. Il en voulait plus. Plus fort.

Mais à quoi je joue ? Ses mains se mirent à trembler sur les hanches appétissantes de la jeune femme.

— Moira, je…

Arrête, bon sang, mais arrête ! La bête en lui hurla de fureur.

Elle recula, collant les fesses à son ventre, plus chaude que jamais.

— Continue, je t'en prie, continue !

Sa voix suppliante scella la victoire de la bête. Conn déchira son tee-shirt et sa peau blanche apparut dans la lumière tamisée de la cabine. Nue, fragile et si douce… Il lui caressa le dos, le sexe palpitant en elle. Moira l'enserrait comme un étau et tremblait autour de lui. Elle était si parfaite qu'il ne parvenait pas à le croire.

Il sortit, puis entra à nouveau, des bourdonnements plein les oreilles, un parfum de lilas plein le cœur. Il commença à la pilonner, le corps déconnecté du cerveau. Ses neurones tentaient de se connecter, mais en vain. Plus rien n'existait que Moira serrée tout autour de lui. Avec un grognement, il lui poussa la tête vers le bas pour la forcer à la poser sur ses avant-bras.

Il la voulait ouverte, vulnérable, sans défense. Moira poussa un petit gémissement de plaisir et il redoubla d'efforts, submergé de sensations, à la fois les siennes et celles de la jeune femme. Ses canines s'allongèrent et il sentit des étincelles s'allumer le long de sa colonne vertébrale. Il y était presque.

Il glissa la main jusqu'à son clitoris enflé. Moira se redressa, rejeta la tête en arrière et se cambra pour imiter son rythme. Conn passa la main dans ses cheveux et la repoussa au sol. Cette fois-ci, c'était lui qui commandait. Il appuya ses doigts pour mater sa résistance et étendit la main pour mieux la maintenir en place. Il sentit les cuisses de Moira trembler et il lui écarta encore davantage les jambes. Ouverte. Entièrement à sa merci.

Son autre main restait rivée à sa hanche pour mieux contrôler ses mouvements. Les fesses de la jeune femme tremblaient sous la force de ses coups de boutoir, même si elle faisait de son mieux pour suivre le rythme. La langue de Conn était enflée, tiraillée par le désir de goûter au sang de sa compagne.

— À moi.

Était-ce une promesse ou un serment ? En tout cas, ces mots provenaient du fond de son âme.

Moira se raidit, puis se détendit entièrement avec un soupir.

Conn comprit qu'elle lui offrait sa soumission. Il ne l'avait ni désirée ni demandée, mais il comprit que c'était pourtant ce qu'il voulait.

Sa puissante compagne se soumettait de son plein gré et cela lui fendit le cœur, scellant à tout jamais leur destin. Comme s'ils avaient jamais eu le choix…

La créature en lui, qu'il combattait si souvent, prit le dessus. Il s'enfonça en elle plus loin, plus fort, au-delà de la simple étreinte physique. Il la sentit trembler sous lui. Il lui pinça le clitoris et elle bascula avec un cri de jouissance qui emplit la cabine de l'appareil. Sa chaleur lui comprima tant le pénis qu'un voile noir descendit devant ses yeux.

Les vagues du plaisir de sa compagne se déchaînaient autour de lui et un grognement lui déchira l'âme.

Il changea d'angle pour la couvrir complètement et, vif comme l'éclair, la mordit au cou, la poussant à un nouvel orgasme. Son sang, mélange de miel et d'énergie pure, envahit la bouche de Conn. Il se crispa à son tour, incapable de se retenir plus longtemps, l'emprisonna entre ses bras et éjacula avec un rugissement bestial.

Chapitre 14

Un Hummer noir blindé les attendait à l'aérodrome. Sans prêter attention à l'aspect échevelé de Moira et à l'odeur de sexe qui émanait d'eux, le chauffeur démarra en gardant les yeux rivés sur la route.

Moira se racla la gorge en tirant sur le tee-shirt de Cara qu'elle avait trouvé dans l'avion. Elle s'était retrouvée face à un vaste choix de tenues, ce qui la poussait à se demander si les Kayrs avaient pour habitude de déchirer les vêtements de leur compagne. La perte de sa tenue en soie irlandaise l'attristait. Quant à ses émotions, elles étaient sens dessus dessous. Elle se rendait compte qu'elle avait tout donné à Conn, et de son plein gré. Depuis l'atterrissage, le vampire se murait dans le silence, ce qui n'avait rien de rassurant. Un Conn Kayrs silencieux était un signe annonciateur de désastre.

Ils arrivèrent à un grand portail, que le chauffeur ouvrit à l'aide d'un badge. Trois rues de maisons luxueuses descendaient vers l'océan, dont l'eau semblait plus claire qu'en Irlande.

— Nous possédons tout le domaine, ainsi que les terres environnantes. Le périmètre est protégé par des capteurs de mouvement, de chaleur et d'énergie. Notre maison se trouve au milieu du lotissement, à côté de celle de Dage, avec une vue magnifique sur la mer.

— Ah, euh… formidable.

Moira avait l'impression de débarquer dans les années cinquante. Est-ce qu'il s'attendait à ce qu'elle organise des réunions Tupperware ou des parties de yam's entre voisines ?

— Tu comprends, maintenant qu'on commence tous à être en couple, on a besoin de maisons à nous. Ça fait des années qu'on peaufine le projet avec Talen.

— J'imagine qu'il y a aussi un QG souterrain ?

Le lieu était idéalement choisi. Les falaises rocheuses offraient une excellente protection en cas d'attaque et les vampires avaient su garder le secret. Les services de renseignement des Neuf n'avaient pas encore eu vent de cet endroit.

— Bien sûr. Chaque maison y a un accès direct. (La voiture franchit deux autres portails sécurisés et gardés par des hommes en armes, puis se gara devant un chalet en pierre et en brique.) Nous avons des bureaux, des salles de réunion, une salle de sport et un laboratoire privé. (Moira accepta la main qu'il lui tendait pour l'aider à descendre. L'odeur de l'écume était prégnante, à la fois plus lourde et plus douce que celle des mers d'Irlande. Cette pensée la fit soupirer. Conn claqua la portière et le chauffeur repartit.) Tu veux qu'on parle un peu ?

Elle avait besoin d'un peu de temps pour réfléchir avant de discuter de leur avenir, mais ce n'était pas là son sujet d'inquiétude le plus pressant.

— Tout le monde savait que tu viendrais me chercher dès que les cent ans seraient écoulés.

Moira ignorait s'il voulait vraiment d'elle ou pas, mais une chose était sûre : les Kayrs protégeaient toujours leurs compagnes. Elle commençait même à espérer qu'il éprouvait un vrai désir pour elle, ce qui la ravissait et l'effrayait à la fois.

— Oui.

Conn passa le bras autour de ses épaules, lui apportant chaleur et sécurité, deux sensations dans lesquelles elle était très tentée de se plonger. Elle se rappela que sa mère elle-même l'avait poussée à partir avec le vampire.

— Pourtant, le conseil m'a ordonné de me rendre aux États-Unis, avec toi. Et Daire t'a laissé m'emmener loin de New York.

Conn l'entraîna vers la solide porte en chêne.

— Oui, ça ne m'a pas échappé, répondit-il avec un sourire diabolique. Si ça se trouve, ils ont accepté sans discuter pour me remercier de ne pas avoir fait d'histoires pendant ces cent dernières années.

— À mon avis, tu es loin d'être dans les petits papiers des Neuf, Conn.

— Je sais. En tout cas, je me dis qu'il y a deux raisons derrière tout ça. Premièrement, c'est le signe que les Neuf ne vont pas quitter le Royaume.

Moira se retint de secouer la tête. Au contraire, c'était peut-être le premier pas dans cette direction.

— Tu en es sûr ?

Il devait pourtant savoir qu'elle avait grandi dans un milieu où la politique régnait en maître et qu'elle savait trier le vrai du faux.

— Non, mais j'espérais que tu serais de cet avis.

Elle posa la main sur son bras pour l'empêcher d'ouvrir la porte et il se tourna vers elle, curieux.

— Je ne suis plus la jeune fille naïve que tu as déflorée, Conn.

Il lui caressa la joue.

— Je sais. Je t'ai vue te battre, ma puce, dit-il d'une voix dont la masculinité lui donna des frissons.

— Et quelle serait la deuxième raison, selon toi ?

— Tu es la Septième, Moira. Ils cherchent à te protéger.

La porte s'ouvrit et une petite fille se jeta sur Conn.

— Tonton Conn !

Il la souleva et l'embrassa plusieurs fois sur la joue.

— Je me demandais si c'était toi qui jouerais les comités d'accueil, mon cœur.

La petite recula et posa ses minuscules mains sur les joues du vampire.

— Je voulais te voir en premier, avant que tu te fâches, répondit-elle avant de tourner ses yeux bleus pétillants vers Moira. Salut, tata Mowra.

Elle est époustouflante, cette gamine ! se dit la sorcière.

— Bonjour, Janie. C'est super de te rencontrer enfin en chair et en os. (Depuis huit mois, elle communiquait avec sa nouvelle nièce par e-mail et par visioconférence.) Pourquoi Conn va-t-il se fâcher ?

La petite médium lui répondit avec un sourire édenté.

— Pas à cause de toi, tata. Enfin, pas ce coup-ci.

La porte s'ouvrit entièrement et un colosse d'un mètre quatre-vingt-quinze sortit sur le seuil.

— Bienvenue chez toi, Moira.

Il lui tendit un bouquet d'arums blancs et jaunes. Il avait noué son épaisse chevelure sur sa nuque, ce qui faisait ressortir les lignes anguleuses de son visage. Moira était ravie de cet accueil, mais le terme « chez toi » la mit mal à l'aise. Elle n'en accepta pas moins les fleurs, dont elle respira le doux parfum avant de sourire.

— Merci, Dage.

Conn serra Janie contre lui.

— Pourquoi est-ce que je vais me mettre en colère ?

Dage regarda la petite, les sourcils froncés.

— Tiens tiens, quelqu'un n'aurait-il pas prédit l'avenir ?

Janie gloussa.

— Les choses se passent comme elles sont censées se passer.

— C'est une réponse très profonde, mon poussin.

Dage leur fit signe d'entrer. Le salon était vaste, illuminé par d'immenses baies vitrées donnant sur l'océan Pacifique. Des canapés et des fauteuils étaient parsemés autour de deux tables de billard, devant un gigantesque âtre en pierre, qui rappela à Moira la salle à manger de Kell. Elle ne vit pas de table pour les repas. Cette pièce était réservée à la détente.

— Tout le monde est au boulot, mais on fera une petite fête de famille ce soir. (Dage prit Janie des bras de Conn, la lança en l'air et la fit atterrir à côté de Moira.) Et si tu montrais la salle de jeu à Moira, Janie ? Emma devrait bientôt passer la chercher pour lui faire visiter le labo. Euh, à ce sujet, je te présente d'avance toutes mes excuses. Ma compagne est, comment dire, un tantinet obsédée par sa lutte contre le virus 27.

Conn ne put s'empêcher de ricaner.

— Ce n'est rien de le dire, Roi. (Il déposa un baiser sur le front de Moira.) Bonne chance, ma puce. Dis-toi que tu vas donner ton sang pour une bonne cause.

Il se frotta le menton et regretta de lui en avoir pris dans l'avion. C'était d'ailleurs la seule chose qu'il regrettait de leurs ébats.

Moira fronça les sourcils et Janie lui prit joyeusement la main.

— Tu vas adorer le jeu de dames que tonton Conn m'a acheté. Quand il perd, il doit servir le thé à mes poupées et porter un tablier. Je lui mets toujours le rose, il lui va très bien. (Moira éclata de rire tandis que Janie continuait ses explications.) On a toute une pièce pour les jeux, avec une télé pour regarder des dessins animés. Oh, et si tu voyais la nouvelle salle de classe de Sarah, ma maîtresse ! C'est Max qui a fait venir Sarah…

Elles tournèrent dans le couloir dans le babil ininterrompu de Janie. Conn se tourna vers son frère.

— Alors ?

— Et si on allait à la salle de sport ? Tu ne l'as pas encore vue.

— C'est moi qui l'ai conçue, je te rappelle, répliqua Conn, qui mourait déjà d'envie de lui décocher un coup de poing dans la mâchoire. Tu t'attends à ce que je te frappe ?

Ce ne serait pas la première fois. Lors de leur dernier affrontement, Conn avait dû se casser le nez à trois reprises pour que l'os reprenne sa forme initiale. Il suivit Dage, mal à l'aise. Il n'aimait pas être séparé de sa compagne, ce qui, en soi, était assez cocasse, car ils avaient passé les cent premières années de leur union chacun sur un continent différent. Mais il l'avait enfin sous la main, même si quelque chose lui disait que la vie commune ne serait pas un long fleuve tranquille.

Ils pénétrèrent dans une antichambre dont le sol était recouvert de tapis, comme toutes celles dont il avait conçu les plans. Sa colère monta encore d'un cran lorsqu'il vit que Jase et Talen les attendaient.

— Content de te revoir, l'accueillit Talen avec un sourire.

Le stratège en chef du Royaume ne quittait presque jamais sa compagne, Cara. Le fait qu'il se trouve là, sans elle ou leur fille Janie, n'augurait rien de bon.

— C'est quoi ce bordel ? demanda Conn en tendant la main à Jase pour l'aider à se lever. Et le planning d'entraînement, alors ?

En effet, il avait laissé Jase en charge de la formation militaire de leur troupe lorsqu'il était parti pour l'Irlande.

— T'en fais pas, tout va bien. (Jase lui sourit, mais ses yeux restèrent froids. Une bise arctique traversa la pièce. Jase, le benjamin des frères Kayrs, maîtrisait les éléments d'une manière que personne ne pouvait expliquer.) Kane est en plein milieu d'une expérience. Sans cela, il serait venu lui aussi accueillir son frère prodigue.

— Je me marie le mois prochain et je veux tous mes frères autour de moi.

Conn se tourna vers Talen.

— Euh, il est pas censé nous le demander ?

— Qu'est-ce que tu veux, il a tendance à se prendre pour le chef.

— Je voulais commencer par le côté famille avant de devoir endosser le rôle du roi. Et je *suis* le chef.

Cela s'annonçait mal.

— Ça y est, tu es prêt à jouer au roi ?

— Oui, répondit Dage en durcissant le regard. La guerre avec les démons s'envenime. On doit aller en première ligne.

Conn se détendit. C'était un ordre qu'il attendait depuis longtemps. Il n'avait pas envie de partir se battre alors qu'il venait juste de ramener Moira, mais il acceptait cet ordre, car il en comprenait les raisons. D'un autre côté, il n'avait pas eu le temps de s'entraîner correctement à la guerre psychique des démons.

— Je comprends. Je pars quand ?

— Toi, tu ne vas nulle part. C'est Jase qui ira.

Chapitre 15

Conn fronça les sourcils.

— Certainement pas. (Il était hors de question que son petit frère se frotte aux démons. Il avait dû se battre très jeune, alors qu'il était encore adolescent, et il en portait encore les séquelles. Dage ne se l'était jamais pardonné.) Ma place est en première ligne, Dage.

— Je le sais bien. Malheureusement, nous devons nous battre sur plusieurs fronts. J'ai besoin de toi ici.

Il avait déjà frappé son frère, mais jamais quand celui-ci parlait en tant que roi. Ce serait donc une première.

— Non. C'est moi qui ai tout planifié la sécurité des lieux. Tout le monde y est en parfaite sécurité. La plus grande menace vient des pays baltes.

Les démons s'y étaient installés depuis quelques décennies et c'était là qu'il fallait porter la guerre.

Jase décida de mettre les pieds dans le plat.

— Et Moira, Conn ? Et l'abysse tourbillonnant qui la traque ?

Conn se tourna vers lui, furieux, mais son petit frère ne baissa pas les yeux. Il avait toujours su frapper là où cela faisait mal.

— Je t'emmerde.

Jase lui sourit.

— Tu es le seul capable de manipuler la magie et la physique quantique. Dage lui-même doit se contenter de la théorie des cordes quand il se téléporte. (Il fourra les mains dans les poches arrière de son jeans, mais Conn eut le temps de voir que les ongles de sa main gauche étaient peints en violet. Il devait encore avoir perdu aux sept familles contre Janie.) Si ce tourbillon est d'origine magique, tu es le seul à pouvoir le contrer.

La logique de ces mots le mit encore plus en colère. Il devait protéger Jase, ne pas laisser les démons lui dévaster l'esprit. Son petit frère devait profiter de sa jeunesse et s'amuser sans penser aux responsabilités ou avoir à affronter la mort, ou pire, la folie.

— Ce n'est pas parce que tu t'es planqué les mains dans le dos que je ne vais pas te frapper.

Jase haussa les épaules et un voile de glace chatoyante apparut entre eux.

— Essaie donc.

Conn se dit que le voile ne résisterait pas à une boule de plasma, mais il ne voyait pas ce que le fait de faire mal à son frère apporterait au débat.

— Tu oublies mes pouvoirs magiques, crétin.

— Ah bon ? répliqua Jase avec arrogance.

Conn se remémora l'époque où il lui avait appris à conduire leur Ford Model T, qu'ils n'avaient pas tardé à bricoler pour en faire un bolide.

— Je te préfère avec toute ta tête, se contenta-t-il de dire avant de se tourner vers Dage. Comment peux-tu donner un tel ordre ?

— C'est notre devoir, Conn, répondit le roi, les yeux gris traversés d'éclairs bleus.

Son émotion était si palpable que Conn en fut tout retourné. Il tenta de le convaincre par la raison.

— Et moi, mon devoir, c'est d'affronter les plus grands dangers, c'est-à-dire, dans le cas actuel, les démons.

— Non, intervint Talen, les bras croisés et les yeux dorés braqués sur Dage. Le plus grand danger vient de celui ou de celle qui est capable d'enlever nos compagnes sous notre nez. C'est donc pour cela que Conn va rester ici et que c'est moi qui irai aux pays Baltes.

Jase poussa un grognement sourd et le mur de glace se brisa.

— Entre nous, ce manque de confiance commence à me les casser. Talen, ta compagne doit accoucher ce mois-ci. Tu n'es plus bon à rien dès que tu t'éloignes d'elle. (Son frère se dressa devant lui, outré, mais il l'ignora.) Je suis le plus jeune, soit, mais j'ai quand même trois cents ans. Les éléments m'obéissent, ce qui sera un atout inestimable contre les démons et leurs trucs mentaux. C'est moi qui irai, point barre.

Il va peut-être vraiment valoir que je lui flanque une raclée pour qu'il comprenne, se dit Conn.

— Et si jamais ça venait des démons, Jase ? On n'en sait rien, après tout.

Les démons contrôlaient les esprits, mais ils avaient peut-être appris à maîtriser les dimensions, outils indispensables de la téléportation.

— Aucune chance, rétorqua Jase en croisant les bras. Seuls les vampires peuvent se téléporter, et encore, même parmi nous, c'est très rare. Les Kurjans ont trente paires de chromosomes, comme nous, donc il est possible qu'ils aient développé cette capacité pendant qu'ils mettaient au point le virus qui ramène nos compagnes à leur niveau génétique humain. Kane et moi sommes les seuls à ne pas avoir de compagne. Vous, votre place est ici.

Des étincelles vertes traversaient les yeux dorés de Talen, signe annonciateur d'une explosion imminente.

— Non. Nous devons tout faire pour que nos compagnes soient en sécurité, ce qui est le cas. Ce sont toutes des guerrières et elles savaient dans quoi elles s'engageaient avant de s'unir à nous.

— Comme si tu avais laissé à Cara une chance de dire non, répliqua Jase en s'approchant de Dage.

Avec un sourire amusé, Talen imita son mouvement.

— Je suis sûr de le lui avoir proposé au moins une fois.

— En tout cas, tu ne peux pas l'abandonner à quelques jours de l'accouchement.

Ce débat avait assez duré. Conn se tourna vers Dage pour tenter de le convaincre.

— Ma compagne n'est pas enceinte, Dage. Elle est exécutrice depuis plusieurs dizaines d'années et elle sait ce qu'est la vie d'un soldat. (Peut-être même mieux qu'il l'aurait souhaité.) Elle sera en sécurité ici avec toi. (Comme Dage ne répondait pas, il enfonça le clou.) Et si j'y allais avec Jase ? Avec nos talents respectifs, on aura vite fait de régler le problème.

— Je n'ai pas besoin de ton aide, murmura Jase en se tournant vers Dage. Et avec tes arguments à la con, je crois que tu as décroché le pompon.

— C'est moi qui irai, décida le roi. Tes raisons sont tout à fait valables et s'appliquent encore plus à moi qu'à toi. Vous avez trois heures pour bâtir un plan avant que je parte.

— Tu ne peux pas y aller, rétorqua Conn, agacé au plus haut point.

— Et pourquoi ?

— Parce que tu es le roi, putain, même si tu refuses de l'admettre ! Nous avons des ennemis sur tous les fronts et nous avons besoin d'un chef et d'une direction centralisée. Tu es indispensable ici, Dage, que ça te plaise ou pas. (Conn n'avait pas besoin de se retourner vers eux pour savoir que

Talen et Jase étaient d'accord avec lui.) Fais ton boulot et laisse-moi faire le mien.

Dage soupira.

— Tu as raison. Le roi doit commander. (À sa grimace, on comprenait qu'il préférait affronter tous les démons de la planète plutôt que de rester assis sur son trône pour le bien du Royaume.) Tu pars pour la Russie demain à l'aube, ordonna-t-il à Jase. Ne prends aucun risque inutile et démolis-les.

Jase se redressa de toute sa taille.

— Je te présenterai un plan d'ici deux heures.

Sur ces mots, il pivota sur ses talons et sortit de la pièce. Conn ne bougea pas, et ce fut Talen qui parla.

— Il n'est pas prêt.

Dage inspira à fond.

— Vous deux, aidez-le à mettre son plan au point et faites en sorte qu'il prenne le moins de risques possible. (Il se passa la main dans les cheveux, signe de stress chez lui.) Si seulement nous n'étions pas la famille régnante… je pourrais envoyer quelqu'un d'autre.

— Mais nous le sommes. Notre devoir est de monter en première ligne et d'être les premiers à verser notre sang. (Les premiers à mourir. Il n'aurait pas aimé être à la place du roi, qui venait peut-être d'envoyer son petit frère à la mort. Comment parvenait-il à trouver le sommeil ?) Laisse-moi l'accompagner.

Le visage de Dage était marqué par des rides apparues au cours des derniers mois.

— Non. J'ai besoin de toi ici. Travaille avec Moira et essayez de trouver qui est derrière le tourbillon qui enlève les sorcières. Et empêchez aussi les Neuf de quitter le Royaume. On a assez d'ennemis comme ça. C'est ton roi qui te l'ordonne, Connlan, insista-t-il en voyant l'indécision dans les yeux de son frère.

Conn le regarda dans les yeux. Il était prêt à tout pour ses frères. Il avait appris à Jase à se battre et avait tout fait pour le protéger pendant la dernière guerre, au milieu du sang et du carnage. Dage en avait fait de même pour Conn. En tant que dirigeants et en tant que frères, ils devaient être unis.

— Je comprends.

Plus qu'une réponse, c'était un serment. Il ne reviendrait pas dessus.

— Et toi ? demanda le roi à Talen.

Ce dernier hocha la tête.

— On va concocter un plan en béton, confirma-t-il en se dirigeant vers la porte. Je passe voir Cara et ensuite on va aider Jase. On devrait demander à Caleb de l'accompagner.

— C'est déjà fait. Il se bat contre les démons depuis un siècle et ça lui donnera un délai supplémentaire pour refuser d'admettre qu'il est un prophète.

La marque de la prophétie était apparue sur le cou de Caleb lorsque Dage, pour sauver Emma, sa compagne, avait tué l'un des trois prophètes des vampires, qui était persuadé qu'Emma et sa sœur Cara engendreraient la chute du Royaume.

Talen hocha la tête et disparut dans le couloir. Conn, détendu, changea de sujet.

— Le cercle des Neuf ne veut pas que leurs soldats s'entraînent avec les nôtres. Plus précisément, Trevan Demidov a peur que leurs hommes les abandonnent pour te suivre.

— Il ne manquait plus qu'un intello au crâne mou pour envenimer le débat. On devrait le forcer à s'entraîner lui aussi, tiens.

— Comme tu dis. Les Neuf ont aussi peur que les humains apprennent notre existence et c'est une crainte que je partage. On a eu très chaud la dernière fois. Sans Max, c'était cuit.

Les vampires employaient des humains et Emma voulait utiliser leurs recherches dans un but thérapeutique, ce qui multipliait les risques.

— On ne peut pas se passer des scientifiques humains, affirma Dage. Contrairement aux Kurjans, nous n'avons pas passé les cent dernières années à étudier la biologie. On a vraiment besoin de leur aide.

Les humains ne connaissaient pas le véritable but de leurs recherches, mais Conn était réticent à l'idée de laisser des scientifiques manipuler ainsi leur patrimoine génétique. En tant que soldat, cela le mettait très mal à l'aise.

— Emma veut partager nos résultats avec des généticiens humains.

— Emma se taira, que cela lui plaise ou non, assena Dage de sa voix de roi.

Conn se retint de rire. De ce qu'il avait vu, la future reine se fichait totalement de ce que pouvait dire son royal conjoint.

— Si tu le dis… mais ma compagne est un aussi gros sujet d'inquiétude que la tienne en ce moment.

— Oui. Si les Neuf quittent le Royaume, le premier ordre qu'elle recevra sera de te couper la tête. Enfin, j'imagine, dit le roi avec un sourire amusé. Ma compagne essaie simplement de révéler notre existence au monde entier. La tienne devra peut-être te tuer.

Conn se frotta le menton et se rendit compte qu'il devait se raser avant d'embrasser Moira, car elle avait la peau délicate.

— Très drôle. Bon, quel est le plan ?

— En ce qui concerne Emma, je surveille toutes les recherches et toutes les communications avec les humains. Si j'ai le moindre soupçon, elle arrêtera ses activités, virus ou pas.

Conn espérait ne pas être dans le coin le jour où cela arriverait.

— Si tu stoppes ses recherches, elle te fera supprimer par des tueurs à gages.

— Très juste. Et toi, que comptes-tu faire pour Moira ?

Il lui laissait l'initiative à ce sujet, preuve de la confiance qu'il avait en lui, comme roi et comme frère.

— Si les Neuf se retirent du Royaume, ce qui équivaudrait à une déclaration de guerre, j'ai deux options. Premièrement, je pourrais me servir d'elle pour faire passer de fausses informations à l'ennemi.

— Et la seconde ? Tu sais, la seule que tu utiliseras au bout du compte ?

Conn était flatté de la confiance de son frère, mais il savait que si la survie de son peuple était en jeu, son devoir passerait avant tout.

— Je la mets à l'abri quelque part, loin de nos ennemis et des Neuf en particulier.

Dage secoua la tête.

— J'espère que ce jour n'arrivera jamais.

— Et moi donc.

Chapitre 16

D'un mouvement du poignet, Moira fit danser l'ours en peluche bleu au-dessus de la tête de Janie.

— La princesse irlandaise sortit alors de la mer avec les émeraudes et le roi Mullet dansa de joie sur le sable.

Janie gloussa et prit son nounours par les pattes.

— M. Mullet serait un très bon roi, déclara-t-elle en le serrant dans ses bras. J'adore tes contes de fée irlandais, Tata.

L'armoire à glace adossée au mur hocha la tête. Max, le garde du corps attitré de Janie, avait patiemment écouté les deux histoires.

— Très bien. Bon, c'était la dernière, Janie. J'ai promis à ta maman de te ramener.

— D'accord, Max, répondit la petite en faisant un dernier câlin à Moira. On se voit tout à l'heure ?

— Bien sûr !

Elle regarda Max emmener la petite princesse, puis sortit à son tour de la salle de jeu en poussant un gros soupir. Elle avait cru qu'Emma viendrait à sa rencontre, mais son amie avait dû être retenue au labo. Au cours des derniers mois, Moira avait cessé de se soucier du décalage horaire. Quelle que soit l'heure à laquelle elle appelait, Emma était toujours au travail.

Au coin du couloir, elle tomba sur une salle informatique et s'installa devant l'un des postes. Malgré le très haut niveau de sécurité, il ne nécessitait aucun mot de passe et permettait les visioconférences. Personne ne saurait d'où elle appellerait. Elle composa le numéro et alluma la webcam.

Le joli minois de Brenna apparut à l'écran. Elle se trouvait dans l'une des grandes salles de conférences du QG des Neuf et portait une queue-de-cheval, comme lorsqu'elle était petite fille et que Moira lui apprenait à grimper aux arbres.

— Moira ! Alors, ça y est, le vampire t'a fait grimper aux rideaux ?

— Hein ? Mais non ! protesta Moira, rouge comme une pivoine.

Brenna éclata de rire. Ses yeux scintillaient, mais son hilarité ne pouvait masquer sa fatigue.

— Bon, d'accord, on en parlera en tête-à-tête. Bientôt.

— Qu'est-ce que tu fais au QG ? Et surtout, qu'est-ce qui ne va pas, Bren ?

— Je suis là pour travailler sur mon CV. Et tout va bien.

Brenna se mordit la lèvre et Moira comprit qu'elle mentait.

— Quoi ? demanda-t-elle en fouillant dans sa mémoire. Ah oui, je vois, tu n'as pas encore reçu la réponse de l'Académie quantique. Ne t'en fais pas. Je suis sûre que ta candidature sera acceptée.

— Elle a été rejetée, répliqua Brenna, serrant les dents, comme le faisait leur père lorsqu'il avait de mauvaises nouvelles à annoncer. Mais c'est pas grave. Vraiment.

Moira n'en revenait pas.

— Comment ça, ils ne veulent pas de toi ? Tu es excellente en physique quantique.

C'était même elle qui lui avait tout enseigné. Il devait y avoir une erreur quelque part. Brenna baissa les yeux.

— Dans la lettre de refus, ils me remercient pour ma candidature, ils disent que l'école est très compétitive, bla, bla, bla… Non, sérieusement, ce n'est pas grave.

— Les enfoirés ! Mais ne t'en fais pas, dès que je serai de retour…

Brenna regarda la caméra bien en face.

— Non. Tu ne feras rien du tout. Ils ne veulent pas de moi, Moira. Nous, on n'y pense pas, mais…

Moira savait ce qu'elle voulait dire. Brenna était la huitième sœur, une anomalie inédite que beaucoup de gens considéraient avec effroi.

— C'est débile. On va fonder notre propre université, tiens.

L'idée n'était pas aussi incongrue qu'elle en avait l'air. Moira ponctuerait sa lettre de démission d'un gros « Allez vous faire foutre ! ». Comment avaient-ils le culot de traiter sa petite sœur de cette manière ?

Brenna éclata de rire.

— Voilà. Entre ton boulot d'exécutrice et tes parties de jambes en l'air vampiriques, je suis sûre que tu trouveras le temps de fonder une université.

— Parties de jambes en l'air vampiriques ?

— Ouais, c'est imagé, hein ? (Brenna saisit une liasse de feuilles qu'elle brandit devant la caméra.) Le projet pour améliorer le sort des sans-abri dans le sud. Je te l'enverrai. J'ai déjà donné mon premier jet au conseil.

Décidément, sa sœur ne laissait jamais rien au hasard.

— Merci. Alors, euh, comment est l'ambiance chez les Neuf ?

— Depuis que tu leur as appris que Trevan était à New York avec Simone, tu veux dire ? demanda Brenna avec malice.

— Oui. Ils l'ont pris comment ?

— Super mal. Ce type est une vraie lavette. Beurk, quoi ! (Elle regarda autour d'elle avant de continuer.) Tu savais que Simone était sortie avec un démon ? Il y a plusieurs siècles ?

— Je n'en étais pas sûre, mais ça doit être celui qui s'est pointé chez elle. Ils avaient l'air de bien se connaître.

Les démons et les sorcières avaient signé une alliance bancale, mais évitaient de se fréquenter.

— Étrange, hein ? J'ai entendu Maman dire à Viv qu'au moins Simone n'était plus avec un démon. Ça doit dater d'avant ta naissance, non ?

Moira haussa les épaules. Simone avait toujours aimé flirter avec le danger.

— C'est la première fois que j'en entends parler. Tu sais ce qui s'est passé entre eux ? Et le démon en question, c'était bien Nick Veis ?

— J'en sais rien. Viv a juste répondu que, avec les hommes, Simone avait des goûts suicidaires. (Soudain elle regarda sur sa gauche et se raidit.) Bref, voilà où on en est avec les sans-abri.

Des voix féminines se rapprochèrent et sa mère se pencha pour se montrer à la caméra.

— Tu appelles les Neuf ou juste ta mère ? demanda-t-elle avec un sourire, le visage aussi marqué par la fatigue que celui de Brenna.

Grace Sadler la poussa d'un coup de coude.

— Salut, Moira. Alors, ça roule avec ton vampire ? demanda-t-elle en relevant ses lunettes rouges sur ses cheveux blonds. Il t'a emmenée sous les tropiques ?

Malgré son âge canonique, Grace avait toujours l'allure d'un top model. Elle avait connu plusieurs vampires au cours de sa vie et n'avait toujours pas trouvé l'âme sœur.

Brigid reprit sa place. Ses yeux, d'un vert plus sombre que ceux de Moira, brillaient d'inquiétude.

— Arrête d'asticoter ma fille, Grace. Il faut qu'on vérifie que la communication est bien sécurisée pour qu'elle puisse nous dire où elle est.

— Pourquoi ? demanda Moira en réglant la caméra pour mieux les voir.

— Parce que celui ou celle qui enlève les sorcières à travers les dimensions ne peut le faire que s'il sait où elles sont. C'est comme lorsqu'un vampire se téléporte. Enfin, ceux qui y parviennent. Ils doivent commencer par savoir où ils vont, ils ne se lancent pas dans l'inconnu.

Moira eut une illumination.

— C'est pour ça que vous vouliez que je quitte l'Irlande… pour que Conn puisse me cacher quelque part, dit-elle avec colère.

Sa mère rougit.

— Oui, c'était mon intention première. Je sais que tu es une excellente exécutrice, mais tu es ma fille avant tout. (Elle se passa la main sur les yeux et tapota rapidement sur le clavier.) Parfait, la communication est sécurisée. Nous pouvons parler. Ici, tout le monde va bien, mais tu es la Septième et on a déjà essayé de t'enlever.

— J'ai une mission à accomplir.

Jusqu'au jour tant redouté où elle prendrait sa place parmi les Neuf, tout du moins. Pourquoi refusaient-ils tous de l'admettre ?

— Je sais, soupira Brigid, mais, que ça te plaise ou non, le conseil te demande de faire passer ta propre sécurité avant tout le reste. Ah oui, autre chose. Je vais t'envoyer Brenna. Elle sera plus en sécurité avec vous.

Le cœur de Moira s'arrêta. Elle ouvrit la bouche, mais aucun son n'en sortit et un bourdonnement lui envahit les oreilles.

— Pas question, intervint Brenna en fronçant les sourcils tout en tapant sur le clavier. J'ai mis au point un plan assez solide contre les démons. J'espérais que tu le donnerais à Dage… enfin, en partant du principe qu'on ne s'allie pas aux démons, bien sûr. Mon message vient de partir.

Pourquoi leur mère voulait-elle lui envoyer Brenna ? Les Neuf assuraient toujours eux-mêmes la protection des leurs.

— Ce n'est pas la vraie raison, n'est-ce pas ?

— Non, admit sa mère, dépitée.

— C'était juste pour obtenir ma localisation, continua Moira, outrée. C'est aussi pour ça que vous m'avez envoyée chercher Simone. Parce que vous saviez que Conn m'amènerait ici. Vous avez organisé tout ça pour que j'infiltre leurs locaux et vous n'avez même pas eu le courage de me le dire !

Brenna se rassit, les yeux pleins de flammes.

— Mais à quoi vous jouez ? Le monde est en chute libre, les Neuf font n'importe quoi, mon conseil économique fait de son mieux pour éviter que des gens meurent de faim, les métamorphes d'Irlande font je ne sais pas quoi… et pourtant, personne ne me dit rien !

Moira était abasourdie.

— Les Neuf ont quitté le Royaume.

Et Conn était désormais en danger de mort. Elle-même était devenue une chasseuse de prime employée par le conseil. Elle se retrouvait donc tiraillée entre son devoir et sa loyauté envers son compagnon.

Grace passa le bras autour des épaules de Brigid.

— Ce n'était qu'un vote préliminaire, Moira. Le vote officiel n'aura lieu que ce soir, ce qui te laisse un peu de temps.

— Du temps pour quoi ?

Pour détruire le Royaume de l'intérieur ? Pour trouver le moyen de tuer Conn ? Comme si elle en était capable ! Il se battait depuis trois bons siècles de plus qu'elle et son expérience était bien plus importante. De plus, il lui faisait confiance. Enfin, en théorie. Les seuls moments où il baissait la garde avec elle étaient ceux où il était nu. Elle avait peut-être donné sa parole aux Neuf, mais pas son âme.

Il ne s'agissait plus simplement d'être fidèle à son serment. Les décisions qu'elle devait prendre détermineraient tout son avenir.

— Les démons voudront Janie, tout comme les Kurjans et tous ceux qui s'allieront à eux, dit-elle à sa mère sans prêter attention à Grace. S'en prendre à la famille Kayrs, c'est mettre cette petite fille en danger, Mère.

— Je le sais, répondit Brigid, les lèvres tremblantes. Nous nous réunissons à nouveau ce soir, Moira. Je fais de mon mieux.

Sa mère voterait contre la sécession. Grace, vu son air crispé, voterait probablement pour, tout comme Simone et Trevan. Cela ne laissait plus que Peter et Viv. S'ils votaient contre, cela donnerait une égalité.

— Je suis prête à entrer au cercle pour éviter la guerre, déclara-t-elle en regardant Brenna, qui se tenait immobile, le visage fermé. Cherche dans le règlement pour voir s'il n'existe pas un moyen d'éviter ça.

Brenna hocha la tête.

— Promis. Se retirer du Royaume serait une énorme erreur. (Elle grimaça et se redressa en fronçant le nez.) C'est quoi, cette odeur ?

Grace remit ses lunettes en place et se mordit la lèvre.

— Je ne sais pas. Quelque chose brûle ?

— Ça sent l'ozone, murmura Brigid en regardant autour d'elle.

L'ozone ?

— Sortez, vite ! cria Moira, paniquée.

Elle se leva d'un bond et fit tomber la souris par terre.

— Qu'est-ce que…, commença Brenna.

Elle resta bouche bée et tourna la tête en direction d'une masse d'air tourbillonnante. Les papiers s'envolèrent et une chaise traversa la pièce pour s'écraser contre le mur.

— Baisse-toi ! cria Brigid en attrapant sa fille avant de se jeter au sol, hors du champ de la caméra.

Moira avait l'impression que son cœur allait exploser. Elle agrippa le bureau des deux mains.

— Grace, baisse-toi !

Grace pivota et ses lunettes s'envolèrent. Elle tenta de fuir, mais le tourbillon l'enveloppa comme un manteau. Elle poussa un cri, les yeux écarquillés et les mains tendues vers l'ordinateur, puis disparut, comme si elle avait été aspirée dans l'air.

Moira porta la main à sa bouche. Il fallait qu'elle rentre en Irlande !

— Maman ? Brenna ?

Elle se pencha sur l'écran, fronçant les yeux pour mieux voir. Des papiers et une agrafeuse retombèrent sur le bureau, puis Brenna se releva, aidant sa mère à en faire autant. Des gardes arrivèrent en courant et Brigid se tourna vers la caméra, le visage exsangue.

— Reste où tu es, Moira. C'est un problème que seuls les Neuf peuvent régler. Ne prends aucune initiative personnelle. Je te recontacte bientôt.

L'écran devint noir et elle recula. Les Neuf ? Les Cinq, plutôt ! Elle devait rentrer le plus vite possible chez elle pour les aider. Elle se précipita vers la porte et, au même moment, Conn entra.

— Il faut que je parte.

Il la prit par les bras et elle sentit sa chaleur l'envahir.

— Que se passe-t-il ? demanda-t-il, inquiet.

— J'étais en visioconférence avec ma mère. Ils viennent d'enlever Grace.

La peur prit le dessus et elle vacilla, le regard trouble. Conn la maintint à la verticale, à la fois doux et ferme. Moira commençait à voir rouge. Leurs adversaires s'en prenaient aux membres du cercle, les uns après les autres. Les prochaines cibles seraient peut-être sa mère ou sa tante.

— Les enflures !

Elle était si énervée que ses doigts la picotaient et que des étincelles bleues crépitaient sur ses bras. Conn poussa un petit sifflement de douleur et la lâcha en remuant les doigts.

— Contrôle-toi, ma puce.

Mais la colère de Moira ne passait pas. Elle leva les mains, les paumes vers l'extérieur.

— Il faut que j'y aille. Tout de suite.

— Non, déclara Conn en l'attrapant par les épaules. Ici, tu es en sécurité et tu le resteras.

Elle le poussa avec force, mais il ne bougea pas.

— Je suis une exécutrice. Un membre du cercle des Neuf vient d'être enlevé. (Mais leurs ennemis la visaient elle aussi, elle le savait. De plus, si elle quittait le QG, les Kayrs risquaient de déménager sans lui dire où ils allaient. Si elle était prise, ils seraient à l'abri, car elle ne pourrait révéler où ils étaient et elle n'aurait plus à choisir entre sa loyauté envers son peuple et son attachement pour Conn. Et surtout, elle avait son devoir à accomplir.) Pas question que je reste ici les bras croisés alors que je devrais être en train de traquer les salopards qui s'en prennent aux miens.

— On va envoyer nos meilleurs hommes. Je les accompagnerai, si ça te rassure. Toi, par contre, tu restes ici.

— Tu ne m'écoutes pas ! protesta-t-elle, se retenant de le brûler une nouvelle fois.

— Si, je t'écoute. Je ne suis pas d'accord avec toi, nuance. Fais-toi une raison.

Son portable sonna et il l'ouvrit pour en lire l'écran, puis le rangea, le sourcil levé.

— Il faut que je rentre chez moi pour aider le cercle, Conn, répéta-t-elle.

Elle n'hésiterait pas à le réduire en cendres s'il l'y forçait. Conn ferma brièvement les yeux puis les rouvrit, la mâchoire crispée.

— Tu ne vas nulle part, Moira. C'était un SMS de Dage. Ta tante vient officiellement de demander au Royaume d'assurer ta protection. C'est une bonne chose, entre autres parce que ça t'oblige à rester ici pendant que je gère cette menace.

Moira recula d'un pas. Sa tante voulait qu'elle demeure auprès des Kayrs au cas où le conseil ferait sécession, pour qu'elle soit sur place pour les trahir. Mais personne n'avait le droit de lui donner un tel ordre.

— Tu te prends pour qui ? explosa-t-elle. Ou plutôt, tu *me* prends pour qui ?

— Pour ma compagne.

Décidément, ce vampire à la noix ne comprenait rien.

— Et alors ? J'ai un devoir à accomplir.

— Exactement, répondit-il, le regard triomphant. La dirigeante du cercle, donc ta patronne, t'a donné l'ordre de rester ici jusqu'à ce qu'on ait trouvé ce qui se passe.

— Non ! Ma tante a ordonné à la Septième de rester à l'abri, nuance. (Ou de jouer les chevaux de Troie). Mais je suis une exécutrice.

— Quoi qu'il en soit, tu es au service des Neuf, Moira.

C'était exact. Elle hocha rapidement la tête.

— Je démissionne. Maintenant, pousse-toi de mon chemin. Je rentre en Irlande pour l'annoncer en personne à Viv. Je choisis de vivre pour moi.

Elle aimait ce métier d'exécutrice et le regretterait, mais elle refusait de laisser qui que ce soit diriger son existence. Le destin avait fait d'elle la septième fille d'une septième fille, ce qui lui donnait des pouvoirs qui dépassaient tous ceux du cercle des Neuf et une puissance qu'elle commençait à peine à entrevoir.

— Parfait. On lui enverra ta lettre de démission par mail.

Moira serra les dents jusqu'à en avoir mal à la mâchoire.

— Je ne suis pas plus à tes ordres qu'à ceux du cercle, Conn, alors pousse-toi de mon chemin, compris ?

Les yeux du vampire étincelèrent.

— Tu crois vraiment que je vais te laisser affronter un danger que les Neuf ne parviennent même pas à identifier ?

— Et toi, tu crois que tu peux m'en empêcher ?

Elle mobilisa la chaleur qui lui brûlait les poumons et une boule de plasma se forma sur sa paume gauche. Avec une vivacité dont elle ne l'aurait pas cru capable, Conn se précipita sur elle et la souleva par les coudes pour l'allonger sur une table. Ses épaules heurtèrent le bois dans un bruit sourd. Il se pencha sur elle, menaçant, si près qu'elle sentait son haleine chaude sur ses lèvres.

— On a déjà joué à ce petit jeu, *Dailtín*. Je n'ai pas envie de recommencer.

Le corps de Moira était brûlant de désir, mais son esprit crépitait de colère. Avec un cri étouffé, elle se ramassa sur elle-même et projeta ses pieds dans son ventre. Conn encaissa le coup presque sans broncher, les yeux illuminés d'un vert translucide qu'elle n'avait jamais vu et qui ne fit que renforcer sa propre détermination. Il voulait jouer ?

Très bien. Elle lui enferma la taille entre les jambes et les tordit pour le faire tomber. Il tomba lourdement sur le sol et poussa un grognement. Moira lui sauta aussitôt sur le ventre, visant son entrejambe avec le genou et sa jugulaire avec le coude. Un clavier glissa de la table et tomba à côté de lui.

Malgré l'impact, Conn lui sourit et elle s'immobilisa, les yeux écarquillés. Devait-elle accentuer la pression sur sa gorge ?

Conn passa une main sous son coude et lui prit le bras pour la renverser.

— Celui qui t'a appris à te battre ne devait pas être doué, constata-t-il.

Elle heurta le sol avec les fesses et il lui sauta dessus à son tour. Ses professeurs avaient été les autres exécuteurs.

— Je sais me battre, Conn.

La chaleur qui émanait de son corps contrastait avec la fraîcheur du plancher. Son cœur battait la chamade et elle mourait d'envie de se coller contre lui, mais par pure obstination elle claqua ses mains sur ses oreilles.

Il poussa un soupir et lui saisit les poignets pour étirer ses bras au-dessus de sa tête.

— Tu es vraiment une morveuse, déclara-t-il en se positionnant sur elle. Tu es rapide et tu frappes bien, soit, mais contre moi, je te conseille d'avoir une arme efficace entre les mains.

Les tétons de Moira durcirent contre son torse et elle sentit l'énergie crépiter le long de ses bras.

— Tu as raison. (Sur la question de la force brute, elle n'avait aucune chance contre un tel colosse.) Mais j'ai une arme.

— Tant mieux, répondit-il en appuyant son sexe rigide contre elle.

— Lâche-moi, ordonna-t-elle malgré son envie de se frotter contre lui.

— Pourquoi je ferais ça ? demanda-t-il, glissant la main sous ses fesses pour la coller de force à lui. C'est dans cette position que je te préfère.

La subtilité, il connaît ? Décidément, Conn allait toujours droit au but.

— Dommage.

— Je te parie que je peux te faire changer d'avis.

Moira n'en doutait pas, vu la chaleur qui émanait de lui et les frissons de désir qui la parcouraient. La marque sur sa hanche palpitait comme jamais, mais elle voulait avant tout mettre les choses au clair.

— Je ne suis pas la compagne qu'il te faut, Conn. Je suis une exécutrice.

— Et tu as des ordres, je sais. Parfois, nos fonctions nous en demandent trop. (Il referma les doigts sur ses fesses et Moira retint un gémissement en sentant son érection monumentale contre son ventre.) Crois-moi, Moira. Je sais que c'est difficile de se cacher pendant que le combat fait rage dehors. Je comprends ton désir de monter en première ligne pour protéger ceux que tu aimes.

Il parlait de ses frères, bien entendu, mais Moira ne put empêcher son cœur de bondir.

— Tu protèges très bien ta famille et tu dois continuer à le faire, mais laisse-moi partir, je t'en prie.

— Et tu es quoi, à ton avis ?

Il regarda fixement la bouche de Moira, qui se mit aussitôt à picoter.

— Une compagne.

— Bref, un membre de ma famille, ma belle, que ça te plaise ou non. (Il s'humecta les lèvres et Moira poussa un petit grognement.) Notre monde, c'est toi et moi, point barre. Tout le reste en découle… mon peuple, le tien, nos alliés, nos ennemis.

— Ça a l'air simple, dit comme ça. Mais si jamais tu devais choisir entre la vie de ton roi et la mienne ?

— Ce que je choisis, c'est de ne pas me casser la tête avec des questions aussi ineptes. Nous sommes les maîtres de notre destin et jamais je ne me laisserai prendre dans un tel piège. Tu devrais le savoir.

Il la souleva en partie du sol et la fit glisser contre son membre, ce qui lui fit durcir les seins. Conn avait une confiance en ses capacités qui confinait à l'arrogance. Elle appréciait cette qualité, mais elle n'en était pas moins agaçante.

— J'espère que tu as raison.

Il était imprudent de se rouler ainsi par terre dans la salle informatique. N'importe qui pouvait entrer.

Un objet vibra dans la poche de Conn et Moira sursauta. Avec un petit rire, il la lâcha et sortit son portable.

— Je suis occupé, dit-il avant de se raidir en écoutant son interlocuteur. Bon, j'arrive tout de suite. (Il se leva d'un bond et la hissa sur ses pieds, écarta les boucles de son visage et lui assena un violent baiser.) Les démons ont attaqué un clan de métamorphes félins en Alaska et ils ont pris des otages. Ce sont des membres du Royaume, il faut que je me rende sur place.

— Laisse-moi t'accompagner.

Elle n'avait jamais combattu de démon et pensait que ses pouvoirs magiques seraient un plus.

— Non. J'ai juré à ta tante que j'assurerais ta protection, ma belle. Tu devrais former un club avec Dage, tiens. Lui aussi déteste les responsabilités qui vont de pair avec sa position. (En deux grandes enjambées, il arriva à la porte.) Des gardes vont arriver pour t'accompagner à tes quartiers.

Quand on part en mission, nos compagnes restent en sécurité sous terre. Profites-en pour visiter le QG. Tu vas y passer un bon bout de temps.

Sur ces mots, il disparut.

Chapitre 17

Janie serrait son ours contre elle. Ses yeux se fermaient tout seuls et M. Mullet ne parvenait pas à la garder éveillée. Ils étaient de nouveau à l'abri dans le QG souterrain, là où la Terre lui murmurait parfois des choses. Les murs de sa chambre étaient décorés des dessins de poneys réalisés par son oncle Dage. Dans un coin trônait la maison de poupée fabriquée par son oncle Conn. Dans la pièce voisine, sa maman tricotait des chaussons pour le bébé en sifflotant. Janie ne trouvait pas le résultat très convaincant.

La petite fille voulait rester éveillée jusqu'au retour de son papa. Ses oncles et lui étaient repartis se battre et elle avait un mauvais pressentiment, comme le jour où elle avait avalé trop de hot dogs et de barbes à papa.

Très vite, elle se retrouva sur un immense parcours de golf, semblable à celui qu'elle avait vu dans un dessin animé quelques jours plus tôt, et se laissa emporter par son rêve. Elle décida de colorier l'herbe en violet et de faire les arbres en réglisse. Une odeur appétissante lui ravissait les narines.

Où pouvait bien se cacher Zane ? Son meilleur ami, et même son seul ami depuis qu'elle était partie de chez elle. Ils se rencontraient toujours dans leurs rêves, lorsqu'ils dormaient tous les deux. Elle fouilla les alentours du regard… et le trouva. Elle éclata alors de rire en voyant qu'il se tenait dans un bunker non de sable, mais de barbe à papa.

Zane sourit et bondit hors de la nuée rose et collante, mais son sourire semblait forcé. Janie courut jusqu'à lui et le rejoignit près d'un drapeau flottant au vent.

— Qu'est-ce qui ne va pas ?

Il leva un sourcil, comme le faisait son papa, puis s'assit pour qu'elle n'ait pas à se tordre le cou pour le regarder. Zane avait eu onze ans le mois dernier et était bien plus grand qu'elle. Avoir cinq ans, ce n'était pas drôle ! Elle s'assit à côté de lui en se mordant la lèvre.

— Je vais devoir déménager, expliqua-t-il tristement.

Janie lui tapota la main.

— Oh… je viens de déménager, moi aussi. Si ça se trouve, ta nouvelle maison te plaira.

Il secoua la tête, faisant voler ses longs cheveux.

— Non. On ne sait pas où est mon père. Son unité a disparu.

Janie en avait mal pour lui. Le père de Zane était soldat pour les vampires. Il se battait contre les Kurjans.

— Peut-être qu'ils se cachent pour attraper tous les méchants. Ton papa reviendra bientôt, Zane.

Elle espérait qu'il ne lui était rien arrivé. Elle se rappelait combien cela faisait peur de vivre sans père… Elle n'en avait eu un que lorsque Talen était arrivé et désormais qu'elle l'avait, elle se sentait bien plus en sécurité.

— Je l'espère, répondit Zane avec un sourire forcé. En attendant, on va vivre avec la famille de ma mère.

Janie ne lui demanda pas où ils habitaient. Ils s'étaient juré depuis longtemps de ne pas se révéler ce genre d'informations. Zane disait qu'ils devaient conserver quelques secrets, juste au cas où.

— Tu les aimes bien ?

Il haussa les épaules.

— Ils s'entraînent autant que nous, ce sera bien pour moi.

Janie avait mal à la tête. Parfois, elle voyait l'avenir, mais jamais à la demande. Même les choses qu'elle ne comprenait pas avaient des règles. Et les règles, elle n'aimait pas ça.

— Tu vas partir loin d'ici ?

Bon, d'accord, elle avait vraiment envie de savoir où Zane habitait. Le garçon secoua la tête.

— Comment va M. Mullet ?

Elle lui avait décrit son ours, un cadeau de sa tante Emma, mais n'avait jamais réussi à l'intégrer à son rêve.

— Très bien. Je lui avais demandé de me garder éveillée, mais il n'a pas réussi. (Elle regarda la cime des arbres, qui prirent aussitôt une joyeuse teinte jaune.) Je ne sais pas pourquoi je n'arrive pas à le faire venir dans mes rêves. Je crois qu'il n'a pas envie de m'accompagner, en fait.

Par contre, elle avait apporté d'autres objets pour les lui montrer, en particulier le collier avec un pendentif en forme de fer à cheval qu'il lui avait offert pour son anniversaire.

— Peut-être que les ours n'aiment pas les rêves.

— Ouais. (Elle se rappela alors qu'elle voulait lui poser une question à propos d'une chose qui la chagrinait.) Euh, la semaine dernière, j'ai vu un film où les vampires étaient les méchants.

— Un film qui faisait peur ?

— Un peu. (Elle avait une télévision dans sa chambre et cette nuit-là, comme elle ne parvenait pas à s'endormir, elle l'avait allumée en douce sans que sa mère s'en rende compte.) Ils avaient des grandes dents et ils buvaient du sang.

— Oh, dit Zane en se frottant les mains sur son pantalon.

— Tu as des grandes dents ?

— Oui, depuis l'an dernier.

Il ouvrit la bouche et ses canines s'allongèrent, blanches et acérées.

— Ça fait mal ?

Elle avait envie de les toucher, mais pensait que Zane ne la laisserait pas mettre les doigts dans sa bouche.

— Non, répondit-il en les escamotant, mais j'ai eu du mal à m'y habituer. Je n'arrêtais pas de me couper la lèvre.

Janie éclata de rire.

— C'est drôle, ça. Mais tu bois du sang non ?

Beurk !

Il haussa les épaules.

— Tu sais, les humains ont besoin de sang quand ils sont blessés et on leur en donne avec des piqûres. Quand un vampire est blessé, c'est le même principe, sauf que ça va un peu plus vite, parce qu'on boit directement le sang.

— Dans le film, les vampires avaient besoin de sang pour vivre parce qu'ils n'avaient pas de sang à eux dans le corps. Ils le prenaient aux autres gens.

— Il ne faut pas croire tout ce qu'on voit dans les films, Janie. On génère notre propre sang, comme toi, mais comme il est plus puissant, il est capable de guérir les humains. (Il se leva et lui tendit la main.) Bon, il faut que j'y aille. Je ne sais pas quand je pourrai revenir. Pour ça, il me faut une bonne nuit de sommeil. Je ne sais pas pourquoi, mais j'ai plus de mal que toi à me matérialiser dans les rêves.

— Mais tu reviendras, hein ? demanda la petite avec une moue.

— Bien sûr. Pour l'instant, mes frères ont besoin d'aide et ma mère est inquiète. Je dois m'occuper d'eux.

Jamie hocha la tête et lui serra la main.

— Tu es mon meilleur ami, Zane. Pour toujours.

Un jour, d'ailleurs, ils sauveraient le monde. Peut-être. Enfin, si tout se passait comme prévu.

— Toi aussi, tu es ma meilleure amie, Janie Belle. (Il lui avait donné ce surnom lors de leur première rencontre, car il

trouvait que « Janet Isabella » faisait trop sérieux pour une petite fille.) Quoi qu'il arrive, ne l'oublie jamais, d'accord?

Il était si grand qu'il lui bloquait le soleil et elle frissonna, heureuse qu'ils soient dans le même camp.

— Promis.

Elle le regarda s'éloigner sur l'herbe violette jusqu'à ce qu'il disparaisse à l'horizon, puis sentit un picotement sur la nuque et soupira. Cela faisait au moins six mois que Kalin n'avait pas tenté de s'immiscer dans ses rêves. C'était un Kurjan, un méchant, et un jour Zane et lui se battraient. Janie aurait voulu qu'ils soient tous amis. De son côté, en tout cas, elle faisait tout pour être gentille avec lui.

Elle le laissa entrer dans le rêve.

Il apparut sur l'herbe et elle constata qu'il avait encore grandi. Les Kurjans avaient une peau blanche terreuse, les cheveux roux plus ou moins foncé et les yeux soit rouges soit violets. Kalin, pourtant, avait les yeux verts, une peau relativement nette et des cheveux noirs aux pointes rouges. Mais pas aujourd'hui…

— Qu'est-ce qui est arrivé à tes cheveux? demanda-t-elle, étonnée de voir que les pointes étaient désormais aussi noires que le reste, tout comme ses lèvres et même ses ongles. Tu ressembles aux gens qui font peur sur les chaînes des grands.

Il sourit de toutes ses dents pointues.

— Je les ai teints. (Il s'approcha d'elle et une odeur d'océan arriva aux narines de Janie. Jamais elle ne parvenait à discerner le parfum de Zane dans ses rêves. Il devait certainement sentir très bon.) Ça fait bien chier ma famille ; d'ailleurs.

Janie s'agita, mal à l'aise.

— Euh, c'est un gros mot, ça.

Les méchants garçons disaient toujours des gros mots, mais pour une raison qui lui échappait, le rouge à lèvres noir lui donnait un aspect moins inquiétant qu'auparavant.

— Oh ! Désolé, s'excusa-t-il en s'asseyant au même endroit que Zane. Alors, comment ça va ?

Janie fronça les sourcils et s'assit un peu plus loin.

— Bien, et toi ?

Il sortit un petit couteau de sa poche et commença à jouer avec.

— Je suis un peu paumé. J'ai toujours accepté mon destin et je sais que je suis né pour diriger les Kurjans, puis le monde entier. Mais… je ne sais pas, soupira-t-il en faisant sortir la lame. Tout le monde a peur de moi et je n'ai personne à qui parler.

Décidément, les grands garçons étaient bizarres, même les Kurjans. Quel âge avait-il, d'ailleurs ? Quinze ans ?

— Tu peux me parler, à moi.

— Merci. (Il referma la lame et rangea le canif dans la poche de son jeans noir moulant, comme ceux que les ados portaient à la télé.) Je me disais justement que tu étais la seule à qui je pouvais parler. Merci de m'avoir laissé entrer dans ton rêve.

— Tu veux qu'on soit amis ?

S'il devenait son ami, alors il le serait aussi avec Zane et cela mettrait un terme à la guerre.

Kalin haussa les épaules.

— Je ne sais pas. Les amis, c'est nouveau pour moi.

Janie se redressa.

— Tu as trouvé un ami, Kalin ?

C'était une excellente nouvelle. S'il en avait un, il en voudrait plus. Janie en avait plein à la maternelle, avant de déménager. Avoir beaucoup d'amis, c'était amusant. Certains voulaient jouer à de nombreux jeux, d'autres aimaient se déguiser en princesse, comme elle. Désormais, elle était vraiment une princesse, mais ses amis lui manquaient.

Kalin rougit.

— Je crois que oui. J'ai l'impression qu'elle est mon amie.

Oh, Kalin s'était trouvé une amoureuse ! Janie avait un peu envie de le taquiner, mais elle savait que cela ne lui plairait pas.

— Comment elle s'appelle ?

Le Kurjan prit un petit caillou et le lança dans le bunker.

— Peggy. C'est une humaine.

La semaine précédente, Janie avait vu un film où un petit garçon avait cueilli des fleurs pour les donner à une petite fille qui avait la jambe cassée.

— Tu devrais lui offrir des fleurs. Ou des bonbons.

Kalin caressa l'herbe avec la paume.

— Ouais, enfin, je devrais peut-être commencer par m'occuper de la concurrence, non ? On parle beaucoup au téléphone et elle aime bien le look gothique, mais elle a plein d'autres copains, des mecs… et je me disais…

— Mais tu ne peux pas les tuer, Kalin ! Pas si tu veux que Peggy t'aime bien !

Il leva la tête, ses yeux verts emplis d'étincelles rouges.

— Bien sûr que si. Quand tu aimes une personne, tu veux lui montrer qui tu es vraiment, non ?

— Ouais, si on veut… mais tu n'as encore jamais tué personne, hein ? Donc inutile de commencer.

Kalin cligna des yeux.

— Non, je n'ai encore jamais donné la mort, mais cela arrivera forcément. Nous sommes en guerre, Janie. Je suis un soldat. (Il se frotta le menton, exactement comme l'avait fait Zane. Ça devait être un truc de garçon.) Elle me prend juste pour un type un peu étrange qu'elle a rencontré par hasard au cinéma. Elle n'a aucune idée de qui je suis.

— Tu peux être tout ce que tu veux. Quelqu'un qui lui plairait, par exemple. (Ou quelqu'un capable de mettre un terme à la guerre. Pour la première fois, Janie pensait qu'ils avaient vraiment une chance de tout arranger.)

Parfois, les intentions comptent plus que les actions. (Elle soupira. Comment faire comprendre ça à un garçon ?) Un jour, à l'école, une fille a apporté un très beau crayon, bleu avec des points roses. Je le voulais vraiment. Le soir, elle l'a laissé sur la table et j'ai failli le prendre. (Janie rougit. Devait-elle vraiment lui raconter cette histoire ?) Mais je ne l'ai pas fait… et je suis heureuse de m'être retenue. J'aurais pu l'emporter sans que personne ne me voie, mais voler, c'est mal. Moi, je n'étais pas comme ça.

Kalin fronça les sourcils.

— Ce que tu es en train de me dire, c'est que même si je peux tuer ces types, je ferai une bonne action en ne le faisant pas ?

— Oui, ça prouverait que tu es quelqu'un de bien. Et la prochaine fois que tu te retrouveras face à ce genre de décision, ce sera encore plus facile. (Enfin, avec un peu de chance… toutes ces histoires d'ados la dépassaient.) Tu veux que Peggy sache qui tu es vraiment.

— Intéressant.

— Euh, au fait, est-ce que tu as des grandes dents ? (Elle se demandait si elles seraient comme celles de Zane. Kalin inclina la tête sur le côté et ouvrit la bouche pour lui montrer de longues dents blanches.) Et tu bois du sang ?

Le principe lui semblait toujours aussi dégoûtant.

— Oui, répondit-il en rétractant ses canines, mais seulement quand je suis blessé.

Elle s'était récemment coupée avec une feuille de papier et avait aspiré la plaie, mais le goût lui avait déplu.

— Quel goût a le sang pour toi ?

Il haussa les épaules.

— Ça dépend des circonstances. Quand la personne vient de manger des bonbons, le goût est plus sucré. C'est différent chaque fois.

— Oh !

Elle était sûre que celui de sa maman avait un goût de chocolat. Kalin se leva et lui tendit la main pour l'aider. Janie la prit. Elle était aussi grosse que celle de Zane, mais moins chaude.

— Merci.

Il lui sourit.

— Je t'en prie. Merci de m'avoir écouté, Janie.

Il lui tourna le dos et repartit sans un regard.

Il se réveilla en sursaut. Ce petit génie de cinq ans lui avait-il soufflé la solution ? Et pourquoi donc lui avait-il menti ? Il avait déjà donné la mort à de nombreuses reprises. Généralement, ses victimes étaient des femmes en fuite, mais il ne voulait pas que Janie le sache.

Il s'étira sur son matelas et ressentit le froid. Malgré les radiateurs, il ne faisait jamais vraiment chaud dans leur QG souterrain. C'était probablement à cause de l'océan, qui venait battre sans répit sur les falaises. Ils se trouvaient à une telle profondeur que l'eau était glaciale.

— Lumière !

Les ampoules s'allumèrent et il se leva, nostalgique des couleurs vives et de la chaleur du monde onirique de Janie.

Sa seule amie était sa future adversaire. Il trouvait cela très étrange.

Il crispa les doigts de pied sur l'épais tapis persan volé à une femme qu'il avait tuée au Kansas, une rousse propriétaire d'une boutique d'antiquités. Il prenait souvent un petit souvenir à ses victimes. Ce tapis, il avait dû le traîner jusqu'à son avion privé. Franco se moquait de savoir s'il volait ou pas. Il voulait simplement qu'il le fasse loin de leur base. C'était pour cela que Kalin tenait toujours un avion prêt à décoller.

Il haussa les épaules et regarda les photos accrochées au mur.

— Salut, Peggy.

Toutes les photos représentaient la sublime adolescente dans différents décors et tenues. Il avait pris lui-même celles de nuit, ainsi que quelques autres, profitant de la couverture nuageuse pour l'immortaliser sur le chemin du lycée sans qu'elle s'en aperçoive. Il avait demandé à des loubards de la ville de prendre les photos les jours de soleil, car il ne pouvait alors sortir au risque de voir sa peau griller. Ils lui avaient rapporté des centaines de clichés. Bien entendu, Kalin leur avait aussitôt brisé la nuque, de peur que Peggy se rende compte qu'il la surveillait. Tout ce qu'il voulait, c'était des photos.

Après leur première soirée au bowling, un rapport d'amitié s'était établi entre eux. Il regrettait de lui avoir révélé son âge. Il aurait dû dire qu'il avait quelques années de plus. Elle le trouvait trop jeune pour sortir avec lui, mais quelque chose l'intriguait en lui. Les femmes étaient comme les papillons de nuit, elles étaient attirées par la lumière. Il était différent de ses camarades de lycée, plus instruit et plus dangereux.

Il ne tarderait pas à passer à l'action, à l'embrasser et à l'emmener à l'hôtel pour leur première nuit. Lorsqu'il lui avait tenu la main en courant sous la pluie, il avait cru mourir. Son jeans était si serré qu'il avait eu peur d'exploser. Peggy était extrêmement sexy. Au cours des dernières années, il avait accumulé une belle expérience. Certes, ses compagnes n'étaient jamais volontaires, mais il avait tout de même appris. Il savait qu'il saurait combler Peggy.

La photo qui trônait au centre était sa préférée. Il l'avait prise avec son portable au bowling. Peggy posait pour l'appareil avec un beau sourire. Ses yeux bleus pétillaient de vie et ses longs cheveux bruns cascadaient sur ses épaules.

Il se rendit alors compte qu'elle ressemblait beaucoup à Janie. Même couleur de cheveux, même délicatesse des traits.

Il enfila un pull et de grosses chaussettes, puis se dirigea en bâillant vers le bureau de Franco. Il entra sans frapper. Futur leader de son peuple, il était au-dessus de cela. Son oncle, vêtu de l'uniforme noir et rouge de leurs soldats, se tenait devant les baies vitrées. La mer était sombre, froide, dénuée de vie.

— Franco.

Kalin s'affala dans un fauteuil en cuir qui le refroidit encore davantage. Il se souvenait de l'aquarium de son père. Il jugeait cela bien suffisant pour admirer des poissons, d'autant plus qu'aucun ne nageait devant les baies vitrées pour l'instant. Il se demanda ce que son père aurait pensé de Peggy. Par malheur, Talen Kayrs l'avait tué et il ne le saurait jamais.

Franco se tourna vers lui avec une grâce étonnante pour ses deux mètres quinze.

— Tu as l'air ridicule.

Kailin haussa les épaules.

— Le maquillage noir m'aide à passer inaperçu au milieu des humains.

Cela lui permettait aussi de passer plus de temps avec Peggy et de lui prouver que ses quinze ans n'étaient pas un handicap.

— J'aimerais bien que tu te reconcentres sur le quotidien, grogna Franco. Tu n'as même pas encore lu le rapport de mon frère sur les possibilités de rendre le virus 27 transmissible par voie aérienne.

— Ça ne représenterait pas un risque pour nos propres compagnes ?

Kalin bâilla une nouvelle fois et se gratta le ventre. Décidément, il manquait de sommeil. Le fait qu'il ne pouvait pas faire de Peggy sa compagne l'emplissait de tristesse. Elle n'avait aucune capacité psychique et, de toute façon, le destin avait déjà prévu quelqu'un pour lui, mais elle ferait néanmoins une maîtresse agréable. Cette idée lui donna une érection instantanée. Il rêvait de la voir régner à ses côtés… une fois qu'il aurait maté son côté indépendant.

— C'est possible, mais avec un peu de chance Erik trouvera un antidote. Sinon… tu connais l'objectif final.

— Ouais, même si je compte bien tuer Talen Kayrs bien avant, répondit Kalin en s'étirant le cou. Ce salopard a tué mon père et il est à moi.

Son père avait enlevé Cara Kayrs et Talen s'était vengé. Peut-être faisait-il bien de cacher à Janie qu'il avait l'intention de tuer son père adoptif ?

— Bien sûr, acquiesça Franco en se tournant à nouveau vers la mer.

— Si mon père était encore vivant, je serais son héritier.

Kalin allait-il devoir tuer Franco pour prendre la place qui lui revenait de droit ? Cette perspective était très intrigante.

— Ton père était aussi ambitieux que téméraire. Il n'aurait pas facilement cédé son trône, répliqua Franco en le regardant dans les yeux. Pourquoi penses-tu à ça, alors que tu donnes l'impression d'avoir perdu tout intérêt pour ta formation et de passer ton temps à t'amuser avec des humains ?

Kalin sourit et ses canines s'allongèrent.

— Je m'entraîne toujours avec le même sérieux et tu le sais. Mais tu as raison sur un point : mon père était dévoré par l'ambition. Je ne suis pas sûr qu'il aurait volontairement cédé sa place.

Et cela se serait terminé par un duel à mort entre le père et le fils.

— Tout à fait. Mais nous avons de nombreuses années devant nous avant d'en arriver là, Kalin. Dans un avenir plus ou moins lointain, j'abandonnerai peut-être mon trône, mais en attendant j'ai un but à court terme.

— Lequel ?

Kailin était intrigué. À part le pouvoir, qu'est-ce qui pouvait bien tant motiver Franco ?

— Ce n'est pas important.

Oh que si. La connaissance était un pouvoir en soi. C'était une leçon que Kailin avait apprise très jeune.

— Ah oui, dit-il après quelques secondes de réflexion. La prophétesse Lily.

— Laisse-la où elle est. Je suis justement en train d'élaborer un plan, expliqua Franco en se léchant les lèvres.

Cette réponse alerta aussitôt Kalin.

— Attends... le virus. Ne me dis pas que tu as eu l'idée de ce virus juste pour libérer Lily de l'emprise de son mari décédé ?

En effet, le virus forçait les compagnes de vampires à retrouver leur patrimoine génétique humain, ce qui leur permettait de prendre un nouveau compagnon. Les Kurjans n'avaient qu'une seule compagne. Une seule en vie, bien entendu.

— Ne dis pas n'importe quoi. Ce n'est qu'un bonus secondaire. Fort appréciable, je ne dis pas le contraire. Bien sûr, j'ai fait en sorte que le serveur infecte Lily lors du dernier colloque.

Franco rougit à cette pensée et Kalin se mordit la lèvre pour ne pas sourire.

— Bon, ben bonne chance avec elle. (Elle était veuve depuis plusieurs siècles et venait juste d'être contaminée.) C'est quand même bizarre que ce virus permette aux femmes de rompre leur couple. C'est une idée très humaine.

Qu'allaient-ils inventer ensuite ? Le divorce par consentement mutuel ?

— Mêle-toi de ce qui te regarde, grogna Franco. J'aimerais vraiment que tu abandonnes ta nouvelle lubie. Arrête de te maquiller en je ne sais quoi et recommence à tuer des humaines.

Kalin se leva et se dirigea vers la porte.

— Je vais voir ce que je peux faire.

Chapitre 18

Le mois d'avril en Alaska faisait penser à l'hiver dans le reste des États-Unis. Conn ajusta son oreillette et son gilet pare-balles. Le ciel était bas et des lambeaux de brume s'accrochaient au sol, mettant en valeur la majesté des sapins sous lesquels s'abritaient les hommes en prévision de l'attaque. Il tapa ses bottes pour détacher la neige collée aux semelles.

— Notre plan tient la route, vu le côté imprévu de la situation.

Jordan Pride, le leader de la nation féline, se tenait à côté de lui. Il était venu du QG, où il se trouvait pour organiser une stratégie contre des clans qui se rebellaient contre l'accord passé entre le Royaume et le prophète Caleb. Ce dernier avait passé de nombreuses années en exil, entre autres parce qu'il s'était montré solidaire envers son frère, qui avait épousé une métamorphe promise à un démon.

— Oui, répondit Jordan en nouant sa longue crinière. Cette attaque des démons contre l'un de mes clans est une vraie surprise. Ils essaient de couper le Royaume de ses alliés.

Cela prouvait que les démons connaissaient bien mal Jordan. La situation le plongeait dans une colère noire.

Conn se tourna vers Jase. C'était l'occasion idéale de voir si son frère était prêt à affronter les démons. Le sort leur souriait, contrairement aux métamorphes qui avaient été faits prisonniers. Il s'adressa à Dage avec un petit grognement.

— Dire que je viens de faire la leçon à ma compagne en te prenant comme exemple d'un leader qui savait rester en arrière et se sacrifier pour le bien de son peuple…

Dage détacha les couteaux rangés dans son gilet pare-balles, les yeux scintillant d'impatience.

— J'imagine qu'elle l'a mal pris ?

— Oh que oui. Elle est encore plus énervée qu'à l'habitude.

Son instinct lui disait même qu'il n'avait encore rien vu.

— Hier soir, les Neuf ont procédé à un vote préliminaire pour quitter le Royaume. S'ils le font, leur première décision sera de mettre Moira au travail.

Conn ne le contredit pas. Il avait appris depuis belle lurette à ne pas mettre en doute les sources de son frère.

— Elle ne nous trahira pas, Dage.

— Donc c'est sa famille qu'elle trahira ?

De ce qu'il connaissait de sa compagne, Conn se doutait qu'elle trouverait le moyen de satisfaire tout le monde, même si elle devait se faire tuer pour cela.

— Non. Préliminaire à quel point, le vote ?

— Très préliminaire, vu qu'un nouveau membre du conseil a été enlevé. Bon, concentrons-nous sur l'opération en cours, Conn. On s'occupera du reste plus tard.

La voix irritée de Talen résonna dans l'oreillette.

— Bon, quand vous aurez fini de papoter, on pourrait peut-être commencer ?

Cette place forte se trouvait sur les pentes des monts Shelton et s'étendait probablement très loin sous terre. La prise d'otage était une tactique inédite pour les démons.

— Espérons qu'ils ne savent pas qu'ils ont enlevé la compagne d'un membre de ton clan, dit Conn en ôtant la sécurité de son arme.

Lorsqu'il avait appris le raid, le métamorphe en question avait aussitôt suivi la piste de sa compagne. Les couples métamorphes, à l'instar des vampires, étaient capables de se localiser n'importe où. C'était d'ailleurs ce qui avait sauvé la vie de Cara et d'Emma lorsqu'elles avaient été enlevées par les Kurjans et retrouvées par Talen.

Dage hocha la tête.

— Jase, à toi de jouer.

Leur jeune frère avait concocté un plan aussi audacieux que complexe. Il prit aussitôt les choses en main.

— Conn, installe les explosifs. Talen, positionne-toi à l'ouest, derrière lui. (Il ramassa son fusil et fit un signe à ses trois subordonnés, parmi lesquels le roi.) Nous, on s'occupe de la porte principale.

Conn prit le sac de C-4 et disparut dans la nuit au milieu de la végétation. Il aurait préféré rester aux côtés de Jase, mais peut-être était-il temps que son petit frère se débrouille tout seul.

Il aperçut un garde sur sa route, dont il se débarrassa en lui brisant la nuque. Le démon s'écroula. Cette blessure ne lui serait pas fatale, mais il lui faudrait du temps pour s'en remettre. Lorsqu'il arriva au coin du bâtiment métallique, il avait laissé deux autres victimes sur sa route. La dernière avait eu le temps de pousser un cri dans son micro avant qu'il lui arrache la tête. Celui-là ne guérirait pas.

Soudain, l'air se mit à onduler autour de lui et il sentit l'obscurité envahir son esprit comme une marée noire. Il s'adossa à un arbre et inspira l'air glacial pour se reconcentrer.

— Ils savent qu'on est là.

Des images s'enchaînaient en lui, des séquences de feu, de mort, de douleur. Des morceaux de verre brisé lui déchiraient le cerveau et les yeux.

Il inspira à nouveau, imagina qu'il rangeait toutes ces images dans une boîte, puis lança la boîte au loin. Il dressa ses boucliers mentaux et laissa le soldat ultime qu'il était prendre le dessus. Concentré, tout à la stratégie, il s'élança sans même sentir l'énergie qui lui pressurait le cerveau. Il n'avait plus qu'un seul but : tout démolir sur son passage. Une fois devant le bâtiment, il plaça ses charges dans les fentes métalliques, puis se mit à l'abri derrière les arbres et sortit le détonateur.

— Les charges sont en place côté est.

— Tenez-vous prêts, ordonna Jase.

— Quand tu veux, répondit Talen.

Conn appuya sur le bouton rouge et déclencha l'explosion. Elle balaya la forêt et d'immenses flammes jaillirent. Des morceaux de métal chauffés à blanc retombèrent entre les arbres, faisant fondre la neige dans un sifflement agressif. Il sortit son pistolet et se précipita dans la mêlée.

Malgré la chaleur qui lui brûlait le visage, il s'agenouilla et abattit trois démons. Il devait leur couper la tête pour les tuer, mais pour l'heure les balles suffiraient. Jase fonçait lui aussi, aspergeant ses adversaires de balles. Les flammes illuminaient la pièce envahie par la fumée et, en quelques minutes, il ne resta plus que les vampires debout.

— C'est trop facile, dit Conn à Talen.

Une alarme assourdissante éclata et des gyrophares rouges commencèrent à tourner. Jase adressa un signe de tête à l'un de ses hommes, qui s'agenouilla et pointa un lance-roquettes vers l'arrière du bâtiment.

— Tout le monde à terre !

Le missile fit exploser la paroi de quartz. Conn baissa la tête et des éclats déchirèrent son gilet pare-balles.

— Talen, tu vois une signature thermique ? demanda-t-il, les oreilles bourdonnantes.

Le trou révélait une cage d'ascenseur et un escalier de secours. Ils n'auraient pu mieux viser. Talen sortit le capteur thermique de sa poche.

— Oui, à trois mètres en dessous de nous. Plusieurs signatures rapprochées, camouflées par la roche. Je n'arrive pas à les dénombrer.

Jase avança vers le trou et s'arrêta devant l'escalier.

— Talen et Conn, descendez par les câbles. Dage, Jordan, avec moi.

Conn accrocha une lampe à son pistolet et pointa son arme dans la cage avant de saisir les câbles à pleines mains. Par chance, il portait des gants.

— Compte jusqu'à cinq, dit-il à Talen, et suis-moi.

Son frère hocha la tête et Conn descendit le long du câble. Très vite, il sentit une porte métallique contre ses chaussures.

— Équipe deux, occupez-vous du premier niveau. (Il descendit encore d'un étage.) Talen, je te laisse le deuxième.

Il continua à descendre dans le noir jusqu'au toit de l'ascenseur, au dernier niveau. Il rapporta sa position et sortit son couteau pour se tailler un trou dans le plafond.

Son oreillette grésilla.

— On est dans un immense réseau de tunnels et on est assaillis d'images morbides. Les démons ne doivent pas être loin, maugréa Jase. Les tunnels s'écartent de vos positions. Contact toutes les trois minutes.

Conn arracha la trappe et se laissa tomber dans la cabine, qui se balança lourdement. Il immisça sa lame entre les deux portes et les écarta. Le pistolet à la main, il sortit la tête pour observer les alentours, puis abattit deux gardes d'une balle dans la nuque. L'un des deux parvint à riposter. Le projectile s'écrasa sur le gilet pare-balles de Conn, au niveau des côtes. Il poussa un soupir de douleur.

Les deux démons gisaient au sol, les cheveux argentés, vêtus de noir, l'insigne de leurs grades subalternes sur le torse. Conn s'approcha d'eux, accroupi, et les décapita sans prêter attention aux odeurs de mort et de sang. Il se releva et regarda la lourde porte métallique du petit vestibule.

— Deux démons tués. J'entre dans une nouvelle zone.

Des coups de feu éclatèrent dans son oreillette.

— On est attaqués ! hurla Jase, le souffle court, juste avant que la ligne se coupe.

— Talen, tu es où ? demanda Conn.

Rien. Le silence. Les démons avaient trouvé le moyen de brouiller leurs communications, mais Conn avait confiance en ses frères. Concentré sur sa propre mission, il posa une charge explosive contre la porte et bondit dans l'ascenseur. L'explosion fit jaillir des débris et même trembler le sol. L'arme au poing, il franchit la porte et se détendit en voyant les rangées de cellules.

Elles étaient presque toutes vides, mais cinq métamorphes panthères se trouvaient dans la dernière, mal en point. Leur belle chevelure jaune, noir et marron était maculée de sang. Ils avaient dû lutter avec ardeur. Les prisonniers, deux mâles et trois femelles, s'approchèrent des barreaux.

Autrefois, les femelles étaient systématiquement protégées, même en temps de guerre. À l'idée que Moira puisse être enlevée, Conn s'étrangla de rage et se dirigea vers eux pour les aider. Le plus grand des cinq prisonniers, qui tenait son bras cassé contre ses côtes, le regarda, ses yeux de chat déformés par la douleur.

— C'est Pride qu'ils veulent. Il est là ?

— Les démons veulent Jordan ? Pourquoi ?

Cela ne tenait pas debout… à moins que les démons se soient alliés aux Kurjans pour enlever des métamorphes et les transformer en loups-garous, des soldats ultimes, dénués de la moindre volonté et obéissant aveuglément à leurs maîtres. Conn ne voyait pas une alliance entre ces deux peuples fonctionner sur le long terme, car les démons n'avaient que mépris pour les Kurjans, qu'ils considéraient comme une espèce primitive, juste bons à servir d'animaux de compagnie.

— Il y a beaucoup de survivants ? reprit-il en posant une petite charge sur la serrure.

— Rien que nous. Les autres sont morts.

Les cinq métamorphes reculèrent jusqu'au fond de la cellule et se couvrirent la tête. Conn sentait sa colère s'amplifier. Les démons auraient dû rester hors de cette guerre. La porte explosa et les métamorphes sortirent, balayant le couloir du regard. Conn leur fit signe de se diriger vers la porte.

— On va devoir escalader les murs pour atteindre nos renforts et l'équipe médicale.

Le chef s'arrêta et pointa une arme sur le cou de Conn.

— Je crois qu'on va se contenter de toi pour cette fois, Prince.

Trois fléchettes s'enfoncèrent dans la nuque de Conn et un voile descendit devant ses yeux. Avec un grognement enragé, il bondit sur son adversaire et le saisit au cou. Ils s'écroulèrent lourdement. Conn avait la nausée. Ses oreilles bourdonnaient et il ne voyait plus rien, mais il était déterminé à tuer le traître, même si cela devait lui coûter son dernier souffle. Des images de Moira, de Janie et de ses frères lui traversèrent l'esprit tandis qu'il arrachait la tête de la panthère.

— Robert ! cria une femme.

Conn sentit deux nouvelles aiguilles lui percer la peau. Il s'effondra sur le flanc et deux bras musclés l'attrapèrent sous les aisselles pour le tirer dans la cellule.

— Vous feriez mieux de me couper la tête, dit-il d'une voix pâteuse.

Jamais ses bras ne lui avaient paru si lourds et il ricana comme s'il était soûl.

— Il pèse son poids, maugréa le dernier mâle survivant. J'avais bien dit à Robert qu'il aurait dû juste faire semblant d'avoir le bras cassé. Ouvre la porte au fond de la cellule. On perd du temps.

L'un des métamorphes arracha son oreillette et la lança au loin, la faisant rebondir contre un barreau.

— Bien visé, commenta-t-il. Mais dommage pour toi, je vais te tuer quand même.

— Pourquoi il n'est pas dans les vapes ? On lui a injecté de quoi assommer un bœuf, pesta la troisième femelle en enfonçant les ongles dans ses chevilles. Jetez-le dans le chariot. On le poussera jusqu'à l'hélico.

— J'ai pas envie de voler.

Conn essaya de décocher des coups de pieds, mais il avait l'impression d'avoir les jambes embourbées dans le sable. Il entendit tout de même un craquement et sourit. Il avait dû toucher cette salope. Les pensées défilaient dans sa tête dans un étrange scintillement vert. Que lui avaient-ils donc administré ?

— Enfoiré ! hurla-t-elle avant de lui décocher un coup de pied dans la cuisse.

L'odeur du sang frais le fit gargouiller et il se força à rire.

— Laisse tomber, t'es pas mon genre de fille. (Moira. Seule Moira était son genre. Elle aussi l'avait frappée. Pourquoi les gens s'acharnaient-ils donc sur lui ? Peut-être devait-il lui acheter une alliance. À Moira, bien sûr, pas à l'animal qui était en train de l'insulter copieusement. Il reçut un nouveau coup à la cheville et retrouva ses esprits, mais pas la vue.) Je vais te tuer. Te vider comme un poisson. (Moira adorait le saumon. Il connaissait justement un plat qu'il rêvait de lui préparer.) J'aime bien cuisiner.

Sous l'eau. Était-il sous l'eau ? On le souleva pour le lâcher la tête la première dans un container. Le métal lui écorcha la joue et il se recroquevilla, pris de nausées. L'obscurité s'abattit sur lui et la douleur dans sa tête se fit de plus en plus vive. Une éternité plus tard, l'arrière de son crâne percuta à nouveau le sol et le ronronnement de turbines fit vibrer son corps. Un hélicoptère ?

L'appareil décolla. La colère essayait de se frayer un chemin dans la confusion de son cerveau. Avec un rugissement, il rua aussi fort que possible. Ses pieds touchèrent quelque chose et un hurlement résonna dans la nuit avant de disparaître loin. Avait-il réussi à projeter quelqu'un par la porte ? On lui fit de nouvelles piqûres dans le bras et il s'évanouit.

Chapitre 19

Moira devait trouver une diversion pour sortir de la forteresse souterraine des Kayrs. Elle ne pouvait ni trahir Conn ni mettre Janie en danger. Allongée dans un fauteuil pliant, elle réfléchissait à diverses solutions et calculait ses chances de succès. Soudain, elle sourit en entendant la reine exploser, ses beaux yeux bleus partagés entre la colère et la peur.

— C'est n'importe quoi ! (Emma Paulsen, la future Mme Kayrs, reposa violemment son bécher. Le laboratoire était ultramoderne. Des éprouvettes s'alignaient sur la table de travail en ciment et contre les murs, diverses machines étaient en plein travail. L'odeur du détergent dominait toutes les autres.) Ils partent jouer à la guéguerre et nous on est coincées sous terre. Il me manque plein de trucs pour le labo !

— Ils vont s'en sortir, Emma, la rassura sa sœur Cara. (Enceinte de plusieurs mois, elle se frottait le ventre, bien installée dans un fauteuil inclinable qui jurait dans le cadre strict du labo et qui y avait été installé exprès pour elle. Ses yeux, de la même couleur que ceux d'Emma, se tournèrent vers une rangée de tiroirs.) Tu sais où Kane cache ses bonbons ? (Elle les ouvrit un par un, soupirant chaque fois qu'elle était bredouille.) Je sais qu'il planque du chocolat quelque part.

Moira frissonna dans l'air froid de la ventilation. Sa famille lui manquait. Brenna adorait le chocolat. Darcy, elle, préférait le caramel. Un jour, elles s'étaient même écharpées pour une barre chocolatée.

— Pourquoi est-ce que Kane n'est pas là ?

Elle parviendrait peut-être à le convaincre de l'aider, ou tout au moins à se servir de lui. D'un autre côté, Kane étant l'être le plus intelligent de la planète, les chances qu'elle réussisse à le mystifier étaient minces. Selon la rumeur, il était aussi redoutable sur le champ de bataille que dans son laboratoire.

Emma renifla avec élégance et se frappa la cuisse avec un dossier. Quelques mèches noires se détachèrent de son chignon.

— Sa Majesté Kane Premier le Tout-Puissant travaille dans le laboratoire en surface, justement là où il faudrait que je sois. Tu sais, celui avec une ventilation assez efficace pour qu'on expérimente divers éléments ?

Moira regarda la rangée de béchers sur une étagère le long du plan de travail.

— Euh, tu as bien compris que tu étais la reine et que tu devais être protégée à n'importe quel prix, hein ?

Jamais la nation vampire ne lui laisserait courir le moindre danger et, pour couronner le tout, elle était la compagne de Dage, l'un des mâles les plus protecteurs de la planète.

Emma se tourna vers elle et sa blouse de laborantine frotta contre son jeans.

— Vraiment ?

J'aurais peut-être mieux fait de me taire…

— Euh, je…

— Utilise ta logique, continua la reine, sarcastique au possible. Tu es la compagne d'un prince, Moira. Cela veut dire que tu es soumise aux mêmes impératifs de sécurité que moi.

Moira chercha le meilleur moyen de formuler sa réponse.

— Je suis formée au combat, Emma. Je suis une exécutrice, après tout.

— Et qu'est-ce qui te dit que je ne sais pas me battre ? répliqua Emma, les mains sur les hanches. Mieux encore, je peux me téléporter. Je dispose de toutes les capacités du roi. Enfin, presque.

— C'est arrivé vite, dis donc. Bon, d'accord, t'as raison, concéda Moira en regardant la porte. J'ai essayé de sortir quand Conn est parti, mais le niveau de sécurité est incroyable. (Elle allait devoir assommer au moins cinq ou six vampires pour s'échapper, mais cela ne la faisait pas reculer.) Vous savez où ils entreposent les armes ?

Cara éclata de rire.

— Oui, mais on ne va pas te laisser abattre nos gardes pour sortir. Pas tant que les mecs ne seront pas de retour, en tout cas.

Moira venait de passer une demi-heure au téléphone avec sa mère, qui lui avait fermement ordonné de ne pas bouger, mais elle était plus déterminée que jamais à s'échapper. Les soldats des Neuf étaient partis à la recherche de Grace, mais cela ne la rassurait aucunement, car personne ne savait où chercher.

— Comment se porte le bébé, au fait ? demanda-t-elle à sa nouvelle amie. Il est prêt à sortir ?

Cara se mordit la lèvre, puis sourit.

— Oui, il s'agite comme un petit démon. Ce sera un garçon, parce que les vampires ne font jamais de filles. J'ai peint sa chambre en vert. Talen voulait du bleu, mais le vert me rappelle ses yeux quand il est, euh, agacé. (Elle se frotta une nouvelle fois le ventre.) J'aimerais pouvoir passer une échographie pour m'assurer que tout va bien. C'est possible pour les bébés sorcières ou bien ça fait comme pour les vampires ?

— L'échographie ne marche qu'avec les humains. (Les fœtus des autres espèces disposaient d'une protection naturelle trop épaisse.) Mais tu es une empathe. Tu dois sentir comment se porte ton bébé.

Cara sourit.

— Oui. Il génère beaucoup d'apaisement, comme Janie à ce stade de la grossesse d'Emma. Il se porte très bien. Mais il est borné, comme son père. (Elle ferma les yeux, puis une moue irritée se forma sur ses lèvres.) Cochonnerie de virus, il m'empêche de contacter Talen.

Emma se pencha sur un microscope.

— Il se couperait de toi pendant les combats de toute façon. (Elle se redressa et nota quelque chose sur son dossier.) Ces derniers temps, je concentre mes capacités psychiques sur le virus, mais j'aimerais pouvoir les focaliser sur les visions de l'avenir. (Elle se tourna vers Moira.) Tu perçois Conn, toi ?

— Non, répondit la sorcière en fronçant les sourcils. On s'est donné tant de mal pour se bloquer mutuellement pendant un siècle que je ne suis pas sûre qu'on réussira un jour à se parler par télépathie comme vous le faites dans vos couples, ou même à se localiser. Ce serait bien pratique, cela dit.

— Tu ne peux pas savoir tant que tu n'as pas essayé.

Cara ouvrit un nouveau tiroir et en sortit une barre chocolatée avec un cri de triomphe.

Moira était en train de faire l'inventaire de ce que contenait le labo. La force brute ne suffirait pas à lui rendre sa liberté, mais elle y parviendrait peut-être en altérant la matière sur le plan subatomique. Rien ne valait la magie pour faire exploser un mur.

— Et les recherches sur le virus, ça progresse ?

— J'avais exactement la même question.

Une jeune femme blonde aux yeux pétillants entra dans le labo, un cahier à la main.

— Moira, je te présente Katie Smith, notre métamorphe puma préférée, dit Emma. Katie, voici Moira, la compagne de Conn.

Katie lui tendit la main en souriant.

— Salut. C'est toi qui as sauvé le bébé de Cara il y a quelques mois ?

— Pas vraiment, j'ai juste aidé Emma à modifier la matière pour annuler l'effet du catalyseur.

Les Kurjans avaient créé un produit accélérant la progression du virus. Cara avait été infectée et, avec l'aide de Moira, Emma était parvenue à neutraliser le catalyseur et à freiner l'infection, sans toutefois éliminer le virus.

— Bien sûr que si, la contredit Cara en se léchant les doigts maculés de chocolat, et je ne l'oublierai jamais.

— Vous m'avez déjà offert une nièce avec Janie, et mon neveu est en route. Nous sommes quittes. (Moira se demandait si Kane stockait d'autres friandises. Elle avait une grande envie de caramel.) Enfin, je veux dire, je ne suis pas mariée…

Cara sourit et prit une autre barre.

— Tu n'as pas à t'excuser, ma belle. Moi aussi, je suis la compagne d'un Kayrs, et je comprends parfaitement.

Moira poussa un petit rire de soulagement.

— Merci.

Katie s'approcha du comptoir dans une bouffée d'orchidées sauvages et d'épices cajun.

— Et ce virus, vous en êtes où ?

Emma secoua la tête, faisant voler ses cheveux noirs.

— L'antivirus sur lequel nous travaillons devrait à peu près arrêter la progression de la maladie. Huit cachets par jour, c'est pénible, mais au moins ça nous laisse le temps de trouver un vrai remède.

Katie fronça les sourcils.

— Qu'est-ce qui est prévu aujourd'hui ? D'autres tests sur le catalyseur ?

— Tu es une scientifique toi aussi ? demanda Moira, en se disant que la jeune métamorphe pourrait peut-être l'aider à s'évader.

— Non, soupira Katie, je sers juste de secrétaire. Emma fait les expériences et je note ses résultats. La gloire…

— Tu nous es très utile, Katie. Et pour répondre à ta question, oui, on va encore travailler sur le catalyseur. (Emma sortit un autre dossier et désigna d'un signe de tête plusieurs seringues remplies d'un liquide doré.) On va le mélanger au sang de loup-garou obtenu par Kane et ajouter les médicaments qu'on utilise pour soigner le sida chez les humains.

— En quantité normale ? Ou bien est-ce qu'on va encore forcer le dosage ?

— Non, en doses normales.

— Tant mieux. Ça me fait plaisir de pouvoir vous aider. Au moins, comme ça, je peux voir ce qui se passe, répondit Katie en posant son cahier à côté des seringues. Au fait, tu as les résultats de mes prélèvements sanguins d'hier ?

Emma ouvrit un dossier bleu.

— Ils sont bons. Il n'y a aucun changement dans la progression du virus, ce qui veut dire que les cachets que tu prends chaque jour sont efficaces. (Elle referma le dossier et sourit.) C'est toujours autant de temps de gagné.

Katie secoua la tête.

— Ça fait un mois que je ne les prends plus, mais le virus est quand même inactif.

Emma claqua le dossier sur la table.

— Tu as arrêté le traitement ? Mais t'as perdu la tête, ou quoi ?

— Tu es infectée ? demanda Moira. Pourquoi ne plus te soigner, alors ?

— Je ne peux plus me transformer, répondit tristement Katie, les larmes aux yeux. Depuis le moment où j'ai été infectée, je n'arrive plus à me métamorphoser en puma. Mon amie Maggie est métamorphe loup. On lui a injecté à la fois le virus et le catalyseur. Chaque mois, à la pleine lune, elle résiste au besoin de se transformer en loup-garou et parvient à devenir un loup. Contrairement à moi, elle n'a pas perdu cette capacité.

Moira avait entendu dire que les Kurjans cherchaient à créer une armée d'esclaves loups-garous, plus forts et plus résistants que des loups-garous d'origine humaine.

— Je pensais qu'au terme de trois cycles une personne infectée devenait définitivement un loup-garou.

Cela s'appliquait aux humains mordus par un loup-garou, mais si des métamorphes étaient désormais concernés, cela compliquait énormément les choses.

Katie hocha la tête.

— Oui, on a attendu la troisième pleine lune en se disant que si Maggie résistait jusque-là, elle serait guérie, mais ce n'est pas le cas. En tout cas, elle peut encore se transformer en loup… au moins une fois par moi.

— Donc si je comprends bien, il y a bien des cas de métamorphes infectés. (Moira se demandait ce que les leaders du Royaume avaient pu cacher d'autre. Elle devait immédiatement en informer le cercle des Neuf.) Mais

Maggie est un loup et toi un puma. Il est possible que vous ne réagissiez pas de la même façon.

Les métamorphes se rangeaient en trois catégories : félins, canins et multi, c'est-à-dire ceux qui n'entraient dans aucune des deux premières.

— C'est ce que je n'arrête pas de lui répéter, soupira Emma. Nous n'avons aucune idée de la manière dont le virus évoluera chez elle. Avec un peu de chance, une fois neutralisé, il disparaîtra comme un simple rhume. (Elle glissa le dossier dans un tiroir.) On pense que c'est parce que Maggie a aussi été infectée par le catalyseur que le virus pousse son corps à se transformer, mais là encore, rien n'est certain, Katie. L'arrêt du traitement est peut-être une énorme erreur.

— Dans ce cas, je devrais peut-être aller jusqu'au bout.

Avec une fulgurance qui prit tout le monde de court, elle s'empara d'une seringue et se l'enfonça dans le bras, faisant disparaître le liquide doré dans sa veine.

Cara porta les mains à sa bouche.

— Oh, mon Dieu !

Emma lâcha son crayon, pâle comme la mort.

— Katie, qu'est-ce que tu as fait ?

Elle se précipita vers elle et lui prit le bras, dans lequel était toujours plantée la seringue.

— Ne t'en fais pas. J'ai fait mes propres recherches sur le catalyseur et je sais exactement quelle dose il me fallait. (Avec un haussement d'épaules, la jeune femme retira l'aiguille et jeta la seringue à la poubelle.) J'ai assez attendu. Soit le catalyseur m'aidera à me transformer à nouveau, soit il me tuera.

Cara se leva tant bien que mal, gênée par son gros ventre, en s'appuyant sur la table.

— À ta place, ce n'est pas le catalyseur qui m'inquiéterait. Jordan va t'étriper.

Katie s'assit sur une chaise à roulettes et retira son bras à Emma.

— Il n'arrête pas de me proposer de devenir sa compagne. Il pense que ça me permettrait de retrouver mes capacités.

— Ce n'est pas impossible, répondit Emma. Personnellement, j'aurais tenté l'expérience avec Jordan plutôt que de m'injecter du poison dans les veines. (Elle commença à faire les cent pas en se passant la main dans les cheveux.) Je n'arrive pas à croire que tu as fait ça. Je n'ai rien pour réparer les dégâts que tu viens de causer. (Elle se tourna vers Katie, levant les mains au ciel.) Si tu m'en avais parlé, je t'aurais conseillé de t'accoupler à lui avant d'essayer un truc pareil.

— Tout d'abord, répondit Katie avec un sourire blasé, le leader de la nation féline ne peut pas prendre pour compagne une femme incapable de se transformer. C'est très vieux jeu, j'en suis consciente, mais vous savez toutes autant que moi que c'est comme ça.

Moira se redressa. Elles parlaient probablement de Jordan Pride. Elle avait croisé ce puma dangereux à plusieurs reprises. Il semblait tenir le sens de l'honneur en très haute estime. Prendrait-il Katie pour compagne par simple devoir, sans éprouver de véritables sentiments pour elle ? Vu ce qu'elle savait de la nature passionnée des métamorphes, Moira en doutait.

— Jordan est capable de prendre ses propres décisions, déclara Cara. Il peut s'unir à qui il veut. Le fait est qu'il te l'a proposé et je pense que tu aurais dû accepter, vu que tu es amoureuse de lui.

Katie rougit comme une pivoine.

— Ouais, bon, il n'a jamais exprimé le moindre intérêt pour moi jusqu'à ce qu'il décrète qu'il devait me sauver. S'il est un aussi bon leader, c'est en partie à cause de son sens du sacrifice.

Moira hocha la tête. Jamais elle n'aurait épousé un homme dans ces conditions. C'était entre autres pour cela qu'elle était restée à bonne distance de Conn pendant toutes ces années. Lui aussi serait resté avec elle par devoir, mais ce n'était ni ce qu'elle désirait, ni ce dont elle avait besoin. Elle sentit les larmes lui monter aux yeux et la tristesse l'envahir. Et s'il ne l'avait pas marquée cette fameuse nuit ? Auraient-ils tout de même eu leur chance, sans que le destin s'en mêle ? Ces interrogations étaient stériles, mais elle ne pouvait s'empêcher d'y penser.

Katie essuya le sang qui sortait encore de son bras.

— Le catalyseur met combien de temps à agir ?

— On n'en sait rien, répondit Emma avec un soupir irrité. Avec Cara, l'infection s'est déclarée au bout d'une journée, mais elle est humaine. Avec toi, ça peut prendre des années. (La reine pâlit encore plus et porta la main à sa tempe.) Ah, flûte, j'ai une vision.

Elle vacilla et Moira se précipita vers elle pour la rattraper avant qu'elle tombe. Elle la saisit sous les bras et la descendit en douceur jusqu'au sol, l'adossant à une armoire et posant les mains sur ses épaules pour la maintenir droite.

— Qu'est-ce qui ne va pas ?

Emma releva la tête, les yeux pleins de larmes.

— C'est Conn. Il a disparu.

La pluie se mit à tomber, drue et dure comme de la grêle. Dage Kayrs fit rouler l'homme avec son pied et grimaça.

— Une panthère. (Il renifla et son ventre se crispa.) Je sens l'odeur de Conn sur lui. Ils se sont battus.

Le métamorphe semblait avoir dévalé la pente d'une montagne. Ou être tombé d'un hélicoptère. Dage avait entendu l'appareil décoller, mais, aux prises avec deux démons, il n'avait pu en savoir plus.

L'homme ne bougeait pas. Il avait le souffle court et son nez était enfoncé dans son visage. Jordan Pride arriva en courant, l'air furieux, une plaie ensanglantée sur la joue gauche.

— C'est Robert Wright, un soldat du clan. (Il s'agenouilla à côté du blessé.) Accroche-toi, Wright. Les secours arrivent. (Soudain, Jordan grimaça.) Il porte l'odeur de Conn. (Il se retourna et regarda le bâtiment fumant. Plusieurs cadavres de démons gisaient sur le sol, aux côtés de leurs propres blessés.) Si tu veux mon avis, Dage, on n'a pas rencontré une résistance suffisante.

— C'était un piège, confirma le roi. (Il avait du mal à contenir sa colère. Ils avaient affronté une dizaine de démons, tous très mal formés au combat, mais qui avaient tout de même réussi à lui contaminer l'esprit au point qu'il avait encore du mal à réfléchir correctement.) Et quelque chose me dit que tes gars étaient dans le coup.

C'était la seule solution. Où se trouvaient les prisonniers qu'ils étaient venus délivrer ? Et pourquoi Conn s'était-il battu avec ce type ?

Jase arriva en essuyant son front taché de sang.

— J'ai trouvé un métamorphe décapité au troisième niveau, avec l'odeur de Conn sur lui, dit-il en jetant une fléchette à l'empennage noir à son frère. Il y en avait plusieurs identiques sur le sol et j'ai trouvé un tunnel menant à l'extérieur. La végétation était écrasée, probablement par l'hélico qu'on a entendu.

— Ils l'ont endormi ? (Ils avaient dû utiliser une énorme dose pour y parvenir, ainsi qu'un additif pour que le produit fasse effet assez longtemps. Dage fit signe à un infirmier d'approcher.) Réveille-le.

L'infirmier prit un air étonné, mais s'agenouilla sans discuter et examina le blessé, les cheveux balayés par le vent.

— Je peux lui injecter de l'adrénaline, mais ça risque de le tuer.

Jordan poussa un grognement de fureur.

— Est-ce qu'il aura le temps de parler avant ?

L'infirmier leva la tête vers Dage.

— Peut-être quelques minutes, mais je ne garantis rien. (Il tira une seringue de son sac et la colla contre lui pour la protéger des éléments.) Les métamorphes sont coriaces, mais une hémorragie interne serait fatale, expliqua-t-il en passant les doigts sur les côtes cassées de Wright. Dans son cas, je dirais qu'il est en danger de mort. On doit vite le transférer à notre hôpital canadien.

— À ce train-là, on va devoir construire plus d'hôpitaux, maugréa Jordan.

— C'est en cours. (En effet, Dage avait ordonné la création de nouveaux centres médicaux dès que les Kurjans leur avaient déclaré la guerre.) J'ai acheté le terrain il y a des dizaines d'années et j'ai mis de côté des fonds pour la construction. J'ai aussi mis en place un système de bourse pour financer les études de nos futurs médecins.

Il avait même doublé le nombre de projets lorsque les démons étaient entrés à leur tour dans le conflit. Tout portait désormais à croire que certains de leurs alliés métamorphes se retournaient eux aussi contre eux. Si les sorcières se retiraient du Royaume, la défaite deviendrait inéluctable. Il repensa à la dernière guerre, plusieurs siècles plus tôt, et au moment où il avait dû monter sur le trône après la mort de ses parents. Il avait alors cru que toutes les difficultés qu'il rencontrait étaient dues à sa jeunesse et à son inexpérience. Sur ce point, il n'aurait pu davantage se tromper.

Des hommes s'affairaient sur le champ de bataille pour ramasser les blessés.

— Que dois-je faire ? demanda l'infirmier en essuyant les gouttes de pluie sur son front.

Jordan s'agenouilla à côté de lui, ses cheveux blonds rougis par le sang.

— Vas-y.

Dage hocha la tête et il enfonça la seringue dans le torse du félin. Ce dernier se figea, tous les membres tendus, puis se détendit.

— Je…

Il ouvrit des yeux injectés de sang et cligna des paupières pour focaliser sa vision. Son torse vibrait dans l'air froid.

Jordan se pencha tout près de lui.

— Où ont-ils emmené Connlan Kayrs ? demanda-t-il en appuyant la main sur les côtes du blessé.

L'infirmier voulut protester, mais Dage lui désigna le bâtiment en flammes d'un signe de tête.

— Il y a d'autres blessés près de la lisière. Va les aider.

Le vampire regarda une dernière fois Wright, puis ramassa son sac et s'éloigna rapidement. Dage se tourna vers Jordan et lui fit signe de continuer. Le blessé, trop faible pour se transformer en panthère, écarquilla les yeux et toussa, crachant un peu de sang, aveuglé par la pluie. Jordan accentua sa pression.

— Dis-le moi ou je te jure que je t'arracherai les côtes une par une, grogna-t-il d'une voix gutturale, plus animale qu'humaine.

Wright, pris de spasmes, poussa un beuglement de douleur.

— Je… t'emmerde, souffla-t-il en agitant les jambes.

Jordan enfonça les doigts entre ses côtes et Wright hurla. Le puma le saisit par les cheveux et lui tira la tête en arrière.

— Ce n'était qu'un avant-goût. Parle ou je te charcute au couteau. Où est Kayrs ?

Les yeux de Wright papillonnèrent.

— Sais pas, bredouilla-t-il, souriant de ses canines ensanglantées. On nous l'a pas dit. Il fallait juste le choper et l'emmener en hélico.

Dage croisa les bras, frappé par la justesse de cette tactique.

— Celui qui a mis l'opération au point se doutait que tu ne t'en tirerais pas, Robert. Il n'avait pas une grande confiance en toi, on dirait.

— Toute cette mise en scène, c'était pour me prendre au piège ? demanda Jordan. Pourquoi ?

Wright toussa, faisant gicler du sang tout autour de lui.

— On sait… que tu es en couple… avec un loup-garou, haleta-t-il. Et… Caleb…

— Quoi, Caleb ? insista Dage, en s'agenouillant à côté du blessé pour mieux entendre. Ton clan n'était même pas en guerre contre lui.

— Katie n'est pas un loup-garou, crétin, grogna Jordan. Elle a juste chopé un virus.

Wright ferma les yeux.

— Le Royaume est faible. L'heure du changement est arrivée. (La tête tremblante, il rouvrit les paupières et regarda Jordan.) Tu es faible. Marcus est fort.

Il trépassa dans un dernier râle et Jordan se releva.

— Marcus Paltrow, le chef de son clan. Je vais immédiatement le dire à mes hommes. On va retrouver Conn.

Il partit aussitôt mettre ses troupes au courant et Dage tapota son oreillette.

— Vous avez pu récupérer les prisonniers ? demanda Kane, qui, à en juger par le bruit, devait être devant son ordinateur.

— C'était un piège. Ils voulaient Jordan, mais ils ont pris Conn à la place. (Le bruit de clavier cessa et Kane poussa un gros soupir.) C'est Marcus Paltrow qui a tout orchestré. Localise-le.

— Tout de suite, répondit Kane avant de rompre le contact.

Ni l'un ni l'autre ne l'avait dit, mais ils savaient que si les métamorphes avaient enlevé Conn par défaut leur frère serait pour eux plus un fardeau qu'un atout. Dage regarda un instant les secours en train de soigner ses hommes et Jase rompit le silence.

— S'ils avaient voulu le tuer, ils ne l'auraient pas emmené.

Une explosion d'énergie submergea Dage, mais il ne laissa rien paraître.

— Ils étaient censés enlever Jordan, mais ils ont dû se contenter de Conn. J'imagine que leur chef va mettre au point une nouvelle stratégie.

Jase, qui ne cessait de serrer et de desserrer les poings, lui répondit avec une moue dubitative.

— Une stratégie ? Dage, on parle de Conn, là, du plus grand soldat de l'histoire. Il ne craquera pas.

— Non, répondit le roi, plus inquiet que jamais. Ils ne chercheront pas à le faire craquer. (Il attendit que son frère comprenne où il voulait en venir. Jase écarquilla les yeux, stupéfait.) Exactement.

— Ils n'oseraient pas.

— Oh que si ! Décapiter en public le plus grand soldat de l'histoire du Royaume ne ferait que mettre notre faiblesse en évidence.

Si Conn mourait, la guerre s'enfoncerait dans la sauvagerie la plus primitive. Jamais les frères Kayrs ne se remettraient de sa mort.

— En tant que roi, je pense que, de leur part, ce serait la meilleure solution.

— Et en tant que frère ? insista Jase, qui en oubliait d'essuyer la pluie sur son visage.

La puissance s'accumulait en Dage, ne demandant qu'à exploser, mais il mobilisa sa volonté vacillante pour la contenir.

— En tant que frère, je le leur ferais payer au centuple.

Dage croyait en la notion de pitié, mais aussi en celle de vengeance, deux principes qui étaient rarement compatibles. Si les métamorphes décapitaient son frère, la pitié cesserait d'exister.

— Aie confiance en Conn, Dage.

— Je crois en lui. (Si ce n'était pas le cas, il serait déjà en train de semer la désolation au sein des clans de métamorphes pour le retrouver, sans se soucier des alliances. Il regarda Jordan, en pleine conférence avec ses hommes.) On dirait que l'instabilité règne autant chez les métamorphes qu'au sein du Royaume. (Décidément, le monde était en train d'imploser. Voyant Talen courir vers eux sur la neige, il se reconcentra.) Je t'écoute.

— Nous avons sécurisé tout le bâtiment, rapporta son frère en rangeant son couteau. Cinq démons sont morts. Les autres se sont enfuis par-derrière dès la première explosion. (Il baissa les yeux sur le cadavre de Wright.) Avec celui-ci, ça fait deux morts chez les métamorphes. Aucun d'entre eux n'était du clan de Jordan. On a aussi trois blessés légers. (Un éclair émeraude traversa ses yeux dorés.) Et mon frère a disparu.

Chapitre 20

Moira posa Emma sur le sol en pierre du laboratoire souterrain.

— Il y a de l'eau quelque part ?

Katie sortit une bouteille du réfrigérateur, la déboucha et la tendit à la reine, qui la prit d'une main tremblante en en but une longue gorgée.

— Cochonnerie de migraines, maugréa-t-elle.

Elle ouvrit les yeux, mais plissa les paupières pour les protéger de la lumière vive.

— Qu'est-ce que tu as vu ? demanda Moira. (Deux de ses sœurs étaient médiums, mais leurs visions n'engendraient aucune douleur. Peut-être était-ce plus dur pour les compagnes de vampires, même si, selon les dernières recherches, les humains aux capacités améliorées étaient des lointains cousins des sorcières.) Est-ce que Conn est blessé ?

— Je n'en sais rien, soupira Emma. Il s'est effondré… et j'ai ressenti une grosse douleur à la jambe. Ensuite, tout est devenu noir.

Moira tenta de ne pas céder à la panique. *Mon Dieu, non, pas Conn !*

La porte s'ouvrit. Moira se redressa pour protéger la reine, mais se détendit en voyant qu'il s'agissait de Kane, tout de noir vêtu, les cheveux ébouriffés et les yeux d'un violet sombre.

— Tu as eu une vision ?

Emma se releva en s'agrippant à la table.

— Oui. J'ai vu Conn s'écrouler, mais ensuite, plus rien. J'avais l'impression qu'il était, comment dire… très flou.

— Les métamorphes lui ont administré un tranquillisant. Il y a des médicaments contre la migraine dans le tiroir du haut. J'en ai fait livrer pour toi, au cas où. (Il se tourna vers Moira.) Conn est ton compagnon. Concentre-toi et essaie de le joindre par la pensée pour savoir où il est.

Moira déglutit, tenaillée par la peur, les bras nimbés d'énergie bleue.

— Ça fait cent ans qu'on se bloque mutuellement, Kane. Je n'ai aucune perception de Conn.

Elle s'en voulait beaucoup de tout ce temps perdu. Pourquoi avait-elle attendu que Conn vienne la chercher en Irlande ? Elle aurait pu venir elle-même et tout faire pour que cela marche entre eux. De cette manière, elle aurait pu servir de lien entre les sorcières et le Royaume, et le conseil n'aurait pas cherché à faire sécession. Elle se rendait compte qu'elle aimait ce vampire plus que tout au monde.

Kane hocha la tête.

— Je comprends. Suis-moi, j'ai une idée.

Il sortit du labo. Moira était prête à tout, mais elle hésita tout de même.

— Pitié, dites-moi qu'il ne va pas m'aspirer la cervelle, ou un truc dans le genre.

L'odeur de détergent au citron et d'eau de Javel lui donnait la nausée. Ou peut-être était-ce dû à sa peur et à son impuissance.

— Si Kane pensait que ça marcherait, il te trancherait la tête, ricana Emma en posant la main sur son bras. Je suis sûre que Conn va bien. C'est un guerrier, Moira.

Pourtant, il était blessé, selon la reine. Qui avait pu s'approcher suffisamment de lui pour lui faire mal ?

— Je sais, mais, malgré tout son calme et toute sa logique, Kane ne parviendra pas à me faire entrer en communication avec lui.

Même si elle acceptait de le laisser faire, ses boucliers avaient une volonté propre et, en sa qualité d'exécutrice, elle n'était pas sans ressources. Elle trouverait le moyen de sauver Conn. Cara s'approcha d'elle, la main sur le ventre.

— Kane est loin d'être calme. Il est furieux, au contraire. Je crois qu'il s'en veut d'être resté au labo pour travailler sur le virus au lieu d'accompagner les autres. (Soudain, elle pâlit et se plia en deux.) Oh, mais qu'est-ce qu'il peut me donner comme coups de pied ! (Elle se redressa et se caressa les côtes.) Tu veux que je t'accompagne ? Une empathe, ça pourrait vous être utile.

Cette offre réchauffa le cœur de Moira. Elle avait des amis. Une seconde famille, même.

— C'est gentil, merci, mais ce ne sera pas la peine. (Elle sortit dans le couloir et vit que Kane l'attendait devant une porte ouverte.) Où on est ?

— Dans mon humble royaume, dit-il en l'invitant à entrer.

En passant devant lui, elle se rendit compte qu'il la dépassait de plus d'une tête. Pour une raison qui lui échappait, elle ne s'était jamais aperçue qu'il était aussi colossal que ses frères. Cela la fit penser de nouveau à Conn. Et s'il était blessé ? Le bruit de gouttes d'eau tombant sur des pierres la tira de ces sombres pensées et elle inspecta la paisible pièce du regard.

— C'est très zen, chez toi.

Kane ferma la porte et s'approcha d'elle.

— Ouais. Quand je sors du labo, j'ai envie de me détendre.

Sur un écran, on voyait un lac paisible sous un ciel printanier. Le salon lui faisait penser au bureau de son père, avec ses meubles sombres et son éclairage tamisé. L'atmosphère était à la fois très mâle et très rassurante, comme au chalet de Daire, sur la côte sud de l'Irlande. De belles peintures fantaisistes ornaient les murs.

— Je te voyais plutôt fan d'un style ultra moderne, genre verre et roche nue.

— Le verre et le chrome, j'en vois assez comme ça au labo. Bon, arrête d'être aussi nerveuse et viens t'asseoir, l'invita-t-il en tapotant un fauteuil en cuir.

Comment ça, nerveuse ? Sous prétexte qu'elle avait les mains moites et que des papillons shootés à l'acide s'en donnaient à cœur joie dans son ventre ? Elle inspira à fond, non parce qu'elle avait peur, mais parce que l'odeur de cannelle et de vanille de la pièce lui plaisait, et s'assit.

Kane plaça un autre fauteuil en face d'elle, s'installa et tendit les mains.

— Pose tes paumes sur les miennes.

Et merde ! Moira s'essuya les mains sur son pantalon et obéit en tremblant.

— Et maintenant ?

Vif comme l'éclair, Kane lui claqua les doigts dans un jeu vieux comme le monde.

— J'ai gagné.

Moira recula, étonnée.

— Très drôle.

Kane lui adressa un sourire amusé. Il avait le même menton obstiné que Conn, mais ses pommettes semblaient plus hautes et plus saillantes.

Il faut que tu te relaxes.

Il avait raison. Moira inspira plusieurs fois à fond, se forçant à détendre les épaules et à calmer le tremblement de ses mains. En tant que compagne, elle devait être capable de communiquer avec Conn… mais c'était un rôle pour lequel elle n'était pas douée du tout.

— Bon, ensuite ?

— Et si on essayait des techniques de relaxation profonde ?

Elle aurait préféré taper sur quelque chose.

— Je ne suis pas sûre de pouvoir être hypnotisée, Kane.

— Ne t'en fais pas. On va travailler sur la relaxation. Essaie d'ouvrir un peu ton esprit pour chercher Conn, juste pour tenter d'établir une connexion.

Pourquoi pas, après tout ?

— Si je fais ça, est-ce que tu m'aiderais à sortir d'ici ?

Elle voulait être en première ligne, mais n'avait pas vraiment envie d'entrer par effraction dans l'arsenal et d'abattre tous ceux qui l'empêcheraient de s'en aller. Elle le ferait si elle y était forcée, mais à contrecœur.

— Non.

Il aurait au moins pu faire semblant d'y réfléchir.

— Bon, soupira Moira, qu'est-ce que je dois faire ?

— Ferme les yeux et concentre-toi sur ta respiration. L'air pur entre, l'air vicié ressort, expliqua Kane d'une voix douce. Commence par tes orteils. Détends-les, élimine leur tension. Ensuite, passe aux mollets, et ainsi de suite : les cuisses, les hanches, les côtes, le cœur, jusqu'à ce que tu arrives à la tête.

Elle avait déjà essayé la méditation. Kane accélérait le processus, car il devait être aussi inquiet qu'elle au sujet de Conn.

— Conn sait utiliser la matière pour manipuler l'énergie, murmura-t-elle en se focalisant sur sa respiration.

— Je sais.

Elle rouvrit les yeux.

— C'est toi qui lui as appris à le faire ?

— Euh, non, répondit-il avec un petit sourire. C'est lui qui a essayé de me montrer et je me suis carbonisé les sourcils. Je crois que quelque chose m'échappait dans la technique.

Comme quoi, l'intelligence, même brillante, ne suffisait pas toujours.

— Pour modifier la matière grâce à l'énergie, l'étude de la physique quantique ne suffit pas, Kane. Il faut penser l'altération, mais aussi la sentir.

— Les sensations, ça me dépasse. Pour moi, seules comptent la logique et la pensée.

Il l'observa un instant, puis appuya sur un bouton. Sur l'écran, le lac disparut, cédant la place à une pleine lune dominant une immense forêt aux arbres si majestueux qu'il était presque impossible de les dissocier.

Ce spectacle fit monter les larmes aux yeux de Moira.

— Comment savais-tu ?

— Tu es une sorcière, dit-il en se passant la main dans les cheveux, déjà ébouriffés. Je ne comprends pas le pouvoir que tu tires de la lune, mais puisque tu y crois, autant s'en servir.

Le corps céleste scintillant attirait Moira et la rassurait. Ses bras devinrent très légers, comme si elle flottait à la surface d'un lac.

— On dit parfois que la lune est une énergie féminine, ce qui expliquerait pourquoi les sorcières sont généralement plus puissantes que les sorciers. Le pouvoir lunaire existe bien. Prends l'influence de la lune sur la marée, par exemple. (Soudain, elle sentit sa tête partir en arrière et se poser sur le coussin.) Qu'est-ce que tu as fait ?

— Rien du tout. Tu es en train de te détendre. On a presque terminé. (Il se leva et s'approcha d'elles dans des effluves d'ambre fumant très mâles.) Ferme les yeux et visualise Conn.

Le visage de son compagnon apparut dans son esprit, avec ses yeux verts, ses larges épaules et son sourire provocateur. Connlan Kayrs fit disparaître toutes ses autres pensées. Elle repensa à son regard lorsqu'il l'avait prise dans l'avion et son cœur se mit à accélérer. Elle inspira à pleins poumons pour se calmer.

— Je l'ai trouvé.

— Parfait. Maintenant, ouvre-toi à lui.

Elle essaya. Comme si elle l'appelait par téléphone, elle lança une question dans le vide, dans le temps, dans l'espace... une sorte de salutation cosmique. Dans sa tête, la magie tourbillonnait avec la science, mais elle ne parvenait pas à accepter l'existence de la télépathie. Comment était-ce possible ? Mais après tout, les ondes transportaient la lumière et le son, et les téléphones portables fonctionnaient grâce aux ondes radio. Les ondes de pensées, notamment celles générées par la puissance du cerveau, n'étaient pas plus improbables que les autres. Peut-être y parviendrait-elle, finalement.

— Arrête de réfléchir et cherche Conn, ordonna sèchement Kane. Je ne peux pas l'expliquer, mais je suis bien obligé de constater que mes frères peuvent communiquer par la pensée avec leurs compagnes. Alors fais-le.

Moira enfonça les ongles dans le cuir du fauteuil.

— J'essaie, si tu voulais bien cesser de m'interrompre !

Accepter le fait qu'elle puisse s'immiscer dans la tête bornée de Conn était pour elle un véritable acte de foi.

Ces satanés frères Kayrs étaient tous plus autoritaires les uns que les autres. Elle ne manquerait pas de s'en plaindre à Conn dès son retour. Elle essaya de sentir la connexion avec la terre sous ses pieds. *Conn ?* L'écho de son nom tourna dans sa tête, mais rien n'apparut. Ni image, ni sensation, ni même la moindre perception. Irritée, elle ouvrit les yeux et surprit Kane, qui se hâta de masquer sa colère et son angoisse. Elle pencha la tête, tendue.

— Tu es inquiet.

— Oui, admit-il en se frottant le menton. Ceux qui ont capturé Conn sont malins, car ce n'est pas un mince exploit, et ils savent forcément qu'ils doivent le tuer.

— Pourquoi ? demanda-t-elle, le ventre noué par la peur.

— S'ils ne le font pas, ils mourront. Avec Conn, c'est inévitable, expliqua-t-il sur un ton de finalité sans appel.

Et s'ils se contentaient de le garder sous sédatifs ? Il était forcément encore en vie. Elle était sa compagne et s'il mourait, elle le percevrait certainement. Ses yeux tombèrent sur une figurine de grenouille en équilibre précaire au bord de la table basse. Elle l'attrapa et la fraîcheur de la pierre lui fit du bien.

— Tu y tiens ?

Kane recula jusqu'au dossier de son fauteuil, si tendu que l'air ambiant semblait crépiter.

— Non. Une femme avec qui je sortais dans les années soixante-dix me l'a jetée à la tête le jour où elle m'a largué. Selon ses dires, j'étais un vrai crapaud incapable de s'engager dans une relation durable.

— Pourquoi l'as-tu gardée ?

— Pourquoi pas ?

Pourquoi pas, en effet ? Puisqu'il ne tenait pas à cette horreur, elle pouvait s'en servir pour mieux se concentrer. Elle posa la grenouille dans sa paume et se canalisa sur sa surface brillante. Les particules se mirent à danser devant ses yeux pour reconstituer la forme de l'amphibien avant de s'assembler en une boule d'énergie. Elle s'attaqua ensuite aux particules subatomiques. Elles les voyaient devant elle, les percevaient. Elle concentra ses pensées en une onde d'énergie qu'elle envoya sur les particules, les éparpillant pour leur faire reprendre une nouvelle configuration. La lumière vacillait, preuve de son action sur la matière. La boule se mit à luire et à crépiter. Elle la fit passer dans son autre main, modifiant la couleur du blanc au bleu pour revenir au blanc. Elle éprouvait une grande joie à modeler ainsi la matière.

Elle envoya un message à Conn et aussitôt, elle eut l'impression de recevoir un coup de poing en pleine poitrine. Elle poussa un cri, rentra le ventre et lâcha la boule, qui disparut en un sifflement, non sans avoir brûlé le tapis ancien de Kane.

— Il a mal, haleta-t-elle en agitant la tête contre les coussins, les yeux débordant de larmes. Très mal. Aux côtes, à la nuque… partout.

Kane se pencha vers elle et posa les mains sur ses genoux. La chaleur de ses paumes la calma.

— Concentre-toi, Moira. Où est-il ? Que vois-tu ?

Rien. Elle ne voyait pas la moindre chose et sa colonne vertébrale était vrillée par une douleur intense. *Conn ?*

— *Moira ?*

C'était bien sa voix, ténue mais bien présente dans sa tête.

— *Oui. Où es-tu ? Ouvre les yeux.*

— *Peux pas. Trop gonflés. Je t'aime.*

Une douleur explosa dans sa tête, puis plus rien. Leur connexion s'était évaporée.

— Il a mal, répéta-t-elle en essuyant ses larmes. Il ne peut pas ouvrir les yeux et il ne sait pas où il est. (Il avait dit qu'il l'aimait.) Je pense qu'il a dû s'évanouir, parce que tout est devenu noir. (Il avait simplement perdu connaissance. Il n'était pas mort.) Je n'ai pas senti qu'on le menaçait avec une arme.

Sa voix tremblait et elle se demandait qui elle essayait de convaincre : Kane ou elle-même ?

Kane s'essuya la bouche d'un revers de la main et ses yeux prirent une teinte noire. Les yeux des vampires pouvaient prendre deux couleurs différentes, mais une troisième pouvait apparaître sous le coup de fortes émotions. Moira s'était demandé quelles seraient les couleurs des yeux de Kane et regrettait désormais sa curiosité.

— Tu as senti quelque chose ?

Elle leva la tête et ferma les yeux.

— Des odeurs de sang et de terre.

— Et les sons ?

— Des gouttes d'eau qui tombaient sur la pierre. Et aussi un faible écho.

— À part la douleur, quelles sensations ? insista-t-il sans lui laisser le moindre répit.

— Des cordes sur les poignets, les bras tirés au-dessus de la tête.

Ils étaient en train de le torturer. Moira était submergée par la colère et son envie de faire couler le sang faisait descendre un voile rouge devant ses yeux. Elle les trouverait. Et elle leur arracherait la tête.

— Tu as vu quelque chose ?

— Non, c'était tout noir, répondit-elle en se levant d'un bond. Il faut qu'on y aille. Qu'on parte à sa recherche. Tout de suite !

Elle ne savait pas du tout ce qu'elle ressentait pour lui, mais il était son compagnon et il était hors de question qu'elle le laisse se faire torturer.

Chapitre 21

Conn se concentrait pour remettre son fémur gauche en place, sans succès. Il était noyé dans des odeurs de terre et de chair sanguinolente. La sienne. De l'eau coulait près de lui, comme pour le provoquer. Il mourait de soif. L'eau ferait l'affaire, même s'il aurait mieux valu du sang. Il avait perdu presque tout le sien. Ce n'était pas mortel chez un vampire, mais cela avait des effets irréversibles sur le cerveau et finirait par le transformer en légume. Si cela arrivait, il espérait que ses frères auraient le bon sens de l'achever.

Il cligna des paupières et dirigea le peu de forces régénératrices qu'il pouvait mobiliser vers ses yeux, pour en réduire le gonflement. Tout son corps n'était qu'une immense plaie. Les chaînes en acier par lesquelles il était pendu à des anneaux fixés au plafond lui entaillaient les poignets. Sa cellule, d'environ trois mètres sur trois, était en terre battue et n'avait qu'une seule sortie. Des tiges de fer sortaient des parois en pierre pour former la cage dans laquelle il était enfermé. C'était intelligent de la part de ses ravisseurs. Il était capable de défoncer à peu près n'importe quel mur, mais pas une paroi de roche naturelle.

La porte était sa seule échappatoire. Sa cage aux barreaux d'acier était creusée dans la roche. Elle avait été conçue pour Jordan, mais c'était lui qui s'y retrouvait. Il enfonça ses orteils nus dans la terre et se dressa sur la pointe des pieds.

Sa chemise et son pantalon étaient en lambeaux, vestiges des innombrables coups de barres de fer hérissées de pointes qu'il avait reçus.

Il secoua la tête pour dissiper le voile qui enveloppait encore son esprit. Ces salopards s'étaient servis de lui comme d'une cible. Ils avaient tiré depuis l'autre côté des barreaux, visant un point entre ses yeux pour y planter des fléchettes de tranquillisants. Ensuite, une fois sûrs que le sédatif faisait effet, ils étaient entrés dans la cage pour s'acharner sur lui.

À un moment, Moira était apparue dans sa tête, pendant une poignée de secondes. Malgré la douleur qui l'empêchait de respirer, il en avait éprouvé un profond plaisir. Sa compagne. Mais, trop vite, elle avait disparu. Cela s'était passé plusieurs heures plus tôt, voire une journée. Malheureusement, il n'avait pu lui montrer où il se trouvait. Le vol n'avait duré qu'une heure, deux tout au plus, mais l'hélico avait pu prendre n'importe quelle direction.

La lumière commençait à filtrer à travers ses pupilles. Il visualisa des cellules régénératrices dorées rebondissant sur sa chair meurtrie. Le tissu se reconstitua et sa concentration augmenta. Son sang s'attaquait au sédatif, apprenant à le métaboliser.

Une batte de base-ball avec des pointes était posée contre le mur extérieur de sa cellule, dans une autre petite pièce dotée d'une porte. Sa cage était-elle le seul endroit taillé dans la roche ? Des ampoules nues pendaient, donnant juste assez de lumière pour que ses geôliers voient ce qu'ils faisaient lorsqu'ils le frappaient. Deux chaises pliantes en métal étaient en équilibre contre le mur à côté de l'arme, qui dégoulinait encore de sang.

Soudain, il vit la porte s'ouvrir en force. Marcus entra, puis la referma d'un coup d'épaule. Le bas de la porte frotta plusieurs fois sur le sol.

— Mal taillée, cette porte, ironisa Conn.

Marcus se tourna vers lui, un pistolet tranquillisant pendu par une bandoulière à son épaule.

— On dirait que certaines fléchettes ont manqué leur cible.

Il déplia une chaise avec le pied et s'assit, puis braqua ses yeux presque jaunes sur Conn.

Le vampire soutint son regard.

Comme la plupart des félins, Marcus préférait les vêtements légers et vastes. Son pantalon de treillis était taché de sang. *Le mien. Dommage,* se dit Conn.

— Tu sais, il y a plusieurs siècles, je suis sorti avec une fille qui se coiffait comme toi, reprit Conn pour se moquer de sa tresse française très peu virile.

— Qu'est-ce que tu veux, je n'ai pas envie que ton sang me tache les cheveux. Ma copine me les natte.

Noire avec un soupçon de rouge, sa crinière rappelait la fourrure d'une panthère.

— Bon, Marcus, quelle est la suite du programme ?

Malgré la torture, Conn ne leur avait pas révélé l'emplacement du nouveau QG du Royaume. Il préférait perdre sa tête plutôt que de trahir sa famille.

Marcus renifla et se frotta le menton.

— C'est Jordan que je veux.

— Tu n'es pas son genre. (Quelque chose hantait les yeux du métamorphe… une rage qui semblait plus personnelle que politique.) Pourquoi est-ce qu'il t'obsède tant, d'ailleurs ? Sa mort ne te garantira pas la tête de sa meute.

En effet, si Jordan disparaissait, plusieurs autres félins étaient bien mieux placés pour prendre sa succession.

Marcus se redressa, le torse gonflé, des étincelles vertes dans le regard.

— Disons simplement que j'ai une dette envers lui.

Tiens tiens… intéressant. Conn sentait ses pensées retrouver leur rythme normal et le sédatif s'évanouir comme la brume sous le soleil. Qui était Marcus, déjà ? Le leader du clan des panthères, affilié à Jordan… Marcus Paltrow. Oui, c'était bien son nom. Conn l'avait rencontré lors du dernier colloque, quelques mois plus tôt.

L'eau continuait de goutter et Conn sentit sa langue enfler. Il allongea ses canines et commença à provoquer son interlocuteur.

— Tu n'as pas une chance face à lui. Je connais Jordan depuis des siècles. Il t'arracherait la tête en sifflotant.

Enfin, façon de parler. Jordan n'avait pas du tout l'oreille musicale.

Marcus se leva d'un bon, rouge de colère.

— N'importe quoi. Je lui botte le cul quand je veux, et Dieu sait qu'il le mérite. Et après ça…

Conn fronça les sourcils, se remémorant un détail de leur conversation.

— Ta copine… tu as dit que ta copine te tressait les cheveux. (Il se souvenait d'une petite panthère aux dents acérées aux côtés de Marcus pendant le colloque.) Qu'est-il arrivé à ta compagne ?

L'électricité se mit à crépiter sur la peau de Marcus et il vacilla, le regard noir de colère et de désespoir. S'il se transformait si près de lui, les ondes de choc briseraient tous les os du corps de Conn. Le métamorphe retroussa les lèvres pour lui montrer les dents, puis frissonna et se détendit.

— Ils en ont fait une humaine. Elle s'est tuée.

— Elle a été infectée par le virus ? Quand ça ?

— Au colloque. (Marcus leva son arme et tira une fléchette dans le cou de Conn.) Jordan Pride nous avait *ordonné* d'y assister, pour montrer notre soutien au Royaume. Ce salopard savait que le virus traînait. Il nous y a exposés en toute connaissance de cause.

La douleur ne dura qu'une seconde et le corps de Conn absorba le sédatif.

— Pourquoi tu ne nous l'as pas dit ? demanda-t-il en fermant les paupières. On est en train de mettre un remède au point.

— Je n'ai aucune confiance en vous, siffla Marcus en tirant une nouvelle fois. Vous avez laissé Caleb revenir. Vous n'avez pas su protéger vos propres compagnes du virus. Les démons vous ont déclaré la guerre.

Ah, les démons… Ils considéraient les métamorphes comme des animaux de compagnie sophistiqués, à peine plus dignes d'intérêt que les humains. Les unions entre les deux espèces étaient extrêmement rares. Lorsque le frère de Caleb s'était uni à une métamorphe promise à un démon, cela avait causé un fracas énorme.

— Et pourtant, tu travailles pour eux. Tu te rends compte que tu es à leur botte, Marcus ?

Le métamorphe fronça les sourcils.

— Tu es un imbécile, Kayrs. Les démons ont accepté de nous aider à tendre ce petit piège. En échange, ils voulaient simplement vous voir en action. Si tu veux mon avis, ils sont en train d'échafauder une stratégie.

— Ils vous ont envoyé des débutants mal entraînés. Ils se moquaient de savoir si vous réussiriez ou pas.

Marcus caressa le canon de son arme, laissant son regard pensif errer sur Conn.

— Soit, je n'ai pas eu Pride et c'est un échec, mais son heure viendra. Il paiera pour ce qu'il a fait aux miens.

Sa compagne avait été infectée et ce crétin ne les avait pas mis au courant. Conn laissa tomber ses épaules et reprit d'une voix pâteuse.

— Ils en ont eu d'autres, Marcus ?

Le félin hésita avant de répondre, le visage déformé par la colère et la douleur, puis s'adossa au mur.

— Cinq membres de mon clan, dont deux femelles qui ne peuvent plus se transformer. Peut-être d'autres ailleurs, mais je ne suis pas au courant.

Conn se retint de relever la tête. Il devait donner l'impression que le sédatif faisait effet.

— Des mâles aussi, donc ?

Les vampires, tous mâles, étaient immunisés. Selon les scientifiques, c'était parce qu'ils avaient plus de paires chromosomiales que les autres espèces, à part les démons. Kane attendait justement qu'on lui confirme que des métamorphes mâles avaient été infectés.

— Oui, trois. Et tu sais quoi, Kayrs ? grogna-t-il en agrippant très fort les barreaux. Eux, par contre, ils ont réussi à se transformer, mais ils ont dû attendre la pleine lune pour ça. Et ils se sont mués en une chose qui… (Blanc comme la mort, il ne put continuer.) On a dû tous les tuer.

Conn était stupéfait. Les Kurjans semblaient avoir atteint leur but.

— Donc tu cherches à te venger. (Conn le comprenait. Si Moira était tuée, il remuerait ciel et terre pour venger sa mort. Mais contrairement à Marcus, il ne s'en prendrait qu'aux seuls responsables.) Ce n'est pas en te rebellant contre le Royaume que tu trouveras la justice.

Il mobilisa toute sa concentration et parvint enfin à remettre son fémur en place. Marcus lui sourit.

— Oh que si ! Je sais tout sur toi, Kayrs, et sur ta grande amitié avec Jordan Pride. Voir son frère d'armes mourir à sa place, ça va le tuer. Ta mort sert ma vengeance et nos visées politiques. Finalement, c'est une chance que tu sois descendu dans ce tunnel.

Conn entendit un véhicule qui ronronnait au loin, ainsi que des voix d'hommes. Ses sens étaient en train de revenir, mais il avait vraiment besoin de sang.

La porte se rouvrit et un adolescent entra pour installer un trépied sur lequel il vissa une caméra. Il prit un moment pour fusiller le vampire du regard et Conn vit qu'il ressemblait comme deux gouttes d'eau à Marcus.

— On va te rendre vraiment immortel, vampire de mes deux.

Malgré son agacement, Conn ressentait de la compassion pour ce garçon. Il avait perdu sa mère à vingt ans et cette perte était encore douloureuse, mais Conn savait qu'il rejetterait toute marque de pitié. Il se demandait aussi s'il avait déjà eu les cheveux teints en bleu et des piercings sur tout le visage avant la mort de sa mère. L'adrénaline commençait à monter dans ses veines exsangues.

— Dis à Roland d'amener le chalumeau, ordonna Marcus.

Avec un dernier regard assassin, l'ado sortit de la cellule.

— C'est ton fils ?

— Oui, répondit Marcus en allumant la caméra.

— Je suis étonné que tu le laisses assister à tes séances de torture.

Jase avait été poussé sur-le-champ de bataille alors qu'il n'avait que quinze ans et cela s'était avéré une énorme erreur. Les enfants devaient être protégés des horreurs de l'existence.

— Il a droit à sa vengeance, répondit Marcus en pointant le canon de son arme contre le torse de Conn. Je ne peux pas diffuser ta mort en direct, parce que ça permettrait au roi de nous localiser. Par contre, je vais enregistrer ta décapitation et envoyer la vidéo à tout le Royaume.

— Tu seras mort avant moi, Marcus. (Conn commençait à se lasser de jouer les drogués. Quand ce crétin allait-il se décider à agir ?) Et même si tu parviens à me tuer, mes frères te traqueront jusqu'à leur dernier souffle et t'écorcheront morceau par morceau, comme la vermine que tu es.

Sans parler de sa compagne, qui ne laisserait pas sa mort impunie. Malgré l'inconfort de ce moment, il était fier d'elle. Elle était bien entraînée, mais manquait malheureusement de force physique. De ce point de vue, c'était une bonne chose qu'elle génère ses propres armes en manipulant la matière.

— Tes frères sont faibles, rétorqua Marcus en repoussant la chaise d'un coup de pied. Même le cercle des Neuf s'allie aux démons pour se dresser contre vous. C'est la fin du Royaume. La fin de la lignée Kayrs, en tout cas. (Il ajusta le trépied et l'approcha des barreaux.) Je vais commencer par te faire saigner. Enfin, encore plus. Ensuite, je compte te mettre le feu et, pour terminer, on te décapitera. La faiblesse du Royame éclatera aux yeux du monde. (Il tira trois fléchettes dans le ventre de Conn, qui feignit de s'écrouler de douleur, le dos tourné à la caméra.) Et merde ! Kayrs, retourne-toi. Je veux que tout le monde te voie agoniser.

Conn poussa un grognement, mais ne bougea pas. Il sentit les barres s'ouvrirent et l'odeur de la panthère se rapprocher. Il reçut alors un coup violent dans le dos. Il ne s'était pas attendu à ce que Marcus le frappe avec la batte. Le métamorphe enchaîna avec trois nouveaux coups rapides et les pointes métalliques s'enfoncèrent dans sa chair, lui arrachant la moitié du rein qui lui restait.

Stop ! Avec un grognement sorti du fin fond de son âme, Conn se retourna, donna un coup de pied à la batte et se souleva suffisamment pour enfermer le cou de Marcus entre ses genoux. La batte percuta la paroi rocheuse avec un claquement métallique et Marcus poussa un rugissement de rage. Conn tira sur ses chaînes pour se rééquilibrer contre son adversaire et lui comprimer la jugulaire sans prêter attention à la douleur qui lui vrillait les entrailles. Marcus saisit Conn aux cuisses, le visage violet, la bouche ouverte pour tenter de respirer. Sa peau se mit à scintiller et Conn serra plus fort.

— Essaie de te transformer et je te brise la nuque, l'avertit-il, car il avait besoin de lui pour sortir de là en toute sécurité. Donne-moi la clé.

Marcus gonflait les joues comme un poisson de dessin animé. Il bourrait de coups de poing la cuisse blessée de Conn, s'acharnant sur les tendons et les muscles déchirés. Dans un effort surhumain, il parvint à sortir de sa poche un couteau, qu'il plongea dans le genou du vampire. L'articulation s'ouvrit comme une boîte de conserve.

Conn avait la jambe en feu. Il poussa un rugissement et, dans un regain d'énergie, brisa la nuque de Marcus, qui s'effondra sur le sol avec un bruit sourd.

Bloque tes sensations. Pense. Conn cracha du sang, nauséeux et à moitié inconscient. Les beaux yeux verts de Moira apparurent à son esprit. Il se sentait partir. Cet enfoiré lui avait tranché l'artère fémorale et son sang coulait le long de sa jambe, du sang qu'il ne pouvait se permettre de perdre. Des points rouges commençaient à se former devant ses yeux.

— *Conn ? Où tu es, bon sang ?* La voix de Moira résonna dans sa tête. Insistante et inquiète.

— *J'en sais rien.* Sa tête tomba sur son épaule, pour de vrai cette fois-ci. *J'ai besoin d'un petit snack, là.*

— *Je te donnerai tout ce que tu voudras dès que tu seras de retour.* La voix de sa compagne était plus forte. Leurs capacités télépathiques s'amélioraient. *Regarde autour de toi. Qu'est-ce que tu vois ?*

Son ton impérieux l'aida à se reconcentrer et il ouvrit les yeux. « *Une seconde, Dailtín.* » Il serra les dents en prévision de la douleur à venir, puis saisit les chaînes à pleines mains pour se balancer et se retrouver la tête en bas. La poignée du couteau planté dans son genou lui cogna la main et il poussa un gémissement de douleur, qu'il étouffa aussitôt avant qu'il devienne un cri.

Il se mordit la lèvre et arracha le couteau. Aussitôt, l'air lui manqua et il eut l'impression que son cœur avait cessé de battre. Incapable de contrôler ses jambes, il bascula à nouveau et heurta le sol et le cadavre avec les pieds, le choc lui causant un nouveau déferlement de douleur. Conn attendit que les vagues passent, mais il savait que le temps n'était pas de son côté. Quelqu'un viendrait forcément voir ce qui était arrivé à Marcus.

Enfin, il put pivoter le poignet et enfoncer la lame dans le cadenas qui maintenait les chaînes. Il fit tourner le couteau dans la serrure et des morceaux de métal lui tombèrent sur le visage. Il insista pendant quelques secondes, jusqu'à ce que le cadenas cède d'un coup sec. Les chaînes se détachèrent dans une gerbe d'étincelles et il tomba à genoux comme un poulain nouveau-né, dans une flaque de son propre sang.

— *Conn ? Mais où tu es, bordel ?*

Moira avait le ton d'un sergent-instructeur aboyant ses ordres. Il était à moitié mort, elle n'aurait pas pu lui murmurer des mots doux et le cajoler pour le ramener à la vie ?

— *Hé, du calme,* répondit-il. Malgré le dégoût que lui inspirait le cadavre de Marcus, il le saisit par les épaules et enfonça les canines dans son cou pour avaler à longues gorgées le liquide nourrissant dont il sentait déjà l'effet bénéfique en lui.

Un frémissement de puissance le parcourut et il perdit la connexion avec Moira, à son grand dam. Mû par cette énergie nouvelle, il rejeta le cadavre. Le goût épicé de la panthère mâle lui restait sur la langue et il regrettait de ne pas avoir de pastille pour l'haleine. Il inspira à fond et concentra ses cellules régénératrices sur les pires de ses blessures tout en tapotant le corps de Marcus. Il ne lui fallut que quelques secondes pour trouver ce qu'il voulait : un téléphone portable dans sa poche arrière. Il l'ouvrit et composa un numéro.

— Kayrs, répondit Dage.

Conn, qui le connaissait mieux que personne, n'était pas dupe de sa voix calme. Le roi était anxieux et furieux.

— Kayrs 28877, dit-il lentement tout en sortant de la cellule, non sans prendre la batte, qu'il secoua pour faire tomber le morceau de rein planté sur les piques. Je t'ai manqué ?

— Tu as mis le temps ! répondit son frère, qui était en train de taper sur un clavier.

— Très drôle. Je ne sais pas où je suis et j'aurais bien besoin de renforts.

Malgré l'énergie que lui avait apportée le cadavre de la panthère, sa jambe saignait toujours. Moins fort, peut-être, mais la plaie était loin d'être refermée. De plus, sa vision restait trouble. Il était peut-être moins immunisé qu'il le pensait contre le sédatif.

— On est en train de te localiser, expliqua Dage, dont les pas résonnaient dans le combiné. Je me téléporterai dès qu'on saura où tu es. Les autres nous rejoindront par hélico.

Conn secoua la tête. Dage pouvait se téléporter, certes, mais il ne pouvait emmener d'arme avec lui.

— Non. Je ne sais pas ce que je vais devoir affronter. Viens avec les autres et verrouillez la zone avec les hélicos.

— Pas question, répliqua Dage de sa voix royale. Tu veux que j'amène Talen ?

Se téléporter avec quelqu'un ne ferait que l'affaiblir.

— Non. Si tu tiens vraiment à venir, il vaut mieux que tu sois à cent pourcent.

Conn savait qu'il était inutile de le contredire. Rien au monde n'empêcherait son frère de venir, roi ou pas. Il ouvrit la porte de quelques centimètres et inspecta la pièce vide. Il entendit des mouvements dans le téléphone, puis la voix de Talen.

— Je l'ai ! Un complexe dans les montagnes Rocheuses, à une demi-heure de Denver. (Il crut reconnaître le bruit d'un pistolet que l'on armait.) Un bâtiment creusé à même la roche… avec trois gardes en faction.

Au moins, ils savent où je suis, pensa Conn, soulagé. Sa vision était suffisamment rétablie pour qu'il aperçoive un quadrillage laser dans toute la pièce. Un clavier était monté sur le mur à côté de sa tête. S'il faisait sauter l'endroit, il risquait de finir en mille morceaux.

— La pièce où je suis est hyper sécurisée. C'est peut-être pareil à l'extérieur. Dis à Moira…

— Tu lui diras toi-même, grogna Dage. Talen, passe en vision infrarouge.

Ah, le nouveau jouet de Dage.

— Je ne vois pas en quoi ça va m'aider. Je vais faire sauter les lieux, en espérant que je n'y resterai pas.

Il essaya de contacter Moira, mais sans résultat. S'il survivait, ils allaient devoir travailler cette compétence.

— C'est débile, comme idée, maugréa Dage derrière lui.

Conn se retourna.

— Espèce d'andouille, tu aurais pu atterrir en plein milieu des lasers !

Une porte extérieure s'ouvrit et les rayons rouges disparurent dans la lumière. Un métamorphe entra et se figea en voyant Conn, avant de repartir en courant.

— Faites tout sauter ! Faites tout sauter !

Dans un grondement sourd, la détonation se produisit et le monde entra en éruption.

Chapitre 22

— Mais tu te prends pour qui ?

Conn saisit le roi par son tee-shirt et le plaqua contre le mur de leur salle de stratégie du QG de l'Oregon. Sa colère était plus brûlante que l'enfer auquel ils venaient d'échapper. Ils s'en étaient sortis de justesse et une odeur de poils carbonisés lui assaillait les narines.

Dage le repoussa, le visage plus pâle qu'à l'accoutumée.

— Lâche-moi.

Il se laissa glisser le long du mur. Les flammes avaient brûlé une partie de son tee-shirt, ainsi que son avant-bras, en une plaie si profonde que l'os apparaissait. Ses yeux brillaient d'un bleu intense, ce qui n'était pas bon signe.

— Tu es le *roi,* putain !

Finirait-il par l'accepter ? Le cœur de Conn retrouvait petit à petit un rythme normal et ses douleurs se réveillèrent. Il s'appuya sur sa bonne jambe, faisant comme si de rien n'était.

— Tu as besoin de sang, dit Talen.

Debout devant une table jonchée de plans de bataille, il ôta son gilet pare-balles, enfilé en prévision du combat.

— Le mien est mieux, intervint Jase, qui remit la sécurité de son arme, la posa sur la table et releva sa manche.

— C'est faux, répliqua Kane.

Conn regardait fixement Dage, qui haussa un sourcil en signe de défi.

— Tu veux régler ça à coups de poing ? demanda le roi. J'attendrai que tu sois remis, bien entendu.

Il regarda une à une les blessures de son frère avant de revenir à son visage.

L'enfoiré, quand est-ce qu'il va comprendre que sa vie vaut beaucoup plus que les nôtres ?

— Non, je ne veux pas me battre, répondit Conn avec un petit sourire, mais je vais tout dire à Emma.

— Tu n'oserais pas !

— On parie ? (Conn profita de la panique qui passa dans le regard de son frère, mais soudain des particules de poussière passèrent devant ses yeux.) C'est quoi ce truc ?

Il vacilla, puis s'évanouit.

Moira s'installa dans le fauteuil moelleux, à côté du lit où gisait le guerrier à moitié nu. Leur lit. Une odeur de sauge et de poudre emplissait la pièce. Le tapis d'Irlande, tissé à la main, était de la même couleur que la couverture. Au mur, trois peintures à l'huile montraient son île natale éclairée par la pleine lune. Conn avait décoré la pièce selon ses goûts.

Ils lui ont fait du mal, pensa-t-elle avec une fureur qu'elle ressentait comme une aura autour d'elle. Les plaies de son torse et de son abdomen ne saignaient plus, mais restaient rouges et gonflées. Jase lui avait fait avaler son sang pour l'aider à se remettre plus vite.

— Moira, grogna-t-il en ouvrant ses yeux magnifiques. Oublie ta colère, morveuse. J'ai besoin de pensées positives.

Elle ne put s'empêcher de sourire.

— On peut savoir ce que tu fais dans ma tête ?

Il voulut s'asseoir, mais Moira se leva et appuya sur son torse pour le forcer à rester allongé. Il lui saisit les poignets, une lueur dans les yeux, et l'attira contre lui.

— Salut.

Elle se redressa aussitôt pour éviter le contact avec ses blessures, tiraillée entre le désir et la colère. Il l'avait bien eue.

— Tu es blessé, bon sang !

Il haussa un sourcil avec arrogance.

— Tu m'avais dit que tu me donnerais tout ce que je voudrais à mon retour.

Elle avait voulu parler de lui donner du sang, bien entendu. Elle hocha la tête et tenta de se dégager le poignet, mais il lui souleva les bras et l'attira contre son torse.

— Non ? Hmmm. Succulent.

Moira se sentait rougir. Ses tétons durcissaient sous l'effet de la chaleur de Conn, qui commençait à lui gagner l'entrejambe.

— Conn tu es blessé, protesta-t-elle d'une voix faible.

— Alors sois douce avec moi, murmura-t-il avant de lui frôler le lobe avec les lèvres en une exquise torture. Ta peau est très soyeuse, aussi lisse que la porcelaine irlandaise de ma mère. (Il la mordilla, éveillant aussitôt sa marque à la hanche.) Mais tellement plus jolie. (Il baissa la tête et lui dévora le regard des yeux.) Tu es la plus belle chose que j'aie jamais vue depuis les trois cents et quelques années que je suis sur Terre, *Dailtín*.

Sa sincérité et le désir qui transparaissait dans sa voix lui fit monter les larmes aux yeux.

— Je ne supporte pas qu'on te fasse du mal, Conn, avoua-t-elle d'une voix pleine de chagrin.

— Ne t'en fais pas, ma puce, je vais bien, la rassura-t-il en lui caressant la joue.

— Ce n'est pas vrai. Le docteur t'a examiné quand tu étais inconscient. (Il n'avait repris connaissance qu'au bout d'une heure.) Tu as perdu la plus grande partie de ton foie et tes deux reins.

Ils avaient vraiment dû s'acharner sur lui pour causer de tels dégâts. Moira se sentait si impuissante qu'elle était encore plus folle de rage.

— Le foie et les reins, ça repousse, Moira. Dans quelques jours, je serai sur pieds et prêt à traquer à moi seul tout le clan des panthères. Ma convalescence a déjà débuté.

Moira se sentait très vulnérable. C'était lui qui était blessé, mais elle qui avait besoin de réconfort.

— C'est… tu…

— Tout va bien. Tu as le droit de craquer de temps en temps.

Il passa la main de son épaule à sa hanche, en une caresse apaisante. Comment pouvait-il être à la fois si dangereux et si doux ? Ses larmes coulèrent malgré elle. Elle refusait de tourner le dos à la vérité… mais cette vérité l'effrayait plus que tout.

— Je ne suis pas faible, Conn.

Il l'installa à califourchon sur lui.

— Bien sûr que non.

D'un petit mouvement de hanches, il la posa sur son entrejambe, à bonne distance de ses blessures abdominales. Moira essuya ses larmes et leva les yeux au ciel. Quand Connlan Kayrs avait quelque chose en tête, rien ne pouvait l'en dissuader. Il la maintint fermement en place.

— De quoi as-tu si peur, Moira ?

— De me perdre, avoua-t-elle précipitamment.

— Peut-être vas-tu te trouver, au contraire.

— Les Neuf envisagent de quitter le Royaume.

Elle était enfin parvenue à le lui dire. C'était comme un poids en moins sur sa conscience.

— Je sais. Ils ont procédé à un vote préliminaire avant l'enlèvement de Grace.

— Tu dis ça comme si de rien n'était ! s'exclama-t-elle, surprise et vexée qu'il lui ait caché avoir été au courant.

— J'expose les faits, rien de plus.

— Et alors, tu comptes faire quoi, Conn ? Tu sais ce qu'implique mon rôle d'exécutrice.

— Rien ne presse. Pour l'instant, les Neuf sont perdus et incapables de se mettre d'accord.

Il se trompait. Les sorcières pouvaient se retirer du Royaume si les votes des membres restants penchaient en ce sens.

— Comment ça ?

— On ne fait rien tant que le cercle n'a pas pris sa décision. Dis-toi bien qu'en ce qui concerne notre couple ça ne changera absolument rien, mais c'est un sujet qu'on ferait mieux d'aborder un autre jour.

L'une des plaies de son épaule se referma et Moira se jura de lui faire payer cette menace voilée. Plus tard, lorsqu'il serait remis.

— Tu as encore besoin de sang, dit-elle en pensant à la rumeur selon laquelle l'hémoglobine de sorcière était magique.

— C'est une proposition ? répondit-il avec un sourire narquois.

Elle réfléchit un instant, brûlante de désir.

— Oui.

Des éclairs verts traversèrent les yeux argentés du vampire et il leva le bras pour le glisser sous sa tête.

— Dans ce cas, j'accepte.

Même blessé et épuisé, Conn avait toujours quelque chose de menaçant, comme tous les prédateurs. Les cuisses de Moira chauffaient à son contact et elle trouvait la sensation plus agréable que l'étau qui lui enserrait le cœur.

— Tu veux mon cou ?

— Non, murmura-t-il, les yeux mi-clos. Je te veux de la tête aux pieds, Moira. (Il inspira à fond, la soulevant un instant.) Mais pour l'heure, je me contenterai de ton cou.

Il fit sortir ses canines avec un grognement guttural. Moira frissonna. Malgré son envie de s'enfuir en courant, elle posa les mains sur le matelas, de chaque côté de ses larges épaules, et se baissa. Conn passa la main dans ses cheveux et lui fit pivoter la tête.

Au fond d'elle, quelque chose de très féminin, de très naturel, poussa un soupir. Elle se détendit. Il la tenait et elle savait qu'il ne la lâcherait plus jamais.

Conn passa sa langue râpeuse le long de son épaule, remontant jusqu'au menton. Moira frissonna avant d'être submergée par une vague de chaleur. Elle se colla contre son érection. Il était dur. Pour elle.

— S'il te plaît, gémit-elle, les yeux révulsés.

Comme s'il n'attendait que ce mot, il frappa, vite et fort, sans pitié, et commença à boire. Il lui prenait son sang avec autorité. Il serra les doigts et se mit à ronronner comme un félin satisfait.

Moira se cambra, le corps aussi enflammé que les lèvres de Conn. Ses pensées s'évanouirent comme de vieux souvenirs et ses soucis s'évaporèrent. Rien, dans le réel ou même dans l'imaginaire, n'arrivait à la cheville des sensations qu'elle éprouvait lorsque son compagnon lui prenait du sang. Elle était parfaitement détendue, mais sentait sa puissance couler en elle, son énergie, brute et pure.

Élémentaire.

Primitive.

Éternelle.

Il retira ses canines de son cou et referma la plaie d'un coup de langue, puis poussa un profond soupir.

— Bon sang, femme !

Ses yeux se fermèrent et, desserrant les doigts dans les cheveux de la jeune femme, il l'attira contre lui et tomba dans un profond sommeil.

Moira inspira à fond. Elle se sentait très vulnérable. Conn lui avait pris plus que son sang. S'il existait des gens capables de résister à Connlan Kayrs, elle n'en faisait pas partie. Le dos collé à son ventre chaud, elle avait beaucoup de mal à se retenir de se fondre en lui, d'accepter sa vision du monde. Pire encore, elle ressentait malgré elle l'envie de lui faire plaisir. De l'aider à tout faire pour que son monde devienne réalité.

À cette pensée, elle se leva d'un bond et se précipita vers la porte. Une fois dans le couloir, elle chercha des yeux la sortie la plus proche. Elle voulait remonter à la surface, s'échapper de ces tunnels de pierre. Il devait être près de minuit. La lune l'appelait. Ses pas résonnaient dans les souterrains vides. Enfin, elle trouva un escalier, mais à peine avait-elle monté deux marches qu'elle cogna un torse dur comme de l'acier. Le souffle coupé, elle rebondit dessus et se serait fracassée contre la porte métallique si le roi, grâce à un réflexe fulgurant, ne l'avait pas rattrapée. Haletante, elle avait l'impression d'être un lapin pris au piège.

Il la lâcha et recula d'un pas pour l'observer un instant. À son regard, elle devina qu'il avait tout compris.

— Moira. Tu ne nous ferais pas une petite crise de claustrophobie, par hasard ?

— Si, souffla-t-elle en faisant de son mieux pour maîtriser la panique qui menaçait de la dominer.

— Tu veux te battre ? proposa-t-il avec un petit sourire.

— Pardon ? demanda-t-elle en se demandant si elle avait bien entendu.

— On a une salle conçue exprès pour ça. Kell t'a formée au corps-à-corps, j'imagine ?

En quelque sorte… jusqu'à ce qu'elle n'en puisse plus de ses réprimandes perpétuelles.

— Peut-être un peu.

Le sourire du roi s'élargit, faisant apparaître des fossettes qu'elle ne lui connaissait pas. Il la prit par le bras et l'entraîna un étage plus bas, où il lui fit découvrir une salle de sport dont le sol était recouvert de gros tapis.

— Quand je sens que je vais craquer, je descends ici pour taper sur quelque chose. Sur Conn, généralement, expliqua-t-il gaiement. Alors, qu'est-ce qui te ferait plaisir ? Des gants, des couteaux ?

— Rien du tout, répondit-elle, emballée par sa proposition. On se bat à mains nues.

Elle mourait d'envier de cogner. Il avait proposé cela pour l'aider, mais tout roi qu'il était, Moira allait lui botter les fesses.

Chapitre 23

Kalin, une canette de soda à la main, était installé à l'une des tables décrépites du restaurant. Il portait un bomber neuf et avait une envie démesurée de se gratter le visage, car son maquillage l'irritait beaucoup. L'établissement était bondé de lycéens qui jouaient au billard ou aux fléchettes. L'endroit était sympa, même si on n'y servait pas de sang.

Mais même ici, il avait froid. Dès que leurs chercheurs auraient trouvé une thérapie génique permettant aux Kurjans d'évoluer en plein soleil, il irait s'installer sous les tropiques et se mettrait au surf. Tout en conquérant le monde, bien entendu.

Assises à une autre table, trois filles le regardaient en pouffant de rire, vêtues de tee-shirts très échancrés qu'elles avaient probablement cachés sous des gros pulls en partant de chez elles. Elles étaient si lourdement fardées que l'une d'entre elles ressemblait à un clown. Il contint un sourire. Si ces andouilles avaient la moindre idée de ce qu'il pouvait leur faire… de ce qu'il voulait leur faire.

Son hamburger brûlé lui laissait un goût désagréable dans la bouche. Il ne comprenait pas le succès de ce restaurant.

La porte vitrée s'ouvrit avec un petit tintement de clochette et Peggy entra en dégageant ses cheveux en arrière.

Son arrivée réchauffa la pièce et Kalin se redressa, bombant le torse.

Peggy l'aperçut et lui fit un signe de la main, puis s'avança entre un groupe de garçons jouant aux fléchettes pour venir s'asseoir en face de lui. La plupart des gens, même des guerriers vieux de plusieurs siècles, avaient toujours un frisson d'effroi face à lui, mais ce n'était pas le cas de Peggy, comme si elle se sentait en sécurité avec lui. Il avait envie de la protéger des cruautés de l'existence. Cette perspective lui réchauffait la peau et son parfum de rose lui fit battre le cœur plus vite.

— Salut, dit-elle en souriant. Désolée pour le retard, mais j'ai dû rester pour la fermeture.

Elle aidait ses parents dans leur magasin de sports de plein air et était incollable sur le sujet de la pêche à la mouche.

Il remarqua alors qu'elle portait un blouson bleu trop grand pour elle. Une odeur de sueur masculine et d'eau de Cologne lui arriva aux narines et un picotement apparut à la base de son cou.

— Il est à qui, ce blouson ?

Peggy rougit et passa la main sur le col effiloché.

— À Joe Neilson. Tu sais, le quarterback dont je t'ai parlé ? (Elle lui sourit, montrant des dents d'une blancheur immaculée.) Ça y est, il m'a enfin demandé de sortir avec lui.

Des flammes parcoururent les veines de Kalin, dont la respiration se coupa. En effet, elle avait déjà mentionné l'existence de ce type, mais sans insister. Il pensait que c'était juste un camarade de classe avec qui elle faisait parfois ses devoirs.

— Je ne m'étais pas rendu compte que tu l'aimais bien.

Lui qui avait voulu la séduire sans presser les choses… c'était à se taper la tête contre les murs. Elle haussa les épaules et ses beaux yeux bleus s'illuminèrent.

— J'ai un faible pour lui depuis longtemps. (Comme si elle percevait sa déception, elle lui prit la main.) Je suis très heureuse qu'on soit amis, Kalin. Même si tu as deux ans de moins, ça compte beaucoup pour moi. (Elle lui tapota les doigts et continua avec un sourire lumineux.) D'ailleurs, je fais du tutorat pour une élève de seconde qui te plairait beaucoup, je pense.

Peggy l'avait trouvé trop jeune pour elle, mais c'était pourtant à cause de lui que Joe avait fini par s'intéresser à elle. Furieux, il montra les dents et Peggy eut un mouvement de recul, les yeux écarquillés. Il referma la bouche et elle eut un petit rire nerveux, comme si elle n'avait aucun instinct de protection.

— Tu vas bien ?

— Ouais. (Il se détendit et se força à sourire. La réalité se révélait à ses yeux avec une acuité douloureuse. Il se sentait trahi, mais étrangement, cette sensation avait quelque chose d'apaisant. Oui, il avait mal et mourait d'envie d'égorger tous les clients du restaurant, mais… il avait aussi la sensation de redevenir lui-même.) D'ailleurs, tout à l'heure, j'étais au téléphone avec celle que je pense être la fille de ma vie.

Peggy fit un signe au trio de dindes dans le coin. Une artère palpitait sur son cou, preuve qu'elle n'était pas totalement rassurée et qu'elle avait tout de même un minimum d'instinct de survie.

— C'est vrai ? Elle s'appelle comment ?

— Janie. Elle vit aux États-Unis. (Bon, cela suffisait. Il se détendit, soulagé du poids de son destin.) Alors, c'est ce soir que tu pars pour ton grand voyage ?

— Oui, répondit-elle avec un petit sursaut de joie. (Elle semblait rassurée de le voir reprendre une attitude normale. La petite idiote.) Je vais rendre visite à mon oncle et à ma tante dans le Nebraska. Je prends le vol de nuit. Ça va être sympa, deux semaines à les aider à la ferme… j'adore ça. (Elle sourit, ce qui fit apparaître de charmants plis à côté de ses yeux.) Mais tu vas me manquer.

Mais moins que Joe, apparemment.

— Toi aussi, répondit Kalin, qui commençait déjà à mettre un plan au point.

Peggy regarda sa montre.

— Oh, je dois aller retrouver Joe pour prendre une glace, dit-elle avec un petit froncement de sourcil qu'il trouva cette fois-ci beaucoup moins mignon. Tu veux venir ?

— Non, je dois rentrer, mais amuse-toi bien.

Il se leva et lui tendit la main pour l'aider à en faire de même. La paume de la jeune fille était douce comme de la soie. Le reste de son corps était-il aussi doux ?

Il la raccompagna jusqu'à la porte, puis partit dans la direction opposée et monta dans sa voiture. La colère laissait un goût acide dans sa gorge. Dans sa cage thoracique vibrait une douleur qu'il n'avait jamais connue, à la fois étouffée et dévastatrice. Son téléphone sonna. Il le porta à son oreille et le contact du métal froid le fit grogner.

— Kalin, tu es où ? demanda son oncle.

— Je rentre. Fais préparer l'avion. On part pour le Nebraska.

Il raccrocha, un sourire sur le visage. Janie avait raison. Il devait montrer à Peggy qui il était vraiment.

Moira virevoltait sur les épais tapis de la salle de sport, imprégnés d'une odeur acidulée de désinfectant. Des tapis conçus pour amortir même les pires chutes. La salle voisine débordait de poids, de machines de musculation et de sacs de frappes.

— Quand je me dis que je m'apprête à te ridiculiser, ça me fait tout drôle, dit-elle au roi.

Il lui répondit par un sourire impatient qui n'avait rien de rassurant. Son tee-shirt noir et son pantalon de jogging mettaient en évidence la puissance de sa musculature.

— Merci de ta compassion. C'est la première fois que je m'entraîne avec une sorcière. Je serais honoré que tu ne retiennes pas tes coups. Lâche-toi.

Excellente idée. Elle devait frapper vite et fort. Elle lui bondit dessus et atterrit sur ses épaules, un genou de chaque côté de sa tête. Elle serra les jambes, se jeta en arrière pour se retrouver avec la tête entre ses cuisses et le renversa, entraînée par son élan. Le roi tomba, le visage contre le tapis. Avec une vitesse fulgurante, elle se retourna et s'installa sur son dos, un genou sur sa nuque. Malgré cette position inconfortable, Dage éclata de rire.

— C'était génial.

Elle sentit ses muscles puissants se tendre. Il se dressa sur les mains et la projeta à l'autre bout de la pièce, comme il aurait jeté une boule de glace avec une cuillère. Moira se redressa d'une roulade.

— Joli.

— Merci, répondit le roi en s'approchant d'elle, les yeux rivés sur ses genoux. Quand je m'entraîne avec Conn, on discute toujours de nos petits soucis quotidiens.

— Je n'en ai aucun, merci.

Moira revint à la charge, les deux pieds en avant pour le renverser, mais il l'évita d'un bond et retomba un pied de chaque côté de ses hanches avant de se baisser pour lui plaquer les mains sur les épaules.

— Tu en veux à qui, alors ?

D'une torsion du bassin, elle enroula les jambes autour des hanches du roi. Il tomba la tête la première sur le tapis.

— Au destin. J'en ai marre de devoir me battre contre lui.

Elle le lâcha et se remit sur ses pieds d'un salto arrière. Dage en fit de même.

— Si tu veux mon avis, il serait peut-être temps que tu arrêtes de lutter *contre* tout ce qui te contrarie et que tu commences à te battre *pour* quelque chose.

— Frimeur. Donc selon toi, je devrais me battre pour Conn ?

— Bien sûr. Construis toi-même la vie que tu veux avec lui, répondit-il, les yeux très compréhensifs. La guerre empire. Nous avons des ennemis sur tous les fronts… et certains d'entre eux étaient nos alliés. Tu dois choisir quelle voie tu veux suivre, Moira.

Une voie ?

— Dis comme ça, ça a l'air simple.

Elle mobilisa son agacement pour former une boule d'énergie qui apparut devant elle et qu'elle prit dans la main droite.

— Entre nous, le devoir, c'est vraiment pénible. Si tu savais comme ça me pèse de devoir faire comme si tout allait bien alors que je ne rêve que d'éclater la tête de mes adversaires. (Il écarta les jambes et les mains, en position d'attaque.) Et je sais à quel point Conn peut être pénible. Il est très autoritaire et il éprouve toujours le besoin de nous protéger tous.

— Comme tu dis. J'ai suivi une formation très sérieuse. Je n'ai pas besoin d'un chevalier blanc qui encaisse les coups à ma place.

— Il t'aime, Moira, déclara le roi.

Cette phrase était le coup de grâce. Moira vacilla et l'énergie se diffusa dans sa main.

— Non. Cette marque, ça a été un choc pour lui comme pour moi. S'il veut se lier à moi, c'est uniquement par sens du devoir.

Dage rejeta la tête en arrière et éclata de rire.

— Oh que non, ma belle ! tu te fourres le doigt dans l'œil. Conn est capable de gérer tous ses devoirs, mais toi, tu es un problème insoluble. Il veut que tu sois heureuse, en sécurité. Je te suggère fortement de l'aider à remplir ces deux objectifs… mais sans te détourner du chemin que tu te choisiras.

L'énergie, d'un bleu électrique, palpitait, envoyant des jets d'adrénaline dans ses veines. Pourquoi les gens pensaient-ils tous qu'elle avait le don du compromis ? Parce qu'elle était la Septième ?

— Je n'ai ni l'envie ni la patience nécessaire pour ça.

Dage haussa les épaules.

— Dans ce cas, tu vas tout perdre, ce qui me semble complètement stupide, vu que tu l'aimes toi aussi de toute ton âme, dit-il en dansant sur place. Vous êtes aussi obstinés, intelligents et doués l'un que l'autre. Soit vous formerez un duo imbattable, soit vous finirez par vous écharper.

Décidément, le roi jouissait d'une perspicacité infaillible.

— T'es vraiment un salopard, répondit-elle.

Elle se figea aussitôt. Ce n'était peut-être pas le genre de chose à dire au roi, mais Dage hocha la tête, plus souriant que jamais.

— Tu n'es pas la première à me le dire, Moira. Mais je ne crois pas que tu le comprennes vraiment.

De quoi voulait-il parler ? De Conn ?

— Euh, si, je pense.

— Non, soupira le vampire sans quitter l'énergie des yeux. Tu ne comprends pas ce que ces cent dernières années ont été pour lui. Combien il lui a été pénible de rester ici, loin de la femme que le destin lui a modelée. De toi.

— Il a signé le traité. (Mais tout en prononçant ces paroles, elle se rendit compte de leur absurdité. Connlan Kayrs n'était pas homme à se soucier d'un détail aussi insignifiant.) Et moi, j'avais besoin de ces années.

Au cours de ces cent ans, elle avait pu se former sur la terre de ses ancêtres sous la férule des meilleurs experts.

— Je le sais, mais Conn avait besoin de toi. Il est le soldat ultime et pendant cent ans, il n'a pas pu protéger la femme qu'il aimait. Il dort très peu et ces derniers jours il a plus souri qu'au cours des cinquante dernières années, malgré les horribles tortures qu'il a subies.

Le cœur de Moira se mit à battre la chamade et la boule d'énergie passa d'un bleu clair à un bleu profond, comme pour traduire la force de ses sentiments.

— Je sais.

Dage fit craquer ses doigts.

— Personnellement, je n'aurais pas eu la force de me contenir aussi longtemps. Mais Conn… il s'est sacrifié pour que tu puisses avoir ce que tu voulais, dit le roi en s'éloignant d'elle pour prendre une serviette et s'en essuyer le front.

Moira était un peu offusquée de le voir lui tourner le dos sans se soucier de la boule d'énergie. Il devait avoir une confiance absolue en elle. Elle tenta de rester concentrée sur leur conversation.

— S'il avait su que je suivais une formation d'exécutrice, il n'aurait pas attendu si longtemps.

Au contraire, il se serait précipité en Irlande pour la ramener chez lui, en sécurité, sous terre. En y réfléchissant bien, elle n'avait eu droit qu'à un petit répit de quelques années.

— Oui, tu as raison. (Il reposa la serviette et revint au centre du tapis.) Cela dit, tu l'as beaucoup impressionné à New York.

Moira sourit. Maintenant qu'il l'avait vue en action, il comprendrait peut-être à quel point il était important qu'elle garde ce rôle d'exécutrice.

— Ça fait plaisir à entendre. Donc qu'est-ce que tu me suggères ? Tu as bien un conseil à me donner, non ?

— Tu as une dette envers Conn.

Moira se figea, surprise.

— Pardon ?

— Tu as une dette envers lui. Il s'est sacrifié pendant un siècle, mais, maintenant, tu dois trouver le moyen d'entrer dans le moule de l'idée qu'il se fait d'une compagne… tout en continuant à suivre ton propre destin. Tu es intelligente, Moira. Trouve une solution.

Elle qui pensait enfin avoir trouvé un frère Kayrs un peu plus raisonnable que les autres… De toute évidence, le roi n'avait aucun scrupule à utiliser la manipulation pour le bien-être de sa famille. Dont elle faisait désormais partie, bien entendu.

— Tous les Kayrs en sont encore à l'âge de pierre.

— J'ai l'impression d'entendre Emma.

— Ta compagne est une femme intelligente, répliqua Moira en inspirant à fond pour permettre à l'énergie de se renforcer. Je pensais que tu voudrais discuter des Neuf et de leurs intentions de quitter le Royaume. De me rallier à tes idées.

— Oh que non, répondit-il avec un sourire narquois. Si cela arrive, tu te retrouveras dans une position très inconfortable, ma belle. Et tu ne pourras rien y faire.

— Mais je deviendrai une menace pour vous.

Et pour tout le Royaume.

— Certes, mais tu fais désormais partie de la famille. Tu n'as rien à craindre. De plus, c'est Conn qui gère la plupart de nos menaces. Il fera en sorte qu'aucun d'entre nous ne souffre du retrait des Neuf.

— Tu peux développer un peu ?

Conn ne lui ferait pas de mal, certes, mais il était aussi le guerrier le plus redoutable du Royaume. Que ferait-il ?

— Si tu veux mon avis, Moira, je pense qu'on ferait mieux de ne pas le pousser à cette extrémité. Bon, assez causé. (Un muscle palpita sur son cou et il reporta les yeux sur la boule d'énergie.) Lance. (Il était inutile de le lui dire deux fois. Elle projeta le projectile dans sa direction. La boule le percuta en plein milieu du torse et il recula d'un mètre. Avec un sourire ravi, il regarda l'énergie crépiter sur sa poitrine. Une odeur de tissu brûlé commençait à envahir l'air.) Extinction, soupira-t-il. (L'énergie disparut aussitôt, comme des flammes privées d'oxygène. Son tee-shirt en lambeaux laissait apparaître un tatouage complexe couvrant son épaule gauche et une partie de son torse. La marque des Kayrs, version XL.) C'était excellent, mais j'ai préféré arrêter avant de finir carbonisé. Ça aurait vraiment mis Emma en rogne. J'ai adoré, en tout cas.

Katie entra alors, mais s'arrêta en les voyant.

— Ah, euh, désolée. J'étais venue pour méditer.

Jordan apparut derrière elle, l'air contrarié. Avec sa chevelure multicolore qui lui couronnait le visage comme une crinière, il avait l'air d'un lion à forme humaine.

— Il faut qu'on parle. Tout de suite.

Dage les regarda tour à tour, puis prit Moira par le bras.

— Bon, dans ce cas… ma belle-sœur et moi allons nous lancer un petit défi. On va voir lequel de nous deux peut donner le plus de coups dans un sac de frappes en cinq minutes.

Sans lui laisser le temps de discuter, il l'entraîna hors de la pièce.

— Merci, maugréa Katie en les regardant sortir.

Le roi et la compagne de Conn étaient-ils en train de s'entraîner ? Elle n'avait jamais vu une sorcière en action, mais vu l'état de la chemise de Dage Moira devait avoir des capacités impressionnantes. Peut-être accepterait-elle de faire une autre séance avec elle ?

Le roi ferma la porte derrière lui et elle se tourna vers Jordan, qui poussa un grognement effrayant.

— Comment ça, tu refuses de rentrer chez nous avec moi demain ?

Chez nous. Ces deux mots la firent vaciller sur ses jambes. Jamais elle ne serait chez elle dans la demeure du leader du clan des pumas, à moins qu'elle retrouve ses capacités de métamorphe.

— Je reste. Avec Emma et Cara.

Elle ne pouvait pas s'éloigner des scientifiques capables de la guérir, surtout pas maintenant qu'elle avait ingéré le catalyseur.

— Pourquoi ? rugit Jordan.

Il n'était pas sorti courir depuis deux jours et générait des vagues d'énergie au parfum de cannelle et de chêne. Des odeurs sauvages qui lui correspondaient à merveille.

Ils avaient beau se trouver à des centaines de mètres sous terre, elle sentait que la lune s'était levée. Elle en sentait l'effet jusqu'au plus profond de son être. Ses muscles vibraient au point qu'elle ne parvenait pas à rester immobile.

— Je me suis injecté le catalyseur.

Jordan pâlit.

— Tu as fait quoi ?

Il recula d'un pas, les yeux écarquillés, et Katie inspira à fond. Elle ne se laissait pas facilement impressionner, mais Jordan la dépassait d'une bonne tête et était bâti comme un colosse. Lorsqu'il se mettait en colère, il faisait vraiment peur.

— Tu as bien entendu.

Les couleurs de Jordan revinrent, mettant en valeur les creux sombres sous ses pommettes, et il poussa un rugissement assourdissant.

— Pourquoi ? demanda-t-il, les mains sur les hanches, comme s'il craignait de ne pas pouvoir résister à l'envie de l'étranger.

Ce fut au tour de Katie de reculer. Elle le connaissait depuis toujours et ne l'avait jamais vu à ce point en colère.

— J'ai besoin de me transformer, Jordan. Je ne peux pas vivre comme ça. Le catalyseur a accéléré l'effet du virus dans l'organisme de Maggie et elle peut encore se transformer.

Il secoua la tête, faisant voler sa chevelure chamarrée.

— C'est une métamorphe-loup. On ne peut pas savoir comment tu vas réagir. (Il fit les deux pas qui les séparaient et la saisit par les bras.) Je t'ai dit que je te voulais comme compagne.

Elle se dégagea, sa fureur lui faisant oublier sa peur.

— Merci bien, mais je ne veux pas de ta pitié. Je ne suis pas idiote. Je sais quels problèmes politiques tu as avec les autres clans à cause de mon… état, répondit-elle en se forçant à prononcer ces mots si difficiles à dire. En plus, rien ne garantit que ça marcherait. Tu te retrouverais peut-être uni à une personne que tu n'aimes pas et qui, en plus, serait incapable de se transformer. Et qui ne pourrait peut-être même pas te donner d'héritiers. (Cette tirade la laissa à bout de souffle. Quelque chose en elle réclamait son attention. Son attention immédiate. Un éclair de douleur lui traversa le ventre et elle se plia en deux. C'était une faim si impérieuse qu'elle ne parvenait pas à respirer.) Jordan… (Soudain, elle sentit comme un baume apaisant. La lune… mais une ombre planait, sombre et menaçante, cherchant à la revendiquer.) Emmène-moi dehors. Vite !

— C'est pas vrai !

Jordan se passa la main dans les cheveux, s'approcha du mur et décocha un coup de poing violent dans le tapis de protection du mur, qui se fendit en deux sous le choc.

Katie voyait des couleurs tourbillonner devant ses yeux, déjà brouillés par les larmes. Elle tomba à genoux. Au-dessus de sa tête, le plafond rocheux semblait résonner. La lune. Elle avait besoin de voir sa lumière. Un sifflement douloureux lui vrilla la tête et elle posa les mains sur le tapis, la tête baissée, haletante.

— S'il te plaît !

Jordan la souleva et s'engagea en courant dans le couloir, puis dans l'escalier. Le bruit de ses pas résonnait dans la cage. Plus ils montaient vers la surface et plus l'air semblait s'alléger.

— Comment peux-tu penser que je ne tiens pas à toi ?

Katie ne pouvait empêcher sa tête de balancer dans tous les sens. L'appel se faisait de plus en plus impérieux. Des aiguilles lui traversaient la peau, toutes trempées dans du poison. Elle se raidit dans les bras de Jordan.

— Dépêche-toi !

Avec un grognement, il ouvrit la porte de l'escalier et courut vers les gardes en faction devant l'ascenseur. L'un d'entre eux leva la main pour l'arrêter.

— Qu'est-ce que…

— Ouvre la porte, putain !

Le garde écarquilla les yeux, puis hocha la tête et appuya sur le bouton avant de tapoter son oreillette.

— Chalton, contacte Dage.

Jordan sauta dans la cabine, le souffle court contre la joue de Katie, qui faisait de son mieux pour rester dans le réel. Elle avait besoin de la lune. Allait-elle se changer en loup-garou ? Terrorisée, gémissante, elle se blottit, les membres en feu, contre Jordan.

— Ça va aller, la rassura Jordan en la serrant contre lui.

Les portes de la cabine s'ouvrirent et il se précipita à l'extérieur, sur une falaise découpée dans la roche et surplombant l'océan. Ils se trouvaient en plein cœur d'un parc naturel. Jordan la posa à même la roche, dans la lumière de la lune, et resta accroupi à ses côtés pour veiller sur elle.

Katie se détendit et tout son corps s'amollit. Elle tourna le visage vers la lune et l'énergie régénératrice de son éclat. Des particules lumineuses lui balayaient la peau, apaisantes, protectrices.

Elle ferma les yeux et chercha le puma en elle. L'heure était venue qu'il sorte, mais elle entendit une sorte de toussotement semblable au bruit d'un moteur refusant de démarrer. Elle redoubla d'efforts, les épaules crispées. Son puma était-il toujours là ? Elle leva la tête et hurla à la mort en direction de la lune inutile.

Au-dessus d'elle, derrière la lisière des arbres, un hurlement lui répondit et Jordan se releva d'un bond

— C'était quoi ?

Elle le sentait en elle. C'était comme un désir, un besoin sombre et implacable qui cherchait à l'atteindre. Dans ce cri, il lui semblait discerner les consonnes de son nom. Elle s'assit.

— Il me veut, déclara-t-elle en frissonnant.

La chose qui la cherchait ne plaisantait pas. Elle réclamait son sang.

Dage émergea de l'ascenseur.

— Emma m'a tout raconté. Le catalyseur.

Katie se mit à genoux. Ses paupières étaient lourdes, mais elle se sentait en sécurité dans le rayon de lune. Elle inclina la tête, comme si elle cherchait quelque chose. La peur imprégnait l'air, mais ce n'était ni la sienne ni celle de Jordan. La créature dans les arbres… elle avait beau la traquer, c'était elle qui avait peur.

Mais de quoi ? D'elle ?

Jordan la prit par les épaules pour l'aider à se relever. Elle s'effondra contre lui, submergée par la tristesse.

— Les injections n'ont pas marché. Je ne me transforme ni en puma ni en loup-garou. Ça n'a rien changé. (Elle retenait ses larmes. Plus tard, lorsqu'elle serait seule dans son lit… là, elle pourrait pleurer tout son soûl.) Rentrons.

Sous terre, loin du monstre qui cherchait à la dompter.

Le hurlement s'intensifia et elle frissonna à nouveau. Elle avait l'impression qu'on lui enfonçait des aiguilles dans le cerveau… comme s'il s'agissait d'un message, d'une demande presque désespérée. Elle la repoussa et dressa ses boucliers pour protéger son esprit. Le vent poussait les nuages dans le ciel, son hululement presque aussi fort que celui de la créature.

Dage leva la tête et crispa la mâchoire, des éclairs bleus dans les yeux. Katie, à l'abri dans les bras de Jordan, regarda le roi. Parfois, elle oubliait qu'il n'était pas humain.

Il présentait au monde une façade de bienveillance et de diplomatie, mais, quelquefois, la bête qui était en lui prenait le dessus, d'autant plus puissante qu'elle était presque toujours contenue.

— Va te préparer, Jordan, dit-il sans prêter attention à elle. Je crois qu'on va partir en chasse.

Katie entra en titubant dans l'ascenseur.

— C'est un loup-garou. Il est fort. Je l'ai senti.

Elle était désormais capable de percevoir la présence des monstres, même si elle n'en était pas un.

Elle n'était rien, d'ailleurs.

Chapitre 24

Moira, le cou endolori, entra dans leurs appartements. La porte se referma toute seule derrière elle et elle envisagea de céder à l'attrait du canapé du salon, pour s'affaler devant l'un des nombreux DVD rangés dans les étagères. Elle lut quelques titres de la collection : *Mon Poney adoré, Trois chiots à Hollywood, La Fée rose*… De toute évidence, Janie venait souvent regarder la télé avec son oncle Conn.

L'étagère du haut contenait des comédies et des drames adultes. Avant de faire son choix, elle fit le tour de la pièce du regard. Conn avait bâti une belle cage dorée.

Dage avait vu juste. Le fait de se passer les nerfs sur un sac de frappes l'avait aidée à mettre les choses en perspective. Elle n'avait pas sa place dans une cage. Conn allait devoir accepter l'étendue de ses capacités et son besoin de se battre en première ligne.

Elle entra dans la petite cuisine et prit un soda. Après leur séance d'entraînement commune, le roi avait refusé de lui donner l'un de siens. Il semblait tenir à ses boissons énergétiques au raisin comme à la prunelle de ses yeux.

Le réfrigérateur était très mal rangé. En une minute, elle réorganisa chaque niveau par couleur et par taille, puis prit un jus de pomme. Elle se retourna et sursauta en voyant Conn dans l'embrasure de la porte de la chambre.

Il était appuyé contre le chambranle, vêtu d'un simple pantalon de jogging. Son torse nu était couvert d'hématomes, mais toutes les plaies étaient refermées. Il écarta les cheveux mouillés de son visage. Ils lui tombaient presque jusqu'aux épaules. Moira aimait ce look de *bad boy* et trouvait qu'il lui allait particulièrement bien.

— Conn.

— Moira.

Elle sentit la marque de sa hanche se réveiller en l'entendant prononcer son nom.

— Alors, euh, comment tu te sens ?

Les yeux braqués sur elle, il se redressa et elle déglutit, hypnotisée, submergée par une vague de chaleur qui contrastait avec le froid du réfrigérateur. Elle ouvrit la bouche, mais rien n'en sortit.

Il entra dans la cuisine de sa démarche lente et souple. Elle avait déjà croisé beaucoup d'animaux et de nombreux guerriers, mais aucun d'entre eux n'arrivait à la cheville de Connlan Kayrs en termes de grâce ou de menace.

Moira se tendit et l'adrénaline se mit à couler dans ses veines comme du miel brûlant. Sa petite culotte était trempée et elle était clouée sur place par des liens invisibles.

Conn inspira et ses pommettes saillantes rougirent.

— Je te sens. Tu as une odeur de lilas et de femme.

Il arriva à portée de main. Moira était de plus en plus paralysée, l'air de plus en plus lourd. Elle écarquilla les yeux, telle une proie face à son prédateur.

— Je te sens moi aussi.

Le parfum de Conn était très masculin. La poitrine de Moira se gonfla lentement, comme si elle se forçait à respirer. Le vampire inclina la tête sur le côté et posa le doigt sur le cou de la jeune femme avant de le faire glisser jusqu'à son téton durci. Les jambes de Moira vacillèrent et Conn se lécha les lèvres.

— Je n'ai jamais vraiment su me contenir dans une cuisine, dit-il en souriant, les yeux rivés sur ses seins. Quand je trouve que quelque chose sent bon, il faut toujours que je goûte.

Moira avala bruyamment sa salive.

— Ah ?

Il ferma à moitié les paupières et regarda le nouveau rangement du frigo.

— C'est quoi, cette obsession du rangement pour la nourriture ?

Il posa cette question d'une voix calme, la poussant dans une intimité qu'elle voulait à tout prix éviter. Elle haussa les épaules.

— Quand j'étais petite, j'ai mangé des pruneaux secs en pensant que c'était des prunes. Mes sœurs étaient au courant, mais elles ne m'ont rien dit, et j'en ai mangé tellement que j'ai été malade. (Elle avait pris sa revanche sur Darcy en lui cachant que certaines plantes pouvaient donner de l'urticaire. Non mais...) J'ai appris à tout ranger par taille et par couleur pour que cela ne m'arrive plus.

— Ah !

Il l'attira contre lui, referma la porte du frigo et la repoussa contre la surface métallique. Il glissa ensuite les mains sous son tee-shirt et les remonta jusqu'à ses seins, laissant un sillon brûlant sur sa peau. Rien au monde n'aurait pu empêcher Moira de se coller à lui, la tête penchée en arrière, contre ses paumes qui faisaient naître des éclairs de plaisir dans son entrejambe.

— J'aime bien prendre un petit quatre-heures, dit-il, la bouche enfouie dans la nuque de la sorcière, sa voix vibrant contre sa peau. Je crois que je vais commencer par là.

Il passa la jambe entre ses cuisses et les écarta jusqu'à ce qu'elle se retrouve assise sur son genou.

— Conn, gémit-elle.

Comme le rideau d'un théâtre, elle souleva son tee-shirt et son soutien-gorge.

— On n'a jamais essayé lentement, Moira.

Elle rouvrit les yeux et le désir sombre qu'elle lut sur le visage de son amant la laissa sans voix. Elle ne voulait surtout pas essayer la lenteur. C'était trop dangereux. Elle le saisit par la tête et commença à lui mordiller la lèvre. En réponse, il lui prit les tétons entre le pouce et l'index.

— J'ai dit lentement. Lâche mes cheveux. (Elle fronça les sourcils, refusant d'obéir. Il la pinça et la douleur se répercuta jusqu'à son clitoris. Surprise, elle desserra les doigts.) J'ai dit « lâche-moi », Moira. (Avec une lenteur imperceptible, il accentua la pression sur ses mamelons enflés. Moira gémit et obtempéra, laissant retomber ses mains. Face à lui, elle se sentait prisonnière, indécise. Devait-elle résister… ou revenir à la charge ?) Oh, ma puce, toutes les choses que je vais t'apprendre…

Sans la lâcher des yeux, il fit rouler ses tétons entre ses doigts, la serrant jusqu'à lui couper le souffle. Son sourire lui promettait des choses sombres, interdites… des choses qu'elle désirait sans le savoir.

Il la lâcha et prit son sein droit entre ses lèvres. Moira avait envie de gémir de plaisir, mais se mordit les lèvres pour se retenir. Il rit et les vibrations que cela généra en elle faillirent la faire basculer. Elle était si excitée qu'elle se frottait contre sa cuisse, éperdue.

Il retira la jambe.

— Pas encore, dit-il en se mettant à genoux pour achever de la dévêtir. Ah, que c'est beau !

Avec une lenteur désespérante, il avança la tête et déposa un baiser sur sa toison. Moira sursauta comme si elle avait été électrocutée. Son désir se fragmenta en mille morceaux qui explosèrent dans tout son corps. Elle posa les mains sur les épaules de Conn, la tête toujours appuyée contre le métal froid du réfrigérateur. De ses doigts agiles, il écarta ses plis et y plongea la langue. Sa virtuosité était telle qu'il parvint à lui faire oublier tout le reste. Seule sa bouche comptait, jusqu'à ce qu'il la pénètre avec deux doigts et trouve son point sensible. Soudain, tout l'univers explosa.

Elle chevaucha ses doigts, collée à sa bouche, et hurla son nom. Son plaisir était si intense que la réalité se muait en rêve. Avec un soupir, elle redescendit sur terre, vidée de ses forces. Après un dernier baiser sur la marque de sa hanche, Conn se releva, ôta son pantalon et la souleva par les fesses. Moira enroula les jambes autour de ses hanches. Conn fit un pas en avant et l'empala.

Le dos contre le réfrigérateur, Moira s'abandonna à ses coups de reins, les mains plaquées contre son torse.

— Tu es sûr que tu es assez remis ? demanda-t-elle, l'esprit déjà embrumé par l'approche d'une nouvelle extase.

— Oui.

Ses dents s'allongèrent et il la mordit sans attendre. Ils gémirent de concert en sentant le sang couler entre eux, puissant et régénérateur. Moira percevait le changement en lui, la guérison apportée par son hémoglobine. La force des émotions qui émanaient de Conn lui faisait l'effet d'un tsunami.

Il augmenta la cadence et elle s'accrocha encore plus à lui, comme pour accélérer sa course à l'abysse. Le bruit de leur respiration hachée noyait les claquements de leurs chairs.

Moira, submergée par les sensations, vibrait au rythme du corps de Conn contre le sien. Il retira les dents et lécha la plaie pour la refermer, mais elle pencha la tête pour l'inciter à recommencer.

Ce qu'il fit.

Emportée par l'orgasme, elle perdit toute faculté de penser. Plaisir, douleur, sensations à foison, tout cela se mêlait dans un tourbillon dévastateur. Moira ne pouvait que répéter en boucle le nom de Conn, qui intensifia encore ses coups de reins. Il ôta les dents de son cou et avec un grognement qui la fit trembler encore davantage, il éjacula.

Chapitre 25

Cela avait pris toute la nuit. Kalin avait beau être enfermé sous terre, dans leur QG, il sentait le soleil se lever dehors. Si dangereux. Si tentant.

Il sortit de la douche, rejeta ses vêtements d'un coup de pied et s'enveloppa dans une serviette, grimaçant à cause des griffures sur son torse. L'attaque de Peggy l'avait surpris. Elle avait résisté avec une vigueur surprenante, mais cela n'avait pas suffi à la sauver, bien entendu.

Il traversa le couloir jusqu'à sa chambre, mais se figea en voyant que son oncle l'y attendait, assis dans un fauteuil.

— Franco.

Le leader des Kurjans hocha la tête et reposa son livre, une copie en piètre état de *L'Art de la guerre* de Machiavel.

— Ton voyage s'est bien passé ?

— Oui, à merveille. (Kalin laissa tomber sa serviette et enfila un pantalon. La nudité ne l'avait jamais gêné.) L'avion a volé en rase-mottes et n'a pas signalé de plan de vol à la tour de contrôle. Personne n'est au courant.

— Je vois que tu as abandonné ton maquillage ridicule, constata Franco, levant ses sourcils argentés couronnant ses yeux violet foncé.

— Je suis sorti de ma phase gothique.

Kalin haussa les épaules. Il n'avait plus à faire semblant d'être humain. Si cette espèce était la proie des Kurjans, ce n'était pas sans raison.

— Donc ton voyage n'aura aucune répercussion ? insista Franco, le visage crispé.

Kalin était pressé de dominer le monde et de ne plus avoir à se cacher.

— Non. La fille était d'ici. C'est pour ça que j'ai attendu qu'elle aille au Nebraska. Je l'ai accompagnée à l'aéroport et crois-moi, personne n'a rien vu. (Peggy avait été très surprise en le voyant arriver, mais ce n'était rien à côté de ce qu'elle avait ressenti lorsqu'elle avait découvert qui il était vraiment.) Elle avait une forte tolérance à la douleur.

Sa résistance l'avait d'ailleurs tellement impressionné que l'espace d'un instant, il avait envisagé de la garder. Franco leva les yeux au ciel et se leva pour se diriger vers la porte.

— Je surveillerai les nouvelles du Nebraska, juste au cas où. Quand son corps sera-t-il découvert ?

— Bientôt.

Il l'avait abandonnée près des poubelles d'une boîte de nuit. Là où elle le méritait. Cette petite idiote avait rejeté la vie qu'il aurait pu lui offrir. Il mourait d'envie de s'en prendre aussi à ce loser de Joe. Cela allait devoir attendre, mais son tour viendrait et Kalin le ferait souffrir jusqu'à ce que la tristesse qui lui comprimait la poitrine disparaisse.

Sur son bureau, qu'il avait volé à une Géorgienne l'année précédente, son ordinateur portable sonna. Il se rappelait le goût de pêche de cette femme, son accent à couper au couteau lorsqu'elle l'avait supplié. Kalin ouvrit l'écran et tapota sur le clavier.

— C'est Erik. Ils ont transféré l'appel ici.

Franco s'approcha de l'ordinateur.

— Décroche.

Erik apparut à l'écran, sa tignasse rousse frisée plus ébouriffée que jamais.

— Où est ma sorcière ?

— Ravi de te voir moi aussi, petit frère, répliqua Franco. On n'en a pas encore, de sorcière. Et si tu allais en enlever une toi-même ?

Un éclair traversa les yeux écarlates d'Erik et Kalin déglutit. Les Kurjans avaient des couleurs étranges, mais les yeux et les cheveux rouges de son oncle l'avaient toujours mis mal à l'aise.

— Je te trouverai une sorcière, Erik.

Il n'en avait encore jamais affronté. C'était peut-être là un défi à la hauteur de son talent.

— C'est gentil de ta part, Kalin, répondit le chercheur.

Franco posa la main sur l'épaule de son neveu.

— Non, c'est à nous de le faire. Tu n'as pas oublié les obstacles, j'espère ?

— Quels obstacles ? demanda Kalin, passant de l'un à l'autre.

Erik laissa son laboratoire et rangea son stylo dans la poche de poitrine.

— Les virus aériens, quels qu'ils soient, affectent toutes les compagnes, même les nôtres. Je n'ai fait que remarquer que nous avions besoin d'une injection avant de faire muter le virus pour qu'il puisse contaminer les populations en masse. Mais c'est encore très lointain, d'autant plus que tu ne parviens pas à me procurer de sorcière.

— Tiens tiens, Erik, je ne savais pas que tu te cherchais une compagne, ironisa Franco avec un mépris non dissimulé.

Kalin écarta la main de son oncle d'un coup d'épaule. Il connaissait les rumeurs qui couraient sur Erik et s'en fichait totalement. Qu'il aime les hommes, les chèvres ou les singes, cela n'avait aucune importance, tant qu'il faisait correctement son travail.

— Comment ça se passe avec les métamorphes qu'on a capturés ?

Erik lança un regard noir à son frère, puis ouvrit un dossier.

— Très bien. Après avoir infecté plusieurs félins pendant le dernier colloque du Royaume, nous avons enlevé quelques métamorphes loups et nous leur avons inoculé le virus. Comme nous le soupçonnions, les femelles réagissent plus vite que les mâles.

C'était évident. Ce virus s'attaquait aux plus faibles et, de ce fait, les femelles étaient forcément les premières à succomber.

— Et vous avez réussi à les soumettre ? demanda Kalin.

— Pas encore, répondit Erik avec une grimace. Le virus les transforme en loups-garous, mais avec plus, comment dire… plus de volonté que les loups-garous humains. Mais n'oubliez pas que nos essais n'en sont qu'à leurs balbutiements. Nous visons le long terme.

En effet, ce plan mettrait peut-être beaucoup de temps à mûrir. Les dons de voyance que Kalin tenait de sa mère lui disaient même que rien n'arriverait tant que Janie n'aurait pas atteint l'âge adulte. La petite fille était la clé de leur avenir et il n'avait pas besoin des prédictions des oracles pour s'en persuader. Pour l'heure, d'autres soucis l'occupaient.

— Et la thérapie par manipulation des gènes ?

— Nous étudions diverses solutions, répondit Erik en adressant un signe de tête à une personne hors du champ de la caméra. Ton QI est trop élevé pour être mesuré, Kalin. Et si tu mettais toute cette intelligence à profit pour venir m'aider dans mes recherches ?

Et passer mes journées enfermé dans un laboratoire souterrain ? Non merci !

— Je dois continuer mon entraînement. Mon véritable talent s'exprime sur le champ de bataille. (C'était une chose que Kalin avait apprise très jeune. Parfois, le besoin de tout détruire lui faisait bouillir le sang et le seul moyen de trouver le sommeil était de traquer une proie.) L'épée de mon père est pendue au-dessus de mon lit.

Tranchante, mortelle et scintillante dans la lumière tamisée, cette arme couperait un jour la tête de Talen Kayrs. C'était sous cette aura de mort que Kalin passait ses nuits.

— Tant que tu continues tes études scientifiques, j'accepte de poursuivre mes recherches sur la thérapie de manipulation de la lumière, répondit Erik. Mais je ne comprends vraiment pas pourquoi tu es si pressé de pouvoir évoluer au soleil. Bon, il faut que j'y aille.

Sans un mot d'adieu, il coupa la communication.

— Mon frère est peut-être un génie, Kalin, mais n'oublie jamais à quel point il est faible.

Kalin ne voyait pas en quoi l'homosexualité pouvait constituer une faiblesse, mais il ne se fatigua pas à contrarier son oncle.

— Bien sûr, mais qu'il trouve une compagne ou pas, ça ne me regarde en rien.

Franco lui tourna le dos et se dirigea vers la porte.

— Ce n'est pas seulement sa maladie qui m'inquiète. Il aime la philosophie et se prend pour un intellectuel des temps modernes. Les petits malins dans son genre, il faut toujours garder un œil sur eux. (Il s'arrêta à la porte.) En tout cas, je suis content que tu sois redevenu toi-même.

Il sortit et Kalin tourna la tête vers les photos de Peggy, qui occupaient tout un mur de sa chambre.

— Comme tu dis. (Il prit la photo centrale et la déchira en deux. Elle lui avait fait perdre la tête et en avait payé le prix.) Même en larmes, quand tu me suppliais de ne pas te tuer, tu restais jolie.

Avec un soupir, il s'attaqua aux autres photos. Elles n'avaient plus leur place dans sa vie.

Chapitre 26

— Tu l'as décapité, constata Conn.

Il se grattait le menton, les yeux rivés sur le cadavre du loup-garou.

Dage avait placé sa tête à côté du corps sur la table d'autopsie avant d'aller chercher sa compagne. Il lui tendit une seringue à l'allure impressionnante. Elle la prit de sa main gantée et inséra l'aiguille dans le bras du monstre.

Jordan la regardait faire. À en croire la griffure qui lui barrait la joue droite, la lutte avait dû être rude.

— Non, c'est Talen, pas moi. Katie percevait sa présence et, quand il est mort, elle a dit qu'elle a senti quelque chose bouger en elle.

Conn frissonna à ces mots, ou peut-être était-ce dû au froid qui régnait dans la pièce, qu'ils avaient justement conçue pour le cas où ils parviendraient à attraper un loup-garou. Le monstre gisait sur la table en pierre. Tout son corps était recouvert d'une fourrure noire grossière. Son museau semblait plus étroit qu'à l'ordinaire, moins canin. Les muscles ressortaient sous la fourrure. De son vivant, il avait dû être très puissant.

— Quand est-ce qu'on aura les résultats ? demanda Conn à Emma, qui terminait la prise de sang.

La future reine se redressa et tapota la seringue pour observer le sang rouge foncé.

— Grâce au nouvel appareil trafiqué par Kane, on devrait avoir une réponse dans quelques heures. (Elle fronça les sourcils, ce qui fit scintiller ses beaux yeux bleus, et se dirigea vers la porte.) Si on pouvait partager ces avancées technologiques avec les humains, cela permettrait de soigner de nombreuses maladies. Mais nous en discuterons plus tard, une fois que je saurai si ce loup-garou était à l'origine un métamorphe ou un humain.

Dage la suivit.

— J'ai hâte que nous ayons cette discussion, mon cœur. (Il avala une gorgée de son éternelle boisson au raisin et se retourna un instant.) Conn, Talen, en salle de conférence dans un quart d'heure. Toi aussi, Jordan.

Une fois le roi sorti, Jordan se tourna vers le cadavre.

— Il voulait Katie. Il percevait sa présence.

Ce simple fait avait signé son arrêt de mort et Conn se demanda comment il pouvait lui arriver d'oublier le tueur que cachaient les manières feutrées de Jordan.

— Il a bien résisté, en tout cas.

Dage lui avait raconté le combat. Contrairement aux autres loups-garous, celui-ci s'était battu avec intelligence. Jordan regarda la plaie sur le dos de sa main. Il plia, puis déplia les doigts, faisant sortir ses griffes.

— Oui. Je te dois des excuses pour ce qui s'est passé avec Marcus, au fait. C'est de ma faute. Il dépendait de moi.

Conn allongea les canines et s'entailla la lèvre pour boire du sang.

— Non. Ils m'ont fait prisonnier parce que j'ai commis une erreur. Tu devines pourquoi.

Il contint le grognement qui montait dans sa gorge, maîtrisant la bête qui était en lui. Il valait mieux que le monstre décapité sur la table. Il était capable de réfléchir et de planifier ses actes.

— Les femmes, soupira Jordan en rentrant les griffes, sur un ton en total contraste avec la fureur animale de son visage. Qu'est-ce que tu vas faire pour la tienne ?

Conn aurait voulu répondre sur le ton de la plaisanterie, mais son nœud à l'estomac l'en empêchait.

— J'en sais rien. Elle est douée et obstinée, mais malgré tous ses pouvoirs elle n'est pas…

— L'une d'entre nous, termina Jordan. Elle peut se battre et même tuer sur le champ de bataille, mais les choses que nous avons dû faire pour le bien commun…

— Exactement, confirma Conn en détournant le regard des yeux de Jordan, dans lesquels il lisait des souvenirs trop douloureux. Nous étions en guerre. Nous avons fait ce que nous avions à faire. (C'était un mantra qu'il s'était répété au cours de ses nombreuses nuits d'insomnie.) Tu ne te demandes jamais si la fin justifie vraiment les moyens ?

Les personnes qu'il avait tuées…, ou assassinées plutôt – des Kurjans, des métamorphes, des soldats ennemis –, devaient mourir pour que la guerre se termine, trois siècles plus tôt. Il avait tué froidement, sans pitié, pour que Dage parvienne à imposer son traité de paix. Pour faire en sorte que ceux qui voulaient que la guerre continue ne puissent s'asseoir à la table des négociations.

— Non, répondit Jordan d'une voix basse, comme pour cacher qu'il mentait à Conn et à lui-même. De toute manière, il est trop tard pour se poser la question.

Peu de gens savaient qu'au cours de la guerre le sympathique leader de la nation féline s'était montré aussi impitoyable que Conn envers ses ennemis. Un frisson parcourut la pièce, mais il venait plus de l'ambiance de mort causée par cette conversation que de la ventilation.

— Tu as raison. Et toi, qu'est-ce que tu comptes faire avec Katie ?

— Elle est si jeune, soupira le puma avec un grognement de frustration.

Conn éclata d'un rire désabusé.

— Je suis passé par là, mais à ta place je n'attendrais pas un siècle. C'est trop long. (Il regarda l'homme avec qui il s'était lié sur le champ de bataille plusieurs siècles plus tôt. Ils n'étaient pas frères, mais ils étaient très proches.) Elle t'aime.

— Non, c'est juste une passade d'adolescente. J'espérais pouvoir lui donner le temps d'en guérir, mais elle est devenue très vulnérable… et nous sommes à nouveau en guerre.

C'était donc ça…

— Nos compagnes n'ont pas à assister à ce que nous faisons, Jordan. (Conn n'avait pas encore reçu l'ordre de recommencer à tuer, mais, lorsque cela arriverait, Moira resterait à la maison.) C'est sur nos épaules que pèse ce fardeau, pas sur les leurs.

Jordan se décrispa le cou.

— Peut-être. En tout cas, il faut qu'elle reste ici pendant qu'Emma cherche le moyen de lutter contre le catalyseur qu'elle s'est injecté. J'aimerais pouvoir rester avec elles, mais il faut que je remette de l'ordre chez les métamorphes. Marcus, ce n'était que le début.

— Plus vite tu reprendras le contrôle des félins, mieux ça vaudra pour nous. Le conseil des Fléaux ne va pas tarder à piquer une crise.

Le conseil des Fléaux traquait et tuait les loups-garous, mais les vampires leur avaient caché l'existence de la métamorphe loup infectée qu'ils abritaient.

— Je sais. Je pensais qu'on retrouverait vite le clan de Maggie, mais jusqu'ici on a fait chou blanc. Peut-être qu'elle vivait seule. Mais dans ma tête, c'est une louve, pas un loup-garou.

Malheureusement, il était peu probable que le conseil des Fléaux soit de cet avis. Jordan sortit de la pièce et le silence se fit. Conn inspira à fond. L'odeur mêlée de désinfectant et de mort lui donnait la chair de poule. Il ressentait le besoin de se battre, de protéger la vie de sa bien-aimée. Le monstre allongé sur la table n'était que le commencement. Il devinait également ce que révélerait le test sanguin. Cela ne faisait aucun doute.

Il ne s'agissait pas d'un loup-garou ordinaire. Il mesurait deux mètres cinquante et les muscles de ses jambes étaient bien plus massifs qu'à l'habitude. Il émanait de lui une puissance que la mort n'était pas parvenue à effacer. Une fois les examens d'Emma terminés, il devrait mettre le conseil des Fléaux au courant. Mais il se refusait à leur apprendre l'existence de Maggie, même s'il était en tort.

Conn s'approcha de la bête.

— Il ne reste qu'une seule question. Tu étais un félin, un canin ou un multi ?

En fait, il en avait une seconde. Comment Katie avait-elle pu percevoir sa présence ? Son esprit de soldat établissait déjà une stratégie. Si Katie avait un don, il n'hésiterait pas à s'en servir, au risque de contrarier Jordan Pride.

Décidément, la guerre exigeait bien des sacrifices.

Moira entra dans le salon en face de l'ascenseur. Elle avait besoin d'un whiskey irlandais bien tassé. Elle s'arrêta net en voyant Katie, affalée dans un fauteuil, l'air sombre, devant une télé dont l'écran ne montrait que de la neige. Le grésillement des haut-parleurs ne faisait qu'ajouter à l'atmosphère déjà très sombre.

D'un mouvement du poignet, Moira l'éteignit à distance et s'assit dans un fauteuil en cuir gris, de la même couleur que les yeux de Brenna. Elle était la seule des huit sœurs à ne pas avoir les yeux verts. C'était d'ailleurs le sujet d'une plaisanterie récurrente dans leur famille. Leur père fronçait les sourcils dès qu'il croisait un homme aux yeux gris, ce qui plongeait toujours leur mère dans une hilarité incontrôlable.

— Je peux faire quelque chose pour toi, Katie ?

La jeune femme sursauta et détacha son regard de l'écran noir.

— Non, à moins que tu aies un remède contre le virus.

Ses yeux gonflés et rougis faisaient mal au cœur à la sorcière.

— Euh, non. C'est ce qu'on essaie de faire depuis huit mois. (Il leur était possible de modifier un traitement pour lier les chromosomes concernés, mais, pour cela, il leur fallait un remède physique sur lequel travailler.) Emma a trouvé le bon mélange de drogues pour contrer l'effet du catalyseur chez une compagne enceinte et j'imagine qu'elle va chercher le moyen d'en faire de même avec ton sang, si tu le lui permets.

— Non. Ma décision est prise.

Tu parles…

— Dans ce cas, il ne reste plus qu'à attendre qu'elle trouve l'antidote au virus dans son ensemble.

Elle finirait bien par y parvenir… avec beaucoup de travail et de chance.

Katie soupira.

— Mais ça va prendre combien de temps ? Regarde les recherches sur le virus du sida chez les humains. Elles durent depuis des dizaines d'années et ils n'ont toujours pas trouvé de remède.

Moira se concentra pour voir au-delà des ondes cérébrales désordonnées émises par Katie. Leur rythme sourd et confus ne cessait de changer de vitesse et de fréquence.

— Dis donc, c'est le chantier dans ta tête.

Toutes les ondes fonctionnaient selon un schéma prédéfini, qu'elle altérait pour en modifier les résultats. Mais avec Katie, elle ne savait comment s'y prendre.

— Tu ne serais pas en train de tripatouiller mon aura chaotique, par hasard ?

— Si on veut. (Moira se pencha en avant, déconcertée par les teintes marron et grises des ondes.) Tu veux que j'essaie de la réorganiser ? Mais ça présente un risque, j'aime autant de prévenir.

En effet, une telle tentative n'était pas sans danger. Il arrivait que les ondes et les particules explosent.

Katie haussa les épaules, le regard mort.

— Vas-y. Je m'en fous.

— Très bien. (Moira se mit à genoux, les paumes vers le haut. Elle traversa les couches marron et aperçut avec soulagement une petite étincelle verte.) Bon. Parle-moi de Jordan.

L'étincelle enfla, puis crachota.

— Il m'a sauvé du père de ma famille d'accueil qui me menaçait avec une arme. Jim Bob, il s'appelait. Un vrai con. (Katie s'agita dans son fauteuil et les fragments s'éparpillèrent.) J'avais quatre ans et je m'étais transformée par accident. Je ne savais pas encore que j'étais une métamorphe. Bob m'a poursuivie jusque dans les bois et Jordan l'a intercepté.

Moira devait faire réapparaître l'étincelle verte, dont la teinte émeraude lui semblait plus en accord avec l'état naturel de Katie.

— Il t'a sauvée, donc. C'est un héros.

Elle l'avait localisée et tentait d'épaissir la trame qui l'entourait, s'inspirant de la couette que Darcy avait cousue pour le lit de son cottage.

— Oui. Mes parents étaient des membres de son clan, mais ils étaient partis s'installer en ville et il avait perdu le contact avec eux. Ils sont morts dans un accident de voiture. Je n'ai aucun souvenir d'eux.

Sa tristesse fit apparaître des petits points bleu clair dans ses ondes, la couleur du regret.

— Et c'est Jordan qui t'a élevée ?

Chaque fois que Moira prononçait son nom, les couleurs naturelles de Katie s'intensifiaient, mais le marron et le gris restaient dominateurs.

— Non. J'ai été adoptée par une femme qui faisait partie de son clan.

L'amour qu'elle portait à sa mère fit apparaître du rouge et du rose, qui se mêlèrent au vert. Le marron, lui, ne bougea pas. Soudain, un grondement basse fréquence douloureux commença dans les oreilles de Moira. C'était un avertissement. L'air crépita.

— Ce n'est pas le bon moment. (Elle se retira des particules subatomiques pour revenir à la réalité.) Je suis désolée. Les forces opposées doivent déjà s'affronter en toi. Une fois qu'il n'en restera plus qu'une, nous pourrons peut-être modifier l'énergie.

Katie hocha la tête, l'expression toujours aussi sombre.

— Je m'en doutais. La bataille a commencé quand la lune s'est levée… comme si mon cerveau se retrouvait coupé en deux. Curieusement, ce n'est pas douloureux. Tu sais ce qui me manque le plus ?

Elle replia les jambes sous elle, la voix aussi basse que si elle se parlait à elle-même.

— Non, quoi ?

Katie leva la tête et la regarda dans les yeux.

— Les couleurs, quand je me transforme. Tout s'éclaire et pétille… et je vois même les couleurs à l'intérieur des couleurs. Comme toi.

Moira hocha la tête. Si elle perdait cette capacité, cela créerait un grand vide en elle.

— Oui. Je suis vraiment désolée, Katie.

Pourtant, la solution passait par la parole et par la volonté de se rebeller. Katie poussa un gros soupir et ses yeux s'éclaircirent.

— Tu sais, tout à l'heure, dehors, quand le loup-garou hurlait ? Je l'ai senti. Je *savais* où il se cachait. (Elle haussa les épaules et sourit de ses belles dents.) C'est un talent qui pourrait s'avérer utile.

Moira se figea, effrayée par l'impatience qu'elle lisait dans le regard de la jeune métamorphe.

— Oui, peut-être. (Elle se leva. Emma était trop occupée avec les analyses du loup-garou, mais elle espérait que Cara aurait le temps de lui parler.) Ne t'inquiète pas, on trouvera une solution.

Katie hocha la tête et Moira quitta le salon. Quelque chose lui disait que, pour sa nouvelle amie, le temps était compté. Elle se rendit aux appartements de Talen et frappa à la porte blindée. Cara lui ouvrit et Moira s'inquiéta dès qu'elle l'aperçut.

— Tu vas bien ?

Elle la prit par le bras et l'entraîna jusqu'au canapé. L'odeur des gardénias l'apaisa. Plusieurs pots étaient alignés sur une étagère. C'était la fleur préférée de Brenna. Quand allait-elle pouvoir mettre sa petite sœur en sécurité ?

— Mais oui, répondit Cara en se frottant le ventre et en se tortillant pour s'asseoir. Le bébé est en train de danser la rumba, c'est tout. (Elle tendit le cou, inspira à fond et écarta les cheveux de son visage.) Talen dit qu'ils ont attrapé un loup-garou ?

— Oui. Katie a senti sa présence et Conn a essayé de le capturer.

— Quelle idée elle a eue de s'injecter le catalyseur ! Au fait, tu ne pourrais pas inventer un sort pour freiner sa progression ?

Moira haussa les épaules et se laissa tomber sur le canapé en cuir. Il était de la même couleur que son sofa de Dublin et elle en ressentit du vague à l'âme.

— J'en doute. Avec toi, le sort combiné à la décoction d'Emma a fonctionné, mais rien ne garantit que cela marcherait aussi sur Katie.

Les hormones de grossesse dans l'organisme d'Emma avaient dû jouer un grand rôle dans la réussite de l'opération. Peut-être étaient-elles même le facteur principal de succès. Voyant l'air pensif de son amie, Emma leva les yeux au ciel.

— Eh ben, je te déconseille de jouer au poker avec Katie. (Elle soupira et s'étira en grimaçant.) C'est un costaud, ce bébé. Je sais que les hormones qu'il m'apporte empêchent le virus de progresser trop vite.

— Et après l'accouchement, que se passera-t-il ?

Moira n'avait aucune envie de poser cette question, mais les compagnes Kayrs étaient des scientifiques et avaient forcément déjà abordé le sujet.

— On n'en sait rien. La batterie de médicaments que je prends semble efficace, mais comme pour toutes les nouvelles maladies on progresse à l'aveuglette.

Pour Moira, c'était même l'une des grandes lois de l'existence. Elle regarda autour d'elle et sourit en voyant toute la verdure de la petite pièce, décorée de plantes très variées.

— Talen a pensé à toi quand il a tout installé.

Cara sourit et lui montra du doigt un magnifique portrait au fusain de Janie pendu au mur.

— Oui, et Dage nous a même fait plein de dessins. Il a un sacré talent, ton bonhomme. Tu devrais voir le portrait qu'il a fait d'Emma.

— Je sais. Ça fait des années qu'il m'envoie des dessins de la famille.

L'ordinateur portable sonna à l'autre bout de la pièce et Cara se leva et appuya sur un bouton.

— Oui, Chalton ?

Un visage masculin apparut à l'écran.

— J'ai un appel sécurisé pour Moira. On m'a dit qu'elle était ici.

Moira se leva d'un bond, intriguée. Qui pouvait bien l'appeler ? Seuls les Neuf savaient où elle se trouvait. Elle n'en avait même pas parlé à Brenna.

— Je suis là.

Chalton disparut et le visage de Kell se matérialisa. Il avait le regard noir de colère.

— C'est quand, la dernière fois que tu as parlé à Brenna ?

Moira vacilla et s'écroula dans le fauteuil. Derrière Kell, elle voyait le dessin d'une scène fantastique bleu électrique que sa petite sœur avait réalisé quelques mois plus tôt. Il se trouvait donc dans son salon.

— Pourquoi ? murmura-t-elle en se penchant vers l'écran, ne demandant qu'à être rassurée.

Derrière lui, elle entendait des voix d'hommes.

— Je suis passé la chercher, mais elle n'est pas chez elle.

Il y avait forcément autre chose.

— Et ?

Kell soupira et se passa la main dans les cheveux.

— Son appart est sens dessus dessous. Il y a du sang.

Moira poussa un gémissement plaintif et sentit à peine la main que Cara lui posa sur l'épaule.

— Beaucoup ?

— Pas mal. Quand ils ont essayé de t'enlever, tu te rappelles le chantier que ça a fait ?

Elle revit les vitres brisées, les papiers qui volaient dans tous les sens, la puissance brute émanant de l'abysse.

— Oui. Mais il n'y avait pas de sang. Je ne me suis même pas coupée. (Brenna s'était peut-être blessée avec un bout de verre pendant l'enlèvement.) Mais qu'est-ce que tu fais là, au fait ?

Si Kell était de retour en Irlande, cela voulait dire que la situation était catastrophique. Son visage durcit encore.

— Je suis rentré hier soir pour forcer les Neuf à se mettre à l'abri.

Moira hocha la tête. Les exécuteurs pouvaient imposer leur autorité au cercle en cas d'urgence.

— Tu as réussi ?

— Oui. J'ai l'impression que quelqu'un est venu ici, reprit-il, un éclair traversant ses yeux gris. Pour enlever Brenn.

— Si ce n'était pas ceux qui s'en prennent aux Neuf, qui, alors ?

Pouvait-il s'agir des Kurjans ? Dans quel but ?

— Les démons, les Kurjans, les métamorphes, tout est possible. Pour forcer les Neuf à leur obéir. Ou même des vampires, qui sait, ajouta-t-il, impassible.

— Le Royaume ne fait pas de coups aussi bas, Kell, protesta vigoureusement Moira.

Il sourit.

— Le Royaume n'a pas plus de morale que les autres, mon chou. C'est d'ailleurs pour ça qu'on en fait partie. Pourquoi crois-tu que tu es chez eux ?

— Je le sais.

Elle connaissait désormais l'avancée des recherches sur le virus, ainsi que l'emplacement du QG secret des vampires.

— Exactement. Tout le monde sait que le Royaume n'osera jamais éliminer une compagne Kayrs.

En d'autres termes, elle n'avait rien à craindre. Les vampires chercheraient peut-être à la priver de liberté, mais ils ne lui feraient aucun mal. Elle pouvait facilement faire savoir où elle se trouvait. En l'amenant chez lui, Conn avait pris un énorme risque.

— Je ne trahirai pas Conn.

— Tu feras tout ce qui sera nécessaire à la protection des Neuf, Moira.

Elle avait été prévenue. Le jour où elle était devenue une exécutrice, Kell l'avait avertie qu'elle aurait peut-être à faire des sacrifices. De toute évidence, il ne l'avait pas oublié.

— Tu es vraiment un enfoiré, cousin.

— Tu n'es pas la première à le dire, répliqua-t-il avec un sourire froid.

— Conn n'aurait jamais enlevé Brenna.

Pas sans l'en avertir, en tout cas.

— Tu en es sûre ?

Moira ne savait que répondre. Sans détourner la tête de l'écran, elle se recentra. La vie était une question de choix et l'heure était venue d'en faire un. Faisait-elle confiance à Conn ou pas ?

— Tout à fait sûre, affirma-t-elle avec force. Et toi, Kell Gideon, est-ce que tu as confiance en moi ?

Il haussa les sourcils, car il détestait qu'on l'appelle par son deuxième prénom.

— Très bien, répondit-il en se mettant à taper sur le clavier avec deux doigts. Je suis à la recherche de Simone et de Trevan. Ils ont quitté New York, mais je pense qu'ils sont encore aux États-Unis. Une fois que je les aurai localisés, je veux que tu ailles les chercher. Mets-les à l'abri au QG du Royaume, puisque tu as une telle foi en ton compagnon.

— Non. (C'était là un mot que son cousin entendait rarement, voire jamais.) Je vais chercher Brenna.

La voix de Moira était calme malgré la tempête qui faisait rage en elle. À l'idée que Brenna soit torturée, ou pire encore…

— Vraiment ? Et comment comptes-tu t'y prendre, cousine ?

Comme à son habitude, Kell ne montrait aucune émotion, pas même de la curiosité.

— Je sais pas encore, admit-elle.

Moira ressentait un mélange de colère et d'angoisse. Elle était la personne la plus proche de Brenna et c'était à elle de voler à son secours.

— Une voisine a entendu du bruit hier soir. Elle s'est dit que ça venait de la télé, parce que ça n'a pas duré très longtemps. (Kell regarda vers sa droite et hocha la tête.) Ça veut dire qu'elle n'a disparu que depuis huit heures, dix tout au plus.

En d'autres termes, elle pouvait déjà être à l'autre bout de la planète.

— C'est une battante.

Un éclair passa dans les yeux de Kell. Une émotion, enfin.

— Elle a vingt ans, Moira. Elle est trop jeune pour tenir.

— Tu la sous-estimes.

C'était le cas de tout le monde, non seulement parce qu'elle était le bébé de la famille, mais parce que beaucoup de gens la considéraient avec une méfiance frisant la superstition. Une huitième sœur était une chose inédite et la famille faisait bloc autour d'elle pour la protéger.

— Nous l'avons tous bien formée. Elle est intelligente. *Probablement plus que nous tous, d'ailleurs.*

Kell retrouva son masque d'impassibilité.

— Oui, elle est intelligente. Tout comme toi. Je t'appelle dès que je sais quelque chose. En attendant, va chercher Simone et le crétin dont elle s'est entichée.

— Euh, tu as un problème avec le conseiller Demidov ?

— Ce qui m'énerve chez lui, c'est qu'il ne voit les choses que du point de vue théorique, comme si le monde réel n'existait pas. Je n'apprécie pas que ma cousine sorte avec lui. Il lui faut un compagnon plus fort.

— Simone est une grande fille.

— Tu ne la connais que depuis un siècle, Moira. Certaines choses t'échappent encore. (Kell se leva et elle aperçut l'arsenal de couteaux et de pistolets rangés dans son gilet pare-balles.) Je t'envoie leur localisation dès qu'on me la donnera. On part pour les États-Unis. En attendant, fais ton devoir.

Il coupa la communication et Moira resta assise, abasourdie par son arrogance. Rien au monde ne la forcerait à admettre qu'elle n'était pas libre de ses mouvements. Elle était une exécutrice, tout de même ! Elle se leva et se tourna vers Cara.

— Dès que je saurai où elle est, je partirai chercher ma cousine.

Et son trou du cul de petit copain… mais le plus urgent était de retrouver sa petite sœur.

— Tu ferais mieux d'y aller avec Conn, répondit Cara avec une moue. Il ne te laissera peut-être pas le choix, d'ailleurs.

Moira était prête à accepter toute l'aide possible.

— Tu as raison. J'espère qu'il saura comment s'y prendre pour la retrouver.

Cara, visiblement inquiète, lui passa la main sur le bras pour la rassurer.

— Tout va bien se passer pour ta sœur, Moira.

— J'en suis sûre.

Elle s'en voulait énormément. Elle aurait dû forcer Brenna à l'accompagner aux États-Unis… Auprès des vampires, elle aurait été en sécurité. Soudain, Cara se figea, les yeux fixés sur un point situé derrière Moira.

— C'est quoi ce truc ?

Moira sentit une énergie brûlante lui fouetter le dos. Elle se retourna d'un bond et son effroi se mua en terreur. Elle se campa sur ses jambes pour protéger son amie enceinte.

— À terre, vite ! Cache-toi derrière le canapé !

L'air vibra, puis s'ouvrit sur un abysse insondable et un cri suraigu se fit entendre. Moira recula, écartant les bras pour contenir l'énergie. Les placards de la cuisine s'ouvrirent, comme s'ils étaient manipulés par des mains impatientes. La vaisselle tomba et s'écrasa par terre et les papiers du bureau s'envolèrent.

Comment l'avaient-ils localisée ?

— Va-t'en, Cara ! hurla-t-elle, étourdie par l'adrénaline.

Cara la prit par le tee-shirt et la tira vers la porte.

— Pas sans toi ! cria-t-elle pour se faire entendre.

Avec un souffle effrayant, la masse tourbillonnante se précipita vers elles.

Chapitre 27

Moira appela à l'aide en hurlant le nom de Conn. Elle devait se concentrer pour sauver Cara. Elle jeta un coussin dans l'abysse, d'où sortit un rire masculin, long et profond. La sorcière pivota et força Cara à se coucher. Un rugissement les submergeait, les noyant dans une bouffée d'énergie.

Soudain, elle se retrouva plongée dans le noir et le silence, terrorisée.

La force allait les tuer l'une comme l'autre. Elle mobilisa sa magie, assembla une armée de cellules de défense dans son esprit et les projeta autour d'elle en espérant qu'elles engloberaient aussi Cara. Elle fit ensuite appel à toute son énergie pour combattre les couteaux invisibles qui tentaient de les massacrer.

Une sensation de claustrophobie la saisit à la gorge. Un vide insondable remplaça l'obscurité. Où se trouvait Cara ? Et le bébé ?

Elle tenta de crier, mais en vain.

Ce fut le son qui revint le premier. Trop fort, trop crispant. Elle entendit une voix masculine pousser un rugissement triomphal, ainsi qu'une femme, sur une fréquence plus douce. Une lumière blanche agressive envahit ensuite l'espace. Son cerveau se court-circuita, comme un compteur dont les plombs sautent. Elle entendit un énorme craquement et sombra dans l'oubli.

Conn et Talen arrivèrent en même temps devant la porte, qu'ils enfoncèrent d'un coup d'épaule. Elle se détacha de ses gonds et rebondit sur une table, emportant trois plantes avec elle. La terre se répandit sur le sol, déjà jonché de bris de verre, de rembourrage de coussin et de papiers.

Talen traversa le salon dévasté et se précipita dans la chambre en criant le nom de sa compagne.

Conn, quant à lui, observait les dégâts, le cœur battant à tout rompre. Il ne voyait aucune trace de sang et n'en percevait pas l'odeur. Comment avaient-ils pu retrouver Moira ?

Talen ressortit de la chambre. Ses yeux étaient entièrement verts, sans la moindre trace d'or, le visage déformé par la rage.

— Qu'est-ce qui s'est passé ? Comment ils ont pu nous localiser ? Qui les a enlevées ?

Dage arriva à son tour.

— Chalton a transféré un appel à Moira de la part de Kell. On essaie de le joindre.

Conn, presque au ralenti, se tourna vers son frère.

— Elle m'a appelé à l'aide à la dernière seconde.

Ce cri de terreur avait résonné dans son esprit, si puissant qu'il en était presque tombé à genoux.

Le téléphone de Dage sonna.

— Kell ? Dage à l'appareil. Moira et Cara viennent d'être enlevées par le tourbillon en plein milieu de notre QG… Comment ? … Visiblement, ton appel a été piraté… Non, je ne sais pas comment, mais je te préviens. Si on ne les retrouve pas, c'est toi qui vas dérouiller… OK. Tu as une heure pour les localiser. La magie, c'est ton truc, non ? (Il raccrocha.) Brenna a été enlevée hier soir. C'est pour ça qu'il a appelé Moira.

Conn se força à rester calme. Il avait besoin d'établir une stratégie.

— Bon, si on les a fait disparaître par téléportation, c'est que celui ou celle qui tire les ficelles savait précisément où elles étaient, non ?

Dage hocha la tête.

— Sans aucun doute. Je ne peux pas téléporter les gens à distance, mais quand je veux me matérialiser à côté d'une personne, je dois savoir exactement où elle se trouve. Le principe doit être le même. On ne peut pas enlever les gens au hasard. D'une manière ou d'une autre, cet enfoiré a appris où on était.

— Grâce au coup de fil de Kell, forcément. (Talen ramassa une fougère et plaça le pot sur la table.) Bon, allons nous préparer.

Moira reprit connaissance. Ses oreilles sonnaient et elle se leva d'un bond au souvenir de ce qui lui était arrivé. Aussitôt, la nausée la prit et elle ferma les yeux, les mains sur les tempes, faisant de son mieux pour ne pas vomir.

Dans le silence et l'odeur musquée de la terre, elle rouvrit lentement les yeux pour découvrir des barreaux métalliques devant une pièce déserte. Sa vision était trouble, mais elle se retourna et inspecta tout de même sa cellule du regard.

— Cara !

Son amie était allongée sur le lit, inconsciente. Moira se précipita vers elle et porta la main à son visage. Cara était trop pâle, le bébé trop immobile.

Elles devaient sortir d'ici. Leur cellule, close par une rangée de barreaux serrés, était relativement vaste, mais ne contenait qu'un lit et une douche. La salle extérieure faisait à peu près la même superficie, avec un sol en béton et des murs en roche noire. Il devait s'agir d'un sous-sol.

Moira concentra son regard sur les barreaux, visionnant les particules subatomiques, les imaginant se reconstituer.

Rien ne se passa. Les particules conservèrent leur état solide.

La téléportation avait dû la vider de ses forces, mais il lui en restait peut-être assez pour un sort ne nécessitant pas de manipuler la matière. Une force inconnue les avait enlevées, mais elle pourrait peut-être déterminer qui les avait kidnappées en analysant la puissance résiduelle.

Elle visualisa la signature énergétique et leva les paumes en direction du mur du fond. L'oxygène tourbillonna dans l'air et les molécules se mirent à luire d'une teinte dorée. Haletante, les bras lourds comme du plomb, Moira avait du mal à maintenir le sort. Avec un effort herculéen, elle se concentra sur les molécules, qui prirent la forme d'un homme avant de s'évanouir.

Elle avait toutefois eu le temps de voir son visage. Hébétée, elle laissa retomber les bras.

— Trevan ?

La porte s'ouvrit et le sorcier entra, tout sourire.

— Tu m'as appelé ?

— Comment tu as fait pour m'entendre ? s'étonna-t-elle, car c'était à peine si elle avait murmuré son nom.

— La cellule est bourrée de micros. Impressionnant, ton sort, au fait. (Il se tourna vers Cara.) Je pense qu'elle va bien. Tu as même réussi à la protéger pendant le trajet. Chapeau, Septième.

Ce compliment lui donna la nausée.

— Si tu lui as fait le moindre mal, Talen Kayrs te pourchassera jusqu'en enfer.

Trevan haussa les épaules.

— À ta place, c'est de mon propre sort dont je m'inquiéterais.

— Tu as raison. C'est moi qui te tuerai, en fait.

Il s'adossa au mur, toujours aussi souriant.

— Je savais que tu serais la bonne. Que tu survivrais. (Moira secoua la tête pour faire disparaître le voile de coton qui lui entourait l'esprit. Cara avait besoin d'aide. Elle se concentra à nouveau sur les barres, mobilisant toute son énergie pour les altérer, mais rien ne bougea.) Ce sort de révélation sera ton dernier. J'aimerais bien savoir comment tu as fait, d'ailleurs. Les murs sont en phénacite.

— Ça ne m'étonne pas, répondit-elle, impassible malgré l'angoisse qui la saisissait à la gorge. (La phénacite était une pierre rare. Son nom était dérivé du grec « phenax », qui signifiait « menteur », car on la confondait souvent avec le quartz. L'une de ses propriétés était de rendre impossible la manipulation quantique, ce que les sorcières avaient réussi à cacher au monde depuis plusieurs milliers d'années.) Je vois que tu as tout prévu, Demidov.

— En effet, acquiesça-t-il avec un soupir théâtral. Même si tu as failli détourner ma cargaison à New York. Bravo, Septième.

Son intelligence s'était muée en arrogance pure. Personne ne s'était douté de rien.

— Donc c'était toi qui faisais des excavations en Russie, pas les démons. Et ensuite, tu as tout envoyé aux États-Unis.

Elle l'aurait volontiers traité de traître, mais ce mot était encore trop doux.

— Oui. Tu n'as pas idée du mal que ça m'a donné. La vieille Viv avait vraiment bien camouflé les mines, mais… je suis meilleur qu'elle, déclara-t-il avec une suffisance insupportable. J'espérais me servir de la phénacite pour obtenir la collaboration des membres du cercle. Malheureusement, tu es la seule à avoir survécu au passage entre les dimensions.

Cette nouvelle causa une douleur indicible à Moira.

— Tu les as tués ?

Il se redressa avec la grâce d'un félin.

— Non. C'est leur maladresse qui les a tués. S'ils s'étaient montrés plus habiles, ils auraient survécu.

— Et Brenna ? demanda-t-elle, paralysée par la peur.

Elle se précipita vers lui et serra les barreaux entre ses doigts. Sa sœur ne pouvait être morte. Kell avait dit qu'on était venu l'enlever chez elle, pas qu'elle s'était volatilisée.

Trevan lui adressa un sourire diabolique.

— La pauvre petite Brenna…, c'est trop triste.

Il tapa un code sur le clavier monté sur le mur. Les verrous de la porte extérieure s'actionnèrent et Trevan sortit. La porte se referma derrière lui dans un claquement funeste.

Moira était paralysée par la panique. Brenna était en vie. Elle refusait de croire le contraire. Son enlèvement n'avait rien à voir avec la disparition des membres du conseil. Trevan jouait avec ses nerfs. Elle tenta d'appeler son compagnon.

« Conn ? »

Aucune réponse. Cela ne la surprenait pas. Elle avait l'impression d'avoir le corps court-circuité par le passage entre les dimensions. Cara poussa un petit gémissement et Moira vola à son chevet.

— Aïe, dit la jeune femme en ouvrant les yeux.

Moira l'aida à s'asseoir sur la couverture en laine grossière, le dos contre le mur de pierre.

— Tu vas bien ?

— Non. J'en ai ras le bol qu'on me trimballe à travers les dimensions.

— Parce que ce n'était pas la première fois ?

— Non, répondit Cara en se frottant le ventre. Une fois avec Emma et une fois avec Dage. Mais je n'avais rien senti, pourtant.

— On dirait que la douleur n'apparaît que lorsqu'on est transporté contre son gré. (Moira se leva et regarda la porte par laquelle Trevan était sorti.) Tu peux contacter Talen ? On va avoir besoin de son aide pour sortir d'ici, mais je ne sais pas où on est.

— Non, soupira Cara, je n'arrive plus à lui parler comme ça depuis que j'ai contracté le virus. Mais toi, tu as toujours ta magie, n'est-ce pas ? Tu peux ouvrir la porte, ou faire un truc dans ce genre ?

— Dans quel genre ?

— Ben, réarranger les particules, désintégrer le verrou, je sais pas, moi.

— Non. La téléportation a endommagé mon énergie.

Ce n'était pas la véritable raison de son impuissance, mais elle avait juré de ne jamais révéler le secret à quiconque, le secret de la phénacite. Elle avait beau avoir toute confiance en Cara, Moira ne pouvait lui parler de la substance des murs.

— Je comprends. Moi-même, je ne me sens pas très bien. (Elle se leva tant bien que mal et de l'eau gicla de sa jupe.) Oh, merde !

Moira l'aida à se rasseoir.

— Mon Dieu, qu'est-ce que c'est que ça ? Est-ce que ça veut dire que…

— Oui, répondit Cara en grimaçant de douleur, les mains sur le ventre. J'ai perdu les eaux. Évidemment, il fallait que ça arrive maintenant. C'est le moment idéal pour commencer le travail d'accouchement.

Moira n'avait aucune idée de ce qu'il fallait faire pour mettre un bébé au monde, surtout dans ces conditions.

— Respire à fond, conseilla-t-elle à tout hasard.

Cara la repoussa avec impatience.

— Trouve le moyen de nous sortir de là. Tu es la Septième, oui ou non ?

Ce n'était pas faux. Au même moment, la porte s'ouvrit et Moira se releva d'un bond pour se mettre en position défensive. Un rire féminin envahit la pièce.

— Mais où m'emmènes-tu, Trevan ? On va être en retard pour notre réservation. (Simone. Trevan avait forcément eu besoin d'aide pour réussir un sort aussi puissant. Moira, furieuse, se fit le serment de trancher la tête de sa cousine, même si c'était la dernière chose qu'elle ferait sur cette terre. La voix de Simone se rapprochait.) Qu'est-ce que tu peux bien cacher dans ton sous-sol qui nécessite trois portes à verrouillage électronique ?

Trevan entra avec Simone à son bras. La longue jupe de la sorcière balayait le sol. En apercevant les deux femmes enfermées, son sourire se figea et elle regarda Moira, les yeux écarquillés.

— Qu'est-ce que tu as fait ? murmura-t-elle.

Trevan lui sourit avec un air de collégien énamouré.

— J'ai capturé la Septième et une compagne Kayrs. Je t'ai toujours dit que c'était l'esprit, et non la force brute, qui finirait par dominer le monde, ma chérie. C'est notre chance. (Il serra Simone contre lui et lui colla sa bouche contre l'oreille sans lâcher Moira des yeux.) Notre heure est venue, Simone.

La peau de porcelaine de la sorcière paraissait exsangue. Elle se tourna vers Moira et plusieurs sentiments défilèrent dans ses yeux noirs. Le choc, tout d'abord, puis la compréhension et enfin l'acceptation.

— La cellule est bien sécurisée ?

— On ne peut mieux. Outre les trois portes électroniques, les murs sont en phénacite, répondit-il en lui embrassant langoureusement le cou.

Simone ferma les yeux et avala sa salive.

— Elles sont impuissantes, donc.

— Oui, confirma Trevan avec un sourire radieux. Les Kurjans viendront bientôt les chercher, ce qui scellera définitivement notre traité.

Les Kurjans cherchaient depuis des mois à capturer une sorcière pour leurs expériences. Moira s'adressa à sa cousine, le regard noir.

— Tu savais que ton amant avait tué les membres du conseil disparus ?

Simone serra les poings.

— Non. Ils sont morts ?

Trevan haussa les épaules.

— Malheureusement oui. Aucun d'entre eux n'était assez puissant pour résister au transfert. Seule Moira y est parvenue, dit-il sur un ton respectueux. (Cara poussa alors un grognement de douleur et Trevan écarquilla les yeux.) Ne me dis pas qu'elle est en train d'accoucher !

— Si. Je n'aimerais pas être à ta place à l'heure qu'il est, Trevan. (Talen le démembrerait à mains nues. Enfin, s'il parvenait à le retrouver. Elle se tourna vers sa cousine, pâle comme la mort dans son haut scintillant.) Désolée. Je pensais que tu étais sa complice.

— Non, souffla Simone, les yeux baissés.

— Je voulais te faire la surprise, ma chérie, intervint Trevan en la serrant encore plus contre lui. C'est réussi, hein ?

— Oui.

— Tu voulais prendre la tête du conseil, n'est-ce pas ? Tu es contente ?

Simone se redressa.

— Bien sûr, mon amour. Tu sais que nous étions destinés à le diriger. On dirait que tu as pensé à tout. Elles n'ont aucun moyen de s'échapper.

Trevan se rengorgeait comme un paon.

— J'étais sûr que ça te plairait.

— Oh, c'est le cas, ronronna-t-elle en se frottant contre lui. Mais plus vite elles seront parties, mieux ça vaudra. Quand viendront-ils nous en débarrasser ?

Sa voix avait des intonations très sexy, mais son visage, tourné vers Moira, restait stoïque. Trevan lui pencha la tête en arrière et passa les lèvres le long de sa joue, pensif. Simone se laissa faire en fermant les yeux et poussa un petit soupir.

— Les Kurjans seront là ce soir.

Elle lui sourit.

— Parfait.

Moira fronça les sourcils. Peut-être pouvait-elle se servir de sa cousine pour faire parler Demidov.

— Demande-lui aussi pour Brenna, Simone.

La sorcière rouvrit les yeux.

— Brenna ? Quoi, Brenna ?

Trevan la lâcha et se tourna vers la porte.

— On en parlera en haut, Simone.

— Comment ça ? insista-t-elle, les mains sur les hanches. Ne me dis pas que tu as aussi enlevé Brenna ?

— Et alors ? répliqua-t-il dans une attitude de défi. Parfois, il faut faire des sacrifices pour obtenir ce que l'on veut. Tu le sais, non ?

— Oui, je le sais, répondit-elle, vaincue.

— Tu m'aimes, n'est-ce pas ? demanda-t-il avec un petit air satisfait insupportable.

— Mais oui, soupira Simone. Mais on dirait que je te connais moins que je le croyais.

Le petit rire de Trevan emplit la pièce.

— On va arranger ça. Pour l'instant, commence simplement par accepter ce cadeau du destin, dit-il sur un ton calme, mais néanmoins lourd de menace.

— Je l'accepte. Je l'attends depuis toujours. (Elle se tourna vers Moira.) Et toi, prépare-toi à affronter le tien de destin, celui dont tu as toujours été si fière. Allons-y, Trevan.

Il sourit et lui tourna le dos pour composer le code. Vive comme l'éclair, Simone se jeta sur lui. Son visage s'écrasa contre la porte avec un craquement de mauvais augure et un jaillissement de sang. Elle enroula le bras autour de son cou et serra, les genoux lui emprisonnant la cage thoracique.

Avec un rugissement féroce, Trevan se jeta en arrière contre le mur. Sous la force de l'impact, Simone cria de douleur et faillit le lâcher, mais s'accrocha de son mieux.

— Enfonce les genoux, Simone ! l'encouragea Moira, se demandant si sa cousine avait retenu les quelques leçons que lui avait données Kell. Voilà, c'est bien. Coupe-lui l'oxygène. Et écrase-lui la pomme d'Adam, si tu peux.

Le visage couvert de sang, Trevan poussa un grognement animal, saisit Simone par les cheveux et la fit basculer par-dessus son épaule. Elle atterrit sur ses pieds, vacillante, et il profita de son déséquilibre pour lui décocher un coup de poing dans les dents. La sorcière s'écroula, levant faiblement les mains pour se défendre. Il la frappa une seconde fois.

— Arrête ! cria Moira. Laisse-la tranquille, enflure !

Il se pencha sur Simon, le visage déformé par la fureur.

— Espèce de petite salope. Tu pensais vraiment pouvoir me battre ?

— Pas le choix, dit-elle haletante. Pas le temps de trouver autre chose.

Moira savait que Simone avait raison. Cela avait été leur seule chance de s'enfuir avant que Trevan verrouille les portes.

— Laisse-la partir, Trevan. Couper la tête de la fille de la dirigeante des Neuf, c'est signer ton arrêt de mort. Viv peut t'écorcher vif sans lever le petit doigt. Tu le sais aussi bien que moi.

Trevan avala sa salive, puis tira un pistolet de sa ceinture.

— C'est le jour de chance des Kurjans. Au lieu d'une seule sorcière, ils vont en récupérer deux, plus une compagne Kayrs en bonus. (Il appuya le canon sur la tempe de Simone.) Éloigne-toi des barreaux, Moira.

Il tira la sorcière sur le sol, ouvrit la porte de la cellule et la jeta à l'intérieur. Moira la rattrapa avant qu'elle s'effondre.

— Désolée, murmura Simon avant de s'évanouir.

Chapitre 28

Moira écarta les cheveux du visage couvert d'hématomes de sa cousine.

— Je crois qu'elle a la pommette cassée.

Cara, malgré son état, parvint à s'asseoir sur le lit et à poser les pieds par terre pour prendre le bras de Simone et la tirer à elle en grimaçant.

— Ce n'est pas tout ce qu'il a cassé. Son cœur s'est brisé à la seconde où elle est entrée dans la pièce. Installe-la à côté de moi.

Moira souleva sa cousine et l'assit dos au mur. Simone s'écroula aussitôt, ses longs cheveux noirs sur le visage.

— J'oublie tout le temps que tu es empathe.

— Moi aussi, répondit Cara en faisant de la place à la sorcière. Au fait, elle n'a pas envisagé une seule seconde de marcher dans la combine de Trevan.

Moira l'avait deviné à l'air choqué qu'avait pris sa cousine en la voyant.

— Je sais. Elle a saisi sa seule chance de l'assommer et de nous libérer. (Malheureusement, Moira se retrouvait désormais avec un deuxième fardeau sur les bras. Elle se rappela alors la voix féminine qu'elle avait entendue lorsqu'elles étaient arrivées.) Qui aidait Trevan, si ce n'était pas Simone ?

Cara porta les mains à son ventre et se plia en deux avec un gémissement. L'odeur musquée de la douleur emplissait l'air de la pièce. Des ondes cérébrales, ou peut-être des ondes vitales, émanaient d'elle en cascades bleues et vertes.

— Le bébé arrive.

Moira bondit comme un diable de sa boîte.

— Arrête-le ! dit-elle, paniquée.

Cara lui répondit avec un rire étranglé.

— Euh, tu sais que c'est le fils de Talen, hein ? Alors s'il veut sortir…

Un nouveau mâle Kayrs borné allait voir le jour. Jamais Moira n'avait autant regretté de ne pouvoir communiquer avec Conn.

— Bon, euh, d'accord. Allonge-toi sur le dos pour que je…, euh…, t'examine.

La force du sort qui les avait transportées jusqu'ici avait dû déclencher l'accouchement. Simone reprit connaissance avec un grognement.

— Quel salopard, ce Trevan !

— J'ai peur qu'il t'ait cassé quelque chose.

— Ouais, j'en ai bien l'impression. (Elle cligna des yeux et se tourna vers Cara, qui se tortillait au bout du lit.) Euh, tu n'es pas… (Elle se leva pour s'éloigner, mais glissa sur la flaque d'eau et faillit perdre l'équilibre.) Beurk !

Cara s'étendit, les yeux écarquillés par la panique, et balança sa petite culotte à l'autre bout de la cellule.

— Je peux pas faire ça. Sérieusement, je peux pas. Un bébé vampire, quoi ! J'ai besoin de Talen.

Moira avait bien besoin de Talen elle aussi. Elle regarda Simone, qui semblait aussi affolée qu'elle. Sa cousine s'éclaircit la voix et tendit les mains.

— Aucun problème. J'ai vécu dans une ferme.

— Pardon ? s'exclama Cara.

— Oui, confirma Simone en se frottant les mains. Fais-moi confiance. J'espère que le vampire miniature n'aura pas envie de te mordre en sortant…

— Quoi ? cria Cara. Mais Talen m'a dit que les canines n'apparaissaient que vers dix ans !

Simone pouffa de rire et s'agenouilla devant le lit pour relever la jupe de Cara.

— Il a raison. C'était une blague. Bon, respire à fond.

— Vraiment très drôle. (Cara se cacha les yeux avec le bras. Moira sentait des ondes de douleur émaner de tout son corps.) Ça fait mal.

— Regarde s'il y a des serviettes dans la salle de bains, ordonna Simone à sa cousine.

Moira se précipita, ouvrit un placard et en sortit deux serviettes blanches à la senteur printanière. Elle revint dans la chambre, pétrie par l'angoisse. Cara était infectée par le virus, qui l'affaiblissait. Il lui fallait un docteur. Et si jamais elle mourait pendant l'accouchement ? Et si le bébé avait un problème ?

— On n'a pas beaucoup de temps devant nous, il est pressé de sortir, constata Simone en installant une serviette sur les jambes redressées de Cara. Moira, tu peux m'attacher les cheveux ?

Moira fouilla la cellule des yeux et aperçut la petite corde noire qui tenait le nœud celtique que Simone portait en pendentif. Elle avait exactement le même. Une année, Kell en avait acheté tout un lot qu'il avait écoulé aux anniversaires de toutes ses cousines. Cela lui avait valu maintes remarques acerbes, plus ou moins méritées. Avec un petit sanglot, elle détacha la lanière et lui noua les cheveux.

— Voilà.

— Merci. Bon, maintenant, Cara, respire à fond et concentre-toi.

Quelques minutes s'écoulèrent, puis une heure, puis deux. Moira sursautait à chaque contraction en voyant Cara se raidir et gémir. Lorsque la douleur se calmait, Moira s'adossait au mur, soulagée.

Enfin, Simone réinstalla la serviette sur les genoux de la jeune femme.

— C'est le moment de pousser, Cara.

— Non, bon sang ! s'écria Cara, terrorisée. Je refuse de pousser. Il ne sortira pas tant que Talen ne sera pas là.

Moira se pencha près d'elle.

— Ton bébé a besoin de respirer, Cara. Et pour cela, tu dois le faire sortir. Je te promets que tout va bien se passer.

Elles feraient tout pour que le bébé survive. Et Cara aussi, bien sûr.

— Tu le jures ?

— Oui.

Moira ne savait pas comment elle allait s'y prendre pour tenir cette promesse, mais elle y parviendrait.

— Je crois qu'il est prêt, dit Simone en étalant l'autre serviette sur le lit. Pousse à la prochaine contraction.

Cara hocha la tête, le front trempé de sueur.

— Au fait, Simone, je suis désolée pour Trevan.

Un sourire de tristesse apparut sur les lèvres de la sorcière.

— Merci. Mais ne t'en fais pas, il est loin d'être ma première erreur.

Cara se raidit.

— Et je suis… aussi désolée… pour Dage, grogna-t-elle.

— Oh, je ne voulais pas parler du roi ! Ce n'était qu'une passade. Mais, entre nous, je crois que j'aurais fait une reine du tonnerre. (Moira fronça les sourcils. Qui avait fait tant de mal à Simone dans son passé ? Le mystérieux démon qu'ils avaient croisé chez elle, peut-être ?) Et moi, reprit la sorcière, je n'ai pas été très gracieuse lors de notre première rencontre, au colloque. Je suis désolée.

— Pas de souci, souffla Cara. J'imagine que c'est dur de voir son ex au bras d'une autre femme.

Simone plaça sa main sur le ventre de Cara.

— Qu'est-ce que tu veux… je suis généralement la plus belle femme de la pièce et ça m'agace quand tout le monde ne le remarque pas.

Moira, tout en écartant les cheveux du visage de Cara, lui sourit.

— J'ai toujours admiré ton inébranlable confiance en toi, Simone. (Elle disait cela sur le ton de la plaisanterie, mais elle savait que quels que soient ses défauts, sa cousine les assumait totalement.) Je n'aurais jamais pu croire que tu songerais à te rebeller contre les Neuf.

— Tu sais ce qui m'agace chez toi, Moira ? demanda Simone sans lever les yeux.

— Le fait que je sois la Septième ?

— Non. Le fait qu'étant la Septième tu pourrais exiger que tout le monde fasse tes quatre volontés… mais que tu ne le fasses pas. Tu te demandes si tu es légitime, si tu fais ce qu'il faut. Tu veux un bon conseil ? Assume et prends tes responsabilités, quelles qu'elles soient !

— Depuis quand te soucies-tu autant de moi ? demanda Moira, agacée.

Simone leva la tête et sourit.

— Eh oui, tout arrive, hein ?

Cara poussa un cri étranglé et se figea.

— Vous avez fini, oui ? Il sort ! (Elle attrapa la main de Moira et la serra très fort, prise par une contraction.) Bon sang, ce que ça fait mal ! (Soudain, elle se redressa.) Talen ? Je l'entends. (Elle ferma les yeux pour se concentrer.) Je ne sais pas comment, mais j'arrive à communiquer avec lui par le bébé.

— Tu peux parler à ton compagnon par télépathie ? s'exclama Simone, surprise, car la télépathie des vampires était un secret très bien gardé. Dis-lui qu'on est dans la chaîne des Cascades, au nord de la Californie. Et dis-lui qu'on a besoin d'aide !

Moira ferma les yeux et chercha Conn. Ne rencontrant que le silence, elle réessaya, mais en vain. L'accouchement avait dû réactiver le lien de Cara et de Talen.

— Je n'arrive pas à joindre Conn. Talen sait où on est ?

Cara se mordit la lèvre et se souleva à moitié du lit, le visage déformé par la douleur.

— Oui, ils arrivent. (Elle serra encore plus les doigts sur la main de Moira.) Il faut que je pousse.

— Je vois sa tête, murmura Simone. Encore un effort. Allez, Cara, encore une fois !

Avec un cri suraigu, Cara poussa et Simone tendit les mains pour attraper le bébé, qu'elle entoura aussitôt d'une serviette. À travers ses yeux brouillés par les larmes, Moira vit le bébé ouvrir la bouche pour pousser un petit cri irrité.

Cara, qui pleurait elle aussi, éclata de rire.

— Il a le caractère de Talen. (Elle le prit dans ses bras pour le serrer contre elle, mais son visage s'assombrit.) La communication s'est coupée. Ne t'en fais pas, mon cœur. Papa sera bientôt là.

Moira, sans se soucier de ce que Simone faisait sous la serviette, étudia le nouveau membre de la famille Kayrs. Le bébé ressemblait à son père. Un grand front, une tignasse noire, des traits marqués et des yeux gris fascinants. Le nouveau-né la regarda et lui tendit sa main potelée.

— Vous avez vu ces yeux ? C'est normal qu'il soit déjà si éveillé ?

— Non, répondit Cara en mettant un peu d'ordre dans les cheveux en bataille de son fils. Mais c'est un vampire, et le fils de Talen pour couronner le tout, donc qui sait ce que ça peut donner ? (Elle frotta le nez contre sa joue et sourit.) Dix doigts, dix orteils et zéro canine. Il est parfait.

Simone lança la serviette dans la salle de bains et les regarda avec un sourire qui accentuait encore sa beauté, si c'était possible.

— Il est parfait, confirma-t-elle avant de froncer les sourcils. Mais ses yeux, c'est vraiment inhabituel.

Cara retourna le bébé pour le regarder.

— Les yeux de Talen prennent cette teinte quand il, euh, ressent des émotions fortes.

— Je vois, mais les couleurs de vampire n'apparaissent généralement qu'à la puberté. Si ça se trouve, ce gris magnifique est peut-être sa couleur naturelle. C'est très intrigant, en tout cas. (Elle se rendit à la salle de bains et fit couler l'eau, puis ressortit en se séchant les mains dans une nouvelle serviette. De toute évidence, Trevan en avait prévu assez pour un séjour prolongé.) Bon. Et maintenant ?

Chapitre 29

L'hélicoptère fit un écart et Conn grimaça. Ses os s'étaient ressoudés, mais les dégâts internes étaient plus longs à se remettre et lui faisaient encore très mal. Il ferma les yeux et se concentra pour oublier la douleur. Dage et Talen étaient aux commandes et Jase se trouvait dans la cabine avec lui. Jordan et Kane les suivaient dans deux autres Black Hawk.

Dans les rayons dorés du soleil couchant, Jase était penché sur son ordinateur.

— Tu es sûr d'être en état, Conn ? demanda-t-il.

— Oui.

Il cherchait à joindre sa compagne, mais ses échecs répétés le mettaient en rogne.

— J'ai trouvé une vue aérienne du domaine de Trevan. Ça va pas être de la tarte.

Conn rouvrit les yeux pour regarder l'écran.

— La maison se situe au centre d'un terrain de dix hectares. À première vue, je vois des mines antipersonnel, des pièges et des capteurs. Trente gardes, qui balaient le périmètre par groupes de trois. (Il les tuerait tous.) Elle est protégée. Elle ne laisse passer aucune signature thermique. (Les femmes étaient probablement enfermées au sous-sol. Il ferma à nouveau les yeux.) Je n'arrive pas à contacter ma compagne.

Outre la colère, il ressentait une peur inhabituelle. Pourquoi ne parvenait-il pas à la joindre ?

— Comment on fait pour empêcher une sorcière de s'échapper ? demanda Jase.

Soit tu l'assommes, soit tu la tues…

— Aucune idée. Tout ce que je sais, c'est que Demidov est un homme mort, répondit Conn, rassuré par le poids des armes réparties dans son gilet pare-balles.

Dage fit virer l'hélicoptère à gauche.

— J'imagine que le passage à travers les dimensions suffit à neutraliser toutes les capacités surnaturelles, même chez une sorcière, dit le roi, ses yeux gris traversés d'éclairs bleus. Demidov n'a plus beaucoup d'heures à vivre, certes, mais je le veux tout de même vivant.

— Je vais le tuer.

— Pas tant qu'on ne saura pas comment il s'y prend pour aspirer ses victimes dans son abysse. Ensuite, tu en feras tout ce que tu voudras.

— Je ne te promets rien. (La seule chose qu'il craignait, c'était que Talen le devance.) Si Cara est blessée, tu ne pourras pas empêcher Talen de l'égorger.

Conn savait qu'il serait inutile d'essayer.

— Je sais, répliqua Dage, les doigts crispés sur les commandes.

Conn savait que le transfert dimensionnel avait forcément mis Cara en danger. Ainsi que le bébé qu'elle portait dans son ventre. Son neveu. Elle avait pu communiquer avec Talen pendant quelques secondes, et ce, uniquement parce que l'accouchement avait commencé. Il entendit Talen grogner dans son oreillette.

— Kell vient d'appeler. Il a trouvé un mouchard ultra sophistiqué sur l'ordinateur de Brenna. C'est comme ça que Trevan a réussi à localiser Moira.

La voix de son frère était basse et froide. Jamais Conn ne l'avait entendu parler de cette manière. Lorsqu'il avait appris que sa compagne captive était en train d'accoucher, Talen était devenu fou.

— Moira est la Septième, Talen. Elle est forte, intelligente et incroyablement douée. Elle protégera Cara et le bébé.

Conn en était persuadé. Sa compagne était une guerrière redoutable. Elle savait ce qu'elle faisait.

Il ne lui restait plus qu'à être lui-même à la hauteur.

— Bon, je veux quatre équipes. On attaque depuis le nord et l'est. Dage, tu nous poses sur le toit, Talen et moi, et tu neutralises tous les gardes extérieurs.

Conn allait devoir surveiller Talen. Il était si concentré sur sa compagne qu'il risquait de se faire tuer. Mais en faisant cela, il devait renoncer à assurer lui-même la sécurité du roi.

— Ça marche, répondit Dage.

— Sois prudent, Roi.

Il tremblait en pensant au jour où Talen et lui devraient annoncer à leur frère aîné qu'il fallait désormais qu'il s'abstienne de participer aux combats, au moins le temps que la guerre se stabilise et que le temps des traîtrises soit terminé. Le roi devait être préservé à tout prix.

Dage haussa un sourcil.

— Essaie pour voir.

— Sors de ma tête, tu veux ?

— Désolé, mais tu penses si fort que je ne fais même pas exprès. (Il vira encore sur la gauche.) À trois minutes de l'objectif.

Jase glissa son ordinateur sous le siège et ouvrit la porte coulissante. Conn observa le réseau de sentiers qui serpentaient entre les pins. Il avait mémorisé l'emplacement des mines ainsi que les dernières localisations des patrouilles. Le vent lui battait le visage dans une forte odeur de résine.

— N'oubliez pas que transporter contre leur gré des membres du conseil des Neuf, ça a dû demander une puissance phénoménale, dit-il à ses frères. Demidov a probablement un ou plusieurs complices. (Il se tourna vers Jase.) Je veux un orage. Énorme, puissant et dangereux. Aussi gros que possible.

— Tu préfères une tornade ou des flocons de la taille de ballons de basket ? demanda Jase, les yeux brillants d'impatience.

— De la grêle. Coupante et mortelle.

Le bruit des grêlons permettrait de camoufler leur approche dans la forêt.

— Pas de souci. Mais je te préviens que si je génère une tempête de cette envergure, j'aurai du mal à en reprendre le contrôle.

— Je sais.

C'était un problème qu'ils aborderaient en temps voulu. Pour l'heure, la couverture était primordiale.

Des missiles décollèrent, mais Dage les évita sans mal et fonça en direction de la maison tandis que les deux autres appareils ripostaient.

— Tenez-vous prêts.

Conn s'agrippa à la barre et se pencha, puis sauta lorsque l'hélicoptère arriva à trois mètres du toit. Au moment même où il atterrit, un éclair zébra le ciel. Des nuages sortis de nulle part crachaient des grêlons gros comme des melons. Décidément, Jase ne cessait de l'étonner. Talen sauta à côté de lui sur le toit incliné et se pencha pour trouver son équilibre.

— Allons choper ce salopard, déclara-t-il, les yeux brillants dans la nuit.

— Volontiers. (Conn se redressa et courut sur le faîte du toit jusqu'à la verrière. Demidov devait vraiment se croire invincible. Garder des otages dans une maison dotée d'une verrière, quelle arrogance !) Il ne s'attend pas à ce qu'on débarque. Il avait sans doute prévu de les emmener rapidement loin d'ici.

La furtivité était inutile. Derrière eux, les éclairs illuminaient la nuit. Il sauta à pieds joints sur le verre, qui se brisa sous son poids, et atterrit en plein milieu d'une chambre à coucher silencieuse. Le vert émeraude de la moquette lui rappelait les yeux de sa compagne. À cette évocation, ses canines s'allongèrent et tout son corps vibra. La bête qui vivait en lui ne demandait qu'à se libérer pour protéger sa femelle.

Talen atterrit à ses côtés et inspecta la pièce du regard.

— Dage le veut vivant, dit-il sur un ton contrarié.

Conn se redressa et tira son pistolet de sa ceinture.

— Il y a une petite chance que ça arrive ?

— Aucune, répondit Talen en ouvrant la porte d'un coup de pied. Y'a personne dans cette baraque, ou quoi ?

Ce crétin de Demidov ne s'attendait vraiment pas à leur arrivée.

— Les gardes se battent dehors et Demidov doit avoir une sortie secrète.

Les rares signatures visibles avaient montré des formes équipées d'armes. Les femmes devaient être enfermées au sous-sol. Conn espérait qu'elles y étaient encore. L'angoisse le reprit, mais il la chassa aussitôt.

Les magnifiques aquarelles qui décoraient le couloir rappelèrent à Conn le boudoir de sa mère. Son arme braquée devant lui, il descendit l'escalier quatre à quatre et se retrouva dans un immense salon dominé par une énorme cheminée. Dehors, les explosions s'enchaînaient toujours.

Il sortit du salon et descendit un nouvel escalier menant à une salle de jeux avec un billard, des jeux d'arcades et un bar. Aussitôt, il sentit un picotement sur sa nuque.

— Recule.

Talen obéit juste au moment où des coups de feu éclataient. Les balles firent exploser le verre des cadres sur les murs, et les deux frères, à genoux, ripostèrent à leurs adversaires, cachés derrière le billard. Talen en toucha un premier, qui s'écroula en criant, puis Conn en abattit deux à la suite. Des balles perdues brisèrent des bouteilles d'alcool, mêlant l'odeur du whisky à celle du sang. Avec un rugissement, Talen bondit par-dessus la table, le couteau à la main. Conn vit le sang jaillir et atterrir en geyser de mort sur la vitre. Talen se redressa et se tourna vers son frère. Conn hocha la tête et se précipita vers l'escalier suivant. Il devait descendre, encore et encore, jusqu'à ce qu'il retrouve sa femme.

Il perçut alors comme un murmure de Moira. Un soupçon de lilas. Sa colère redoubla. On avait osé s'en prendre à sa compagne. L'animal tapi en lui s'approcha encore un peu plus de la surface.

Elle était à lui.

Le soldat céda la place au prédateur sans même résister. La raison, la pitié, tout cela avait disparu. Tous ceux qui se dresseraient entre sa femelle et lui mourraient. Vite ou lentement, il s'en moquait, mais ils étaient déjà condamnés. Talen se tourna vers une lourde porte en chêne et Conn la défonça d'un coup de pied. Elle s'ouvrit sur un large escalier en ciment menant au sous-sol. Il avait horreur des sous-sols.

— On descend.

Trevan entra en trombe et referma la porte derrière lui. Moira se plaça devant les barreaux pour camoufler Cara et le bébé, et se força à sourire.

— Tiens tiens, on dirait qu'on a de la compagnie.

Le bruit étouffé des coups de feu leur parvenait malgré la distance. Elle sentait également la présence de Conn qui se rapprochait. Elle ne parvenait toujours pas à lui parler, mais sa fureur générait des vibrations très puissantes.

— Comment ils t'ont retrouvée, putain ? explosa Trevan, les yeux écarquillés en désignant les murs de la main. Tu n'as pas pu envoyer de message, c'est impossible.

Il ne savait pas que Cara était capable de communiquer par télépathie avec son compagnon. C'était un secret très bien gardé que Moira se félicitait de ne pas avoir divulgué.

— Je suis plus puissante que tu le crois, connard.

Le téléphone de Trevan sonna et il le sortit de sa poche pour lire le message, le visage déformé par la colère.

— Ils sont dans la maison. Les verrous les retarderont un peu, mais ils finiront par arriver jusqu'ici.

Avec un sourire qui fit froid dans le dos de Moira, il tira un pistolet de sa ceinture.

— Tu comptes me tuer, Trevan ?

Elle n'y croyait pas une seule seconde. Elle lui était trop utile comme monnaie d'échange.

— Non.

Il avança de deux pas, s'écarta, pointa son arme et tira. La détonation résonna dans la pièce.

— Non ! cria Moira.

Simone et elle se précipitèrent vers Cara. La balle avait atteint la jeune maman, la projetant dos au mur. Le sang gicla jusqu'au visage de Moira et, de l'autre côté de la porte, elle entendit un rugissement de fureur.

Cara avait été touchée à l'épaule, à peine dix centimètres au-dessus de la tête du bébé, qui se mit à gémir. Blanche comme un linge, elle lui caressa la tête pour le rassurer et regarda Trevan.

— Talen va te tuer.

Moira prit la serviette de Simone et l'appuya contre la plaie.

— Cara, concentre-toi, ma belle. Tu es en état de choc. (Sa rage était telle qu'elle ne laisserait pas le temps à Talen de tuer Demidov. Elle se tourna vers lui, le regard noir.) Mais t'es malade ou quoi ?

Tirer sur une femme portant un nouveau-né… mais quel genre de monstre était-il ?

Simone s'agenouilla à côté du lit.

— Cara, passe-moi le bébé pour qu'on puisse examiner ta blessure.

— Non !

Cara serra son fils contre elle, les larmes aux yeux, les pupilles dilatées par le choc.

Trevan avança jusqu'au barreau, l'arme pointée sur la tête de Cara. Moira adressa un petit signe de tête à Simone, qui la remplaça pour endiguer l'hémorragie, et se leva pour faire face à Trevan.

— Pourquoi ?

Demidov braqua l'arme entre ses yeux et tapa le code d'ouverture des barreaux.

— Sors. Au moindre mouvement, j'abats le bébé.

Moira était presque paralysée de colère, mais elle se dit qu'en sortant de la cage, elle aurait plus de chances de lui subtiliser son arme. Mais elle devait tout d'abord le forcer à porter son attention sur elle et plus sur Cara. Elle s'approcha de lui, se repassant dans la tête les mouvements qu'elle avait vus à l'entraînement. Trevan la saisit par les cheveux et l'attira contre lui avant de refermer les barreaux. Il la colla ensuite le dos au métal et passa un collier de cuir autour de son cou.

Aussitôt, Moira se sentit vaciller. Son cœur ralentit et un picotement apparut au bout de ses doigts. Trevan la retourna sans ménagement et ferma le collier. Elle y porta les mains, les yeux écarquillés.

— C'est quoi ce truc ?

Ses cils se mirent à papillonner et une boule d'angoisse apparut au creux de son estomac. Trevan sourit en voyant qu'elle commençait à comprendre.

— Eh oui. Un collier en phénacite, rien que pour toi.

Elle tenta de l'arracher, mais la matière lui brûla les doigts. Du cuir et de la phénacite. Contre sa peau, sur sa jugulaire. Elle tira dessus, mais sans résultat, comme si ses muscles ne répondaient plus. Il ne fallait pas que le collier reste au contact de sa peau. Elle en conserverait peut-être des séquelles irréversibles. Elle ravala les larmes qui lui montaient aux yeux.

Trevan entra un autre code et le mur du fond s'escamota pour donner accès à un passage. Il se tourna un instant vers la cage.

— Désolé, Simone. J'aurais préféré que ça se passe autrement.

Il prit Moira par le bras et la força à le suivre dans le passage. La porte se referma derrière eux et des lumières s'allumèrent au plafond. Il la poussa dans le siège passager d'une voiturette de golf.

— On dirait qu'il vaut toujours mieux avoir un plan B, tu ne crois pas, Septième ?

Hébétée, elle agrippa le tissu de son siège pour ne pas perdre l'équilibre.

— Pourquoi tu as tiré sur Cara ? balbutia-t-elle.

Il démarra et la voiturette s'élança dans le tunnel.

— Comme ça, le premier Kayrs qui arrivera sera forcé de s'arrêter pour vérifier que le bébé et elle vont bien. Je nous ai offert un petit délai.

Moira avait du mal à rester à la verticale. L'odeur de terre humide lui était désagréable, tout comme les lampes qui défilaient au plafond. Elle cligna des yeux et vacilla, mais Trevan la rattrapa par le bras.

— Ce n'est pas le moment de tomber, dit-il, mais sa voix semblait provenir de très loin. Ton corps va s'habituer au collier. Tu ne retrouveras pas toutes tes forces, mais tu pourras au moins te tenir droite.

Elle perdit la notion du temps, voire de la réalité même. Ils arrivèrent enfin au bout du tunnel. Trevan sauta à terre et ouvrit une porte rouillée. Le vent propulsa aussitôt des rafales de neige à l'intérieur et Moira tourna la tête pour se protéger les yeux. Elle était transie de froid, mais, petit à petit, elle retrouvait la faculté de penser.

Trevan la saisit par les cheveux et la força à descendre de voiture. Ils s'enfoncèrent dans la tempête. Elle aperçut une colline sur leur droite et un bouquet d'arbres devant eux. Une cabane était perchée au sommet de la colline. Les grêlons tombaient si dru qu'ils lui causaient des hématomes. La douleur lui permettait toutefois de se centrer, mais elle trébucha sur une pierre et s'écroula de tout son long. Elle parvint tout de même à se rattraper sur les mains, se les déchirant sur les pommes de pin, et paralysée par le froid. Trevan serra les doigts sur ses cheveux et la tira tant bien que mal sur le sentier gagné par la végétation.

Son jeans se déchira au genou et elle se releva de son mieux, mais le vent faillit la renverser de nouveau. Trevan l'attrapa par le chemisier et la força à avancer entre les arbres.

Ils se retrouvèrent bientôt face à une falaise. Trevan passa la main sur la roche et un clavier apparut.

Toujours aussi étourdie, Moira vit les pierres bouger, révélant un ascenseur. Son esprit lui disait de se rebeller, mais son corps ne demandait qu'à s'endormir. Elle entra en trébuchant dans la cabine et se rattrapa à la paroi pour ne pas tomber.

— Ôte le collier, Trevan.

La porte se referma et l'ascenseur entama sa montée.

— Non. Ton compagnon ne trouvera jamais cet ascenseur, Moira. Là-haut, on sera à l'abri en attendant qu'on vienne nous chercher.

Personne ne verrait l'ascenseur. Conn escaladerait la paroi pour venir à sa rescousse. Tout cela n'avait aucun sens. Le collier embrouillait tout.

Lorsque la porte se rouvrit, la tempête semblait avoir redoublé. Le vent hurlait si fort que Moira en avait mal aux tympans. Trevan lui prit la main et la tira derrière lui comme une poupée de chiffon. La grêle était toujours aussi violente, mais par chance la cabane était tout près. Avec un soupir de soulagement, Trevan ouvrit la porte et la poussa à l'intérieur.

Chapitre 30

Trevan poussa Moira contre le mur de la cabine et regarda avec inquiétude la fenêtre, malmenée par la grêle.

— Incroyable, cette tempête.

Il l'attacha aux anneaux fixés au mur. Moira fouilla la pièce du regard, à la recherche d'une arme. Les étagères débordaient de gants, de lunettes de ski et de manchons. Les murs en bois étaient nus et le plancher était en parquet. Si elle parvenait à en détacher une latte, cela ferait une arme très acceptable. Elle vit une porte fermée, menant certainement à une salle de bains.

— Ton hélico ne pourra jamais atterrir par ce temps.

Moira avait du mal à soutenir sa tête. Elle avait l'impression que le collier la vidait de toute son énergie.

— Bien sûr que si. L'aire d'atterrissage se trouve tout près de la cabane. Il n'y a jamais eu aucun problème.

Moira ressentit un petit picotement à la base du cou. Une énergie familière mais presque indétectable semblait venir de la pièce voisine.

— Il y a quelqu'un à côté ?

— Tu es vraiment puissante, Septième, la complimenta-t-il.

Il se dirigea vers la porte et l'ouvrit. Il s'agissait en effet d'une salle de bains. Il passa le bras à l'intérieur et tira sur quelque chose.

— Brenna ! cria Moira en voyant sa sœur apparaître.

Son soulagement était si fort qu'il la priva presque de ses dernières forces. Brenna secoua la tête et ouvrit les yeux. Ses pieds et ses mains étaient liés par une corde et sa bouche était recouverte par un morceau d'adhésif. Elle portait à son cou le même collier de phénacite. En apercevant sa sœur, elle écarquilla les yeux, puis grimaça de colère.

Trevan la saisit aux cheveux et la traîna jusqu'au mur, auquel il la menotta à côté de sa sœur.

— Je l'avais enfermée dans la salle de bains. Je ne savais pas si on en aurait pour longtemps.

Avec un grand sourire, il arracha l'adhésif.

— Aïe, putain, ça fait mal, gros con ! protesta Brenna en secouant la tête dans tous les sens. Je te jure que je vais te tuer. Je commencerai par t'arracher la peau et ensuite, je m'occuperai de ton foie. Tu crois que ma tante fait peur ? Tu n'as encore rien v… (Trevan la fit taire d'une violente gifle et l'arrière de son crâne percuta le mur.) Ça aussi, ça fait mal, Trevan.

Moira se débattit, mais elle avait l'impression d'être prisonnière de sables mouvants. Elle allait le tuer. Lui arracher le foie et le manger devant ses yeux.

— Comment il a fait pour te transporter jusqu'ici, Bren ?

— Deux de ses hommes sont passés chez moi. Je les ai laissés entrer sans réfléchir, expliqua Brenna avec une moue de dégoût. On s'est battus et quand j'ai repris connaissance, j'étais dans un avion, en route pour ce cinq étoiles. Il m'a enlevée pour avoir un moyen de pression sur toi, ce crétin. Et toi, comment t'es arrivée ?

— Il m'a aspirée avec son abysse interdimensionnel. (Moira regarda par la fenêtre, enragée par son impuissance.) Détache mon collier et bats-toi comme un homme, Trevan.

Elle était sûre de pouvoir le vaincre en duel. Ce collier de phénacite allait à l'encontre de tous les serments qu'il avait faits.

— Non, répliqua-t-il en regardant ses mains. Je me suis déjà abîmé la main sur le visage de ta cousine. Elle m'a surpris, celle-là. J'étais pourtant sûr de bien la connaître.

— Tu ne comprends rien aux femmes, on dirait, lui lança Brenna.

— Je ne dirais pas ça. De toute façon, Simone n'était qu'une distraction temporaire. À laquelle je regrette d'avoir cédé, d'ailleurs.

Moira s'immobilisa et tenta de maîtriser sa voix.

— D'autant plus que tu as déjà une femme, lui dit-elle, se rappelant la voix féminine qu'elle avait entendue.

— Bien essayé, répondit Trevan en se rapprochant de la fenêtre. Mais j'ai promis à ma dame de la protéger et je ne suis donc pas en mesure de satisfaire ta curiosité.

Moira commençait à ne plus sentir ni ses mains ni ses pieds. Elle devait se débarrasser de ce collier, et vite.

— À ta place, Trevan, je prendrais mes jambes à mon cou. Mon compagnon ne va pas tarder.

— Au contraire, je compte bien sur l'apparition de ton cher Connlan. Mes hommes arriveront à l'heure et nous nous mettrons d'accord sur un point de rendez-vous avec les Kurjans. (Trevan sourit, et ouvrit son téléphone.) Soit l'hélico atterrit sur le toit dans trente minutes, soit je te tue, toi et toute ta famille. Toutes les personnes de ton entourage, d'ailleurs… (Il écouta son interlocuteur et hocha la tête.) Oui, je savais que j'arriverais à te convaincre. Les tireurs d'élite sont en place ? Bien.

Moira était paralysée par l'angoisse.

— Tu vas vraiment nous livrer aux Kurjans ? Alors que tu sais qu'ils vont nous soumettre à leurs expériences ?

— J'ai besoin de m'allier à eux pour renverser les Neuf.

Il entra un code sur le clavier monté sur le mur et toute la colline, secouée par la violence de la tempête, s'illumina. Moira se sentit partir, mais elle se mordit la lèvre pour rester consciente.

— Qu'est-ce que tu as fait ?

— Nous sommes sur de la roche solide, au bord d'une falaise. Pour arriver jusqu'à toi, ton cher et tendre va devoir gravir la colline, Moira. Nous ne devrions pas tarder à l'apercevoir.

Moira se força à sourire.

— Tes tireurs d'élite sont aveuglés par la tempête. Jamais ils ne verront Conn.

Serait-il en état de venir, d'ailleurs ? Ses blessures internes n'avaient pas eu le temps de guérir et il avait peut-être subi de nouveaux dégâts lors de l'attaque de la maison.

— Ils le repéreront sans problème, ne t'en fais pas pour ça. Et de toute façon, les balles sont le cadet de ses soucis.

— Conn évitera les pièges et les mines, murmura Brenna. Ne t'inquiète pas, Moira.

Trevan fit un geste négatif de la tête.

— Les mines sont enterrées trop profond pour qu'il les repère. Elles ne seront pas mortelles, mais elles causeront assez de dégâts pour blesser et ralentir un vampire. C'est d'ailleurs tout ce dont j'ai besoin : mes tireurs l'immobiliseront suffisamment longtemps pour qu'on lui tranche la tête.

Moira adressa un regard inquiet à sa sœur. Ce plan semblait correct. Conn serait ralenti par ses blessures et le souffle d'une mine, même étouffé par une grosse couche de terre, n'arrangerait rien. Sans parler des tirs ultra précis des snipers.

— Comment peux-tu trahir tout ce que tu avais juré de protéger ?

Trevan se tourna vers elle, le regard noir.

— Pourquoi protégerais-je le cercle qui refuse d'assumer ses responsabilités ? Nous sommes l'espèce la plus puissante de la planète, mais nous restons à la botte des vampires et nous punissons ceux des nôtres qui cherchent à suivre le cours naturel des choses. (Il s'approcha d'elle jusqu'à coller son visage contre le sien.) Et le pire, c'est que nous le savons tous, même si nous refusons de l'admettre. Sans cela, comment aurais-je pu si facilement les convaincre de repousser l'offre du roi d'entraîner nos soldats ?

Cet enfoiré les avait mystifiés depuis le début.

— En fait, tu n'as jamais eu peur que nos hommes rejoignent les rangs des vampires.

Trevan haussa les épaules.

— Je n'en ai même rien à faire. Le roi avait peut-être des intentions cachées, ou peut-être pas, mais le cercle des Neuf était prêt à accepter sans même se poser la question.

— C'est de la trahison.

— La trahison est une question de point de vue. Et toi, *exécutrice,* combien des tiens as-tu tué au cours de ta carrière ? Simplement parce qu'ils pratiquaient la magie ?

Son haleine mentholée donnait la nausée à Moira.

— Ce n'était pas de la magie. C'était une manipulation de la matière dans des buts néfastes. Si la loi existe, ce n'est pas par hasard.

Pour éviter qu'on fasse sauter la planète, par exemple.

— Chaque nouveau dirigeant génère ses propres lois, répliqua-t-il en l'embrassant sur les lèvres. (Elle tenta de le mordre, mais il recula à temps avec une expression de regret sur son beau visage, puis haussa les épaules et se retourna vers la fenêtre.) J'aurais aimé avoir le temps de te dompter, Septième. Malheureusement, je vais devoir laisser ce plaisir aux Kurjans.

— Est-ce qu'ils savent ? demanda-t-elle sans parvenir à maîtriser l'effroi de sa voix. Ils sont au courant pour la phénacite ?

Si le plus grand point faible des sorcières venait à être révélé, ce serait une catastrophe aux répercussions insondables.

— Non. Ma dame m'en a dissuadé. Tu lui dois une fière chandelle.

Cette inconnue semblait bien plus intelligente que lui. Ne se rendait-il pas compte que les Kurjans n'auraient pas manqué de se servir de cette information contre lui ?

— Dis-moi son nom, pour que je puisse la remercier.

Il éclata de rire.

— Pendant que les Kurjans se plongeront dans les mystères de ton ADN, moi, je prendrai un peu de bon temps avec ta petite sœur. J'aurai encore besoin d'un moyen de pression sur le cercle. Pendant quelque temps, tout du moins.

Brenna, les yeux injectés de sang, lui montra les dents et une veine grise se gonfla sur son front lisse.

— Je vais faire bouillir ton cœur à l'intérieur de ta poitrine.

Moira appréciait son panache, mais la couleur translucide de sa peau, à l'endroit où elle était en contact avec le collier, l'inquiétait beaucoup.

Trevan, qui regardait toujours dehors, se redressa.

— Ah, on dirait que le spectacle commence.

Moira regarda par la fenêtre et son cœur se serra. Sous la lueur des projecteurs, elle aperçut une silhouette au pied de la colline. Sa tenue noire ressortait parfaitement dans le blanc de la tempête de grêle. Elle inspira à fond et mobilisa toute son énergie pour contacter Conn.

— *Arrête, bon sang!*

— *Pourquoi?* répondit-il, furieux.

Moira s'ouvrit au maximum et sentit la douleur de Conn. Ses organes internes n'étaient pas suffisamment remis pour ce qui l'attendait.

— *Des tireurs d'élite et des mines. Elles sont enterrées très profond pour que tu ne les repères pas.*

— *Ne t'affole pas, Moira. Je vais déclencher une des mines, ça me permettra de comprendre leur disposition.*

— *Mais c'est débile! Tu vas te faire exploser!*

— *Du calme, je te dis.* La silhouette sombre s'élança dans la pente en zigzaguant. *Tu es gravement blessée?*

— *Je n'ai rien, mais je suis menottée au mur et je ne peux pas utiliser ma magie. Et Brenna est là.*

C'était une réponse très succincte et Moira sentait qu'elle allait avoir beaucoup d'explications à lui donner.

— *Elle est blessée?*

— *Non, juste un peu amochée, mais furax et immobilisée comme moi.*

— *Pourquoi tu ne peux pas utiliser ta magie pour te détacher?* Il poussa un grognement et la douleur lui vrilla la poitrine, mais il n'en continua pas moins d'avancer.

— *On en parlera plus tard. C'était ton poumon, ça?* Il ne pouvait pas courir sans poumons. Ses blessures internes étaient encore plus graves que ce qu'avait dit le médecin.

— *Oui, je crois. Bon, faut que je me concentre, là. À tout de suite.*

Elle protesta, mais il n'était plus là. Les vampires pouvaient mourir par décapitation ou, plus rarement, s'ils se vidaient de tout leur sang. Cela ne les tuait pas sur le coup, mais cela les transformait en légumes, sans aucun espoir de guérison. Combien de sang Conn avait-il déjà perdu ?

Une explosion se fit entendre dans le vacarme de la tempête et des flammes jaillirent au loin.

— Enfin ! triompha Trevan en serrant le poing. Une mine.

Terrorisée, Moira fouillait la nuit du regard en essayant de retenir ses larmes. La grêle s'était muée en neige, dont les flocons virevoltaient dans la fumée de l'explosion. Les projecteurs se braquèrent vers une forme allongée sur le sol. Conn.

Il se releva tant bien que mal et leva la tête, ses yeux brillants sur la cabane. Moira se débattit pour se libérer, mais ne parvint qu'à s'arracher la peau des poignets. La douleur arriva jusqu'au bout de ses doigts.

— Tu es un homme mort, Trevan. À ta place, je partirais en courant, même s'il est déjà trop tard pour ça.

Conn, qui était arrivé à la moitié de la pente, tourna la tête dans tous les sens.

— Il arrive, Trevan, enchaîna Brenna avec un rire faible. Il est en train d'analyser la configuration des mines.

Elles devaient en effet être enterrées en respectant un certain écartement pour éviter qu'elles se déclenchent les unes les autres.

— Je vois, répondit Trevan. (Il sortit son téléphone et appuya sur un bouton.) Abattez-le.

— Non ! hurla Moira.

Elle tenta de se connecter à Conn, mais n'y parvint pas. Quelque chose les empêchait de communiquer, soit sa terreur, soit les blessures qu'il avait subies. Elle se sentait de plus en plus mal et l'insensibilité de ses extrémités empirait.

— Tu sens encore tes mains et tes pieds ? demanda-t-elle à sa sœur.

— Je ne sens plus rien depuis des heures, murmura Brenna.

Moira se mordit une nouvelle fois la lèvre pour se réveiller et s'éclaircir un peu l'esprit, mais la douleur vive n'eut aucun effet. Quelles seraient les séquelles des colliers ? Selon ce qu'elle savait, il suffisait qu'une sorcière s'éloigne de la phénacite pour retrouver ses pouvoirs. Mais il était rare que le minerai reste aussi longtemps au contact de la peau.

— Ça va aller, la rassura-t-elle.

Désespérée, elle tira frénétiquement sur ses bras. Elle devait se libérer et voler au secours de Conn.

Des coups de feu éclatèrent. Le vampire tomba, mais se releva malgré la mitraille et reprit sa marche en avant.

— Feu ! hurla Trevan dans son téléphone.

Une volée de balles jaillit de la cime des arbres. Chaque impact faisait trembler le corps de Conn et il tomba à genoux, puis se retourna et tira à son tour. Il fit mouche, car un corps vacilla, puis s'écrasa au sol.

De nouveaux coups de feu se firent entendre. Les tireurs étaient trop nombreux pour que Conn les abatte tous.

— Dis-leur d'arrêter, Trevan, je t'en supplie.

Elle n'avait jamais supplié personne de sa vie, mais dans ces circonstances, elle n'hésita même pas.

— Tu rêves, Septième, répondit-il sur un ton de satisfaction cruel.

— Je ne sais ni quand ni où, répliqua Moira, brûlante de colère, mais un jour, je t'arracherai le cœur.

Cela sonnait comme une menace, mais pour Moira c'était un serment. Trevan se tourna lentement vers elle, les yeux sombres, les joues pâles.

— Dans ce cas, il vaudrait mieux pour toi que les Kurjans arrivent avant que je décide que tu représentes une trop grande menace pour moi.

— Je suis la Septième, Trevan. Ne l'oublie jamais.

Comme si elle était capable de protéger Conn rien qu'en le regardant, elle le chercha dans le rideau de flocons. Les spots qui illuminaient la zone lui permirent de le retrouver immédiatement.

IL se releva une nouvelle fois, laissant dans son sillage une flaque rouge. Il perdait trop de sang. Il reçut de nouvelles balles mais continua tout de même à avancer.

Conn faisait preuve d'un courage indescriptible. Il était son compagnon. Ce que Moira ressentait pour lui dépassait le simple amour. Le pouvoir, le destin, le sort, tout cela se mêlait en un ouragan de flammes qui faisait rage en elle. Elle redressa la tête, mobilisa ses dernières forces, se persuada qu'elle était en pleine forme, puis envoya toute sa puissance, la puissance de la Septième, à son compagnon. L'espace d'un instant, elle se crut réellement plus forte que la phénacite. Plus forte que ses ennemis. Plus forte que la mort.

Conn se redressa et inspira à fond revigoré. Soudain, une lumière apparut dans le ciel et une forme sombre traversa les nuages. Les renforts de Trevan étaient arrivés.

— Mesdames, notre carrosse est avancé, annonça leur geôlier sans quitter Conn des yeux, lequel s'était arrêté pour regarder l'hélicoptère. Mais je pense qu'on peut encore patienter quelques minutes, le temps de les voir hacher ton compagnon en particules microscopiques, Moira. Personne ne pourra le reconstituer, pas même toi.

Moira se laissa retomber, dépitée. Elle avait envoyé tout ce qu'elle avait à Conn et ce n'était pas suffisant. Les occupants de l'hélicoptère ouvrirent le feu et des flashs orange illuminèrent l'appareil. Les projectiles touchèrent les cimes des arbres, qui s'embrasèrent. Un spot se tourna vers l'hélico et Moira aperçut Jase, à moitié hors de la cabine, en train d'asperger la forêt.

Presque au ralenti, elle tourna la tête vers la colline. Conn fonçait en direction de la cabane, lancé à pleine vitesse, les yeux rivés sur elle.

Trevan recula d'un bond et tira un pistolet de sa ceinture. Il le leva pour viser son compagnon, mais, avant qu'il ait eu le temps de tirer, Conn traversa la vitre.

Chapitre 31

Conn retomba lourdement, faisant craquer les éclats de verre sous ses rangers. Sa colère prenait le dessus sur toutes les finesses stratégiques qu'il cultivait depuis des siècles, sur sa pitié et sa compassion naturelles. Il ne ressentait plus qu'une rage pure doublée d'une peur paralysante pour la femme qu'il aimait.

Il saisit Trevan par le cou avant que le sorcier ait eu le temps de tirer une seule balle. D'un revers de la main, il envoya le pistolet voler à l'autre bout de la pièce. Malgré tout le sang qu'il avait perdu, malgré son cœur à moitié détruit, Conn souleva son adversaire d'une seule main, puis l'écrasa contre le sol avec toute la force de l'univers.

Le crâne de Demidov explosa comme un melon. Avec un grognement bestial, Conn lui arracha la tête pour parachever son œuvre, puis la lança par la fenêtre. Il se tourna ensuite vers sa compagne, les canines sorties, le sang dégoulinant le long de sa joue. Elle s'appuyait faiblement au mur, menottée, ses yeux verts écarquillés dans son visage trop pâle.

Les jambes de plus en plus lourdes, presque exsangue, il s'approcha d'elle pour la libérer, même si c'était la dernière chose qu'il pouvait faire pour elle avant de succomber. Il serra les dents, si fort que des particules d'émail s'envolèrent, et attrapa les menottes.

— Conn, supplia Moira d'une voix très faible. Commence par le collier. Le collier, s'il te plaît.

Il fronça les sourcils et obéit, réduisant l'attache en poussière avant d'ôter la lanière de cuir de son cou. Les petites pierres brillantes qui l'ornaient l'intriguaient. Du quartz, peut-être ?

Moira poussa un soupir de soulagement. Conn détacha ses menottes et elle se précipita vers Brenna. Conn émit un grognement étonné. Focalisé sur sa compagne, il ne s'était même pas rendu compte de la présence de sa sœur. Tandis que Moira jetait son collier à l'autre bout de la pièce, il la libéra de ses menottes. Brenna s'écroula, à bout de souffle, et repoussa ses cheveux d'une main tremblante.

La pièce se mit à vaciller, ou peut-être était-ce lui. Moira l'attrapa par le bras et il tomba lourdement à genoux. Quelqu'un défonça la porte d'entrée et il tenta de se relever pour protéger sa compagne, mais il vit qu'il s'agissait de Jase, qui se tranchait déjà le poignet d'un coup de canine.

— Tiens, bois, dit-il en enfonçant l'avant-bras dans la bouche de Conn.

L'odeur du sang lui fit perdre la tête. Il se jeta sur le bras de Jase comme un animal et enfonça les canines dans sa peau. Il sentit l'énergie lui remplir la bouche, les veines, jusqu'au cœur, celui de ses organes qui en avait le plus besoin. Au bout d'un moment, il relâcha la pression et tenta de retirer les dents, mais Jase l'en empêcha.

— Continue. Tu en as besoin.

Dage entra à son tour. Après avoir évalué la scène du regard, il s'approcha de Brenna et la souleva dans ses bras, arrachant l'adhésif qui lui immobilisait les chevilles.

— Les renforts de Trevan arrivent. Montez vite dans l'hélico.

Moira et Jase soulevèrent Conn, qui était à moitié inconscient, et l'aidèrent à sortir de la cabane. Les pales de l'hélicoptère projetaient de la neige et des pommes de pin dans tous les sens. Moira, le cœur tambourinant, en reçut plusieurs sur le visage.

Malgré le sang pris à Jase, Conn laissait encore une traînée rouge derrière lui. Il marchait tant bien que mal, la tête baissée, affaissé sur son frère. D'où tirait-il une telle force ? Moira sentait la douleur qui lui déchirait la peau et les organes. Pourtant, il bougeait toujours, par simple force de volonté.

— Je te laisserai pas seule dans ce monde, murmura-t-il d'une voix à peine audible.

— Je t'aime.

Ces mots impromptus sortaient droit du cœur de Moira, ou de plus loin encore, du plus profond de son être.

— Je sais. Monte dans l'hélico.

Il la lâcha et, s'appuyant sur Dage, attendit qu'elle soit installée, puis monta à côté d'elle, suivi de Jase, qui pointait son arme vers l'extérieur. Dage posa Brenna sur le siège du copilote, puis se mit aux commandes et enclencha plusieurs boutons au-dessus de lui.

— Accrochez-vous. Jase, tiens-toi prêt.

L'hélico décolla et Jase dégoupilla une grenade, qu'il lança à l'intérieur de la cabane.

— Adieu, Trevan.

Quelques secondes plus tard, la cabane explosa dans une gerbe de flammes et de fumée noire. Moira prit la main de Conn, qui glissa ses doigts entre les siens.

— Tu vas bien, *Dailtín* ? murmura-t-il.

— Oui. (C'était un mensonge. Trevan l'avait affublée d'un collier en phénacite et elle était encore si faible qu'elle en avait du mal à respirer, mais elle espérait que son compagnon ne s'en apercevrait pas. Elle n'avait vraiment pas le temps de faire un séjour de convalescence à l'hôpital.) Il faut que je rentre en Irlande, Conn.

Elle s'attendait à ce qu'il proteste, mais sa réponse la surprit.

— Je sais, soupira-t-il en ouvrant les yeux. Et maintenant, Dage ?

L'hélicoptère vira au-dessus de la maison de Trevan, entourée d'un cercle d'arbres dévorés par les flammes.

— Talen a emmené Cara et le bébé à l'hôpital. Kane et Jase vont rester ici pour fouiller le reste de la propriété et vérifier qu'on n'a rien oublié. Ni personne, dit-il en faisant atterrir l'hélicoptère en douceur sur la neige. J'ai fait préparer un avion. Tu vas escorter Moira, Brenna et les membres des Neuf en Irlande. Le conseil vous attend.

Mais, à en croire la voix froide et sèche du roi, les retrouvailles risquaient d'être mouvementées. Jase sauta au sol et fit signe à Kane, qui se tenait près d'un autre appareil.

— Dage, tu as bien dit « les membres des Neuf » ? demanda Moira.

— Oui, répondit le roi en lui désignant de la tête Kane, qui aidait deux femmes à descendre de la cabine. Simone et Grace.

— Grace est en vie ?

Elle n'en revenait pas. Trevan lui avait pourtant dit que personne d'autre qu'elle n'avait survécu au transfert.

— Oui. On l'a trouvée dans un placard, blessée, avec un drôle de collier autour du cou. On aurait dit du quartz. J'espère obtenir rapidement une explication à ce sujet, conclut-il en la regardant dans le rétroviseur.

Le roi risquait d'attendre longtemps. Moira tenta d'ouvrir la porte coulissante, mais Conn l'immobilisa.

— Ne bouge pas, ma belle.

Il avait la tête contre le dossier de son siège et les yeux fermés, mais sa voix n'avait rien perdu de son autorité. Son compagnon recouvrait ses forces. C'était probablement bon signe. Elle se tourna vers l'autre porte, déjà ouverte, et regarda Kane accompagner les deux femmes jusqu'à eux. Le visage pâle de Grace était couvert d'hématomes. Sa longue jupe rouge glissait sur la neige salie qui en imbibait le tissu. Une marque verte lui encerclait le cou. Moira porta sa main à la gorge et se frotta la peau.

— Tu as du vert, lui dit Conn sans bouger.

Combien de temps la marque resterait-elle ? Moira se pencha pour aider Simone à monter.

— Tu vas bien ?

Simone hocha la tête et grimaça.

— Oui. Un petit mal de crâne, mais rien de plus. Cara va s'en remettre. Talen l'a gavée de sang de vampire.

— J'imagine qu'il ne sait pas comment te remercier d'avoir essayé de la protéger quand Trevan lui a tiré dessus ?

Elle commençait à se dire qu'elle ne connaissait pas du tout sa cousine. Simone avait mis sa vie en danger pour Cara et son bébé sans la moindre hésitation.

— Je n'ai pas été assez rapide, soupira Simone en fermant les yeux, la tête appuyée au dossier, comme Conn. Je veux rentrer chez moi.

Elle se décala pour laisser une place à Grace, dont les mains tremblaient. Kane referma la porte derrière elle et donna deux coups sur le métal avant de repartir en courant. Dage fit décoller l'appareil, son profil mâle illuminé par les voyants qui clignotaient sur le tableau de bord. Brenna se cala aussi confortablement que possible dans le siège du copilote.

— Réveille-moi quand on sera à l'avion, murmura-t-elle.

Moira sentait ses propres paupières se fermer. Le collier en phénacite l'avait vidée de ses forces, mais s'endormir ne lui paraissait pas une bonne idée. Elle devait mettre ses idées en ordre avant d'affronter le conseil. À ses côtés, Conn avait sombré dans le sommeil. Elle tourna la tête vers Grace.

— Comment tu as survécu au transfert ?

La conseillère leva ses mains ensanglantées. Visiblement, elle avait cherché à résister.

— Je ne sais pas trop. J'ai imaginé une bulle de protection autour de moi et, d'un seul coup, un rayon de lumière a percé l'obscurité et il m'a mis un collier. (Ses grands yeux bleus écarquillés, elle se pencha pour regarder Moira.) Trevan est bien mort ?

— Oui, répondit la jeune sorcière, le visage fermé.

Demidov avait été un membre du cercle, mais sa mort ne lui causait aucune peine. Il les avait tous trahis.

Grace se mordit le poing.

— Tant mieux.

Les larmes aux yeux, elle détourna la tête et regarda par la fenêtre. Moira n'avait pas l'énergie nécessaire pour la réconforter. Elle ferma les yeux pour se détendre et son corps céda à l'épuisement. Pourtant, quelque chose la tracassait. Lui échappait.

L'hélicoptère se posa avant qu'elle ait eu le temps de mettre le doigt dessus. Une petite pluie avait remplacé la neige. Les passagers exténués descendirent de la cabine au ralenti et montèrent tant bien que mal dans l'avion prêt à décoller.

La cabine principale comportait huit fauteuils en cuir, installés face à un grand écran. Dage déposa Brenna sur le premier, appuya sur un bouton pour que le siège s'allonge complètement et prit des couvertures dans le rangement au plafond pour l'installer bien au chaud. Moira, la tête appuyée contre la paroi, avait la tête qui tournait de fatigue.

Dage s'approcha de Conn et d'elle et se trancha le poignet d'un coup de canine. L'odeur musquée de son sang emplit la cabine. Conn voulut protester, mais Dage le plaqua contre la paroi avec une telle force que tout l'avion trembla, et colla son poignet à la bouche de son frère.

— Bois mon sang, sinon je te tue.

Moira jugea bon de s'écarter, mais Conn fronça les sourcils et mordit de toutes ses forces avec une mimique amusée en voyant son frère se figer sous la sauvagerie de sa morsure. Très vite, ses joues retrouvèrent des couleurs. Il but pendant plusieurs secondes, puis Dage se tourna vers Moira.

— Tu en veux aussi ?

Elle se sentait très vaseuse et elle avait un gros mal de gorge, mais combiner le sang de vampire à la réaction inconnue due au collier en phénacite lui semblait trop risqué.

— Euh, non merci.

— Comme tu veux. Conn, installez-vous dans la chambre. Vous avez douze heures de sommeil devant vous. J'espère que ton cœur et au moins un de tes poumons seront remis lorsque vous arriverez en Irlande. Moi, je rentre au QG, mais je participerai à votre discussion avec les Neuf par visioconférence. Bonne chance.

Il sortit, ferma la porte de l'avion et s'éloigna sur le tarmac. Conn prit Moira par la main et l'entraîna jusqu'à la chambre, celle qu'ils avaient partagée la dernière fois. Malgré son épuisement, la sorcière rougit à ce souvenir.

Conn ricana.

— Je ne dis pas que je ne pourrais pas te satisfaire, ma belle, mais on ferait quand même peut-être mieux de dormir un peu avant, dit-il en commençant à se dévêtir.

Moira leva les yeux au ciel et rampa jusqu'aux oreillers avant d'ôter ses chaussures, qui tombèrent lourdement sur le sol.

— Bonne idée.

Voyant qu'elle tremblait dans ses vêtements mouillés, Conn lui lança un tee-shirt propre.

— Tu es trempée, *Dailtín*. Change-toi ou je le fais pour toi.

L'idée était tentante, mais Conn n'était pas en état. Sans ouvrir les yeux, elle ôta son jeans et son chemisier, puis enfila le tee-shirt. Conn se glissa sous les couvertures et elle sentit la chaleur de son corps musclé l'envahir.

— Dors. On parlera plus tard.

Cette dernière phrase était inquiétante, mais elle était trop lasse pour s'en soucier. Tout se mettrait en place lorsqu'elle retrouverait la faculté de penser. Se forçant à se détendre, elle compta les respirations régulières de Conn, qui dormait déjà. Elle sentait sa douleur émaner de lui, ainsi que le picotement de la guérison. Le sang du roi devait être d'une efficacité redoutable. Combiné aux nouveaux pouvoirs qu'elle lui avait transmis, il lui permettrait de se remettre très vite.

Elle compta les moutons. Puis les vampires. Puis les obstacles à leur couple, ce qui fut le plus long. Quelqu'un frappa à la porte et elle releva la tête.

— Entrez, murmura-t-elle pour ne pas réveiller Conn, qui ne bougeait pas.

Brenna entra sans un bruit et referma la porte derrière elle avant de venir se coucher à côté de sa sœur.

— Il va mieux ?

Moira se poussa pour lui faire un peu de place.

— Oui. Et toi, tu devrais dormir.

— J'y arrive pas. J'ai mal à la gorge. Je me sens faible. (Elle mit les mains sur son ventre et étendit les jambes.) Je crois… je sais pas trop…

— Quoi ?

— Trevan m'a forcée à avaler quelque chose, une sorte de liquide…

— De la phénacite ? demanda Moira, pétrie d'angoisse.

— J'en sais rien. Si ça se trouve, c'était tout simplement un tranquillisant, mais on verra plus tard. Il y a un truc plus pressant qui m'inquiète.

— Quoi donc ?

Moira avait elle-même quelques soupçons et Moira était la personne la plus perspicace qu'elle connaissait.

— Plusieurs, en fait. Premièrement, le roi n'est pas idiot.

Moira tourna la tête vers sa sœur et lui prit la main pour la rassurer.

— Je sais, mais on ne peut rien y faire.

— Tôt ou tard, il finira par découvrir la vérité sur la phénacite. Le secret a été éventé.

— Oui, mais Dage ne s'en servira pas contre nous.

Enfin, je l'espère.

— J'ai demandé à deux labos de chercher un antidote à l'effet du minerai.

— Ah bon ?

— Ben oui. Un secret n'est jamais éternel et on aurait dû le faire avant.

— Tu es vraiment quelqu'un d'intelligent, Brenn, la complimenta Moira, fière de sa petite sœur. Vous avez déjà eu des résultats ?

— Aucun jusqu'ici, mais je trouverai le moyen de surmonter cette cochonnerie. (La voix de Brenna était très rauque et sa gorge devait être au moins aussi enflammée que la sienne.) J'ai un deuxième souci.

— Grace, répondit Moira en déglutissant pour apaiser la douleur.

— Oui. Tu as vu sa tenue ultra chic ? Elle n'a pas vraiment l'allure d'une prisonnière.

— Exactement. Remarque, Trevan était tellement tordu qu'il a peut-être fait exprès de l'habiller comme ça pendant sa détention.

— Je sais bien, soupira Brenna, sans compter qu'elle a vraiment le visage très amoché.

— Ses hématomes sont récents. On dirait qu'ils datent à peine de quelques heures. Quand les vampires ont lancé leur assaut.

— Elle a très bien pu se cogner la tête plusieurs fois contre le mur avant de mettre elle-même le collier, suggéra Brenna d'une voix pensive. Mais je ne crois pas qu'il soit possible à une sorcière de se coller volontairement le minerai sur la peau.

Elles étaient en train de soupçonner un membre du cercle des Neuf de trahison. Une telle accusation ne pouvait pas être portée à la légère.

— Quand je suis arrivée, j'ai entendu une voix de femme. À mon avis, Grace était la complice de Trevan.

Comment avait-elle pu passer à côté de cela ?

— On n'a pas l'ombre d'une preuve.

C'était la vérité et Moira n'avait donc pas le choix.

— Je sais. Je m'en occupe.

Les secondes s'écoulèrent et Brenna se raidit contre elle.

— Tu ne peux pas faire ça. Même en temps normal, j'essaierais de t'en dissuader, mais là, tu es trop faible.

— Le sort ne nous laisse pas toujours le choix, Bren.

Moira allait devoir aller à la rencontre de son destin et en assumer les conséquences.

Chapitre 32

Lors de sa première visite, l'aspect mystique du QG du cercle des Neuf l'avait intrigué, mais cette fois-ci l'endroit le mettait en rogne. L'air hargneux, Conn se tenait face aux membres survivants du conseil. Sa compagne était à sa gauche et sans Kell, qui se tenait entre Moira et Brenna, il n'aurait pas pu résister à l'envie de se placer devant elle pour la protéger.

Le passage du voile avait été moins douloureux que la première fois. Il l'avait franchi seul et avait gardé ses armes. Ils avaient pu se doucher et se changer avant de se présenter devant le conseil et avaient donc retrouvé une allure à peu près correcte.

Les conseillers étaient assis à leur place derrière la vaste table en pierre. Simone et Grace arboraient des hématomes violets sur le visage. La mère et la tante de Moira avaient les yeux cerclés de bistre et même Gallagher, récemment intronisé, semblait tendu à se rompre. Les quatre sièges vacants symbolisaient les temps difficiles qu'ils traversaient. Tout cela confirmait à Conn qu'il ne pouvait pas laisser Moira ici, seule avec ses congénères qui ne semblaient même pas capables d'assurer leur propre protection.

Dage apparut à l'écran et Vivienne attaqua bille en tête.

— Trevan est mort ?

Elle accompagna cette question d'un grand geste de la main qui manqua de renverser sa tasse de café Starbucks.

Le contraste entre cet objet emblématique du vingt et unième siècle et l'ambiance morbide et antique de la salle souterraine ne suffit pas à dérider Conn.

— J'ai donné l'ordre de tuer votre conseiller, en effet.

— C'est moi qui l'ai tué, intervint Conn. Je lui ai arraché la tête. Il avait enlevé ma compagne.

Dage se figea, contrarié, mais Conn refusait que le roi porte la responsabilité de son acte. Si le conseil voulait s'en prendre à quelqu'un, ce serait à lui, même s'il n'avait aucune intention de se laisser faire. De plus, quelque chose lui disait que sa compagne, étrangement silencieuse, se battrait à ses côtés. Cela lui fit chaud au cœur. Cœur qui n'était pas encore totalement reconstitué, d'ailleurs.

— Je vois, répondit Vivienne d'une voix hésitante. Je comprends votre désir de protéger votre compagne, Prince, mais les Neuf règlent eux-mêmes les problèmes causés par leurs membres. Tout comme vous gérez ceux qui concernent votre peuple, Roi.

Dage hocha la tête.

— Certes. Si les conditions avaient été différentes, nous vous aurions livré Demidov, mais malheureusement, nous n'avons pas eu le choix.

— Je comprends, répondit Vivienne avant de se tourner vers ses collègues. Si les vampires veulent bien nous excuser, je crois que nous avons quelques sujets à aborder.

— Comme la phénacite, par exemple ? demanda Dage.

Le silence tomba sur la pièce et Vivienne se redressa sur son siège, majestueuse avec ses longs cheveux noirs reposant sur son tailleur Chanel.

— Depuis quand êtes-vous au courant ?

— Depuis trois heures, quand mon labo m'a transmis les résultats des analyses du collier, expliqua le roi en regardant un instant la marque sur le cou de Moira. Bien entendu, votre secret est à l'abri avec nous.

Cette affirmation scellait pour toujours le traité entre les vampires et les sorcières. Maintenant que Dage faisait peser une telle épée de Damoclès au-dessus de leur tête, elles ne pouvaient plus quitter le Royaume.

— C'est bien aimable de votre part, Roi, répondit Vivienne, les dents serrées. C'est une bonne chose que nous soyons restés alliés, n'est-ce pas ?

— Le Royaume considérera toujours le cercle des Neuf et ses subordonnés comme ses amis, conseillère Northcutt.

Conn se retenait de rire. Dage était décidément très doué pour toutes ces sournoiseries diplomatiques. Il sentait le soulagement de sa compagne à côté de lui. Brenna tourna la tête et adressa à sa sœur un regard énigmatique dont le sens échappait à Conn. Moira se figea, comme pour rassembler son courage, mais Vivienne la devança.

— Nous avons quatre places vacantes au cercle, Moira.

— Oui, ma tante. (Elle fit un pas en avant et Conn poussa un petit grognement. Elle ne s'éloignerait pas de lui, que cela lui plaise ou non.) Et à ce sujet, je souhaite défier la conseillère Grace Sadler.

Chacun des conseillers réagit à sa manière. Viv se leva à moitié de son siège, la mère de Moira se pencha en avant en portant la main à sa gorge, Simone sourit lentement et Peter fronça les sourcils.

Quant à Grace, elle pâlit et un éclair noir traversa ses yeux.

— Qu'est-ce que cela signifie ? Il y a quatre places disponibles. Ce défi est inutile.

Son beau visage, dont les hématomes ne parvenaient pas à effacer la lumineuse beauté, était rouge de colère.

— Mais c'est ton siège que je veux.

Moira avait baissé la voix, comme le faisait Conn lorsqu'il exprimait une menace. C'était d'une efficacité redoutable et il était très fier d'elle. Moira apprenait vite. Elle écarta les jambes pour se mettre en position de combat.

— Moira, murmura-t-il, je n'aime pas trop ce que tu es en train de faire.

— Et ça ne va pas s'arranger, tu peux me croire, répondit-elle sans quitter Grace des yeux.

Conn se retint de sourire, impressionné malgré lui par la combativité de sa compagne. Elle avait été blessée et muselée par un minerai qui l'avait privée de ses pouvoirs. Pourtant, elle lui avait envoyé ses dernières forces au moment où il en avait eu le plus besoin. Elle n'était pas en état de livrer bataille, mais à en juger par l'ambiance dans la pièce, c'était exactement ce qui allait arriver.

Brigid, pensive, s'adressa à sa septième fille.

— Pourquoi Grace, Moira ?

Conn fit un pas en avant pour se porter à la hauteur de sa compagne, qui ne quittait pas Grace Sadler des yeux.

— Parce qu'elle était de mèche avec Trevan.

Vivienne se leva.

— Tu as des preuves pour étayer cette accusation ? demanda-t-elle d'une voix incrédule.

— Aucune preuve directe, non, mais je suis persuadée d'avoir raison, répondit Moira, la tête haute. Et Grace le sait.

Sadler lui adressa un sourire qui tenait plus de la grimace.

— Tu perds la tête, Septième. Tu n'as aucune preuve parce qu'il n'y en a pas. Moi aussi, il m'a frappée et neutralisée avec le collier. Les vampires m'ont secourue, tout comme toi, expliqua-t-elle en retouchant son chignon. De toute évidence, cette expérience t'a secouée.

— Merci de te soucier de ma santé, répliqua Moira en faisant un pas de plus vers l'estrade. Mais tes bleus ont l'air très récents et la marque de ton cou est moins verte et moins profonde que celle de Brenna, alors que tu es censée avoir été capturée avant elle.

Tous les regards se tournèrent vers Grace, qui rougit.

— Ces accusations sont sans fondement. Comme tu l'as dit toi-même, tu n'as aucune preuve.

Moira sourit.

— Je ne réclame pas ta démission et je ne demande pas aux exécuteurs de s'occuper de ton cas, dit-elle en relevant lentement les manches de son chemisier. Je te défie pour prendre ta place et pour cela, aucune preuve ou raison n'est requise. Soit tu renonces à ton siège de ton plein gré, soit tu viens prendre ta raclée.

— Moira, intervint sa mère, inquiète, tu es sûre que tu sais ce que tu fais ?

Conn, sur cette question, se rangeait du côté de Brigid. Grace se leva, une aura noire menaçante sur la peau.

— Je fais partie des Neuf depuis bientôt mille ans, sale petite teigne. J'ai plus de pouvoir dans mon petit doigt que toi dans tout le corps.

— J'en conclus que tu relèves le défi ?

Grace se tourna vers Brigid.

— Raisonne ta fille. Sinon, je vais la détruire.

Brigid regarda Moira, puis Grace. Elle réfléchit pendant plusieurs secondes, puis se redressa.

— Ma fille sait ce qu'elle fait. Je te suggère de renoncer à ton titre et de coopérer avec les exécuteurs pendant leur enquête. Si tu l'affrontes, tu perdras tout.

Moira ne bougea pas d'un millimètre, mais Conn sentit son soulagement et son regain de confiance lorsque Brigid la soutint. Lui, par contre, n'était pas soulagé du tout. Il comprenait désormais l'origine des trous et des fentes dans les murs de pierre : ils étaient le fruit des énormes dégâts causés par les duels de physique quantique. Tout son être se rebellait à l'idée que sa compagne puisse être la cible de telles forces.

— Roi Kayrs, merci de vous être joint à nous pour cette réunion, déclara Vivienne.

— Je vous en prie. Je vous tiens au courant pour notre planning d'entraînement commun.

L'écran s'éteint et Vivienne garda un instant le regard fixé sur le mur.

— Je n'ai pas le souvenir d'avoir accepté, maugréa-t-elle avant de se tourner vers Grace. Bon, on verra ça plus tard, mais pour l'instant… Grace Sadler, Moira Dunne vous a lancé un défi pour prendre votre place. Acceptez-vous ou préférez-vous mettre volontairement un terme à votre rôle de membre du cercle des Neuf ?

Grace leva la tête avec un sourire impatient.

— J'accepte le défi.

Conn s'avança vers elle, mais Moira le retint par le bras. Il la regarda, dévoré par l'angoisse, mais sa compagne respirait le calme.

— Qu'il en soit ainsi, décréta Vivienne. (Elle déroula un parchemin, écrivit quelques mots, puis désigna de la main les sièges taillés dans la roche.) Les personnes présentes seront témoins des règles que nous allons ériger.

Kell et Brenna s'installèrent aussitôt dans ce qui, aux yeux de Conn, ressemblait au box d'un jury. Il était étonné de constater que les sorcières obéissaient à la loi romaine antique.

Moira se tourna vers lui, mais il secoua la tête.

— Non.

Elle lui répondit avec un petit rire amusé.

— Tu n'as pas le choix, Kayrs. Tu vas devoir me faire confiance.

Et puis quoi encore... Elle avait accepté de se battre et il détestait cela, même s'il se tiendrait à quelques mètres d'elle.

— Je dois présenter mon défi de manière formelle, expliqua-t-elle en serrant les doigts sur son biceps. Nous avons un grand respect pour nos traditions. Va prendre ta place parmi les témoins pendant que nous établissons la date et l'heure.

— Je préférerais rester là.

Moira ferma les yeux et inspira à fond.

— Je t'aime, Connlan Kayrs, mais tu vas devoir apprendre à avoir foi en moi. Pour l'instant, nous nous en tiendrons aux palabres. Le combat n'aura lieu que bien plus tard.

Elle rouvrit les paupières et Conn vit que ses yeux étaient du vert le plus profond qu'il avait jamais vu. Profond, puissant, mystérieux.

Conn sentait son cœur battre à tout rompre et son sang bouillir dans ses veines. Un désir irrépressible s'empara de lui.

— Moira...

Tout disparut autour de lui. Les bruits. Les gens. L'espace d'une seconde, il n'exista plus qu'elle dans tout l'univers.

Moira rougit, puis le lâcha. Sa puissance ancestrale faisait crépiter l'air autour d'eux.

— Finissons-en. On parlera du combat plus tard. Pour l'instant, je dois simplement présenter mon défi.

Il mourait d'envie de la protéger. De ses rudes mains de guerrier, il l'attrapa par les bras et l'embrassa. Tant de sentiments, tant de plans... il se régalait de ses lèvres, sa langue faisant des ravages dans sa bouche. *À moi.* Ce ne fut qu'en la sentant frissonner contre lui qu'il la relâcha et la regarda dans les yeux.

— Je vais m'asseoir avec les témoins, *Dailtín.* Mais le jour du combat, je ne te promets rien.

De ce qu'il savait des sorcières, elles planifiaient ce genre choses jusqu'au moindre détail. Il avait donc des mois, voire des années, pour la former du mieux possible.

Elle lui sourit.

— Très bien.

Conn lui tourna le dos et prit place à côté de Kell sur le siège de pierre, froid et dur. Vivienne leva les deux mains.

— Le cercle des Neuf valide le défi et son acceptation. Que le combat commence.

Elle prit un petit marteau en tek et l'écrasa avec vigueur sur la table. Aussitôt, un voile d'énergie infranchissable se dressa devant les spectateurs. Conn se releva d'un bond et poussa un cri de stupeur. Il frappa l'écran des poings, mais le choc électrique le renvoya sur son siège. Sa colère était telle qu'il en avait la respiration hachée. L'écran s'allongea jusqu'aux membres du conseil.

— Selon les lois du conseil, lui expliqua Brenna, lorsqu'un défi est accepté, le combat a lieu sur-le-champ.

Et Moira le savait?

Brenna était pâle, ce qui faisait ressortir la marque verte qui lui encerclait le cou.

— Oui. L'écran de protection est inviolable. Il est là pour nous empêcher d'aller aider l'un ou l'autre des participants, qui ont souvent déjà des proches ou des parents parmi les Neuf.

Conn inspecta le bouclier de plus près. La surface opaque chatoyait, comme si elle était vivante. Sa compagne se retourna pour le regarder avec un air contrit. Elle lui avait menti en toute connaissance de cause.

— Moira...

Brenna soupira.

— Elle ne peut ni te voir ni t'entendre, Conn. Assieds-toi. Tu ne peux pas franchir la barrière.

Conn grogna et se colla le plus possible au voile. Il vit Moira faire face à une sorcière qui avait des siècles d'expérience de plus qu'elle. Il ne voyait qu'elle, mais n'entendait rien. Elle l'avait mystifié et il ressentait à la fois de la colère et de la peur pour elle.

Elle avait intérêt à en sortir vivante pour qu'il puisse la tuer.

Chapitre 33

La muraille se dressa jusqu'au plafond et Conn eut l'impression d'entendre des verrous, physiques ou imaginaires, se mettre en place lorsque l'écran toucha la roche. Moira frissonna et se retourna vers lui, même si elle ne pouvait pas le voir, car la barrière ne laissait filtrer ni la lumière ni le son. Grace éclata de rire.

— Tu as vu comme ton compagnon est docilement allé s'asseoir, Septième ? Une fois que j'en aurai fini avec toi, je te parie qu'il se retrouvera dans le lit de ta cousine, dit-elle avec un claquement de langue qui résonna dans la pièce vide.

— Ma cousine n'est pas une renégate, au moins.

— Ou bien j'en ferai mon esclave, continua Grace en descendant de l'estrade pour s'adosser à la muraille. Le voir me supplier, ce sera le plus beau moment de mon année.

Moira haussa un sourcil.

— Conn n'est pas du genre à supplier.

– C'est ce qu'on verra. Si je lui renvoie une compagne bien docile, privée de pouvoirs et de volonté, je suis sûr qu'il sera prêt à tout pour me remercier. (L'électricité statique crépitait le long de ses bras et soulevait les petits cheveux qu'elle n'avait pu contenir dans son chignon.) Et pour toi, petite Moira, fini la magie et ton rôle d'exécutrice.

Moira se cala solidement sur le sol en pierre et se concentra pour mobiliser sa puissance.

— Ce serait problématique, vu que les hommes n'aiment pas les femmes fades, Grace. Regarde Trevan et toi, par exemple. S'il sortait avec Simone, ce n'est pas par hasard.

— Figure-toi que cela faisait partie de notre plan. Nous voulions nous servir de Simone pour faire tomber Vivienne.

— Non, c'est faux, rétorqua Moira avec un sourire. Il t'a larguée pour elle, voilà tout. Il lui a tout avoué et lui a demandé de partager la tête du conseil avec lui. Ce n'est qu'après son refus qu'il l'a jetée dans notre cellule et qu'il est revenu vers toi.

Des étincelles sortirent du bout des doigts de Grace.

— Tu es si naïve… Simone était un pion dans notre jeu. Certes, Trevan est tombé amoureux d'elle, mais ce n'était qu'une passade. Nous étions ensemble depuis des années et cela faisait même bien plus longtemps que nous avions prévu de renverser les Neuf.

— C'est la vérité ? demanda Moira en s'écartant vers la gauche, les yeux rivés sur l'énergie qui crépitait sur la peau de son adversaire.

— Pourquoi pas ? répliqua Grace en entamant le mouvement inverse. Les témoins peuvent nous voir, mais pas nous entendre. Une fois que je t'aurai subtilisé tes pouvoirs, personne ne te croira. Tu passeras pour une mauvaise perdante.

— Simuler ta mort… c'était une super idée. Je te parie qu'elle venait de Trevan, d'ailleurs. Si ça se trouve, il avait prévu de te tuer et de garder Simone.

— Tu n'as pas l'intelligence nécessaire pour me faire douter.

Grace leva les mains et un éclair orange se forma entre ses paumes. Cette couleur étonna Moira. Elle avait déjà vu du bleu, plusieurs teintes de violet et même du vert foncé, mais jamais d'orange. Son air méfiant fit rire Grace.

— Eh oui, Septième, quand on a mille ans, on a droit à des bonus. Tu aurais mieux fait d'attendre d'avoir quelques siècles de plus.

Moira leva les yeux des mains de Grace, un petit sourire aux lèvres.

— Comme tu viens de le dire, je suis la Septième, Grace. Je n'ai pas besoin de pouvoirs supplémentaires. J'en ai déjà plus que tu peux l'imaginer.

Était-ce vraiment le cas ? Elle avait déjà vaincu des sorcières renégates, mais aucune d'entre elles n'avait été aussi âgée que Grace. Ou aussi puissante.

— C'est ce que nous allons voir. La puissance augmente avec les années, mais tu le sais déjà. Toi, tu sors à peine du nid, ironisa Grace en écartant les mains pour que l'énergie se mette à palpiter comme un soleil.

Moira, elle, fit apparaître une boule de plasma au niveau de sa poitrine par la seule force de l'esprit. La forme ronde crépitait de petits éclairs bleus.

— Peut-être, mais je ne suis pas seulement la Septième. Je suis aussi une compagne Kayrs. Tu crois vraiment que Connlan ne m'a transmis aucun de ses pouvoirs ? dit-elle en faisant grandir sa boule, mobilisant les particules dans l'air ambiant. Je te laisse une chance et une seule, Grace. Cesse le combat et confesse tes fautes.

Grace soupira, les épaules basses.

— D'accord.

Soudain, elle lança la boule à la tête de Moira. Cette dernière se baissa à temps, mais le projectile lui brûla tout de même le bout des cheveux avant de s'écraser contre la porte en la déformant. Moira se tapota la tête pour éteindre les flammèches, puis se releva d'un bond et projeta son plasma bleu sur Grace, plus vite que la vitesse de la lumière.

La sorcière fit une roulade pour l'éviter et la boule explosa contre le mur. Grace détacha ses cheveux blonds et sourit.

— Je sens que ça va me plaire.

Une petite boule lumineuse apparut dans sa main et elle la lança aussitôt. Moira sauta sur le côté, mais une autre boule l'atteint à la jambe. Elle poussa un cri et s'écroula. Grace la bombarda d'autres boules qui généraient une douleur insoutenable à chaque point d'impact.

L'écran magique qui les séparait des spectateurs se fissura un instant. Cela avait-il été causé par Conn ? Sa puissance était telle qu'il en était probablement capable. Avec un grognement, Moira se mit à genoux et passa les mains sur le sol pour dresser un mur d'énergie bleue sur lequel les balles orange de Grace s'écrasèrent sans dommage. Grace écarquilla les yeux et un rictus de colère apparut sur ses lèvres.

Moira se releva, la tête basse, furieuse. Dans un grand geste, elle poussa l'air en direction de son bouclier.

— Attaque.

La muraille bleue se ramassa sur elle-même, puis se précipita sur Grace, l'enveloppant comme un filet, la submergeant d'énergie opaque, lui liant les chevilles. La sorcière cherchait à résister, la bouche ouverte en un cri silencieux.

Ses yeux tournèrent au noir. Elle les ferma et chercha à lever les mains, le cou crispé, la peau scintillante, les cheveux dressés sur la tête. Elle serra les paumes et dans un bruit d'implosion, le bouclier passa du bleu au blanc, puis se brisa en mille morceaux, projetant des éclats d'énergie dans toute la pièce.

L'un d'entre eux pénétra dans le biceps de Moira et un autre se ficha dans sa cheville. Le sang se mit à couler et

Moira se concentra pour faire sortir l'énergie de son muscle. L'éclat blanc se réduisit en poussière dans sa main. Elle ôta ensuite le second éclat de sa cheville avec sa semelle.

— Joli.

Grace lui sourit, haletante.

— Ce n'est qu'un début.

Une bouffée d'énergie frappa Moira dans le dos et elle s'écroula violemment sur la roche dans une odeur de tissu et de peau brûlés.

— Et merde, c'était mon chemisier préféré !

Elle se releva, très calme malgré la peur et la rage qui la traversaient. Grace pouvait donc créer de l'énergie à distance, puis la diriger. C'était un truc que Moira n'avait jamais appris. Elle allait devoir rester dos aux murs.

— Pauvre petite Septième, qui n'est pas assez puissante pour générer des énergies multiples, ironisa Grace.

Moira passait en revue les différentes options qui s'offraient à elle. Comment prendre l'avantage ? Un murmure passa dans son esprit. *La magie n'est pas ta seule force.*

Elle se figea et regarda l'écran de protection, qu'elle sentait marteler par une puissance incommensurable. Conn avait raison. Elle avait tort de se limiter à la magie. Elle se concentra sur le sol, sous les pieds de Grace, visualisa les particules subatomiques et en modifia l'alignement.

Aussitôt, Grace se retrouva prise au piège d'une flaque de goudron. Elle poussa un cri, mais ses jambes étaient immobilisées. Le liquide épais montait le long de ses chevilles. Elle abaissa les mains et le solidifia avant qu'il atteigne ses genoux. Elle cligna ensuite des yeux et le goudron s'émietta, puis elle fit deux pas en direction de Moira.

— Impressionnant, mais ce ne sera pas suffisant.

Moira se précipita sur elle et la saisit à la taille. Elles tombèrent lourdement et les oreilles de Moira se mirent à tinter. Elle avait le ventre noué, la vision trouble. Fatiguée. Elle était si fatiguée…

Dans un effort de volonté, elle abattit le poing sur le nez de Grace. Le sang jaillit et Grace poussa un grognement sourd, puis tira Moira par les cheveux avant de lui enfoncer un genou dans les côtes, lui coupant le souffle. Jamais Moira ne s'était sentie aussi faible.

« Bon sang, morveuse, c'est toi qui as voulu te battre, alors bats-toi ! »

C'était la voix de Conn qui résonnait dans son esprit, pleine de colère et de détermination. Revigorée, elle se releva et reprit sa position de combat. Grace en fit de même en face d'elle, les cheveux blonds tachés de sang, les yeux d'un noir insondable, des flammes orange le long des bras.

Moira inspira à fond, ouvrit ses sens et se concentra sur tout ce qui l'entourait pour en tirer de la puissance : sur la pierre, sur la lumière, sur l'oxygène… et sur Conn. Elle ouvrit son cœur à son compagnon pour transférer son énergie dans son propre corps. Des particules électriques bleues dansaient devant ses yeux et sa vision s'affina, au point qu'elle parvenait à voir au-delà des particules subatomiques, au cœur des univers microscopiques contenus dans d'autres univers microscopiques.

Le monde disparut. Grace, sa respiration hachée, les gouttes de sang qui coulaient de ses lèvres, tout s'évanouit. Il ne restait plus que Moira, au centre de tout. Elle joignit les mains, comme pour prier, puis les rouvrit, les paumes tournées vers son adversaire. Grace grogna et fit apparaître une boule orange qui l'entoura, battant comme un cœur furieux, ornée de pointes acérées. Grace sourit et projeta la masse sur Moira. Cette dernière envoya sa vague d'énergie bleue à sa rencontre et les deux couleurs s'entremêlèrent dans une bouffée de chaleur et d'ozone. La terre vibra d'un grondement assourdissant et la lumière se fit aveuglante. Moira vacilla, submergée par toutes ces sensations, noyée dans la douleur qui glissait sous sa peau, s'imprégnait dans ses muscles comme une rivière d'épingles.

Elle attendit que ce supplice passe et s'évapore. Les deux énergies, bleue et orange, étaient toujours à la lutte, désormais mêlées en un brun mal défini au centre de la pièce. Moira rassembla tout son courage et bondit à travers, droit sur Grace.

Le temps s'arrêta. Une douleur incommensurable lui déchira la chair et un hurlement suraigu lui fit exploser les tympans. Son cœur s'arrêta, elle avait l'impression que sa cervelle se liquéfiait. Mais aussitôt, une bouffée d'air lui frappa le visage. Elle atterrit de l'autre côté, mobilisant toute la force de Conn. Elle décocha un coup de pied au visage de Grace, qui s'écroula. Moira tomba à genoux à côté d'elle, le bras étendu, sa concentration absolue. Elle posa la paume sur la poitrine de Grace.

Puissance. Énergie. Obscurité. Moira s'imprégna de tout cela, luttant contre des forces qui dépassaient sa compréhension. Grace écarquilla les yeux et saisit le poignet de la jeune sorcière pour tenter de la déloger, mais Moira secoua la tête, intraitable.

— Je. Suis. La. Septième.

Elle raffermit son emprise, plongeant au plus profond de l'âme de son adversaire pour lui subtiliser toutes ses connaissances, tout son pouvoir. Dans une dernière bouffée d'énergie, Moira la vida jusqu'à la dernière goutte. Des étoiles explosèrent devant ses yeux et son cœur se gonfla, incapable de contenir cet afflux de puissance. Elle poussa un cri et tomba en arrière.

Conn fut le premier à la rejoindre. Elle rouvrit les yeux et vit les membre survivants des Neuf autour d'elle. Ses jambes et ses bras étaient pris de convulsions et une énergie livide crépitait sur sa peau. Elle faisait une overdose de pouvoir. Un tremblement la secoua de la tête aux pieds.

— Donne-moi le surplus, murmura Conn en la serrant contre lui.

— Tr… trop, balbutia-t-elle, les lèvres écartées.

Il hocha la tête et l'embrassa. Sa chaleur se lança aussitôt à l'assaut du froid glacial qui la paralysait. Elle gémit et se colla contre lui pour encourager les flammes à faire fondre la glace. Il glissa la langue dans son palais et Moira ressentit aussitôt un sentiment de sécurité. Les narines grandes ouvertes, il aspirait sa puissance. Il cligna deux fois des yeux, dont les iris avaient pris une teinte presque noire, et releva la tête.

Moira inspira à fond. Elle tremblait encore, mais sa puissance devenait gérable, car l'énergie était en train de se constituer en un tout cohérent. Avec l'aide de Conn, elle se leva tant bien que mal et regarda les conseillers, puis se dirigea vers sa nouvelle place… seule.

Grace gisait sur la dalle de pierre, inconsciente. Les gardes viendraient bientôt lui apporter les soins dont elle avait besoin.

Vivienne donna un coup de marteau dont le claquement résonna dans la vaste pièce.

— Le combat est terminé. Moira Dunne, tu es vainqueur. Bienvenue au sein du cercle des Neuf.

Moira détendit les épaules, mais ne put maîtriser le tremblement de ses mains.

— Merci, conseillère Northcutt. En conformité avec l'article deux, alinéa quatre, du règlement des Neuf, je transfère mon siège à ma sœur, Brenna Dunne.

— Mais qu'est-ce que tu fais ? s'exclama Brenna, abasourdie.

Moira se tourna vers sa sœur avec l'impression que sa tête allait se détacher de son cou.

— Tu feras une bien meilleure conseillère que moi, Bren.

— Mais non ! répliqua sa sœur, affolée. C'est toi, la Septième. Moi, je n'ai même pas été acceptée à l'université.

Moira s'approcha d'elle et lui prit les mains.

— Je sais, mais tu as étudié tous les sujets, de l'économie à la physique, et ce poste te tient vraiment à cœur. Tu feras une excellente conseillère. Je suis une exécutrice, petite sœur.

C'était en première ligne que ses pouvoirs de Septième seraient les plus utiles, mais à terme, il n'était pas exclu qu'elle rejoigne sa sœur au conseil.

Un silence gênant emplissait la pièce. Beaucoup de gens considéraient Brenna comme une menace, une anomalie. Viv inspira à fond, puis redressa les épaules et donna un nouveau coup de marteau pour reporter l'attention sur elle.

— Très bien. Brenna Dunne, acceptes-tu ?

Brenna regarda sa sœur, puis leur mère, qui lui sourit, les yeux pleins d'amour.

— J'accepte.

La tête haute, elle fit les quelques pas qui la séparaient du siège de Grace. Des larmes de fierté montaient aux yeux de Moira, mais elle les maîtrisa. Les Neuf avaient leur lot de soucis. Elle venait peut-être de jouer un mauvais tour à sa sœur, mais elle avait foi en elle. Elle retrouvait peu à peu son calme et l'usage de ses sens, et comprit alors que la bataille qu'elle venait de remporter n'était rien à côté de celle qui l'attendait avec Conn. Même sans le regarder, elle percevait sa colère, son inquiétude et sa détermination. Elle tourna la tête vers lui et il lui prit fermement le bras.

— J'aurais deux ou trois trucs à te dire.

— Non, répondit-elle calmement. J'ai du travail, Conn.

C'était un euphémisme. Elle venait de vaincre un membre des Neuf. Conn approcha la tête de la sienne, sans se soucier de toutes les personnes qui les entouraient.

— Le plus important des problèmes que tu as à régler se trouve entre nous, Moira, assena-t-il sèchement. Bouge-toi le cul ou je te porte sur mon épaule.

L'énergie encore instable qui grondait en elle monta à la surface, elle le regarda droit dans les yeux.

— Tu crois vraiment que tu en es capable ?

Se doutait-il de la transformation que le transfert des pouvoirs de Grace avait opéré en elle ?

Les yeux de Conn passèrent un instant du vert au noir et un éclair bleu foncé crépita sur ses bras. De l'énergie pure.

— Oui.

Moira resta bouche bée. La puissance et les particules avaient donné naissance à un être inédit… à un vampire doué de magie. Il l'entraîna vers la porte et elle n'eut d'autre choix que de le suivre.

Chapitre 34

Moira précéda Conn dans son appartement. Elle sentait toujours l'énergie crépiter en elle. Il lui faudrait du temps pour assimiler ce qu'elle avait pris à Grace et elle mourait d'envie d'aller chez Kell, son voisin, pour se défouler sur son sac de frappe.

Conn referma la porte et s'y adossa lourdement. Elle se tourna face à lui et constata avec stupeur que ses yeux étaient d'un noir insondable.

— Je sais que tes yeux peuvent passer du vert à l'argent, mais est-ce qu'ils ont déjà été noirs ?

— Non, répondit-il d'une voix grondante, aussi effrayante que sexy. J'imagine que tout redeviendra normal dès que j'aurai assimilé ton énergie.

Son regard, braqué sur elle, était d'une intensité brûlante. Moira sentit la marque sur sa hanche prendre feu, elle oublia la salle de sport de Kell.

— C'est comme ça que se déroule généralement le transfert, mais il existe des moyens de dépenser cette énergie.

En partie, tout du moins.

— Tiens donc.

Face à ce prédateur rivé sur sa proie, son instinct lui conseillait de prendre ses jambes à son cou, mais le désir la retint de fuir.

— Tu voulais qu'on parle, il me semble ? (L'immobilité dont Conn faisait preuve lui rappelait le calme avant l'orage, quand l'air se chargeait d'électricité et que la nature cessait de respirer. Sans un geste, sans une parole, il attendait qu'elle continue. Moira comprit alors pourquoi les proies se figeaient à l'approche du danger. Elles ne savaient pas par où s'enfuir.) Donc, euh, tu n'es pas très content, c'est ça ? (Il ne bougea pas. Moira regarda les quelques mètres qui la séparaient de sa chambre et de sa porte qu'elle pouvait verrouiller. L'air se tendait sans que Conn ait bougé un cil. Moira poussa un soupir agacé.) Bon, d'accord, je t'ai menti. Désolée, admit-elle en faisant un pas vers lui. Mais la loi est la loi, Conn. Je devais affronter Grace seule à seule. Si je t'avais dit la vérité, jamais tu ne serais allé t'asseoir dans le box des témoins.

Il répondit enfin, d'une voix grave, douce et pleine de menace.

— Ce n'est pas le sujet.

— Bien sûr que si ! s'exclama Moira, les mains sur les hanches.

— Non. Je t'ai dit et répété que ce qui passe avant tout, c'est nous. Toi et moi. C'est une question de loyauté et de confiance. Point barre.

Le calme de Conn la faisait trembler.

— Je comprends, mais tu aurais refusé de t'écarter.

— Tu n'écoutes pas ce que je te dis. Les répercussions potentielles, je n'en ai rien à foutre, quelle que soit la situation. Tout ce qui compte, c'est nous. La vérité. (Il s'approcha d'elle et une odeur de sauge et de poudre envahit les narines de la sorcière.) Même si tu sais d'avance que ça ne va pas me plaire, tu dois toujours me dire la vérité, morveuse.

— Si je l'avais fait, on aurait eu une belle engueulade, Conn, répliqua-t-elle, exaspérée.

— Je m'en fiche. Nous n'avons pas à être d'accord sur tout, mais je ne tolérerai aucun mensonge. Tu le sais.

Il referma ses grosses mains sur les biceps de Moira. Le terme « tolérer » la hérissa. Ils se connaissaient depuis un siècle, mais elle avait beaucoup évolué depuis.

— La confiance, ça va dans les deux sens, Connlan, répondit-elle en tentant de faire abstraction de ses paumes brûlantes, qui diffusaient leur chaleur jusqu'à son abdomen, faisant pointer ses seins au passage.

— Tu as parfaitement raison. Pas une seule fois, je ne t'ai trompée ou menti, *Dailtín,* alors fourre-toi bien ça dans le crâne. Tu es ma compagne et je t'assure que tu n'as aucune envie de vivre dans un monde où je ne te fais pas confiance.

L'énergie encore instable qui courait en elle embrasa sa colère.

— C'est une menace ?

De quels pouvoirs Conn disposait-il désormais ? Moira sentait que son propre corps avait besoin de se défouler et elle dut faire un effort pour se concentrer.

— J'en ai marre que tout le monde me dise ce que je dois faire.

— Arrête de pleurnicher et jette-toi à l'eau, Moira.

— Pleurnicher ? Tu te fous de moi ? Et je n'arrête pas de me jeter à l'eau, Conn. Je me mets en danger chaque fois que je fais mon métier d'exécutrice. Je risque de perdre mes pouvoirs, de gâcher mes chances de prendre un jour la tête du conseil des Neuf.

Il n'avait aucune idée de ce qu'il disait, mais il la regardait toujours avec un air moqueur qui risquait de lui coûter très cher.

— Non. Tu es la Septième, mon cœur, et tu n'hésites jamais à utiliser tes capacités pour accomplir ton destin et faire ton métier. (Il s'approcha encore d'elle, gracieux comme un félin sûr de ses forces.) La seule chose inattendue dans ta vie, la seule qui présente un véritable risque… c'est moi.

Jamais Conn n'avait rien dit d'aussi vrai.

— Depuis un siècle, tu es amoureux d'une personne idéalisée qui n'existe que dans ta tête.

Elle n'était pas uniquement la Septième, ou en tout cas pas la Septième que tout le monde attendait. Et s'il ne supportait pas la personne qu'elle était vraiment devenue ?

— Non. Depuis tout ce temps, je suis amoureux de *toi.*

Ces paroles lui firent un bien fou, comme si elles dissipaient une peur indéfinissable qui la hantait sans qu'elle s'en aperçoive. Conn ne mentait pas. C'était elle qu'il voulait, pour le meilleur et pour le pire. Cela la décida à lui ouvrir son cœur.

— C'est toi que je choisis, Connlan. (Il lui avait toujours offert tout ce qu'il avait, ses défauts comme ses qualités.) Nous allons nous battre. J'espère que tu es doué avec les explosifs.

Elle aurait tout donné pour qu'ils aient un avenir commun, mais cette éventualité était si improbable qu'elle la faisait éclater de rire. Il lui répondit avec un sourire qui la fit fondre.

— Les aciers les plus solides sont forgés dans les flammes les plus chaudes, Moira. Je le sais depuis toujours.

Bon sang, ce que je l'aime ! Moira lui sauta dessus, s'accrocha à ses hanches avec les genoux et l'embrassa. Conn ne vacilla même pas sous son assaut et l'attrapa sous les fesses. Autour d'eux, l'énergie crépitait en craquements audibles.

Elle enfonça les doigts dans son épaisse chevelure et se colla à lui, intensifiant son baiser.

Tout son corps brûlait d'une flamme trop ardente pour se contenter du terme de « passion », trop désespérée pour se cantonner au simple besoin physique. Son désir brut et absolu consumait tout sur son passage. Le bien et le mal, l'obscurité et la lumière, le destin et le libre arbitre... plus rien de tout cela n'existait. Il ne restait plus que les lèvres de Conn, qui mettait le feu à son corps.

Elle entendit un grondement au loin, comme si la Terre, voire l'univers, se calait. C'était comme un avertissement du changement qui était en train d'avoir lieu... Mais la passion qu'elle ressentait était plus forte que tout.

— Encore, mon Dieu ! Encore, marmonna-t-elle en lui ôtant sa chemise.

Avec un gémissement sourd, elle embrassa la jugulaire palpitante de Conn et descendit jusqu'à son épaule, qu'elle mordilla. Sans ménagement, il la saisit par les cheveux et lui tira la tête en arrière. Il semblait avoir perdu le contrôle de ses actes et n'agir plus que par instinct. L'amant doux et attentionné avait disparu.

De sa main libre, il la déshabilla en hâte, lui chauffant la peau de sa paume brûlante. Le visage de Conn était d'un rouge sombre, traduisant à la fois son désir et sa détermination. Sa bouche était crispée en une grimace de puissance qui lui donnait l'aspect d'un dieu vengeur. Elle lui avait laissé le choix et il avait accepté. Il la désirait et rien ne l'empêcherait d'assouvir cette envie.

Cette idée la fit frissonner.

Elle sentit un bruissement d'air froid sur ses épaules nues. Ils étaient en train de bouger. Conn l'embrassa à nouveau en grognant. C'était lui qui avait pris l'initiative. Le dos de Moira rebondit sur le matelas et il lui accorda une seconde pour reprendre son souffle, le temps de terminer d'ôter ses vêtements. Il lui bondit dessus, les énergies mêlées dansant sur sa peau. Le corps de Moira tenta de résister à la chaleur qui émanait de lui, puis l'accepta. Il referma sa bouche brûlante sur son sein et elle poussa un cri, terrassée par un plaisir dépassant l'imagination.

Elle passa les mains sur son dos, s'émerveillant de sa force. Conn, de son côté, lui caressait les flancs, s'arrêtant sur chaque côte tandis que sa bouche remontait lentement jusqu'au menton de Moira, qu'il mordilla, à la fois passionné et doux.

Enfin, il arriva à sa bouche et sa langue en prit possession, conquérante. Le désir, l'amour, le destin, tout cela se combinait en un mélange irrésistible.

— Maintenant, Conn.

Il la pénétra d'un coup sec avec un grognement animal. Moira se cambra et écarquilla les yeux. Plus excitée que jamais, elle lui attrapa les fesses et enroula les jambes autour de ses hanches. Les yeux de Conn étaient toujours noirs et Moira savait qu'elle aurait dû s'en inquiéter, mais il commença à bouger, à la pilonner, à l'amener en un endroit qui n'avait plus rien à voir avec sa chambre.

Un voile blanc descendit sur le monde et tous les sons disparurent.

Moira s'accrochait à ses épaules, enfonçant les ongles dans sa chair pour tenter de rester ancrée à la réalité. Autour d'eux, les éléments se mêlaient en énergie pure et un éclair lumineux traversa la pièce dans un sifflement.

Conn se pencha pour lui mordiller l'oreille et un plaisir surpuissant l'enveloppa. La course à l'extase était plus importante que la respiration, que la vie elle-même. Dévorée par le désir, elle sentit Conn la soulever du matelas et redoubler d'ardeur comme si leurs ébats étaient une question de vie ou de mort.

Elle se sentit basculer dans l'inconnu et lutta pour ne pas tomber dans l'abysse insondable, retenue par son instinct qui lui criait qu'une fois la limite franchie tout retour serait impossible.

Avec un sanglot qui provenait d'au-delà de son âme, elle céda.

Le monde explosa. Son corps se désintégra sous la force d'une extase si intense qu'elle sentit son esprit se briser. Sa seule planche de salut résidait dans les mains de Conn, qui la serrait contre lui. Elle s'accrocha, se laissant emporter par ce tsunami, s'imprégnant de l'énergie qui crépitait entre eux. Son vagin se contracta autour du membre de Conn, qui éjacula avec un grognement de bête, tous les muscles tendus à se rompre.

Quelques secondes, quelques minutes, quelques éternités plus tard, il décrispa les mains et s'allongea sur elle.

— Hé, tu pèses ton poids ! protesta-t-elle en le repoussant faiblement.

— Désolé, murmura-t-il.

Il roula sur le matelas, le souffle court, et Moira émit un petit rire. Il était aussi dégoulinant de sueur qu'elle et la sorcière se dit qu'elle n'était pas la seule à avoir traversé un cataclysme. Elle regarda autour d'elle. Sa chambre était démolie. Les rideaux pendaient à leur tringle à moitié détachée, ses bijoux jonchaient le sol et même les murs étaient endommagés.

— Et merde !

Conn rit et se tourna vers elle. Ses yeux avaient retrouvé leur couleur verte, ce qui la soulagea.

— Je voudrais vérifier quelque chose.

Il la poussa doucement sur le flanc et lui caressa la fesse gauche. Aussitôt, elle se figea de douleur.

— Aïe, arrête !

— Oui, je sais. (La marque sur sa hanche était encore palpitante de désir. Mais…) Une seconde. Pourquoi est-ce que j'ai les fesses qui brûlent ?

Elle n'osait y croire et se tordit le cou pour regarder par-dessus son épaule.

— Une autre marque ? Comment c'est possible ?

— J'en sais rien. C'est la première fois que ça arrive, répondit-il avec un sourire qui lui adoucit le visage. C'est peut-être parce qu'on a été séparés pendant trop longtemps, ou plus probablement à cause de l'énergie que tu as volée à Grace. Ça ne devrait pas se reproduire. Enfin, j'imagine.

Moira sentit un plaisir renouvelé monter en elle.

— C'est le signe d'un nouveau départ, que nous avons choisi de notre plein gré.

Mais juste au cas où, à partir de maintenant, elle veillerait à ce qu'il ne pose pas les mains sur son visage lorsqu'ils feraient l'amour.

Il tira la couette jusqu'à leurs mentons et l'attira contre lui.

— Alors, comment tu te sens ?

Elle passa son corps en revue tout en collant les fesses contre son entrejambe.

— Mieux. C'était un super moyen de dépenser notre énergie. (Elle se mit à jouer avec la couette, cherchant ses mots.) Lorsqu'ils apprendront qu'on ne fera pas alliance avec eux, les démons seront furieux. Daire va devoir passer les prochaines années dans les pays Baltes.

Il lui prit la main et Moira s'abandonna à la chaleur de son torse qui irradiait dans son dos.

— C'est logique. Nous, on va y envoyer Jase. Ils devraient peut-être y aller ensemble.

— Ça veut dire que tu vas prendre en charge le territoire américain ?

— Euh, oui. Est-ce que j'ai raison de supposer que tu as enfin accepté le fait que je sois une exécutrice ?

Il poussa un soupir qui lui souleva les cheveux.

— « Accepter » n'est peut-être pas le terme adéquat, mais je comprends que tu ressentes le besoin de protéger ton peuple. Et le fait est que tu es très douée pour ça. (Il l'embrassa sur le crâne et cette petite marque d'affection la fit fondre.) Je t'aime, Moira. Je ne peux pas te demander de devenir quelqu'un que tu n'es pas. Et en plus, je suis excellent en matière de soutien opérationnel, et maintenant que je dispose de toute cette énergie de sorcière, je ferai un sacré bon exécuteur.

Elle éclata de rire, soulagée.

— Tu diriges l'armée du Royaume, Conn. C'est déjà amplement suffisant.

— Je t'ai déjà dit que j'étais multitâche. Tu n'iras nulle part sans moi, *Dailtín*.

Moira se tourna pour le regarder. Le visage de Conn était détendu et satisfait, mais sa détermination restait indéniable.

— C'est vrai qu'on forme une bonne équipe. (Ce n'était rien de le dire. Moira sourit. Conn la comprenait… et il la laisserait suivre sa propre voie.) Je t'aime, Connlan.

Il lui sourit à son tour.

— Moi aussi je t'aime. Et si on se mariait dans la chapelle où je t'ai vue pour la première fois ? Demain ?

Se marier ?

— Je crois qu'il est grand temps, après un siècle de fiançailles.

Il l'empêcha de poursuivre en collant les lèvres sur les siennes. Moira lui rendit son baiser, s'abandonnant à son destin. Et cette fois-ci, elle le choisissait en pleine connaissance de cause.

Épilogue

À l'abri dans son laboratoire souterrain de l'Oregon, Emma Kayrs, les mains sur les hanches, tenait tête à son royal compagnon. Elle était ravie de le retrouver, mais trop irritée pour lui sauter dans les bras.

— Tu es encore allé te battre.

— Bien sûr, répondit-il sur un ton surpris.

— Pardon ?

— C'est mon devoir, ma belle, expliqua-t-il avant de regarder les machines d'où sortaient des pages de données. Alors, tu as trouvé quelque chose ?

Emma refusait de le laisser détourner la conversation.

— Oh que non ! Le devoir du roi n'est pas de monter en première ligne avec ses troupes.

D'un autre côté, Dage ne serait pas Dage s'il refusait d'affronter le danger. C'était entre autres pour son courage et pour son obstination qu'elle l'aimait tant, tout comme elle aimait le joli dessin qu'il avait fait d'elle dans son sommeil et qu'elle avait trouvé sur sa table de nuit au réveil. Mais tout de même, ce n'était pas une raison pour qu'il fasse n'importe quoi.

— Bon, je te promets d'être plus prudent lors de mon prochain combat, répliqua-t-il avec un sourire dévastateur.

Il fit les deux pas qui les séparaient et la prit dans ses bras. Son baiser débordait de puissance… et de désir. Emma se laissa faire en soupirant. Lorsqu'il releva la tête, elle dut cligner plusieurs fois des yeux pour retrouver ses esprits.

— Bon, ben, euh, contente de te revoir. J'ai trouvé une robe de mariée, au fait.

— Vraiment ?

Le regard de Dage lui donna un frisson le long de la colonne vertébrale.

— Oui. Elle est très jolie.

— Je suis sûr qu'elle est bien terne comparée à toi. Enfin, de toute façon, tu ne la porteras pas très longtemps,

— C'est très gentil de ta part, roi, répondit-elle en cherchant à tout prix à se reconcentrer. Alors, les relations avec le cercle des Neuf sont redevenues normales ?

Il passa les mains le long de ses bras et Emma sentit des picotements de la tête aux pieds.

— Elles sont plus solides que jamais. J'ai demandé à Simone de contacter les démons. Selon elle, il y aurait des dissensions dans leurs rangs. On verra bien.

C'était une information capitale. Si la discorde régnait chez les démons, ils ne pourraient pas attaquer les vampires.

— Au fait, le loup-garou que vous avez attrapé était un métamorphe panthère. Un mâle.

C'était aussi le premier loup-garou non humain qu'ils rencontraient.

— Je suis désolé de l'apprendre, soupira Dage avant de la regarder avec attention. Tu as dormi ?

Emma tenta de reculer d'un pas, mais il l'en empêcha.

— Ben, euh, plus ou moins… (Il la souleva par-dessus son épaule et elle poussa un cri de protestation.) Hé, à quoi tu joues ?

Il lui caressa les fesses.

— Tu as besoin de repos. Mais avant ça, on va aller nager un peu, ma belle.

Un peu plus loin, Cara était couchée dans son lit, entourée de sa famille. Elle avait le cou bandé, même si la blessure s'était déjà refermée grâce au sang que Talen lui avait donné. Une douce lumière tamisée mettait en valeur le fittonia et les violettes africaines trônant sur la commode. Les plantes apportaient une touche naturelle plus que bienvenue dans ce bunker souterrain. Janie se serrait contre elle, le bébé dormait paisiblement sur sa poitrine et elle avait la tête posée sur l'épaule de son compagnon, qui lui caressait les cheveux. Elle inspira à fond et tenta de dresser ses boucliers empathiques.

— Tu ne veux pas te détendre un peu ? Je vais bien.

Talen poussa un grognement sourd et étendit ses longues jambes sur le lit gigantesque.

— Tu as été enlevée d'un endroit ultra sécurisé, puis tu as accouché et tu as été blessée par balle. Je ne te quitterai plus d'une semelle.

Il la serra contre lui, la noyant dans ses émotions. Cara leva les yeux au ciel.

— Si tu fais ça, je vais finir par te décapiter moi-même.

Elle disait ça sur le ton de la plaisanterie, mais ses paroles n'en avaient pas moins un fond de vérité.

— C'est Conn qui a arraché la tête de Demidov, soupira-t-il, agacé. Je voulais l'achever de mes propres mains.

La mort du sorcier ne donnait aucun regret à Cara.

— Qu'est-ce qui va se passer avec le cercle des Neuf, à ton avis ? Moira va être forcée d'y entrer ?

— Elle n'a pas l'air d'en avoir envie. Ce qui est une bonne chose, d'ailleurs, parce que je ne pense pas que Conn l'y autoriserait. L'Irlande est bien trop instable en ce moment. (Il cala Cara plus confortablement sur son torse musclé et caressa la tête de son fils endormi.) On devrait lui donner un nom, tu ne crois pas ? Il est costaud, même pour un petit Kayrs.

Cara sourit dans la pénombre.

— Je me disais… peut-être… Garrett Talen Kayrs.

— Le prénom de mon père et le mien, dit-il en lui embrassant le sommet du crâne. Qu'est-ce que tu dirais de Paulsen comme prénom intermédiaire ?

Cara n'y avait même pas songé.

— Non. Mon nom de famille est Kayrs, tout comme le deviendra très bientôt celui d'Emma.

Elle songea alors à Janie, dont le père était mort avant sa naissance et à qui Cara avait donné le nom de Paulsen. Talen devina facilement ce qui l'inquiétait.

— Ne t'en fais pas, mon cœur. Je me fiche des lois humaines, mais je me suis dit que tu préférerais peut-être les respecter. Je suis en train de faire le nécessaire pour adopter Janie et lui donner légalement mon nom. Mais elle sera toujours ma fille, quoi qu'en dise la loi.

Le cœur de Cara fondit dans sa poitrine.

— On devrait en parler à Janie.

— Je lui ai demandé.

Elle sentait son souffle chaud sur ses cheveux. C'était même tout le corps du vampire qui générait de véritables vagues de chaleur. Cara regarda sa fille endormie.

— C'est vrai ? Qu'est-ce qu'elle a dit ?

— Elle m'a regardé en haussant un sourcil, raconta-t-il gaiement. Tu sais, exactement comme Dage.

Tous les frères Kayrs avaient ce tic. Chez Talen, il s'exprimait avant tout lorsqu'il s'agaçait d'une chose qu'elle avait faite. Quand elle se mettait en danger, par exemple.

— Et ?

— Elle a levé son petit menton et elle m'a dit que son nom de famille avait toujours été Kayrs et que je pouvais même poser la question à son instit' de maternelle, parce que c'était le nom par lequel elle lui avait demandé de l'appeler. Ce qui me fait penser que je voulais te parler de quelque chose, d'ailleurs.

— À propos de Janie ?

— On va installer parmi nous quelques familles de soldats vampires et métamorphes. Comme ça, elle aura des enfants de son âge pour jouer. Elle détient peut-être la clé de notre avenir à tous, mais elle a tout de même le droit à une enfance digne de ce nom, tu ne crois pas ?

Cara ferma les yeux, submergée par l'émotion. L'amour que Talen leur portait était vraiment sincère.

— Tu es gentil, Talen.

Il poussa un grognement qui la fit sourire, mais elle sentit son cœur battre contre son épaule et n'était pas dupe.

— Certainement pas. C'est juste qu'on a privé Janie de son école et de ses camardes. Tu sais, quand, euh…

— Quand tu nous as enlevées ?

Ce dont elle lui serait éternellement reconnaissante.

— Non, quand je suis allée vous chercher et que vous m'avez sauvé. Avant de vous connaître, je ne savais même pas à quel point mon existence était limitée.

Pour un guerrier, il avait décidément le sens du compliment.

— Je t'aime, Talen.

— Je t'aime aussi, Cara.

Janie se retint de sourire et se colla encore plus à sa maman. La vie était belle. Son petit frère était enfin là et tout le monde allait bien. Enfin, à peu près. Tata Katie allait peut-être se faire embaucher pour traquer les loups-garous, ce qui mettrait tonton Jordan très en colère. Tata Mowra devait apprendre à laisser tonton Conn l'aider de temps en temps si elle ne voulait pas qu'il l'enferme à nouveau sous terre. Tata Emma allait donner un gros coup de poing dans le nez de tonton Dage, qui risquait de ne pas apprécier. Et maman… elle était toujours malade, mais le virus progressait lentement et ils avaient encore le temps de le combattre.

Mais pour l'heure, Janie devait aller voir Zane et elle se laissa sombrer dans le sommeil. Le rêve commença au cœur d'une belle journée ensoleillée…

Janie se promenait dans une forêt dont les feuilles étaient plus grandes que les mains de son papa. Elles étaient énormes, velues et vert citron. Peut-être existaient-elles vraiment dans la nature, ou peut-être pas.

Elle faisait crisser les cailloux du chemin sous ses semelles et imagina que le sentier était flanqué de bonbons à la menthe. Un peu plus loin, elle aperçut de gros rochers au pied de la montagne.

Kalin était assis sur l'un d'entre eux. En l'apercevant, Janie ressentit une crampe d'estomac, comme lorsqu'elle mangeait trop de pop-corn. L'air qu'elle respirait était loin de sentir la menthe, mais elle leva courageusement la tête, comme le faisait sa maman, et marcha jusqu'à lui.

— Je pensais pas que tu reviendrais.

— J'ai trouvé ma voie.

Il était vêtu d'un jeans délavé et d'un tee-shirt vert de la même teinte que ses yeux. Il ne portait plus de vernis à ongles et de rouge à lèvres noir. Les pointes rouges de ses cheveux noirs luisaient au soleil et semblaient plus claires qu'autrefois. Il avait un aspect impressionnant, avec sa mâchoire crispée et ses larges épaules.

— Tu t'es trompé.

Si Kalin avait choisi la bonne voie, il ne serait pas apparu dans son rêve sans prévenir. Ils ne pourraient plus jamais être amis, mais elle refusait de pleurer devant lui. Quoi qu'il dise, elle ne pleurerait pas.

— Tu as essayé de m'aider, je le sais, mais parfois, le destin décide à notre place. Comme pour le scorpion.

— Quel scorpion ? demanda Janie avec une moue dégoûtée.

Ces horribles bestioles rampantes et venimeuses la terrorisaient. Elle en avait vu à la télé avec sa tata Emma.

— Euh, tous les scorpions. (Kalin la regardait, comme s'il cherchait quelque chose.) J'imagine que tu es trop jeune. C'est la vieille fable du scorpion et de la grenouille. Une parabole.

— C'est quoi une paro… une para…

Elle détestait que les grands en sachent plus qu'elle.

— Parabole. C'est une histoire. (Sa présence la rendait triste, mais la voix de Kalin restait douce, comme si le tournant qu'il avait pris ne dépendait pas de sa propre volonté. Il avait tort.) Une vieille histoire. Tu veux que je te la raconte ?

Non !

— D'accord.

Il tapota le rocher voisin du sien, mais elle leva la tête en un signe de défi. Il était hors de question qu'elle s'asseye à côté de lui s'il avait décidé de redevenir méchant. Kalin lui sourit de toutes ses dents acérées.

— Un jour, il y a eu une énorme crue, une inondation qui menaçait le monde entier. L'eau a envahi une vallée et un scorpion et une grenouille se trouvaient sur l'une des berges de l'énorme rivière. De l'autre côté, il y avait une cigogne. Elle avait l'air féroce et voulait manger la pauvre grenouille.

Janie se mordit la lèvre pour arrêter son tremblement. Quelque chose lui disait que la grenouille n'allait pas passer une bonne journée.

— Qu'est-ce qu'ils ont fait ?

— Le scorpion a demandé à la grenouille de le porter pour lui faire traverser la rivière. En échange, il a promis de la protéger contre la cigogne. La grenouille était terrifiée, bien entendu, mais elle voulait vivre.

Kalin arracha un brin d'herbe et le fit rouler entre ses doigts. Il avait une belle voix, plus grave que celle d'un garçon de quinze ans.

La voix d'un homme assez âgé pour prendre ses propres décisions.

— Tout le monde veut vivre, répliqua-t-elle sur un ton plus triste qu'elle l'aurait souhaité.

— Oui, c'est vrai. La grenouille a donc permis au scorpion de sauter sur son dos et s'est jetée à l'eau, mais à mi-chemin le scorpion l'a piquée.

Janie en avait le cœur tout serré.

— Pourquoi ?

— C'est ce qu'a demandé la grenouille, car en agissant ainsi le scorpion les condamnait l'un comme l'autre. Et tu sais ce qu'il a répondu ?

— Non, murmura Janie. Quoi ?

— « Parce que c'est dans ma nature », répondit Kalin en rejetant son brin d'herbe. Et ils sont morts tous les deux.

Cela aurait pu être évité. Ils auraient pu nager jusqu'à l'autre rive et survivre, peut-être même changer la vie de tout le monde.

— J'aime pas ton histoire.

Kalin haussa les épaules.

— Je comprends. Mais est-ce que tu sais qui je suis dans cette histoire, Janie ?

La petite fille respira la bonne odeur des arbres. Même dans ses rêves, elle aimait être proche de la nature, comme sa maman.

— Oui, Kalin.

— Tant mieux, dit-il en sautant du rocher.

— Tu es la cigogne.

Il leva la tête, surpris.

— La cigogne ?

— Oui. Personne ne sait ce qu'elle va faire. Si ça se trouve, elle va prendre la décision de tous les sauver.

Ou bien elle les regardera se noyer.

Kalin se frotta le menton, pensif.

— Tu vas devenir une femme fascinante, Janie. J'espère pouvoir te prouver que tu te trompes. Je ne suis pas la cigogne.

Il tourna la tête vers la forêt et Janie suivit son regard. Un jeune garçon émergeait des arbres. Zane. Mais ce n'était pas vraiment lui. Il avait grandi, coupé ses cheveux et il arborait un bel hématome sous le menton. Ses yeux verts luisaient de fureur et une aura effrayante l'entourait.

Kalin se rapprocha de Janie.

— Tiens tiens, et voici la grenouille en personne.

En cet instant précis, Zane ressemblait plutôt au scorpion. Il était en noir de la tête aux pieds. Janie joignit les mains.

— Tu m'as manqué. Où tu étais ?

Il ne la regarda même pas, les yeux rivés sur Kalin.

— Va-t'en.

— Sinon quoi ?

— Je te chasse à coups de pied au cul.

Janie n'en revenait pas. Jamais Zane ne disait de gros mots. Pas en sa présence, en tout cas. Malgré ses onze ans, il était déjà aussi grand et large d'épaules que Kalin. Elle chercha le moyen d'attirer son attention sur elle.

— Kalin m'a raconté l'histoire du scorpion et de la grenouille.

Zane fronça les sourcils, ce qui lui donnait l'air encore plus dangereux.

— Elle est trop jeune pour cette histoire.

Kalin éclata de rire et s'éloigna de quelques pas.

— Autant qu'elle connaisse toutes les forces en présence, Zane, tu ne crois pas ? Comme ça, désormais, elle sait qui nous sommes. J'imagine que tu penses être le scorpion ?

Zane fit un geste négatif de la tête avant même qu'il ait terminé sa question.

— Non, pas du tout.

Dans un dernier éclat de rire, Kalin disparut derrière les rochers. Janie attendit qu'il ait quitté le rêve pour se tourner vers Zane.

— Alors, où tu étais ?

Il la regarda enfin.

— Je m'entraînais. Je t'avais dit que je serais occupé.

— Qu'est-ce qui est arrivé à ton menton ?

— Le clan de ma mère a des entraînements plus physiques que celui de mon père. Et toi, pourquoi tu as laissé Kalin entrer dans ton rêve ?

— Ce n'est pas moi. Il était déjà là quand je suis arrivée. (En effet, elle ne protégeait plus ses rêves avec le même soin qu'autrefois.) On s'était parlé plusieurs fois et je pensais qu'il avait changé.

Contrairement au scorpion.

— Non, répondit Zane. Kalin ne changera jamais.

— Et toi ? répliqua-t-elle sans réfléchir.

— Moi non plus. (Sa voix était douce, mais son regard était dur comme l'acier.) Nous sommes faits l'un pour l'autre, Janie Belle. Quoi que je sois obligé de faire… je te promets qu'on restera ensemble. Qu'on arrangera tout.

Elle lui prit la main.

— Tu veux que je vienne te chercher ?

Tout le monde disait qu'elle était intelligente. Si c'était vrai, elle trouverait un moyen.

— Non, dit-il en lui offrant enfin le sourire espiègle qu'elle aimait tant. Pas pour l'instant. Quand le temps sera venu, c'est moi qui viendrai.

— Tu me le promets ?

Elle aurait voulu pouvoir grandir plus vite pour qu'ils puissent sauver le monde.

Le sourire de Zane s'effaça.

— Je te le promets, Janie Belle.

— Parce que tu es le scorpion ?

Il secoua lentement la tête.

— Non. Moi, je suis la crue.

Remerciements

Merci à mon agent, Caitlin Blasdell, pour le temps et les efforts qu'elle consacre à mes livres.
Merci à mon éditrice, Megan Records, qui se démène pour tous ses auteurs sans jamais perdre sa bonne humeur.
Merci à tout le personnel de Liza Dawson Associates et Kensington Publishing pour son soutien.
Merci à mes premières critiques, Jennifer Dorough et Sayde Grace, vous êtes géniales.
Merci à mes bêta-lecteurs, à ma famille et à mes amis : Jessica Namson, Gail English, Jim English, Debbie Smith, Stephanie West, Brandie Chapman, Kathy Zanetti, Augustina VanHoven et Bonnie Paulson.
Merci à mes collègues et amis : Cynthia Eden, Kate Douglas, Lynn Rush, Lethal Ladies, FF&P Mudpuddlers et le IECRWA Group.

Achevé d'imprimer en décembre 2020
Par CPI Brodard & Taupin à La Flèche
N° d'impression : 3041064
Dépôt légal : janvier 2021
Imprimé en France
81123647-1